KB074907

삼국지

3

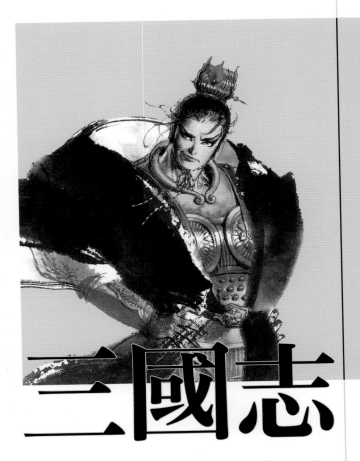

삼국지 3

이문열 평역

정문 그림 ─ 나관중 지음

三國志

헝 클 어 진 천 하

RHK
알에이치코리아

순유
荀攸

가후
賈詡

전풍
田豐

원술
袁術

차례

3
헝클어진 천하

안겨오는 천하 15

풍운은 다시 서주로 40

우리를 벗어나는 호랑이 74

다져지는 또 하나의 기업 99

교룡 다시 연못에 갇히다 124

전공은 호색에 씻겨가고 150

천자의 꿈은 수춘성의 잿더미로 170

스스로 머리칼을 벰도 헛되이 195

꿈은 다시 전진(戰塵) 속에 흩어지고 221

가련하다 백문루(白門樓)의 주종(主從) 249

아직은 한(漢)의 천하 279

교룡은 다시 창해로 306

원가도 중원을 향하고 332

급한 불길은 잡았으나 362

안겨오는 천하

어가가 황황히 홍농으로 길을 재촉하고 있을 무렵 조조는 아직도 산동에서 여포로부터 되찾은 연주를 근거로 힘을 기르는 데 여념이 없었다. 힘써 백성들의 살이를 보살피고 생업을 북돋우며 널리 인재를 구하고 군사를 기르니, 어느새 수백의 모사, 양장(良將)에 군사가 이십만이요, 창고마다 병기와 군량이 가득했다.

물론 조조도 이각과 곽사의 틈이 벌어질 때부터 장안의 소식을 듣고 있었다. 아니 오히려 그 어떤 제후보다도 더 예민한 눈과 귀로 조정의 동태를 살피고 있었다는 편이 옳았다. 그러나 장안성이 싸움터가 되고 천자와 공경(公卿)들이 각기 이각과 곽사에게 잡혀 있다는 소식을 듣고서도 조조는 조금도 움직일 기색을 보이지 않았다. 어쩌다 공명심에 조급한 장수들이 장안성으로 진격하자고 우겨도 조조의 반응은 냉담했다.

"아직은 때가 아니다. 두 호랑이가 더 싸워 양쪽이 모두 상할 때까지 기다려야 한다. 만약 지금 대군을 몰고 장안으로 들어가면 둘은 반드시 싸움을 멈추고 힘을 합쳐 우리에게 대항해 올 것이다."

조조는 항상 자기가 움직이지 않는 이유를 그렇게 내세웠지만, 그 마음속 깊은 곳을 살피면 반드시 그것만도 아니었다.

사실 조조도 처음 이각과 곽사의 싸움 소식을 전해 들었을 때 그 일이 자신의 생애에 어떤 변화를 줄 것 같은 예감이 들었다. 천리도 넘게 떨어진 곳의 싸움이긴 하지만 그 둘이 싸우는 배경이 바로 제실과 조정이란 점에서 반드시 그 여파는 천하에 두루 미칠 것이라는 일반적인 예측이 아니라, 피부로 느껴지는 어떤 알지 못할 감각이었다.

이에 조조는 모개의 진언도 잊고 가장 아끼는 곽가를 불러 물었다.

"봉효(奉孝)는 이각과 곽사의 싸움을 어떻게 보는가?"

갑작스런 물음이었으나 곽가는 미리 준비한 듯 대답했다.

"주공을 향해 부는 바람입니다. 그들이 싸워 쇠약해지면 천하는 주공께 의지해 올 것입니다."

"북에는 원소와 공손찬이 있고 남에는 원술과 여포가 있다. 어찌 천하가 다음에 의지할 게 나란 말인가?"

"당장은 모두 자못 위세가 있으나 그들은 기껏 주공께서 헤치고 나가야 할 가시덤불이나 건너야 할 개울밖에 되지 않습니다. 마침내 천하가 의지하게 될 곳은 반드시 주공입니다."

곽가는 자신 있게 말했다. 조조는 엷은 입술에 미소를 띤 채 듣고 있다가 슬쩍 물었다.

"그렇다면 지금이 내가 움직여야 할 때란 뜻인가?"

"그렇지 않습니다. 아직은 때가 아닙니다."

"그건 또 무슨 말인가?"

"이각과 곽사가 싸움을 시작했다고는 하지만 아직 어느 쪽도 상한 정도는 아닙니다. 더 기다려야 합니다. 만약 지금 주공께서 섣불리 군사를 일으킨다면 둘은 반드시 싸움을 멈추고 힘을 합치게 될 것입니다. 그렇게 되면 천자를 끼고 있는 그들 쪽이 유리합니다. 거기다가 섬서에 가 있는 장제(張濟)까지 그들에게 가세하면 주공께서는 열에 아홉 어려운 지경에 빠져들고 말 것입니다."

곽가는 조조가 헤아리지 못하던 것까지 단숨에 말했다. 그러나 조조의 눈에는 무언가 또 다른 중요한 이유를 숨기고 있는 듯 보였다. 가만히 듣고 있던 조조가 한참 뒤에 나직이 물었다.

"이유란 그뿐인가?"

그러자 곽가는 이번에는 대답 대신 살피듯 조조를 올려보다가 거듭 조조의 물음을 듣고서야 역시 나직하게 되물었다.

"주공께서는 스스로를 천하에 바치고자 하십니까? 천하를 얻고자 하십니까?"

만약 젊은 날에 그 같은 질문을 받았다면 조조는 틀림없이 스스로를 바치는 쪽으로 대답했을 것이다. 그러나 마흔 줄에 접어든 지금, 그리고 한실(漢室)에 대한 거듭된 환멸로 충성의 서약마저 철회해버린 지금에 이르러서는 어느 편도 선뜻 택할 수가 없었다. 한쪽은 자기를 믿고 따르는 이에게 거짓말을 하는 셈이 되고 다른 한쪽은 드러내놓고 말하기에 너무 엄청난 일이 되는 까닭이었다.

"봉효가 짐작하고 있는 대로일세."

한참을 망설이던 조조는 그렇게 대답해놓고 다시 곽가를 살폈다. 이상스레 번쩍이는 눈길로 조조를 마주보던 곽가가 무겁게 입을 열었다.

"천하를 얻고자 하는 자에게는 스스로 다가가는 수고로움도 있어야 하지만 때로는 천하가 스스로 다가오도록 기다리기도 해야 합니다. 그런데 지금이 주공께서는 바로 기다려야 할 때입니다."

조조는 곽가의 그 같은 말이 한편으로 섬뜩하면서도 한편으로는 기뻤다. 조조가 곽가에게 보인 유별난 정은 어쩌면 재주보다 그런 젊은 패기와 과단성 쪽이었는지도 모를 일이었다.

어쨌든 그 일이 있고 난 뒤부터 조조는 아무하고도 장안성의 변란에 대한 적극적인 개입을 의논하지 않았다. 그리고 이미 말한 대로, 어쩌다 진병(進兵)을 주장하는 쪽이 있어도 곽가가 곁으로 내세운 이유를 반복할 뿐이었다.

하지만 헌제가 양봉과 동승의 호위 아래 홍농으로 떠났다는 소식에 이어 날아든 갖가지 후문은 더 이상 조조를 산동에 눌러 있을 수 없게 하였다. 천자를 둘러싼 상황이 너무도 급박하고 천하 형세의 변화가 너무도 격심했기 때문이었다. 그 경과는 대강 이러했다.

뜻 아니하게 동승(董承)이 나타나 양봉을 거드는 바람에 두 번째 싸움에도 지고 만 곽사는 쫓겨 돌아가는 길에 역시 어가를 뺏으러 달려오던 이각의 군사들을 만났다. 이미 말만이라도 화해를 한 데다 곽사 역시 어가를 뺏지 못하고 돌아오는 길이라 이각도 전처럼 무턱

대고 싸우려 들지만은 않았다. 그런 이각에게 곽사가 말했다.

"양봉과 동승 두 놈이 갑자기 나타나 어가를 구해 홍농으로 달아났네. 만약 그것들이 천자와 함께 산동에 이르는 날이면 우리는 끝장일세. 그곳에 자리를 잡고 천자의 영을 빌어 천하에 포고를 내리면 제후들은 모두 힘을 합쳐 우리를 칠 것이니 우리는 삼족이 살아남기 어려울 것이네."

이각이 듣고 보니 일인즉 낭패였다. 어제까지 창칼을 맞대고 싸우던 일을 까맣게 잊은 듯 곽사에게 새롭고도 엄청난 제의를 했다.

"지금 장제가 군사를 거느리고 장안에 있으나 가볍게 움직이지는 못할 것이네. 자네와 나는 그 틈을 타 군사를 합쳐 홍농으로 진격하세. 가서 한나라의 천자를 죽여버리고 우리 둘이 천하를 반씩 나누어 갖는 게 어떤가?"

곽사가 생각하니 그럴듯한 계획이었다. 그 자리에서 기꺼이 응낙하고 군사를 합친 뒤 천자의 행렬을 뒤쫓기 시작했다. 군량을 제대로 준비할 틈이 없었던 데다 원래가 기강이 제대로 안 된 군대라 필요한 것은 모두 약탈에 의지하니 그들이 지나는 길목에는 쌀 한 톨 닭 한 마리 남아나지 않았다.

이각과 곽사가 군사를 모아 뒤따라온다는 걸 알자 양봉과 동승은 군사를 돌려 동간이란 곳에서 한바탕 싸움을 벌이기로 했다. 군세가 적병보다 약하니 만큼 기계(奇計)로 적을 물리쳐야 하는 게 양봉과 동승의 입장이었다.

하지만 이각과 곽사 또한 싸움을 모르는 장수들이 아니었다. 양봉, 동승과의 싸움을 앞두고 서로 의논을 맞추었다.

"적은 군사의 수효가 많지 못하니 혼전을 벌이면 이길 수 있을 것이네. 계략이고 뭐고 마구잡이로 밀어붙여버리세."

그리고 거기에 따라 이각은 왼쪽을 맡고 곽사는 오른쪽을 맡아 산과 들을 덮으며 그대로 밀어왔다. 계책이라면 가장 좋은 계책이었다.

양봉과 동승도 각기 한쪽씩 맡아 대항했으나 워낙 군사가 모자랐다. 겨우 천자가 탄 수레만 보존했을 뿐 백관과 궁인들이며, 장부와 전적, 서책 및 궁궐에서 쓰는 여러 가지 집기들은 모조리 버리고 도망치지 않을 수 없었다.

싸움에 이긴 이각과 곽사는 홍농까지 군사를 몰고 갔다. 그리고 군사를 풀어 부녀자를 겁탈하고 재물을 빼앗으니 홍농은 죄 없이 폐허와 다름없이 되어버렸다.

그런 다음 이각과 곽사는 군사를 나누어 섬북(陝北)으로 피해가는 어가를 쫓았다. 양봉과 동승은 한편으로는 이각과 곽사에게 사람을 보내 여러 가지 약속으로 강화를 청하고, 다른 한편으로는 몰래 하동으로 성지(聖旨)를 보내 그곳에 자리 잡고 있는 흑산적의 한 갈래를 불러들였다. 백파(白波)의 우두머리 한섬(韓暹)과 이낙(李樂), 호재(胡才) 등이 그들이었다. 그중에서도 특히 이낙은 산중에서 무리를 모아 도적질을 하던 산적에 지나지 않았으나 사정이 급하니 부르지 않을 수 없었다.

천자의 부름을 받은 한섬, 이낙, 호재 세 사람은 기꺼이 응했다. 이각과 곽사만 막아주면 지난 죄를 묻지 않을 뿐만 아니라 벼슬까지 내리겠다는 데야 어떻게 오지 않을 수 있겠는가.

그리하여 모두 산채를 거두고 내려온 그들 셋은 동승, 양봉과 힘을 합쳐 홍농으로 쳐들어갔다. 천자로부터 강화 요청을 받아 잠시 추격을 늦추고 홍농에서 머뭇거리던 이각과 곽사는 그 갑작스런 공격에 견뎌내지 못했다. 한 싸움에 대패하여 쫓겨가니 홍농은 다시 천자가 머무는 곳이 되었다.

　하지만 그렇다고 이각과 곽사가 그대로 물러간 것은 아니었다. 그들은 인근을 돌아다니며 닥치는 대로 백성들을 노략질하고 젊고 건장한 자는 잡아 병졸을 만들었다. 이른바 죽음도 두려워하지 않는다는 감사군(敢死軍)이 그들이었다.

　그렇게 되자 이각과 곽사의 세력은 오래잖아 커졌다. 약탈한 곡식이라고 군량이 되지 않을 리 없고 억지로 끌려갔다고 해도 병졸은 병졸이었다.

　그 꼴을 두고 볼 수 없어 헌제는 이낙을 보내 이각과 곽사를 치게 했다. 이낙은 위양에서 이각과 곽사의 군대를 따라잡고 급하게 몰아쳤다. 승세를 탄 공격이라 이각과 곽사가 유리하지 못했다. 그때 곽사가 꾀를 냈다. 군사들에게 영을 내려 의복이며 약탈해 지니고 있던 물건들을 모조리 길바닥에 버리고 도망치게 했다.

　이낙의 군사들이란 게 원래가 산도적들이었다. 길 위에 즐비하게 버려진 의복이며 재물을 보자 서로 다투어가며 줍기에 바빴다. 그렇게 되니 대오가 남아날 리 없고 군령 또한 제대로 전달될 리 없었다.

　"이때다! 모두 되돌아 서서 적을 쳐라!"

　이낙의 군사가 흐트러진 것을 보자 이각과 곽사가 그렇게 소리쳤다. 명을 받은 이, 곽의 군사들이 사방에서 되돌아와 재물에 정신이 빠져 있는 이낙의 군사들을 어지러이 치자 이번에는 이낙의 대패였다.

가장 믿었던 이낙이 그 모양으로 져서 쫓겨 들어오니 양봉과 동승도 마침내 홍농을 지켜낼 수 없었다. 급히 어가를 보호하여 북쪽으로 달아나기 시작했다. 이번에는 놓아주지 않겠다는 듯 이각과 곽사의 추격은 급했다. 천자가 탄 수레가 느려 행군이 더디자 이낙이 천자께 권했다.

"일이 급합니다. 바라건대 폐하께서는 말에 오르시어 먼저 피하십시오."

그러나 젊은 헌제는 의연히 대답했다.

"짐이 어찌 홀로 살기를 바라 백관을 버리고 먼저 달아날 수 있겠소? 차라리 함께 사로잡힐지언정 그렇게는 할 수 없소."

그 말을 따르던 백관들이 한결같이 눈물을 흘렸다.

"제가 한번 뒤를 막아보겠습니다."

호재가 그렇게 말하고 칼을 휘두르며 밀려오는 이각과 곽사의 군사들에게 마주쳐 나갔으나 소용없었다. 개미 떼처럼 밀려오는 난군 가운데서 누구의 병장기에 의한 줄도 모르게 목숨만 잃었을 뿐이었다.

"폐하, 아무래도 수레를 버리시고 걷는 게 낫겠습니다. 어서 내리십시오."

일이 급한 걸 보고 양봉이 다시 권했다. 천자도 이번에는 그 말을 따랐다. 군신이 앞서거니 뒤서거니 하며 한참을 가다 보니 황하가 앞을 가로막았다. 이제는 더 나갈래야 나갈 수도 없게 된 것이었다.

이낙의 무리가 어디선지 작은 배 한 척을 찾아와 물을 건너려 했다. 이때 날씨는 몹시 추웠다. 머뭇거리는 황제와 황후를 억지로 부축하여 배에 오르게 하려 했으나 강 언덕이 높아 배를 댈 수가 없었다.

"말고삐 줄을 이어 폐하의 허리를 묶고 배에 내리게 하는 수밖에 없소."

이각과 곽사의 추격이 급한 걸 보고 양봉이 황망하여 말했다. 황제 곁에 있던 사람들 가운데서 국구(國舅)인 복덕(伏德)이 흰 비단 열 필을 내놓으며 말고삐 줄을 대신케 했다.

"이 비단은 난군 중에 얻은 것인데 이걸 쓰면 폐하의 연(輦)을 배에 내리게 할 수 있을 것이오."

이에 행군교위 상홍(尙弘)이 천자와 황후를 비단으로 동인 후 여러 신하들이 언덕 위에서 그 한 끝을 잡게 하고 조금씩 배 위로 내려 보냈다. 만승의 귀한 몸을 얼어붙은 물에 적시지 않고 무사히 내리기 위함이었다. 뱃머리에는 이낙이 칼을 빼들고 섰고 곁에는 찬물을 헤어 배로 건너간 황후의 오라버니 복덕이 내려오는 황후를 받아 안기 위해 기다리고 있었다.

황제와 황후가 무사히 뱃전으로 내려서자 그다음은 중신들의 차례였다. 그러나 배는 작고 탈 사람은 많으니 아무래도 차례가 오지 않게 된 사람들이 가만있지 않았다. 얼음같이 찬물에 뛰어들어 뱃전에 매달리며 태워주기를 애걸했다.

뱃전에 서 있던 이낙이 칼을 빼어 뱃전에 매달리는 자는 모조리 찍어버렸다. 그리고 군사를 재촉해 황제와 황후를 강 건너로 옮겨놓은 뒤에야 다시 배를 보내 남은 사람들을 실어왔다. 이번에도 이낙은 차례가 아닌데 뱃전에 매달리는 자가 있으면 모조리 그 손가락이나 손목을 사정없이 찍어버렸다. 바람 찬 겨울 강가에 때 아닌 곡성이 하늘을 울렸다.

그렇게 강을 건너고 보니 헌제 주위에 남은 것은 겨우 대신 여남은 명뿐이었다. 헌제는 양봉이 어디선가 구해 온 소달구지를 타고 대양에 이르렀다. 황망한 피난길이라 조석 공양인들 제대로 될 리 없었다. 저녁도 굶은 채 어느 헌 기와집에 자리를 정하고 누웠는데 이름 모를 촌 늙은이 하나가 조밥을 진상했다. 헌제와 황후는 함께 수저를 들었으나 그 거친 밥이 제대로 목구멍을 넘어가주지 않았다.

이튿날이었다. 그렇다고 달리 의지할 만한 데도 없는 황제는 이낙을 정북장군, 한섬을 정동장군으로 삼아 격려한 뒤 다시 수레를 움직이게 했다. 그런데 얼마 가지 않아 두 대신이 찾아와 수레 앞에 엎드리며 통곡을 했다. 보니 태위 양표(楊彪)와 태복 한융(韓融)이었다. 모두 지난날 손발같이 부리던 측근들이라 그들을 만난 황제와 황후는 함께 눈물을 지었다.

한동안 눈물로 다시 만난 반가움을 대신한 뒤 한융이 말했다.

"이각과 곽사 두 도적이 신의 말은 제법 믿는 편입니다. 신이 목숨을 걸고 저들을 달래 군사를 물리게 하겠사오니 폐하께서는 부디 옥체나 잘 지키십시오."

한융이 그렇게 말하고 떠난 뒤 이낙은 황제께 청해 양봉의 영채 안에 잠시 머물도록 했다. 그때 양표가 다시 진언했다.

"신이 생각건대 가까운 안읍은 비록 작고 궁벽하나 양봉의 영채

안보다는 지내시기에 나을 듯합니다. 그곳으로 옮기시는 게 어떻겠습니까?"

"경의 뜻대로 하라."

그의 계책에 따라 이각과 곽사를 이간시켰다가 오히려 이 같은 어려움에 떨어졌으나 양표를 믿는 천자는 두말없이 허락했다.

하지만 그 같은 전란 중에 어디인들 성하겠는가. 안읍도 같은 처지라 어가가 이르렀으나 천자가 거처할 만한 집조차 없었다. 할 수 없이 띠집[茅屋] 한 채를 빌어 거처하는데, 드나드는 문조차 없어 가시를 베어다 사방을 둘러 막았다. 그리고 천자와 대신들은 그 띠집 아래서 조회를 하고 장수들은 모두 울타리 밖에서 군사를 이끌고 지켰다.

거기다가 더욱 기막힌 것은 이낙과 한섬의 무리였다. 슬슬 도적의 본색을 드러내 나랏일을 전단(專斷)하는데, 대신일지라도 거슬리면 황제 앞에서도 때리고 욕설을 퍼부었다. 일부러 황제에게 거친 밥과 탁한 술을 보냈으나 황제 또한 받아들이지 않을 수 없었다. 뿐만 아니라 이낙과 한섬은 그때껏 따라온 이백여 명의 졸개들에게 저마다 벼슬을 내려주도록 청했다.

"그들은 모두 폐하를 위해 시석(矢石)을 무릅쓰고 싸운 자들이오니 마땅히 높은 벼슬을 내려 위로하셔야 합니다."

강도며 백정, 무당, 주졸(走卒) 따위에게 교위나 어사 벼슬을 내려달라는 요구였다. 평시 같으면 그들이 감히 우러러볼 수조차 없는 관작들이었지만 황제는 또한 따르지 않을 수 없었다. 그러나 황망히 쫓기는 길이라 옥새를 갖추지 못했다. 급히 파게 하였지만 그나마도 제대로 되지 않았다. 송곳으로 그리다시피 한 나무토막을 옥새라고 찍게 되니 황제의 체통이 말이 아니었다.

한편 이각과 곽사를 찾아간 태복 한융은 갖은 말로 그들을 달랬다. 이각과 곽사도 황제가 이미 황하를 건넜을 뿐만 아니라 따르는 무리 또한 적지 않다는 한융의 말에 졸속히 도모할 수 없다 여겼다. 거기다가 여러 가지 좋은 조건을 내걸며 군사를 물리라 하니 못 이긴 체 따르기로 하고, 먼저 잡아두고 있던 백관과 궁인부터 돌려보냈다.

하지만 황제의 어려움은 거기서도 끝나지 않았다.

그해는 몹시 흉년이었다. 백성들은 모두 나무 껍질과 풀뿌리로 목숨을 이어가니 굶고 부황들어 죽은 시체가 들판을 덮었다. 다행히 하내 태수 장양(張揚)이 고기와 쌀을 보내오고, 하동 태수 왕읍(王邑)이 비단과 베를 보내 천자는 차차 지내기가 나아졌다.

동승은 양봉과 의논하여 사람을 보내 낙양의 궁궐을 수리하게 하는 한편 어가를 그리로 모시려 했다. 이낙이 곰곰 생각해보니 낙양에 돌아가봤자 자기에게 별로 이득이 있을 것 같지 않았다. 근본이 떳떳치 못한 데다 그동안 해놓은 짓이 있어 뒤가 켕기기도 했다. 이낙이 이런저런 핑계로 낙양에 돌아가지 않으려 하자 동승이 좋은 말로 달랬다.

"낙양은 원래가 천자의 도읍이었던 땅이오. 이 안읍은 땅이 좁고 물산도 넉넉지 못한데 어찌 오래도록 어가를 머무르게 할 수 있겠소? 이제 어가를 모시고 낙양으로 돌아가는 게 이치에 맞는 일이오."

그러나 이낙은 벌컥 성까지 냈다.

"정 그렇다면 그대들이나 어가를 모시고 낙양으로 돌아가시오. 나는 여기 있겠소!"

딴에는 그렇게 하면 차마 돌아가지 못하리라 여겼다. 어가를 호위하는 군사들이란 게 태반이 이낙의 졸개들이라 동승과 양봉이 아무리 급하다 해도 몇 안 되는 자기 군사들만 믿고 어가를 움직이지는 않으리라고 생각했기 때문이었다.

하지만 동승과 양봉은 끝내 어가를 낙양으로 되돌리게 했다. 어렵더라도 돌아만 가면 관동의 제후들 가운데 하나를 불러들일 작정이었다.

생각과는 달리 어가가 기어이 낙양으로 떠나자 이낙은 마음을 달리 먹었다. 가만히 사람을 이각과 곽사에게 보내어 함께 천자를 사로잡자고 제안했다. 자기 군사만으로는 동승과 양봉의 수하를 이겨내지 못할 것 같아 이각의 무리와 손을 잡은 것이었다.

동승과 양봉은 이낙의 그 같은 계획을 알자 밤낮을 쉬지 않고 길을 재촉하는 한편 천자의 어가를 행렬의 맨 앞에 세워 기관을 넘게 했다. 그 소식을 들은 이낙은 마음이 급했다. 이각과 곽사의 군사가 오기를 기다리지 못하고 스스로 졸개들을 이끌고 뒤를 쫓기 시작했다.

천자의 행렬은 궁인, 대신들과 보졸들이 뒤섞인 것이요, 이낙의 군사는 젊고 날랜 자들과 말 탄 군사들이라 사경 무렵이 되자 이낙은 어가를 따라잡을 수 있었다. 어가를 앞세운 천자의 행렬이 막 기산 아래 이르렀을 때 이낙이 무리를 이끌고 막아서서 소리쳤다.

"어가는 잠시 머무르라! 이각과 곽사가 여기 있다."

헌제가 놀라 바라보니 벌써 산 위 이곳저곳에 불길이 일고 있었다. 정말로 이각과 곽사의 대군이 이른 것 같았다.

그때 형세를 살피던 양봉이 놀란 헌제를 진정시켰다.

"폐하, 심려 마십시오. 이것은 이낙이란 놈의 장난일 뿐입니다. 이각과 곽사는 틀림없이 아직 오지 않았습니다."

그리고는 뒤따르는 군사들 쪽을 향해 소리쳤다.

"서황은 어디 있느냐? 어서 가서 역적 놈의 목을 가져오지 못하겠느냐?"

그 말에 서황이 한달음에 도끼를 휘두르며 달려 나갔다. 서황의 용맹을 얕잡아본 이낙이 제 스스로 서황을 맞았다. 두 말이 어우르는가 싶더니 단 한 번 창칼이 부딪기도 전에 이낙이 두 토막이 나 말 아래로 굴러떨어졌다. 힘을 얻은 양봉이 군사를 내보내 남은 이낙의 졸개들을 죽인 뒤 재빨리 기관을 넘었다.

이때 천자의 어가가 낙양으로 돌아온다는 말을 들은 하내 태수 장양은 다시 곡식과 베를 보내 어가를 맞아들였다. 황제는 장양에게 대사마 벼슬을 내렸으나, 장양은 사양하고 군사를 야왕에 주둔시켜 뒤따라오는 이각과 곽사의 무리를 경계했다.

간신히 낙양으로 돌아오기는 했지만 성안을 둘러본 천자의 마음은 어둡기만 했다. 궁궐은 모조리 불타고 거리는 황폐한데 눈에 들어오는 것은 다만 엉겅퀴와 쑥대뿐이었다. 황제는 양봉에게 명하여 궁실 중 무너지다 만 담벽이나마 남은 곳을 골라 손을 보게 한 뒤 그곳을 거처로 삼았다. 백관들이 조하(朝賀)를 드리러 왔으나 그런 황제를 보는 마음은 모두 가시덤불 속에 떨어진 것처럼 괴로웠다.

28

궁궐이 그 모양이니 그러잖아도 떨어질 대로 떨어진 제실의 체통은 한층 말이 아니었다. 그러나 헌제는 조서를 내려 연호를 흥평(興平)에서 건안(建安)으로 고쳤다. 나라를 새로이 일으켜보려는 의지의 표현이었다.

하지만 그해따라 흉년이 겹쳐 그같이 장한 헌제의 뜻도 소용이 없었다. 겨우 수백 호나 될까 말까 한 낙양의 백성들은 먹을 것이 없어 모두 성을 나가버렸다. 산과 들에서 나무껍질이나 풀뿌리라도 캐어 먹기 위함이었다. 그나마도 할 만한 힘이 없는 사람들은 성안에서 굶어죽었는데 무너지고 부서진 담 사이가 굶어죽은 시체로 뒤덮이다시피 했다. 한나라의 천운이 쇠하기가 그와 같았다.

천자며 대소 관원인들 먹을 게 넉넉할 리 없었다. 거기다가 백성들까지 낙양을 버리고 떠나버리자 제실은 한층 외로웠다. 보다 못한 태위 양표(楊彪)가 헌제에게 아뢰었다.

"전에 폐하께서 조서를 내리셨으나 이각과 곽사의 난리를 겪는 통에 띄우지 못한 게 있습니다. 다름이 아니라 산동에 있는 조조를 불러들이는 일입니다. 그의 군사는 강하고 장수들은 용맹스러우니 그를 조정으로 불러들여 제실을 보필케 하십시오."

"짐이 이미 조서를 내렸거늘 새삼 물을 게 무엇이오? 빨리 사람을 뽑아 조서를 조조에게 전하게 하시오."

그 같은 헌제의 윤허를 얻자 양표는 그날로 사람을 뽑아 산동으로 보냈다.

그 무렵 조조는 사방에 풀어놓은 염탐꾼들을 통해 그 같은 낙양의 사정을 소상히 듣고 있었다. 곧 천자의 부름이 있으리라는 것까지는 몰랐으나 천자가 아무런 보호도 없이 텅 빈 낙양에서 곤궁한 나날을 보내고 있다는 말을 듣자 이제 때가 왔다고 생각했다. 그러나 곽가의 생각은 달랐다.

"아직 좀더 기다리십시오. 곧 천자의 부름이 있을 것입니다."

낙양으로 군사를 이끌고 가서 외로운 천자를 옹위하는 게 어떨까라는 조조의 물음에 곽가는 여전히 무겁게 고개를 가로저으며 그렇게 대답했다. 약간 다급해진 조조가 다시 물었다.

"제실이 곤궁하다고 해서 반드시 이 나를 부르리라는 보장은 없지 않은가?"

"지금 주공과 힘을 겨룰 만한 자는 더러 있으나 조정이 알고 있는 것은 주공뿐입니다. 지난번에 번거로움을 무릅쓰고 산동 평정의 표문을 올린 것은 그 때문이 아니었습니까?"

"그렇지만 조정이 나를 부르기 전에 원술이나 공손찬 같은 무리가 먼저 입경하여 천자를 끼고 앉게 되면 어떻게 하겠는가?"

조조가 굳이 원소를 들먹이지 않은 것은 아직 그와 동맹 관계에 있기 때문이었다. 그러나 마음속으로 가장 두려운 것은 원소였다. 공손찬은 입경하려면 반드시 원소를 지나야 하고, 원술은 속이 좁은 데다 성미까지 급해 구태여 천자를 끼고 무얼 해보려고 들지는 않을 것이기 때문이었다. 곽가가 그런 조조의 마음속을 읽은 듯 대답했다.

"원술, 공손찬 따위는 물론 원소도 그럴 만한 안목은 없을 것입니다."

"원술, 공손찬은 그렇다 쳐도, 본초(本初)까지야……."

"그렇지 않습니다. 원소는 과단성이 없고 지나치게 헤아리는 결점이 있습니다. 어쩌면 그도 천하를 호령하는 데는 천자를 끼는 것이 가장 지름길이 된다는 걸 알고 있을 것입니다. 그러나 또한 지금까지 천자를 끼고 있던 자는 제후들의 공적이 되어 시달리다가 마침내는 패망하는 꼴도 여러 번 보아왔습니다. 원소는 반드시 그 두 가지 이롭고 해로운 점을 함께 헤아릴 것이지만, 소심한 그가 택하는 것은 열의 아홉 큰 이로움을 취하는 쪽보다 큰 해로움을 피하는 쪽일 것입니다."

그 같은 곽가의 말은 마디마디 조리와 근거가 있었다. 그러나 이미 불같은 야심과 열정에 몸이 달기 시작한 조조로서는 모두 받아들일 느긋함이 없었다. 곽가가 나가자마자 이번에는 순욱을 불러들였다.

"들으니 방금 성상께서는 이각과 곽사의 수중을 벗어나 낙양에 돌아와 계시다고 하오. 그러나 낙양성은 흉년으로 텅 비고, 폐하는 호위하는 것도 동승, 양봉의 수하 몇 백에 지나지 않으니 가위 버려져 있음이나 다름없소. 문약(文若)은 이제 우리가 어떻게 하면 좋을 것 같소?"

조조의 그 같은 물음에 순욱은 기다리고 있었다는 듯 대답했다.

"지난날 진(晉) 문공(文公)은 주(周) 양왕(襄王)을 모심으로써 여러 제후들이 복종하였고, 한고조(漢高祖)께서도 의제(義帝)를 위해 발상(發喪)을 함으로써 천하의 인심을 거두어들였습니다. 지금 어가가 어려운 피난길에 있을 때에 장군께서 앞장서 창의(倡義)의 군사를 일으켜 천자를 받드신다면 뭇사람의 기대를 모아 큰일을 이루실 수 있습니다. 만약 일찍 이 일을 꾀하시지 않고 머뭇거리시다가 다른 사람이 나서게 될까 두렵습니다."

그 말에 조조는 매우 기뻤다. 순욱의 뜻이 자신과 같을 뿐만 아니라, 언제부터인가 속으로 은근히 불안하게 생각하던 순욱의 마음속을 일부나마 확인한 것 같은 느낌 때문이었다.

순욱에 대한 조조의 의심이란 순욱이 자신을 주인으로는 섬겨도 궁극적인 충성의 대상으로는 삼고 있지 않은 듯한 데서 온 것이었다. 다시 말해 조조 자신을 향한 무조건의 충성이 아니라, 한(漢)을 부흥시킬 인물로서의 조조를 향한 섬김이요, 따름인 듯한 태도였다. 사실 조조가 제실의 어려움을 알면서도 가만히 살피고만 있었던 그 몇 달 동안 왠지 우울한 얼굴로 조조 대하기를 꺼리던 순욱이었다.

그런데 그 순욱이 춘추시대의 패자(覇者)인 진문공과 한나라를 일으킨 고조를 내세워 낙양으로의 진군을 권하고 있지 않은가. 비록 그것이 자신의 마음을 한층 크게 흔들어놓기 위한 비유에 지나지 않을지라도 조조는 기뻤다. 특히 한고조를 예로 든 것은 조조의 가슴속 깊이 꿈틀거리고 있는 대야망까지 순욱이 알고 있는 것으로 여겨져 한가닥 전율까지 느껴졌다.

"과연 문약은 나의 자방(子房, 유방을 도와 한을 세운 장량)이오. 하마터면 깨닫지 못한 사이에 큰일을 그르칠 뻔하였소."

조조는 순욱의 뜻을 한 번 더 다짐하듯 그렇게 치하하고 곧 군사를 일으킬 준비에 들어갔다. 그러나 아직 그 명이 제대로 하달되기도 전에 문득 한 급한 전갈이 왔다.

"성상께서 주공을 부르시는 조서를 가지고 낙양에서 사람이 왔습니다."

32

곽가가 말하던 그때가 먼저 찾아온 것이었다. 조조는 좌우에게 명해 격식을 갖추어 사자를 맞아들이고, 그 앞에 엎드린 채 자기를 부르는 황제의 조서를 받들었다. 그리고 그날로 크게 군사를 일으켰다.

"폐하께서 그토록 어려움을 겪고 계신 터에 어찌 촌각이라도 지체할 수 있겠느냐? 모든 장졸은 걸음을 배로 하고 밤을 낮으로 삼아 낙양으로 치닫도록 하라. 이를 조금이라도 어기는 자는 군율로 엄히 다스리리라!"

낙양성에 있는 황제의 어려움을 들을 때는 눈물까지 흘리고 다시 출발에 즈음해서는 진두에서 칼을 빼든 채 그런 추상같은 영을 내리던 조조에게서 누구도 사심을 찾아볼 수 없었다. 그러나 조조를 감격시키고 조급하게 한 것은 사직의 위태로움이나 천자의 어려움이 아니라 스스로 안겨오고 있는 듯 느껴지는 천하였다.

이때 낙양에 있는 헌제는 또 새로운 어려움을 맞고 있었다. 몇 안되는 군사의 호위 아래 백성들이 없어 무너진 채 수리조차 못한 성곽에 의지해 불안한 날을 보내고 있는데 갑자기 급한 보고가 들어왔다.

"이각과 곽사가 군사를 이끌고 낙양으로 짓쳐오고 있다고 합니다."

놀란 헌제는 급히 사람들을 불러모은 뒤 양봉에게 물었다.

"산동으로 간 사자가 아직 돌아오지도 않은 이 마당에 이각과 곽사의 군사가 이곳으로 쳐들어온다 하니 어찌하면 좋겠소?"

양봉이 곁에 있던 한섬과 아울러 대답했다.

"저희들이 그 두 역적과 죽기로 싸워 폐하를 지키고자 합니다. 허락하여 주옵소서."

둘 다 장하고 갸륵했지만 특히 놀라운 것은 한섬이었다. 비록 출신은 산적에 지나지 않았으나 한번 천자의 부름을 받아 나온 뒤에는 그 누구에 못지않은 충성을 바쳤다. 옛 동료였던 이낙의 유혹도 뿌리치고 험한 낙양길을 택하여 몸을 돌보지 않고 어가를 지켰으며, 이제는 형세가 이롭지 못함을 뻔히 알면서도 천자를 위해 기꺼이 죽으려 하고 있는 것이었다. 하지만 이각과 곽사에 비해 그들이 거느린 군사가 너무 적었다. 그걸 근심한 동승이 조용히 입을 열었다.

"두 분의 뜻은 장하오만, 성곽은 튼튼하지 않고 병갑(兵甲)은 아울러 적에게 미치지 못하니 실로 걱정이오. 만약 싸워서 이기지 못하면 그때는 또 어찌하겠소? 우리야 한목숨 바치면 그뿐이라 해도 폐하께서 여기 계시니 차마 양책이라 할 수 없구려. 차라리 어가를 모시고 조조가 있는 산동으로 피해 감만 못할 것이오."

그 말에 양봉과 한섬은 얼른 대꾸를 못했다.

"경의 말이 옳소. 즉시 산동으로 떠나도록 하시오."

황제도 동승의 말을 옳게 여겨 그렇게 결정을 내렸다. 이에 고단한 어가는 다시 피난길에 오르는데 말이 없는 백관들은 모두 걸어서 뒤를 따랐다.

일행이 막 낙양성을 벗어났을 무렵 화살이 날아갈 거리도 못 미치는 곳에 자욱이 먼지가 일며 북소리와 함께 수많은 인마가 달려오고 있었다. 황제와 황후는 두려움에 떨며 입조차 열지 못했다.

그때 무리 가운데서 말 한 필이 나는 듯 황제 일행 쪽으로 달려왔다. 가까이 오는 걸 보니 전날 산동의 조조에게 사자로 보냈던 이였다. 어가 앞에 무릎을 꿇기 바쁘게 천자께 아뢰었다.

"조장군은 산동의 병마를 모조리 이끌고 폐하의 소명을 받들고자 달려오는 중입니다. 도중에 이각과 곽사가 낙양을 범하려 한다는 소식을 듣고 하후돈을 선봉으로 삼아 상장 열 명과 정병 오만을 보냈습니다. 어가를 지키게 하려 함이니 이제 폐하께서는 심려를 그치시옵소서."

그제야 헌제도 마음을 놓았다. 오래잖아 하후돈이 허저와 전위 등을 이끌고 어가 앞에 나타나 군례로 헌제를 뵈었다.

"경들의 수고로움이 크다. 힘써 역적들을 치고 나라를 평안케 하라."

헌제가 그렇게 하후돈을 위로하고 있는데 다시 동쪽에서 한 떼의 군사가 이르고 있었다. 헌제는 즉시 하후돈에게 명하여 다가오는 군사들이 어느 쪽인지 알아보게 했다.

"조장군의 보군이 이제 당도한 것입니다."

하후돈이 곧 그같이 알려왔다. 조금 있으려니 조홍, 이전, 악진이 보졸들을 이끌고 나타나 어가 앞에 엎드렸다. 황제의 물음에 이름을 밝힌 조홍이 다시 아뢰었다.

"신의 형은 적이 가까이 왔음을 알고 혹시라도 하후돈 혼자서 당하기 어려울까 걱정하고 있습니다. 이에 신과 몇 장수에게 속도를 배로 하여 달려가 도우라기에 이렇게 온 것입니다."

헌제는 기뻤다.

"조장군이야말로 정말 사직을 위하는 신하로다."

그렇게 조조를 치하한 뒤 조홍으로 하여금 어가를 보호하며 앞서게 했다. 그때 탐마가 달려와 알렸다.

"이각과 곽사가 군사를 이끌고 짓쳐들어오고 있습니다."

그러자 헌제는 두려움 없이 명을 내렸다.

"하후돈과 조홍 두 장군은 각기 길을 나누어 두 역적을 치도록 하라!"

영을 받은 하후돈과 조홍은 곧 군사를 둘로 나누어 이각과 곽사를 맞으러 나갔다. 각기 양날개를 이루며 마군을 앞세우고 보군으로 뒤를 받치게 한 뒤 일제히 공격했다. 원래 산동의 정병만 뽑아 선봉으로 삼은 데다 조조 막하의 맹장들이 앞장서서 들이치니 헌제 일행을 잔뜩 얕보고 쫓기에만 급급하던 이각과 곽사가 당해낼 리 없었다. 한 싸움에 크게 져 목 없는 시체만 만여 구나 남겨놓고 달아나고 말았다.

"폐하, 이제는 안심하고 낙양으로 환궁하십시오."

이각과 곽사를 멀리 쫓아버린 하후돈이 그렇게 헌제에게 권했다. 조조가 대군을 이끌고 와 지켜준다는 데야 헌제인들 낙양을 버릴 까닭이 없었다. 곧 어가를 돌려 낙양으로 돌아가 무너지다 남은 옛 궁궐에 자리 잡았다. 하후돈과 조홍은 성 밖에 군사를 머물게 하여 다시 올지 모르는 이각과 곽사에 대비했다.

조조는 그 다음 날에야 대군을 이끌고 낙양에 이르렀다. 먼저 성 밖에다 영채를 세우고 군사들을 자리 잡게 한 뒤에야 성안으로 들어가 천자를 뵈었다.

조조가 궁궐 계단 아래 엎드리자 황제는 평신(平身, 국궁을 안 함)을 허락하고 좋은 말로 노고를 치하했다. 조조가 입을 열어 그런 헌제를 더욱 기쁘게 했다.

"신은 일찍부터 나라의 큰 은혜를 입어 항시 보답하고자 마음에

새겨두고 있었습니다. 이제 이각과 곽사 두 역적의 죄가 땅을 덮고 하늘에 닿을 만하니, 신은 그동안 기른 날랜 군사 이십만을 들어 두 역적을 치고자 합니다. 이는 따름[順]으로 거스름[逆]을 치는 것인즉 어찌 이기지 못하겠습니까? 폐하께서는 다만 용체(龍體)를 보중하심으로 사직의 크고 무거움을 잊지 마옵소서."

이에 헌제는 조조를 영(領) 사예교위 가절월(假節鉞) 녹상서사(錄尚書事)로 삼았다. 어제까지 명목뿐인 외직에 있던 조조가 하루아침에 조정의 대신으로 들어앉게 된 것이었다.

한편 이각과 곽사는 한 싸움을 크게 지고 난 뒤에야 산동의 조조가 온 줄 알았다. 그러나 한때 나라의 대권을 쥐고 흔들던 그들의 기억에 조조는 그리 대단한 인물로 보이지 않았다. 첫 싸움에 진 것은 다만 뜻밖에 공격을 받은 탓이라 단정하고 둘이 모여 다시 싸울 의논을 했다.

천하의 형세나 사람을 알아보는 눈이 누구보다 밝은 가후(賈詡)가 그런 그들을 말렸다.

"아니 됩니다. 조조의 군사는 가리고 가려 뽑은 정병들이요, 장수들은 하나같이 날래고 용맹스럽습니다. 차라리 항복하여 그동안 지은 죄를 빎만 같지 못합니다."

그 말에 이각은 왈칵 성이 났다.

"네놈이 감히 우리 예기(銳氣)를 꺾으려 드느냐?"

그 한마디 꾸짖음과 함께 칼을 빼어 가후를 찌르려 했다. 곁에 있던 여러 장수들이 말려 간신히 목숨을 건졌으나 가후는 이미 이각과 곽사의 운이 다한 줄 알았다. 그날 밤으로 말 한 필을 훔쳐 타고 고향으로 돌아가버렸다. 난세를 살아가는 재사(才士)의 재빠른 몸놀림이었다.

이각은 다음 날로 군사를 몰아 조조와 부딪쳤다. 조조는 먼저 허저, 전위, 조인 세 장수에게 삼백 철갑 두른 기병을 주어 이각의 진중으로 뛰어들게 했다. 잘 조련된 삼백의 철기가 범 같은 세 장수를 앞세우고 짓밟아 들어가니 이각의 보군이 당해내지 못했다. 세 차례나 무인지경 가듯 진중을 휩쓴 뒤 둥글게 진세를 갖추는 삼백 철기를 보다 못해 이각은 이섬(李暹), 이별(李別) 두 조카를 불렀다.

"너희들은 마군을 수습해 저것들을 쫓아버려라."

그 같은 아재비의 명을 받은 이섬과 이별은 곧 자기편 마군을 이끌고 조조의 삼백 철기를 향해 달려갔다. 그러나 미처 무어라고 입을 열기도 전에 허저가 나는 듯 말을 달려 두 사람을 맞았다. 이섬이 먼저 허저와 부딪쳤으나 적수가 되지 못했다. 한칼에 목을 잃고 말 아래로 굴러떨어졌다.

이섬이 처참한 시체로 변하는 걸 본 이별은 몹시 놀랐다. 정신이 아득하고 눈앞이 캄캄해지면서 제풀에 말에서 굴러떨어졌다. 뒤따라온 허저는 그런 이별의 목마저 잘라 안장에 걸었다.

허저가 한 번 나가 두 적장의 목을 얻어오자 조조가 그의 등을 쓸어주며 칭찬했다.

"그대는 실로 나의 번쾌(樊噲)요!"

번쾌는 유방을 도와 한나라를 세우는 데 공을 세운 맹장이니 은연중에 자신의 포부를 드러낸 말이기도 했다. 이어 조조는 기세가 꺾인 이각 군에 대한 총공격을 명했다. 하후돈은 왼쪽에서, 조홍은 오른쪽에서 나가게 하고 자신은 중군을 이끌고 밀어가는데, 북소리 한번에 삼군이 한꺼번에 움직였다.

이각의 군사는 그 기세를 당해내지 못해 크게 뭉그러져 달아나기 시작했다. 조조는 스스로 보검을 빼들고 그런 적병을 뒤따르며 죽이기를 며칠이나 했다. 그렇게 되니 적의 시체는 들판을 덮고 항복한 자는 그 수를 헤아릴 수 없었다.

이각이 그 모양으로 쫓겨오자 곽사도 감히 조조에게 대항해볼 엄두가 나지 않았다. 둘은 한 덩이가 되어 서쪽으로 돌아가는데 그 추레하고 겁먹은 꼴이 마치 상갓집 개와 같았다. 간신히 조조의 추격은 면했으나 달리 갈 만한 곳이 없음을 잘 아는 그들은 남은 졸개들을 이끌고 산중으로 숨고 말았다.

이각과 곽사를 멀리 쫓고 돌아온 조조는 낙양성 밖에 군사를 주둔시키고 자신만 입궐하여 헌제를 뵈었다. 그토록 자신을 괴롭히던 이각과 곽사가 대패하여 멀리 쫓겨갔다는 말을 들은 헌제는 기뻤다. 그때부터 한층 조조를 믿고 의지하니 조정의 대권은 절로 조조의 손 안으로 들어갔다.

풍운은 다시 서주로

조조의 낙양 입성은 천하대세에 영향을 주는 큰 사건이었지만 뜻밖에도 드러나게 반발하는 제후는 없었다. 처음부터 천하제패 같은 큰 야심이 없었을 뿐만 아니라 거듭된 성공에 조금씩 안주해가는 공손찬은 여전히 자기의 근거지 확보에만 몰두해 있었고, 야심만큼 정치적인 안목이 없는 원술은 조조의 낙양 입성이 가지는 의미를 제대로 알지 못했다.

원소도 마찬가지였다. 그는 어렴풋하게나마 그 일의 심각성을 느끼고는 있었으나 당장 어떤 행동을 취할 정도는 아니었다. 아직은 조조와의 우호 관계를 유지할 필요가 있었을 뿐만 아니라 조조가 얻은 이익 못지않은 위험 부담도 알고 있었기 때문이었다. 황제를 끼고 있다는 이유만으로 여럿의 공적이 되어 쓸데없이 힘을 소모하게 되는 일이었다. 오히려 원소가 서운하게 생각하는 것이 있다면 자신을 제쳐놓고 조조를 불러들인 조정의 처사였다.

하지만 그렇다고 해서 조조의 등장에 아무런 반발이 없었던 것은 아니었다. 그 첫 번째가 양봉과 한섬의 이탈이었다. 조조가 이각과 곽사를 크게 쳐부수고 돌아온다는 말을 듣자 양봉과 한섬은 가만히 의논했다.

"이제 조조가 큰 공을 이루었으니 반드시 나라의 대권을 잡게 될 것이오. 우리가 비록 그동안 어가를 지키는 데 약간의 공이 있다 하나 그가 어찌 인정해주겠소? 차라리 일찍 몸을 빼쳐 따로 때를 기다림이 나을 것이오."

그렇게 의논을 맞춘 그들은 함께 천자에게 청했다.

"지금 조조가 이각과 곽사의 군을 깨뜨렸다 하나 그 두 역적을 잡아 죽인 것은 아닙니다. 그 둘이 무사히 서량으로 돌아가면 또 어떤 일을 꾸밀지 모르오니, 저희에게 약간의 병마를 주어 뒤를 쫓게 허락해주십시오. 반드시 그 두 역적의 목을 안장에 걸고 돌아와 후환을 없이 하겠습니다."

그냥 떠난다면 보내줄 것 같지 않아 둘러댄 말이었다. 그러나 그들의 마음속을 알 리 없는 헌제는 선선히 허락했다. 그들의 말이 조리에 닿는 데다 이각과 곽사에 대한 풀 길 없는 노여움과 미움 때문이었다. 이에 양봉과 한섬은 자기의 졸개들을 거두어 낙양성을 나간 뒤 대량 땅으로 가버렸다. 조조의 그늘을 벗어난 그곳에서 때를 기다리고자 함이었다.

그들이 떠나던 날이었다. 헌제가 조조의 영채에 사람을 보내 조조를 불렀다. 앞일을 의논하기 위함이었지만, 뜻밖에도 그것이 새로운 변화의 발단이 되었다.

천자의 사신이 왔다는 말을 들은 조조는 예를 표하고자 자신의 군막으로 불러들였다. 그런데 사신으로 온 사람이 청수(淸秀)한 미목(眉目)에 정기가 가득한 게 예사 인물로 보이지 않았다.

'지금 낙양 일대에 큰 흉년이 들어 백성이고 벼슬아치고 모두가 주린 기색이 도는데 이 사람은 어찌 됐길래 홀로 주린 기색이 없는가.'

조조는 속으로 그렇게 생각하며 물었다.

"공의 존안에는 남달리 정기가 넘칩니다. 어떻게 몸을 보살피기에 그렇습니까?"

"다른 것은 없고 다만 삼십 년째 간(소금기)을 먹지 않고[食淡] 있습니다."

사자는 그렇게 대답했다. 조조는 감탄하여 고개를 끄덕이며 다시 물었다.

"공은 어떤 벼슬자리에 있으십니까?"

"저는 효렴에 오른 뒤 처음에는 원소와 장양의 종사로 있었습니다. 그러다가 천자께서 낙양으로 돌아오셨다는 말을 듣고 찾아와 뵈었더니 정의랑에 제수하셨습니다."

그리고 이어 이름과 고향을 밝히는데 그는 제음 정도 땅 사람으로 이름은 동소(董昭)요 자는 공인(公仁)이었다. 조조도 전부터 그 재주와 학식에 대해 들은 적이 있는 인물이었다. 이에 조조는 술상을 차리게 하고 순욱을 불러들여 서로 보게 한 뒤 함께 잔을 들었다.

그런데 몇 순배 술이 돌기도 전이었다. 갑자기 급한 전갈이 들어왔다.

"한 떼의 군사들이 동쪽으로 가는데 누구의 군사들인지 모르겠습니다."

자신의 장수들에게는 그런 군령을 내린 적이 없는 조조는 이상했다. 곧 사람을 보내 그게 누구인지 알아오게 했다. 그때 한자리에 앉아 있던 동소가 대수롭지 않은 듯 말했다.

"그것은 틀림없이 이각의 구장(舊將) 양봉과 백파(白波, 흑산적의 한 갈래)의 우두머리 한섬일 것입니다."

"그게 무슨 말씀이오? 그들이 왜 떠나는 것이오."

조조가 놀라 물었다. 동소는 망설이지 않고 대답했다.

"명공께서 이렇게 오셨으니 자기들이 설 곳이 없다 여겨 떠난 것입니다. 대량(大梁)으로 간다고 들었습니다만."

그 말에 조조는 더욱 놀랐다. 한편으로는 둘 다 출신이 그러하다니 떠날 법도 하다는 생각이 들었지만, 다른 한편으로는 왠지 그들이 자신의 가슴속을 들여다보고 한 짓 같아 섬뜩했다.

"그렇다면 이 조조에게 딴 뜻이 있는 줄 의심해서 떠났다는 것입니까?"

"지모(智謀)가 없는 무리들이니 명공께서는 근심할 필요가 없습니다."

조조가 심상찮은 안색으로 묻자 동소가 미미하게 웃으며 대답했다. 조조가 다시 물었다.

"그렇다면 이각과 곽사 두 역적이 달아난 것은 어떻게 보십니까?"

"호랑이가 발톱이 없고 새가 날개가 없으면 어떻게 되겠습니까?

지금 이각과 곽사가 그 꼴이니 머지않아 명공께 사로잡히게 될 것입니다. 마음 쓰실 일이 아닙니다."

역시 시원스런 대답이었다. 조조는 곧 그런 동소와 의기투합했다. 술 마실 것도 잊고 조정의 앞일을 묻는데 그 대답이 실로 뜻밖이었다.

"명공께서는 의로운 군사를 일으키시어 나라를 어지럽히는 포악한 무리를 제거하신 뒤 조정에 드서서 천자를 보좌하고 계십니다. 이는 저 춘추시대의 다섯 패자[五伯, 쇠약한 주나라 왕실을 도와 패업을 이룩한 다섯 제후, 곧 제환공, 송양공, 진문공, 진목공, 초장왕]가 이룬 공에 못지않습니다. 그러나 사람은 각기 남다른 데가 있고 뜻 또한 저마다 같지 않아서 한결같이 복종하지는 않을 것입니다. 자칫 이 낙양에 오래 머물다가는 이롭지 못한 일이 있을까 두렵습니다."

"그럼 어찌하면 좋겠습니까?"

"허도(許都)로 어가를 옮기는 게 상책입니다. 그러나 지금 조정은 이리저리 떠돌다 간신히 도성으로 돌아온 터라 원근이 모두 하루아침이나마 평안하기를 바라고 있습니다. 이럴 때에 다시 허도로 어가를 옮기게 되면 중심(衆心)이 즐겨 따르지 않을 것이나, 무릇 비상한 일은 비상한 공을 들여야 이루어지는 법입니다. 원컨대 장군께서는 결단을 내려 행하십시오."

실로 기대했던 것 이상의 소득이었다. 허도라면 조조의 근거지에 가까운 곳으로, 천자와 조정을 그리로 옮길 수만 있다면 조조의 위치는 한층 흔들림이 없게 되는 셈이었다. 조조는 기뻐 어쩔 줄 모르며, 동소의 손을 잡고 말했다.

"그것은 원래의 내 뜻이었습니다. 그러나 지금 양봉이 대량 땅에서 틈을 엿보고 있고, 대신들도 모두 조정에만 붙어 지내니 무슨 변란이 있지는 않겠습니까?"

"물론 어려움이야 있겠지만 그 변란을 막는 일은 쉽습니다. 먼저 양봉에게 글을 보내어 그를 안심시킨 다음, 대신들에게는 도성에 양식이 없으니 허도로 어가를 옮겨야 되겠다고 말씀하십시오. 허도는 풍년이 든 노양(魯陽) 땅에 가까워 거기서 식량을 옮겨 오면 관민이 모두 굶주림을 면할 수 있다 하면 대신들도 따르지 않을 수 없을 것입니다."

동소는 마치 미리 헤아리고 있었던 사람처럼 거침없이 대답했다. 그 말을 듣자 조조는 갑자기 눈앞이 환해지는 듯한 느낌이었다. 동소를 보낼 때까지 잡은 두 손을 놓지 않은 채 거듭 감사했다.

"만약 이 조조가 그 일을 무사히 이루게 된다면 그것은 모두 공께서 깨우쳐주신 덕분일 것입니다."

그리고 그때부터 힘을 얻어 도읍 옮기는 일을 여러 모사들과 가만히 의논하기 시작했다.

이때 시중 태사령에 왕립(王立)이란 사람이 있었다. 천문을 자못 밝히 볼 줄 알았는데 어느 날 종정(宗正)으로 있는 유애(劉艾)란 사람에게 말했다.

"내가 천문을 보니, 지난봄부터 태백성이 두우(斗牛) 사이에서 진성(鎭星, 북극성)을 범하여 천진(天津, 은하수)을 지나가고, 형혹성(熒惑星, 화성)은 역행하여 천관(天關, 각성)에서 태백과 만나고 있소이다. 금(金)과 화(火)가 바뀌는 형국이니 반드시 새로운 천자가 나게 될 것이오."

"아니, 그게 무슨 뜻이오?"

놀란 유애가 물었다. 왕립이 낮은 목소리로 대답했다.

"내가 보기에 한나라의 기수(氣數)는 곧 다할 것이오. 진(晉)과 위(魏) 땅에 반드시 흥하는 이가 있을 것이외다."

그리고 헌제에게도 가만히 상주했다.

"천명은 이르고 떠남이 있으며 오행의 이치도 어느 하나가 항상 성할 수는 없습니다. 화(火)를 대신해 흥할 것은 토(土)이니, 한을 대신해 천하를 얻은 자는 반드시 토(土)의 방위인 위(魏) 땅에 있을 것입니다."

위 땅이란 중원 일대를 가리키는 것으로 조조의 근거지도 포함된다. 하늘이 무심하지 않아서 조조의 가슴 깊이 감추어진 야심을 별의 움직임으로 드러내 보인 것인지, 머지않은 한나라의 종말이 어떤 예감으로 와닿은 것인지는 알 수 없지만, 실로 놀라운 말이었다.

왕립의 그 같은 말은 곧 조조의 귀에도 들어갔다. 조조는 두렵고도 노여웠으나 아직은 함부로 왕립을 죽여 입을 막을 처지가 못 됐다. 이에 몰래 사람을 보내 왕립에게 이르게 했다.

"조정에 대한 공의 충성은 알 만하나 천도는 깊고도 먼 것이오. 함부로 여기저기 말하지 마시오."

그런 다음 곽가를 불러 일의 앞뒤를 말해주고 그의 생각을 물었다. 곽가가 대답했다.

"한은 화덕(火德)으로 천하의 주인이 되었고, 주공께서는 토명(土命)에서 몸을 일으키셨습니다. 거기다가 허도는 토(土)에 속하는 곳이니 그곳에 자리를 잡으시면 반드시 흥성하시게 될 것입니다. 화

46

(火)는 토(土)를 낳고, 토(土)는 목(木)을 기르니 이것은 바로 동소와 왕립의 말에 합치됩니다."

이에 조조는 드디어 마음을 굳혔다. 자기 사람들과의 은밀한 논의에서 드러내놓고 천도 문제를 밀고 가기로 한 것이었다.

이튿날 조조는 대궐로 들어가 헌제에게 아뢰었다.

"동도(東都) 낙양은 동탁 이래로 황폐해진 지 오랩니다. 대궐과 성곽은 수리할 수 없을 정도로 불타고 허물어진 데다 이제는 양식까지 옮겨 오기도 힘이 듭니다. 그러나 허도는 노양에 가깝고 성곽과 궁실이며 재물과 곡식이 모두 쓸 만큼 있습니다. 신이 감히 바라건대 허도로 어가를 옮기심이 어떻겠습니까? 신은 폐하의 분부를 따를 뿐이오나 다만 깊이 헤아려주십시오."

말은 그같이 공손했지만 이미 천자는 조조의 청을 거절할 처지에 있지 못했다. 거기다가 여러 대신들도 한결같이 조조의 세력이 두려워 반대하지 못하니 도성을 옮기는 일은 별 어려움 없이 조조의 뜻대로 이루어졌다.

길일을 골라 어가가 허도로 출발하는 날이었다. 조조는 모든 장졸을 풀어 철통같이 호위를 하고 그 뒤를 백관들이 남김 없이 따랐다. 그런데 행렬이 미처 몇 리도 가기 전에 길 앞의 높은 언덕에서 함성이 크게 일었다.

대량 땅에 있던 양봉과 한섬이 군사를 이끌고 길을 막은 것이었다. 양봉의 수하 장수 서황이 앞장서서 큰 소리로 꾸짖듯 물었다.

"조조는 어가를 겁박하여 어디로 가려는가?"

조조가 말을 몰고 나가보니 서황의 위풍이 늠름하여 자기도 모르게 아끼는 마음이 일었다. 그러나 그 무예를 보고 싶어 먼저 허저를 내보냈다.

허저가 큰 칼을 휘두르며 말을 달려 나가니 서황도 도끼 솜씨를 뽐내며 마주 말을 달려 나왔다. 과연 늠름한 풍채에 못지않은 서황의 무예였다. 조조의 막하에서도 손꼽는 맹장인 허저를 맞아 싸우는데 오십 합이 되어도 승부를 가릴 수 없었다. 조조는 더욱 서황이 탐났다. 곧 북을 울려 군사를 거둔 뒤 모사들을 불러 모아놓고 의논했다.

"양봉이나 한섬 따위는 하잘것없는 무리이나 서황은 참으로 훌륭한 장수였소. 내가 차마 힘으로 그를 꺾지 않은 것은 마땅한 계교로 그를 불러 쓰고자 함이오. 누구 서황을 내 사람으로 만들 만한 계책을 가진 분은 없으시오?"

그러자 행군종사로 있던 만총(滿寵)이 일어나 말했다.

"그 일이라면 주공께서는 크게 걱정하실 필요가 없습니다. 제가 서황과 같은 고향일 뿐만 아니라 전에 한번 만난 적도 있습니다. 저녁 때 소졸(小卒)로 가장하고 그의 영채에 숨어들어 말로 한번 달래 보겠습니다. 간곡히 타이르면 그도 마음을 돌려 항복해 올 것입니다."

조조는 그 같은 만총의 말에 기꺼이 따랐다. 주인의 허락을 받은 만총은 그날 밤 이름 없는 졸개의 복색을 하고 양봉의 군사들 틈에 끼어들었다. 누구 할 것 없이 군자가 넉넉하지 못해 졸개에 이쪽저쪽을 구별할 만한 복색이 정비되지 않은 때라 별 어려움 없이 서황의 군막에 이를 수 있었다.

만총이 벌어진 장막 틈으로 살피니 서황은 촛불을 밝히고 갑옷을 입은 채 홀로 앉아 있었다. 알맞은 때라 여긴 만총은 다짜고짜 천막 안으로 뛰어들어 손을 모으며 인사를 건넸다.

"옛 벗은 그동안 무양(無恙)하신가?"

그 말에 놀라 몸을 일으킨 서황은 한동안 만총을 뜯어본 뒤에야 뜻밖이란 듯 물었다.

"그대는 산양 땅의 만백녕(滿伯寧)이 아닌가? 어찌하여 그런 행색으로 이곳에 왔는가?"

헤어진 지가 오래라 만총이 조조의 사람이 된 줄은 잘 모르는 것 같았다.

만총이 목소리를 낮추어 말했다.

"놀라지 말게. 나는 지금 조(曹)장군의 종사로 있네. 오늘 뜻밖에도 진 앞에서 옛 벗의 모습을 보고 한마디 드릴 말이 있어 이렇게 목숨을 걸고 온 것이네."

"무슨 말이기에 이토록 어렵게 나를 찾았는가?"

서황이 자리를 권하며 다시 물었다. 만총은 목소리를 가다듬어 간곡히 말했다.

"자네의 용맹과 지략은 세상에 드물다 할 수 있는데 어찌하여 양봉이나 한섬 따위에게 몸을 굽히고 지내는가? 우리 조장군으로 말할 것 같으면 당대의 영웅으로서, 어진 이를 좋아하고 선비를 귀히 여기는 것은 세상이 이미 아는 바일세. 오늘도 진 앞에서 자네의 용맹을 보고 경애하는 마음이 일어 강한 장수로 하여금 죽기로 싸우게 하는 대신 특히 나를 보내 자네를 만나보게 한 것일세. 자네는 어둠을 버리고 밝음을 찾아 우리와 함께 큰일을 해보지 않겠는가?"

그 말에 서황은 한동안 침울하게 말이 없다가 탄식 섞어 대답했다.

"나도 진작부터 양봉이나 한섬이 큰일을 할 만한 그릇은 못 된다는 걸 알고 있네. 그러나 이미 따른 지 오래이니 어찌 차마 버릴 수 있겠나?"

"자네는 옛말을 듣지 못했나? 좋은 새는 나무를 가려 깃들이고, 지혜로운 신하는 주인을 가려 섬긴다[良禽擇木而棲 賢臣擇主而事] 하였네. 섬길 만한 주인을 만나고도 사사로운 정분에 얽매여 섬길 기회를 잃는다면 이는 장부가 할 일이 아니네."

그러자 서황은 다시 한번 생각에 잠기더니 한참 뒤에야 결연히 일어나며 말했다.

"알았네. 자네의 말을 따르겠네."

그런 서황의 목소리에는 은근한 감사의 뜻까지 들어 있었다. 힘을 얻은 만총은 슬며시 욕심이 났다.

"이왕 가려면 양봉과 한섬의 목을 가지고 가는 게 어떤가? 조장군을 뵙는 데는 그보다 나은 예물이 없을 것이네."

그러나 서황은 여포의 무리와는 달랐다. 비록 양봉이 자기를 제대로 써줄 만한 큰 그릇이 못 되어 떠나기는 하나 그 목숨까지 뺏고 싶지는 않았다. 정색을 하고 만총의 부추김을 물리쳤다.

"남의 아랫사람이 되어 그 주인을 죽이는 것은 큰 불의네. 나는 결단코 그런 짓을 할 수는 없네."

"자네야말로 진정한 의사일세. 그럼 이대로 떠나세."

만총도 얼른 서황의 뜻에 찬동하고 자기가 한 말을 거두었다. 그러자 서황은 평소 곁에서 부리던 수십 기만을 거느리고 어둠을 틈타 만총과 함께 조조의 진중으로 향했다.

"서황이 조조에게로 달아나고 있습니다."

서황이 떠난 지 오래잖아 그 같은 보고를 받은 양봉은 크게 노했다. 몸소 천여 기를 이끌고 서황을 뒤쫓기 시작했다. 한동안을 달리니 저만치 서황이 보였다.

"주인을 저버린 도적 서황은 달아나지 말라!"

양봉은 그렇게 소리치며 한층 급하게 뒤쫓았다.

그렇게 하여 어느 산비탈에 이르렀을 때였다. 홀연 한소리 포향과 함께 산 위와 산 아래에 함께 수많은 횃불이 켜졌다. 그와 함께 사면에서 쏟아지는 것은 그럴 때에 대비해 숨겨둔 조조의 복병이었다.

"내가 여기서 기다린 지 오래다. 양봉, 너야말로 오히려 달아나지 말라."

쏟아지는 복병들 앞에서 높이 말 위에 앉은 조조가 비웃듯 양봉에게 소리쳤다. 양봉은 몹시 놀랐다. 급히 군사를 돌려 조조군의 포위를 뚫으려 했다. 이때 마침 한섬이 군사를 이끌고 구원하러 와 조조의 군사들과 혼전을 벌인 덕분에 양봉은 무사히 몸을 빼쳐 달아날 수가 있었다.

조조는 적군이 어지러운 것을 보고 승세를 타 세찬 공격을 퍼부었다. 그 바람에 양봉과 한섬의 군사 태반이 조조에게 항복하고 말았다. 겨우 몸을 빼내기는 했으나 싸울 힘을 잃은 양봉과 한섬은 할 수 없이 남은 군사를 수습해 원술에게로 가버렸다.

조조가 군사를 수습해 영채로 돌아오자 만총은 서황을 이끌어 조조를 만나게 했다. 조조의 기쁨은 컸다. 오랜 벗을 만난 듯 서황을 반긴 뒤 휘하의 그 어떤 장수에 못지않게 후대했다.

양봉과 한섬이 달아나자 더는 조조의 앞길을 가로막을 세력이 없었다. 이에 조조는 무사히 어가를 허도로 모신 뒤 새로운 제도(帝都)로서의 면모를 갖추는 데 힘을 쏟을 수 있었다. 궁궐을 새로 짓고 종묘와 사직을 옮겨 모셨으며 성대(省臺) 사원(司院)의 아문(衙門)도 새로 세웠다. 성곽과 부고(府庫)를 수리했고 동승 이하 열세 명을 열후에 봉하는 등 상벌을 내리는 일도 조조의 뜻에 따라 행해졌다.

그다음은 조조 자신과 그를 도운 모사 및 장수들의 논공행상이었다. 조조는 스스로 대장군 무평후(武平侯)가 되고 순욱은 시중 상서령(尙書令)으로 삼았다. 순유는 군사, 곽가는 사마좨주로 삼았으며, 유엽은 사공연조, 모개와 임준(任峻)은 전농중랑장을 삼았다.

정욱은 동평상(東平相), 범성(范成)과 동소는 낙양령(洛陽令), 만총은 허도령(許都令)을 삼았으며, 하후돈, 하후연, 조홍, 조인은 모두 장군의 열에 올리고 이전, 악진, 여건, 서황은 모두 교위, 허저와 전위는 도위가 되었다.

그밖의 나머지 장졸들도 그 공과 재주에 따라 각기 벼슬을 내리니 이로써 조정은 조조의 사람으로 가득 차고 대권은 절로 그에게 돌아갔다. 조정의 큰일은 모두 먼저 조조에게 알린 뒤에야 천자에게 상주할 정도였다.

천도에 따르는 큰일을 대강 정한 뒤 조조는 후당에다 크게 잔치를 열고 여러 모사들과 장수들을 불러 그동안 미뤄두었던 일을 다시 꺼냈다.

"유비는 군사를 서주에 머무르게 하여 스스로 서주목이 된 데다 근일에는 내게 져서 쫓겨 간 여포까지 받아들여 소패에 머무르게 하였으니, 만약 이 두 사람이 힘을 합쳐 쳐들어오면 이는 실로 가슴과 배의 큰 우환이 아닐 수 없소. 어찌하면 그 둘을 도모할 수 있겠소? 제공들께서는 묘책이 있으면 거리낌없이 말해주기 바라오."

조조로서는 벼르고 별렀던 서주 평정이었다. 서주가 자신의 근거지와 잇닿아 있다는 것보다 이상하게 부담을 주는 유비란 인물 때문이었다.

허저가 씩씩하게 일어나 말했다.

"바라건대 제게 정병 오만만 빌려주시면 반드시 유비와 여포의 머리를 승상께 갖다 바치겠습니다."

그때 순욱이 일어나 허저의 말을 가로막았다.

"장군의 용맹은 그저 용맹일 뿐 꾀를 쓸 줄 모르시는구려. 지금 새로이 도읍을 옮긴 터에 군사를 쓰는 것은 옳지 못하오."

그러고는 조조를 향해 말했다.

"제게 한 계책이 있으니 이름하여 두 범이 한 먹이를 다투게 하는 계교[二虎競食之計]라 합니다. 지금 유비는 비록 서주를 다스리고 있으나 황제로부터 조명을 받은 적이 없습니다. 명공께서는 폐하께 주청하여 유비를 정식으로 서주목을 삼은 뒤 몰래 글을 보내 여포를 죽이도록 하십시오. 여포를 죽이면 그에게는 달리 도와줄 만한 힘 있는 인물[猛士]이 없으니 그 또한 머지않아 죽일 수 있을 것입니다. 일이 뜻대로 되지 않아 유비가 여포를 죽이지 못한다면 이번에는 여포가 반드시 유비를 죽일 것이라 명공께는 마찬가지로 유리합니다. 이는 서주란 먹이 하나에 유비와 여포란 두 호랑이가 있기에 가능한 계교입니다."

조조가 들어보니 화살 한 개 허비하지 않고 유비를 없앨 좋은 계책이었다. 풍운은 드디어 조용하던 서주를 향해 일기 시작한 것이었다.

그 무렵 유비도 조조가 낙양으로 들어가 대권을 잡고 도읍을 허도로 옮긴 일을 들어 알고 있었다. 유비는 그 일이 가진 심각한 의미를 피부로 느꼈다. 그것은 이제 곧 조조의 시대가 열리리란 예고인 동시에 자신의 오랜 후원자요, 의지였던 공손찬과 그 동맹군 원술의 몰락을 예고하는 것이기도 했다.

처음 천자가 낙양으로 돌아왔다는 말을 들었을 때 유비는 몰래 공손찬에게 글을 보내 낙양으로 군사를 내도록 권해보았다. 그러나 공손찬의 대답은 너무도 실망스러웠다.

'현제의 뜻은 고마우나 아직은 때가 아니라고 생각되네. 우선 내가 낙양으로 가려면 도중에 원소를 지나가야 하네. 원소는 나와 원혐을 가진 지 오래이니 순순히 길을 내줄 리 만무일세. 거기다가 낙양에 가 어가를 모신다 해도 득실을 헤아릴 길이 없네. 아우는 천자를 받든다는 명분의 이득을 말하나 지난날의 하진(何進)부터 동탁이며 이각, 곽사에 이르기까지 어디 그들이 천자를 끼고 있지 않아 죽고 망했던가? 공연히 낙양으로 가 제후들의 미움과 의심을 일신에 모으기보다는 차라리 이곳에 머물러 근거나 충실히 하겠네.'

다음으로 유비는 원소와 조조가 입경(入京)을 두고 서로 다투기를 은근히 기대해보았다. 그러나 원소마저도 어쩐지 조용히 머물러 움직이지 않았다.

이에 할 수 없어진 유비는 조조의 마음이나 어루어줄 양으로 경하의 표문을 쓰게 했다. 그런데 유비가 막 표문을 받쳐든 사신을 허도로 보내려는 참이었다. 홀연 사람이 와서 고했다.

"허도에서 천자의 사신이 이르렀습니다."

유비가 놀라 군(郡) 경계까지 나가서 사자를 맞아들였다. 사자는 뜻밖에도 자신에게 서주목을 내린다는 제명을 전했다. 도겸으로부터 사사로이 인수(印綬)는 물려받았으나 유비는 마음속으로 늘 그 일을 개운치 않게 여겨왔다. 그런데 천자가 갑자기 조서를 내려 자신의 관작을 승인해주었으니 놀랍지 않을 수 없었다.

유비는 사자에게 절하여 제명을 받든 후 성은에 감사했다. 그리고 크게 잔치를 열어 사자를 대접했다. 한창 잔치가 무르익어갈 무렵 사자가 불쑥 말했다.

"사군께서 이같이 은혜로운 명을 받게 되신 것은 실로 조장군께서 힘써 주선하신 일입니다. 힘써 어가를 모신 공에 의지해 여러 번 주청하셔서 이 같은 성지를 받아내신 것입니다."

이 무슨 조화일까. 의심이 가면서도 유비는 진심으로 기뻐하는 표정을 지으며 조조에게 감사와 칭송을 올렸다. 사자는 그런 유비를 가만히 살피다가 소매에서 조조의 사신을 꺼내주었다. 여포를 죽이라는 내용이었다.

"이 일은 제 수하들과 의논한 뒤에 계책을 정하겠습니다."

읽기를 마친 유비는 속마음이 드러나지 않는 얼굴로 그렇게 대답했다.

잔치가 끝난 뒤 유비는 사자를 역관에 묵게 하고 여럿을 불러모았다. 유비가 조조가 보낸 글의 내용을 밝히기 무섭게 장비가 팔을 걷고 나섰다.

"여포는 본래 의롭지 못한 자이니 죽인들 무슨 어려움이 있겠습니까?"

그러나 유비는 무겁게 고개를 저으며 말했다.

"그는 궁해서 내게 의탁하러 온 사람이다. 내가 만약 그를 죽인다면 나 또한 불의한 자가 되고 말 것이다."

"형님은 사람이 좋아서 탈이오. 두고 보십시오. 반드시 여포 그놈에게 낭패를 당할 것입니다."

장비가 그렇게 말하며 거듭 여포를 죽이자고 졸랐으나 유비는 끝내 따르지 않았다. 관우 또한 마음속은 장비와 크게 다를 것 없었지만 유비가 굳이 고개를 젓자 말없이 지켜보고만 있었다.

다음 날이었다. 유비가 제명을 받아 정식으로 서주목이 되었다는 말을 들은 여포는 소패에서 그 일을 축하하러 왔다.

"공께서 조정으로부터 은명(恩命)을 받았다는 말을 듣고 가만히 있을 수 없어 이렇게 왔소이다."

유비와 마주앉기 무섭게 여포가 그렇게 입을 열었다.

"성은에 어떻게 보답할지 다만 두렵고 송구스러울 뿐입니다."

유비가 겸손하게 답례의 말을 했다. 그때 갑자기 장비가 나타나 칼을 빼들고 다짜고짜로 여포를 죽이려 했다.

"익덕, 이게 무슨 짓이냐?"

유비가 황망히 장비를 꾸짖으며 여포를 가로막았다. 여포도 놀라

소리쳤다.

"익덕은 어찌하여 나를 죽이려 드는가?"

"조조가 네놈을 의리 없는 놈이라 하여 우리 형님께 죽여달라고 했다."

장비는 거리낌없이 대답하며 그대로 여포를 찌를 기세였다.

"장비, 물러서지 못하겠느냐."

유비가 더욱 엄중하게 장비를 꾸짖었다. 그래도 부득부득 여포에게 덤비려던 장비는 유비가 칼까지 뽑아들고 호령을 거듭한 뒤에야 물러갔다.

유비는 장비가 물러간 뒤에야 여포를 후당으로 청해 조조의 편지를 보이고 일의 내막을 밝혔다. 읽기를 마친 여포는 눈물까지 글썽이며 말했다.

"사군, 이것은 조조가 우리 두 사람의 사이를 갈라놓으려고 꾸민 수작이오. 부디 헤아려주시오."

유비가 그런 여포를 안심시켰다.

"형께서는 걱정하지 마시오. 이 비는 결코 그런 의롭지 않은 짓은 아니할 것입니다."

이에 여포는 두 번 세 번 유비의 솔직함과 넓은 도량에 감사하고 유비가 다시 차려온 술상을 받아 늦도록 함께 마신 뒤에야 돌아갔다.

"형님께서는 왜 여포를 죽이지 않으셨습니까?"

여포가 돌아간 뒤 관우와 장비가 입을 모아 물었다. 유비가 그제야 얼굴에 엷은 미소를 띠며 까닭을 일러주었다.

"이번 일은 조조가 여포와 나 두 사람이 함께 힘을 합쳐 자기를 칠까 봐 두려워 꾸민 일이네. 우리 둘로 하여금 서로 싸우게 하고 가운데서 이득을 보자는 얕은 꾀지. 그런데 어찌 그가 사자를 통해 시킨 대로 할 수 있겠는가?"

그 말에 관우는 옳다는 듯 고개를 끄덕였다. 그러나 장비는 여전히 고집을 부렸다.

"아니오, 형님. 내가 지금 여포를 죽이려 하는 것은 그렇게 함으로써 뒤탈을 없이 하자는 것입니다. 당장은 형님의 말씀이 옳다 쳐도 뒷날 여포는 반드시 큰 화근이 될 것입니다."

"그래도 장부의 할 짓이 아니다."

유비는 그렇게 장비를 달랬다. 그리고 이튿날 사자가 돌아가는 편에 조조에게 회신을 보냈다.

'명공의 뜻은 열 번 받들겠사오나 다만 여포가 또한 범상치 않은 인물로 졸속히 도모할 수 없어 걱정입니다⋯⋯.'

그 글을 받아본 조조는 사자에게 일의 앞뒤를 물었다. 사자는 여포가 제 발로 유비를 찾아왔으나 유비가 그를 죽이지 않았음을 일러바쳤다. 유비가 자기의 속셈을 알아차렸다고 본 조조는 곧 순욱을 불렀다.

"이번의 계책은 이뤄지지 못했소. 이제 어떻게 하면 좋겠소?"

조조의 물음을 받은 순욱이 다시 꾀를 내었다.

"다시 한 계책이 있으니 이름하여 범을 몰아 이리를 삼키게 하는 계책[驅虎吞狼之計]이란 것입니다."

"어떻게 하면 그렇게 되겠소?"

조조가 반가운 얼굴로 물었다. 순욱이 미리 준비라도 한 듯 술술 대답했다.

"가만히 사람을 보내 원술과 유비를 싸움 붙이십시오. 유비가 원술의 땅인 남군을 치려고 천자께 표문을 올렸다는 말을 원술에게 몰래 알려주면 됩니다."

"원술과 공손찬은 오래전부터 손을 잡고 나와 원소에게 대항해왔소. 그런데 유비는 공손찬의 사람이니 원술이 쉽게 우리 꾀에 말려들겠소?"

"그렇지 않습니다. 원술과 공손찬이 손을 잡은 것은 눈앞의 이득을 위한 소인의 뭉침이니 그 둘 사이의 믿음과 정분이 그리 깊지 아니합니다. 거기다가 유비는 이미 서주를 손에 넣을 때부터 공손찬의 사람이 아닙니다."

"비록 힘이 모자라 그 그늘에 있기는 했지만 유비는 애초부터 공손찬 따위와 비교될 인물은 아니었소. 하지만 원술에게 그걸 알아볼 눈이 있겠소?"

"원술도 그만한 것은 알 것입니다. 그 소문이 주공께서 거짓으로 퍼뜨린 소문이라는 것만 모른다면 반드시 크게 성이 나 유비를 들이칠 것입니다."

"그다음은?"

"주공께서는 다시 유비에게 원술을 치라는 조서를 내리도록 하십시오. 그렇게 되면 유비와 원술은 싸우지 않을래야 않을 수가 없습니다. 유비가 원술과 싸우려면 그로서는 온 힘을 기울여야 하고 따라서 서주는 빈 것이나 다름없게 됩니다. 본시 의리를 모르는 여포가 그 좋은 기회를 놓칠 리 있겠습니까. 그야말로 여포란 호랑이가 유비란 이리를 삼키게 되는 것이지요."

조조가 원래 계교에 어둡지 않았다. 그 같은 순욱의 말을 듣자 그
뒤는 저절로 보이는 듯하였다. 크게 기뻐하며 그 계교를 따르니 그
날로 한편으로는 일종의 반간계(反間計)를 쓸 사람을 원술에게 보내
고 다른 한편으로는 천자의 조명을 빌어 서주의 유비더러 원술을 치
라 했다.

서주의 유비는 다시 조정에서 사신이 내려온단 말을 듣고 성을
나가 맞아들였다. 한 통 조서를 받들고 왔는데, 읽어보니 군사를 일
으켜 원술을 치라는 내용이었다. 유비는 말없이 제명을 받들기로 하
고 사신을 허도로 돌려보냈다.

유비가 너무도 쉽게 응하는 것을 보고 미축이 근심스레 물었다.

"이 역시 원술과 주공에게 싸움을 붙이려는 조조의 계교입니다.
어찌 그토록 의심 없이 따르려 하십니까?"

"비록 계교일지라도 제명을 빌어 내려온 것이라 어길 수가 없소
이다."

유비가 엄숙하게 대답했다. 한조에 대한 충성심을 잘 드러낸 말이
기도 하지만, 긴 안목으로 보면 그 또한 훌륭한 계교이기도 했다. 동
탁의 무리는 물론 조조까지 이미 야심을 드러내고 함부로 제명을 비
는 이상, 진정으로 한실을 떠받드는 인물이 더욱 귀하게 여겨지고
백성들의 사랑도 한층 많이 받게 될 것이기 때문이다.

유비는 말뿐만 아니라 실천도 빨랐다. 그날로 마보군을 점고하여
원술을 치러 떠나려 했다. 손건이 나서서 그런 유비를 일깨웠다.

"원술을 치는 것도 좋지만 먼저 서주성을 지킬 일이 정해진 뒤라

야 합니다. 어떻게 하시겠습니까?"

그제서야 유비는 관우와 장비를 돌아보며 물었다.

"그대들 둘 중 누가 남아 이 서주성을 지키겠는가?"

"제가 남아서 지키겠습니다."

먼저 관우가 나서며 대답했다. 서주성이 그들 형제의 근거지란 점에서 무엇보다도 그걸 지키는 일이 중요하다는 걸 헤아린 나머지였다.

"오래잖아 나는 자네와 의논해야 될 일이 많을 것일세. 그런데 서로 떨어져 있으면 누구와 의논을 하겠는가?"

글을 읽어 아는 것이 많을 뿐만 아니라 병법에도 밝은 관우여서 떼어놓기가 싫은 듯했다. 그 눈치를 알아차린 장비가 나섰다.

"제가 한번 지켜보겠습니다."

그러나 유비의 얼굴에는 별로 반가운 기색이 없었다.

"네게 이 성을 맡겼으면 좋겠지만 마침내 지켜내지 못할 것 같아 걱정이다. 첫째로 너는 술에 취하면 성질이 사납고 급해져 사졸(士卒)들에게 매질을 하기 때문이요, 둘째로 일을 가볍고 쉽게 처리해 남의 말은 도무지 들으려 하지 않기 때문이다. 그런 너에게 맡기고 내가 어찌 마음을 놓을 수 있겠느냐?"

"지금부터는 절대로 술을 마시지 않고 사졸들에게 매질도 않을 것이며, 모든 일은 남의 말을 들어 처리해나가겠습니다."

장비가 황급히 맹세했다. 유비의 말이 장비에게 성을 맡기지 않으려는 것이 아니라 다짐을 받아두기 위해서라는 걸 헤아린 미축이 곁에서 한 번 더 장비를 충동질했다.

"장군께서 그렇게 말씀하시지만 다만 두려운 것은 입이 마음을 따르지 못하는 일입니다."

장비는 그 말에 성이 났다. 금방 미축에게 달려들 듯 버럭 소리 쳤다.

"내가 형님을 따른 지 여러 해 되었지만 한번도 형님의 믿음을 저 버린 적이 없는데 당신이 어찌 그리 나를 가볍게 보시오!"

그래도 유비는 여전히 미심쩍은 듯 말했다.

"아우는 그렇게 말하지만 나는 아무래도 마음을 놓을 수가 없네. 진원룡(陳元龍)에게 청해 자네를 돕도록 해야겠네."

그리고 진등에게 당분간 장비가 술을 못 마시게 하고, 잘못되는 일이 없게 장비를 돌보도록 했다. 진등이 그에 응하여 대강 서주성 지킬 일이 정해지자 유비는 그동안 힘써 기른 마보군 삼만을 이끌고 서주를 떠났다.

제명을 받들어 남양의 원술을 치기 위함이었다.

그 무렵 원술은 원술대로 유비가 자신을 치려고 조정에 표문을 올렸다는 말을 들었다. 그게 조조의 계교에 의해 흘러든 거짓 소문 이란 걸 알 리 없는 원술은 좁아터진 속에 일의 앞뒤는 헤아려볼 생 각도 않고 성부터 먼저 냈다.

"원래 돗자리나 짜고 짚신이나 삼던 놈이 어찌 이리 건방지단 말 이냐! 갑자기 서주 같은 큰 군을 얻어 제후들과 같은 줄에 서게 되더 니 머리가 돌아버린 게로구나. 일찍 쳐 없앨 것을 공손찬의 낯을 보 아 참았더니, 뭐라고? 제 놈이 도리어 나를 치겠다고? 정말 같잖고 도 한심스런 일이로구나."

그리고 상장 기령(紀靈)에게 군사 십만을 주어 서주를 치게 했다.

원술의 군사와 유비의 군사는 오래잖아 우이에서 만났다. 군사가 적은 유비는 지키기 좋게 강물을 두른 산 기슭에 진채를 내리고 원술의 군사가 다가오기를 기다렸다.

원술의 상장 기령은 산동 사람으로 날카로운 끝이 세 갈래 난 칼[一口三尖刀]을 잘 썼는데, 그 칼의 무게가 쉰 근이었다. 여러 곳 싸움에서 공을 세워 자못 위세가 높았다. 그날도 군사를 유비의 진채 앞으로 몰고 오자마자 앞서서 큰 소리로 유비를 꾸짖었다.

"유비 이 촌놈아! 네 어찌 감히 우리 땅을 침범하느냐?"

유비도 지지 않았다. 진문 앞에 나와 늠름하게 맞섰다.

"나는 천자의 조서를 받들어 불측한 신하를 토벌하러 왔다. 네 감히 항거하려 들면 그 죄 반드시 주살을 면치 못하리라!"

그 말에 기령은 몹시 성이 났다. 스스로 말을 박차 칼춤을 추며 달려나오더니 곧장 유비를 치려 했다. 관우가 가만히 보고 있을 리 없었다.

"하찮은 것이 힘있고 날랜 체 뽐내지 말라! 감히 누구에게 덤비려느냐?"

한마디 꾸짖음과 함께 말을 박차 달려 나갔다. 기령도 원술의 상장이니 만큼 만만치 않았다. 관우와 어울린 지 서른 합이 넘도록 잘 버텨나갔다. 그러다가 아무래도 안 되겠는지 잠시 쉬었다 싸우기를 청했다.

"좋다. 달아나지만 않는다면 쉴 틈은 주리라."

관우는 그렇게 허락하고 말 머리를 돌려 자기편 진 앞으로 돌아왔다. 그러나 잠시 후 기다리는 관우 앞에 나타난 것은 기령이 아니라 그 부장 순정(荀正)이었다. 겁을 먹은 기령이 대신 내보낸 듯했다.

"가서 기령이 나오라고 해라. 그와 자웅을 겨루어야겠다."

관우가 순정에게 일렀다. 순정이 죽을 때가 되었는지 그런 관우의 성미를 돋우었다.

"너는 이름 없는 조무라기 장수에 지나지 않는데 어찌 우리 기(紀)장군의 맞수가 되겠느냐!"

그 말에 관우는 크게 노했다. 똑바로 순정에게로 말을 몰아가 한 칼에 순정의 목을 잘라버렸다. 순정의 목 없는 시체가 말 아래로 떨어지는 것을 보고 유비가 일시에 장졸들을 몰아 나갔다. 군사가 많다 하나 예봉이 꺾인 기령이었다. 그대로 쫓겨 달아나다 회음하 어귀에서야 간신히 군사를 수습했다. 그러나 한번 혼이 난 기령이라 감히 맞서 싸울 생각이 나지 않았다. 굳게 지키며 다만 군사들을 시켜 상대의 영채나 기습하게 하였지만 그나마도 번번이 서주군에 들켜 군사만 축낼 뿐이었다.

그렇게 되자 싸움은 길어질 수밖에 없었다. 되풀이되는 소규모의 기습 공격으로는 대세가 판가름이 나지 않고, 본대는 기령이 싸움을 피하는 바람에 군사가 적은 유비로서는 무리하게 공격해갈 형편이 되지 못했다.

원술과 유비의 군사들이 지루하게 대치하고 있을 즈음이었다. 서주성을 지키고 있는 장비는 성안의 잡사를 모두 진등에게 맡기고 자신은 군무에 관한 일만 다스렸다. 한동안은 제법 그럴듯하게 일을 꾸려나갔으나 시일이 오래자 차차 술 생각이 났다. 거기서 장비가 생각해낸 것이 일종의 금주 의식이었다. 하루는 크게 술자리를 벌여 놓고 모든 관원들을 불러 말했다.

"우리 형님께서 떠나실 때 내게 술을 먹지 말라고 하셨소. 내가 일을 그르쳐 이 서주성을 잃을까 두려워하신 까닭이오. 하지만 즐겨 마시던 술을 하루아침에 끊자면 섭섭하실 것 같아 오늘 이 자리를 마련했소이다. 모두들 오늘은 실컷 마셔 취하고 내일부터는 술을 마시지 않도록 합시다. 나를 도와 형님이 돌아오실 때까지 이 성을 굳건히 지키는 것이오. 자, 그럼 듭시다. 오늘만은 여기 계신 모든 이가 다 취하도록 마셔야 하오!"

그리고 몸을 일으켜 여러 관원들에게 차례로 큰 술잔을 돌리기 시작했다. 장비의 잔은 돌고 돌아 조표(曹豹)란 관원 앞에 이르렀다. 조표가 사양하며 말했다.

"저는 천계(天戒, 신명의 가르침. 여기서는 병 따위로 무당이나 도사가 마시지 못하게 한 정도)에 따라 술을 마시지 않습니다."

이때 장비는 이미 술기운이 돈 뒤였다. 모두 말없이 받는데 조표가 홀로 마다하니 불끈 성이 나 대뜸 욕설로 나왔다.

"죽일 놈 같으니라고. 어찌하여 너만 홀로 마시지 않겠단 말이냐? 나는 꼭 너를 한잔 마시게 해야겠다."

그러자 장비의 성미를 잘 아는 조표는 겁에 질려 억지로 한잔을 받아 마셨다. 모든 관원에게 술잔을 돌린 후 장비도 마음 놓고 퍼마시기 시작했다. 술 앞에 장사 없다고, 아무리 장비라 하지만 큰 잔으로 수십 잔을 들이켜니 저도 모르게 곤드레가 되고 말았다. 그러자 다시 비틀거리며 일어나 여러 관원들에게 잔을 돌리기 시작했다. 또 조표의 차례가 되었다.

"저는 정말로 술을 마시지 못합니다."

조표가 다시 잔을 피하며 사정했다.

"무슨 말이냐? 조금 전에는 마시고 지금은 왜 못 마신단 말이냐?"

장비가 을러대며 잔을 코앞으로 디밀었다. 조표가 두 번 세 번 사정했으나, 이미 머리 꼭대기까지 술이 오른 장비의 부아만 건드릴 뿐이었다. 조표가 유독 자신의 영을 듣지 않는다 여겨 마침내 잔을 팽개치며 성난 목소리로 말했다.

"너는 장수인 내 영을 어겼으니 채찍 백 대를 맞아야겠다."

그리고 군사들을 시켜 조표를 끌어내려 묶게 했다. 진등이 놀라 그런 장비를 말렸다.

"현덕공께서 떠나실 때 그렇게도 간곡히 당부하신 말을 잊으셨소? 함부로 관원을 때려서는 아니 되오."

"당신은 문관이니 문관의 일이나 잘 다스리시오. 이 일은 나의 소관이오. 장령(將令)을 시행하는 데 관여하지 마시오!"

취한 장비는 유비의 당부도 잊고 고리눈까지 부릅떠가며 그렇게 대꾸했다. 그런 꼴을 보자 조표는 어찌할 줄 몰랐다. 급하게 끌어댄다는 게 한층 장비의 속을 긁어놓고 말았다.

"익덕공, 제 사위의 낯을 보아서라도 나를 용서해주시오."

"네 사위가 웬놈이기에 그런 소리를 하느냐?"

"여포가 제 사위올시다."

그 말에 장비는 배알이 확 뒤틀렸다. 조표가 바로 여포나 되는 듯 노려보며 노기등등하여 소리쳤다.

"나는 원래 겁만 주고 때릴 생각은 없었는데, 네놈이 여포를 업고 나와 나를 위협하려 드니 정말로 때려야겠다. 너를 때리는 것은 바로 여포를 때리는 것이다!"

그리고 군사를 호령해 조표를 매질하게 했다. 놀란 관원들이 모두 일어나 말렸지만 장비는 꼭 미친 사람 같았다. 사정 없이 쉰 번이나 채찍질한 뒤에야 겨우 사람들의 간청을 받아들여 조표를 풀어주었다.

풀려난 조표는 장비에게 깊은 원한을 품었다. 그날 밤으로 편지한 통을 써서 소패에 있는 사위 여포에게 보냈다. 장비가 자기를 매질한 일이며, 유비가 원술을 치러 떠나고 장비는 술에 곯아떨어져 있음을 알린 뒤, 이 기회에 서주성을 손에 넣으라는 권유를 담은 내용이었다.

조표의 글을 받은 여포는 곧 모사 진궁을 불러들였다.

"서주에 있는 장인이 이런 글을 보내왔는데 어떻게 했으면 좋겠소?"

여포의 그 같은 물음에 진궁이 얼른 대답했다.

"원래 소패는 오래 머무를 만한 땅이 못 됩니다. 이제 서주에 노릴 만한 틈이 생겼으니 망설이지 말고 손에 넣으십시오. 이 기회를 놓치면 뒷날에는 뉘우쳐도 이미 늦을 것입니다."

조조가 여백사 일가족을 죽인 일을 보고 그를 버렸을 만큼 개결한 데가 있던 진궁이었으나 그 몇 년 어려운 세월을 보내는 동안 그렇게 변해 있었다. 원래 의리 없기로 소문난 여포가 그런 진궁의 말을 따르지 않을 리 없었다. 곧 갑옷을 걸치고 말에 올라 오백 기를 이끌고 먼저 떠나고, 진궁으로 하여금 남은 군사를 수습해 뒤따르도록 했다. 수하장수 고순도 진궁과 함께 뒤따르게 할 만큼 재빠른 출격이었다.

서주와 소패는 겨우 사오십 리의 거리라 말로 달리니 금세 이를 수 있었다. 여포가 서주성 아래 이르렀을 때는 사경 무렵이었는데 달이 매우 밝았다. 그러나 성 위에서는 여포가 온 것을 알아차리지 못했다.

"유(劉)사군께서 급한 일로 사람을 보내셨다. 성문을 열어라."

성문 앞으로 간 여포는 성 위를 향해 그렇게 소리쳤다. 마침 성문을 지키고 있던 것은 조표의 군사들이었다. 기다리고 있던 조표에게 그 같은 전갈을 보내자 조표는 마음속으로 여포가 온 것인 줄 짐작하고 곧 성문을 열게 했다.

성문이 열리는 것을 보고 여포는 멀찌감치 있던 수하 오백 기에게 암호를 보냈다. 그러자 수하 오백 기가 달려와 일시에 열린 성문으로 몰려 들어갔다. 그 무렵 장비는 술에 곯아떨어져 세상 모르고 잠들어 있었다. 갑자기 부리던 사람들이 뛰어들어 장비를 흔들어 깨웠다.

"여포가 성문을 열고 들어와 이리로 쳐들어오고 있습니다."

술에 절어 있는 중에도 여포란 말을 듣자 장비는 번쩍 정신이 들었다. 급히 갑옷을 걸치고 장팔사모를 끌며 부중을 나와 말에 올랐다.

그때 여포는 이미 거기까지 와 있었다. 장비는 여포를 보자마자 장팔사모를 휘두르며 맞붙었으나 아직 술이 깨지 않아 제대로 싸울 수가 없었다. 마음만 급해 함부로 사모를 휘두르고 있는데 평소 장비가 아끼는 연(燕) 땅 출신의 장사 열여덟 기가 그런 제 주인을 보

68

호해 동문을 열고 달아났다. 유비의 가족들이 모두 부중에 그대로 남아 있었지만 그들마저 돌볼 틈이 없었다.

노리는 것이 서주성이요, 장비의 목숨이 아닌 데다, 또 평소부터 장비의 용맹을 잘 아는 여포라 구태여 그런 장비를 뒤쫓으려 하지 않았다. 그러나 앙심을 먹고 있는 조표는 달랐다. 장비가 술에 취한 채 불과 수십 기만 데리고 달아나는 걸 보자 수하 백여 기를 몰아 뒤쫓기 시작했다. 결과로는 쓸데없이 죽음만 재촉한 꼴이었다. 흐릿한 눈길로도 조표를 알아본 장비는 금세 고리눈을 부라리며 말 머리를 돌려 조표를 맞았다.

장비에게 아직 술기운이 남아 있기는 하나 조표 따위는 적수가 못되었다. 삼 합도 어울리기 전에 겁을 먹은 조표는 그제야 후회하며 달아났지만 이미 때는 늦은 뒤였다. 성 밖 물가에 이르렀을 무렵 장비가 내지른 창에 등 한가운데가 뚫려 말과 함께 물속으로 떨어졌다. 장비는 그 기세를 몰아 성 밖에서 성안의 자기편 군사들을 불러 모은 후 그들을 이끌고 회남으로 간 유비를 찾아 떠났다.

한편 힘들이지 않고 서주성을 얻은 여포는 먼저 백성들을 안심하게 한 뒤 군사 이백을 풀어 유비의 집을 지키게 하고 아무도 함부로 들어가지 못하게 했다. 그래도 한 가닥 양심이 있어, 지난날 유비가 그에게 베풀었던 은의에 보답한다고 하는 일이었다.

얼마 안 되는 장졸들과 밤새 달린 장비는 다음 날 우이에 있는 현덕의 진채에 이르렀다. 장비로부터 서주성을 잃게 된 경위를 듣고 있던 유비는 다만 탄식처럼 말할 뿐이었다.

"얻은들 기뻐할 게 무엇이며 잃은들 걱정할 게 무엇이랴."

뜻밖의 인물에게 하도 어이없이 근거지를 잃은 터라 망연해서 한 말이었다. 그때 관우가 장비에게 물었다.

"형수님은 평안히 계시는가?"

"모두 성안에 계신 걸 두고 왔습니다."

장비가 기어드는 목소리로 대답했다. 유비는 말없이 듣고만 있었으나 관우는 발을 구르며 장비를 꾸짖는다.

"너는 당초 성을 지킨다고 나설 때 무어라고 다짐했느냐? 또 형님은 얼마나 네게 간곡히 당부했느냐? 그런데도 이제 성을 잃고 형수님들까지 적의 손에 넘겨주었으니 도대체 어쩔 작정이냐?"

그 말에 장비도 부끄럽고 두려워 어쩔 줄 몰랐다. 갑자기 칼을 빼제 목을 찌르려 했다. 그걸 본 유비가 놀라 장비를 껴안으며 칼을 뺏어 땅에 내던졌다. 그리고 장비의 어깨를 쓸며 부드러운 목소리로 타일렀다.

"옛사람이 이르기를 형제는 손발과 같고 처자는 의복과 같다 하였다. 의복이야 떨어지면 다시 지을 수 있지만 손발이 끊어진다면 어찌 다시 잇겠느냐? 너와 운장, 나 셋은 도원에서 의를 맺고 함께 태어나기를 구하지 않으나 죽는 것은 함께이기를 원하였다. 이제 비록 성과 가솔들을 잃었다 하지만 그 일로 형제가 죽는 꼴이야 어찌 보겠느냐? 더구나 그 서주성은 원래 내 것이 아니었고, 가솔들도 비록 사로잡혔으나 여포는 반드시 해치지 않을 것이다. 서로 꾀를 내어 구해낼 방도나 생각하지 않고 한때의 잘못으로 네가 목숨까지 던져서야 될 말이냐?"

그러고는 큰 소리로 울었다. 관우와 장비도 유비의 그 같은 너그러움과 깊은 정에 함께 감격해 울었다.

여포가 서주를 쳐 빼앗았다는 소식은 원술에게도 들어갔다. 원술은 여포에게 사람을 보내어 곡식 오만 석, 금은 일만 냥, 비단 일천 필을 줄 터이니 함께 유비를 치자 하였다. 뜻밖에도 유비의 군세가 큰 걸 보고 이판에 아예 뿌리를 뽑아버리겠다는 속셈이었다.

원술의 그 같은 제의에 다시 눈이 어두워진 여포는 기꺼이 응했다. 고순에게 정병 오만을 주어 유비의 뒤를 치도록 했다. 그 소식을 들은 유비는 놀랐다. 때마침 쏟아지는 비를 이용해 군사를 우이에서 물린 뒤 광릉이나 차지할까 하여 동쪽으로 옮겼다.

고순이 우이에 이르러 보니 유비는 이미 가고 없었다. 그러나 여포 쪽으로 보면 약속을 이행한 셈이라 기령을 만난 고순은 전날 원술이 약속한 물건들을 내놓으라 했다.

"장군께서는 먼저 군사를 데리고 돌아가시오. 나는 주공과 의논해 이 일을 처리하겠소."

기령은 그렇게 말하며 고순을 돌려보냈다. 돌아온 고순으로부터 그 말을 들은 여포는 은근히 원술의 속셈에 의심이 들었다. 그런데 다시 원술이 보낸 글이 이르렀다.

'비록 고순이 군사를 이끌고 갔으나 아직 유비를 없애지는 못했소. 유비를 사로잡는 때를 기다려 약속한 물건들을 보내드리겠소.'

그 같은 내용의 글을 보자 여포도 원술의 속셈을 알았다. 속은 것이 분해 곧 군사를 일으키려는데 진궁이 나서서 말렸다.

"아니 됩니다. 원술은 수춘(壽春)에 근거하여 군사는 많고 양식은 넉넉하니 가볍게 볼 수 없습니다. 차라리 유비를 소패로 청해 날개로 삼도록 하십시오. 뒷날 유비로 하여금 선봉이 되어 먼저 원술을 치고, 다시 원소를 없앤다면 가히 천하를 종횡할 수 있을 것입니다."

여포도 가만히 생각하니 그 말이 옳았다. 더구나 유비의 가솔들을 보호하고 있어 유비를 오게 하는 것도 어렵지 않을 것 같았다.

이때 유비는 광릉을 뺏으려다 오히려 원술의 급습을 받아 군사를 태반이나 잃고 돌아오는 길이었다. 여포가 보낸 사자를 만나 그가 올리는 편지를 보고 기꺼이 응하려 했다. 이때 관우와 장비가 걱정했다.

"여포는 의리가 없는 자입니다. 믿어서는 아니 됩니다."

그러나 유비는 가볍게 고개를 저으며 오히려 그들을 안심시켰다.

"저는 좋은 뜻으로 나를 부르는데 어찌 의심하겠느냐?"

어쩌면 달리 갈 곳이 없는 유비로서는 궁여지책인지도 모를 일이었다. 여포는 유비가 혹시라도 자신을 의심할까 보아 먼저 유비의 가족부터 돌려보냈다. 감(甘), 미(糜) 두 부인은 유비를 만나자 그동안 여포가 자기들을 지켜주었을 뿐만 아니라 부리는 이와 쓸 물건까지 넉넉히 보내준 것까지 이야기했다.

"봐라. 여포는 반드시 내 가족을 해치지 않을 것이라고 내가 일찍 말하지 않더냐?"

다 듣고 난 유비가 빙긋이 웃으며 관우와 장비에게 말했다. 그리고 여포를 찾아보러 서주성으로 향했다. 하지만 여포에게 원한을 품은 장비는 끝내 수긍하지 않고, 두 형수와 먼저 소패로 가버렸다.

"나는 성을 뺏고 싶어서가 아니라 공의 아우가 술에 취해 함부로 사람을 죽이니, 혹시라도 일이 잘못될까 보아 잠시 성을 맡아 지킨 것뿐이오."

성안으로 들어온 유비를 만난 여포는 넉살 좋게 말했다. 유비도 부드러운 얼굴로 대답했다.

"나도 이 서주를 형께 양보하려 한 지 오랩니다."

그러면서 짐짓 서주성을 도로 내놓으려는 여포에게 좋은 말로 사양한 뒤 소패로 돌아갔다.

우리를 벗어나는 호랑이

수춘성은 중원의 일각을 차지한 원술이 오래전부터 근거로 삼고 있던 성이었다. 그날 원술은 크게 잔치를 열어 대소의 장수들과 모사들을 위로하고 있었다. 여포를 이용해 힘 안 들이고 유비를 물리쳤을 뿐만 아니라, 방금 또 자신에게 거역한 여강 태수 육강(陸康)을 손책이 쳐 없앴다는 기별을 받았기 때문이었다.

'이제 나의 날이 점점 가까워 온다. 이대로만 간다면 한나라를 이을 만한 자 이 원술을 빼고 누가 있으랴!'

원술은 흥겨운 눈길로 기라성처럼 모여 앉은 장수와 모사들을 내려다보며 중얼거렸다. 생각하면 지난 몇 년은 그로서는 놀라운 성공의 연속이었다. 동탁에게 대항해서 단신으로 낙양을 빠져나온 게 불과 대여섯 해 전, 손견의 도움을 받아 남양 태수 장자(長咨)를 죽이고 겨우 얻은 근거지는 이제 구강, 양주, 여강까지 뻗어가고 있었다.

원술의 그 같은 성공은 그 개인의 능력도 있지만 주변에 가로막는 이렇다 할 인물이 없는 덕분이기도 했다. 공손찬은 북방에 치우친 데다 동맹 관계에 있었고, 종형 원소와 조조가 손잡고 대항해 왔으나 역시 그의 북진을 가로막는 데 그쳤다. 또 남방에는 손견과 유표가 있었지만 손견은 이미 죽었고 유표는 늙고 소심해 제 땅을 지키기에 바빴다. 따라서 대강 남동의 넓고 기름진 땅은 비어 있는 것이나 다름없어 원술이 마음대로 뻗어갈 수 있었다.

물론 원술도 조조가 조정으로 들어가 천자를 끼고 야심을 펴려 하는 걸 알고 있었다. 그러나 조조 앞의 사람들이 맛본 실패의 선례에다, 원소와 공손찬 또한 조조의 독주를 바라보고만 있을 리 없다는 판단에서 원술은 그 일을 대수롭지 않게 생각했다. 그들이 뒤얽혀 헛되이 힘을 소비하고 있는 동안, 자신은 착실하게 남방을 경략하여 그 축적된 힘으로 일거에 대세를 결정지을 수 있다는 점에서 오히려 잘된 일이라 여겼다.

그래서 한층 흥겨운 마음으로 잔을 들고 있는데 갑자기 사람이 와서 고했다.

"여강 태수 육강을 이긴 손책이 방금 돌아왔습니다."

"들라 하여라."

원술이 부드러운 목소리로 말했다. 그러자 곧 용모가 빼어난 청년 장수가 하나 들어왔다. 기골은 아버지 손견을 이어 날래고 굳세 보였으나 얼굴은 어머니 오부인을 닮아 눈부시게 수려했다.

"오, 네가 왔느냐? 잘 싸웠다. 네가 곁에 있으니 천하에 두려울 게

우리를 벗어나는 호랑이

무엇이랴."

원술은 그렇게 손책의 공을 치하하고 지난 싸움의 수고로움을 어루어준 뒤 자기 곁에 앉게 했다. 마치 사랑스런 자식 대하듯 하는 태도였다. 손책은 공손히 원술 곁에 앉았으나 그 훤한 미간에는 알 듯 말 듯 한 가닥 수심이 어렸다.

원래 손책은 아버지 손견이 죽은 뒤 강남에 자리를 잡았다. 사람됨이 활달하고 우스갯소리를 잘하였으나 한편으로는 어진 이를 예로 대우할 줄 알고 사람을 잘 부려 한때 많은 백성들이 그를 따랐다.

그때는 서주목 도겸(陶謙)이 살아 있을 때였는데 도겸은 그런 손책을 아주 싫어했다. 강(江), 회(淮) 지방의 많은 사람들이 손책을 그 이름보다는 손랑(孫郞)이라는 애칭으로 부르며, 한번 만나기만 하면 마음을 다해 따르고 또 그를 위해 죽는 걸 즐거움으로 여기기까지 하니 멀지 않은 서주의 도겸으로서는 걱정되지 않을 수가 없었다. 거기다가 그 아비 손견의 기반이 있고, 손책의 야심 또한 만만치 않아 보이자 절로 손책을 칠 구실만 찾게 되었다.

이에 위협을 느낀 손책은 단양 태수로 있던 외삼촌 오경(吳璟)에게 의지하여 곡아로 어머니와 아우들을 옮기고, 자신은 여범(呂範) 등과 함께 원술에게로 갔다. 원술은 한번 손책을 보자 몹시 사랑하여 전일 그 아비 손견이 다스리던 곳을 그에게 돌려주었다. 그리고 항시 말하기를,

"내가 너 같은 아들이 있다면 지금 죽은들 무슨 한이 있겠느냐!"

하였다.

한번은 이런 일이 있었다. 손책의 수하가 죄를 짓고 원술의 영채

로 숨어들었다. 원술은 아무것도 모르고 그 군사를 받아들여 가까이 두고 부렸는데, 손책은 기어이 사람을 시켜 그 군사를 죽여버린 뒤에야 원술에게 잘못을 빌었다. 자신이 가까이 두고 부리던 자를 함부로 죽였으니 성낼 만도 하였으나 원술은 그 죄를 묻지 않았다.

"남의 병사 되어 윗사람을 저버리는 것은 모두가 미워하는 짓이다. 너는 마땅히 죽여야 할 자를 죽였는데 새삼 내게 빌 것이 무엇이냐?"

그렇게 말하며 오히려 손책이 상벌에 분명함을 칭찬하자 그로부터 손책의 군사들은 손책을 두려워하게 되었다. 이때 태부 마일제가 원술의 진중에 있었는데, 역시 손책을 기이하게 여겼다. 조정에 표문을 올려 그 재주와 무예를 알리니 천자는 손책을 회의교위(懷義校尉)로 삼았다.

원술이 여강 태수 육강을 치게 된 것은 유비와의 싸움에 앞서 쌀 삼만 석을 육강에게 청했다가 거절당한 때문이었다. 노한 원술은 손책을 보내 육강을 꾸짖게 하였으나 육강은 손책을 만나주지도 않고 겨우 주부 한 사람을 보내 대접게 했다. 이에 원술은 무시당한 일에 원한을 품은 손책을 보내 육강을 치게 하였는데 그때 덧붙여 약속했다.

"만일 네가 육강을 죽이면 너로 하여금 그가 다스렸던 땅의 임자가 되게 하겠다."

손책이 힘을 다해 싸워야 할 더 큰 이유를 만들어준 셈으로, 이제 과연 손책은 그 육강을 이기고 돌아온 길이었다.

손책은 술자리가 다하도록 원술이 출전 때 한 그 약속을 여럿 앞에서 밝혀주기를 내심 간절히 기다렸다. 그러나 원술은 종내 거기에 대해서 말이 없다가 술자리가 끝날 무렵에야 한마디로 그 약속을 뒤엎어버렸다.

"새로 얻은 여강에는 전부터 나를 위해 애써 온 유훈(劉勳)을 태수로 보낼 것이니 모두 그리 알라."

손책의 실망은 컸다. 거기다가 자신을 대하는 원술의 오만한 태도도 아버지 손견에 못지않게 자부심이 강한 손책을 괴롭혔다. 그 바람에 손책은 잔치가 끝나고 자신의 영채로 돌아온 뒤에도 울적함과 번민에 사로잡혀 잠을 이루지 못했다.

'아버지는 천하를 떨쳐 울리던 영웅이셨건만 그 자식인 나는 겨우 원술 따위에게 이토록 업신여김을 당하는 신세로 떨어졌구나……'

달빛 아래 뜰을 거닐면서 그런 생각에 빠져든 손책은 저도 몰래 비감에 젖어 목을 놓고 울었다. 그때 한 사람이 밖에서 들어오더니 소리내어 웃으며 물었다.

"백부(伯符, 손책의 자)는 무슨 까닭으로 이러시는 거요? 일찍이 존부께서 살아 계실 때도 내게 많은 것을 물으셨거늘, 그대는 어찌 내게 물으려 않고 울고만 계시오?"

손책이 놀라 보니 단양 고장 사람 주치(朱治)였다. 주치는 자를 군리(君理)라 하였는데 손견이 살아 있을 때 종사관을 지내 손책도 어려서부터 알던 사이였다. 손책은 급히 눈물을 닦고 그를 끌어 자리에 앉게 한 뒤 말했다.

"이 책이 슬피 우는 것은 선친의 큰 뜻을 잇지 못하는 게 한스러운 까닭입니다. 만약 공께서 알고 있는 길이 있다면 어리석은 저를 깨우쳐주십시오."

"그대의 뜻이 그러하다면 어찌하여 원공로(袁公路)에게 군사를 빌려 강동으로 가지 않으시오? 외숙부인 오경을 구하러 간다는 걸 핑계로 삼되 실제는 큰일을 도모할 수도 있거늘 무엇 때문에 남의 아랫사람으로 오래도록 고단하게 지낸단 말이오?"

시원스럽기 짝이 없는 주치의 반문이었다. 이에 손책도 정신을 가다듬고 그 세세한 계책을 묻고 있는데 다시 한 사람이 뛰어들며 말했다.

"그대들이 꾀하는 일은 내가 이미 다 알고 있소. 나도 뜻을 함께 하고 싶으니 어리석다 물리치지 마시오. 내게는 날랜 장사 백여 명이 있어 백부에게는 한 팔의 힘이 될 수 있을 것이오."

손책이 다시 놀란 눈으로 그 사람을 살피니 다름 아닌 여범(呂範)이었다. 여남 세양 땅 사람으로 손책과 함께 원술에게 투신하여 지금은 그의 모사로 있었다. 손책은 크게 기뻐하여 여범도 자리에 앉게 하고 주치와 하던 의논을 계속했다.

"그대들이 꾀는 그럴 듯하오만 원공로가 군사를 빌려주지 않을까 걱정이오."

자리에 앉은 여범이 문득 그렇게 말했다. 손책이 잠깐 생각에 잠겼다가 결연히 입을 열었다.

"내게는 돌아가신 부친께서 물려주신 전국(傳國) 옥새가 있소. 그걸 담보로 삼으면 될 것이오."

전국 옥새란 말에 여범은 놀라면서도 기쁜 표정을 감추지 못했다.

"그것이라면 공로가 오래전부터 얻고 싶어 하던 물건이오. 담보로 내놓는다면 그는 반드시 군사를 빌려줄 것이오."

그렇게 되자 세 사람의 계책은 매듭이 졌다.

다음 날이었다. 원술을 찾아간 손책은 엎드려 울며 말했다.

"선친의 원수를 아직 갚지 못한 터에 이제는 또 외숙부 오경이 양주 자사 유요(劉繇)에게 핍박을 받고 있다고 합니다. 거기다가 책의 노모와 가솔들이 모두 외숙부의 그늘인 곡아에 있으니 머지않아 반드시 해를 입게 될 것입니다. 감히 바라건대 군사 수천만 빌려주시면 외숙부의 어려움을 구하고 노모를 보살필 수 있겠습니다. 다만 두려운 것은 명공께서 저를 믿지 아니하시는 것이나, 제게는 선친께서 물려주신 전국 옥새가 있으니 그것을 담보로 삼아주십시오."

그러자 원술은 먼저 옥새부터 보고자 했다. 손책은 서슴없이 품고 간 옥새를 꺼내 원술에게 바쳤다. 원술이 보니 틀림없이 말로만 듣던 전국 옥새였다. 기쁨을 감추지 못하고 품안에 넣으며 말했다.

"내가 너를 믿지 못하는 것은 아니나 이제 담보까지 이렇게 내놓으니 더욱 마다할 수 없구나. 네게 군사 삼천과 말 오백 필을 빌려주겠다. 유요를 이긴 뒤에는 속히 돌아오도록 해라. 또 너의 벼슬이 하찮아 큰 군사를 거느리기에는 어려움이 많을 것이다. 특히 표문을 올려 너를 절충교위에 진구장군(殄寇將軍)으로 삼을 터이니 벼슬이 이르는 그날로 군사를 거느리고 떠나거라."

원술은 혹시라도 손책의 마음이 변할까 봐 두려운지 청하지 않은 것까지 함빡 들어준 뒤 떠나기를 재촉했다. 손책은 원술에게 절하여 감사한 뒤 여범, 주치와 함께 빌린 군사를 거느리고 길일을 골라 강동으로 떠났다. 그런데 그들의 행렬이 수춘성을 떠난 지 한나절쯤 되었을 때였다. 뒤편에서 갑자기 먼지가 뽀얗게 일며 몇십 기의 기마가 나는 듯 달려왔다.

손책은 원술이 마음을 바꾸어 자기를 되불러 들이려고 사람을 보낸 것이나 아닌가 두려웠다. 그러나 한번 마음먹은 길이라 정히 안 되면 그들 모두를 베고라도 떠날 양으로 칼자루에 힘을 주고 노려보았다.

그사이 뒤따르는 군사는 점점 가까워졌다. 그런데 앞장서 달려오는 세 기가 아무래도 눈에 익은 모습이었다. 한 사람은 쇠채찍[鐵鞭]을 감아쥐고 또 한 사람은 한 자루 큰 칼[大刀]을 찼으며 다른 하나는 쇠자루 달린 창[鐵脊矛]을 안장에 꽂고 있는데 가까이 오는 것을 보니 다름 아닌 황개와 한당과 정보였다.

"작은 주인, 아니 주공! 실로 무정하십니다. 어찌 저희들을 두고 가십니까?"

셋은 손책 앞에 이르기 무섭게 말에서 뛰어내리더니 땅바닥에 엎드리며 원망스레 말했다. 손책도 물론 아버지 손견과 함께 싸움터를 누비던 그들을 잊은 것은 아니었다. 하지만 아버지의 옛 장수들까지 달라고 하면 원술이 의심할까 보아 감히 청하지 못했을 뿐이었다.

"내가 어찌 공들을 잊었을 리 있겠소? 다만 원술의 의심이 두려워 차마 데려오지 못했을 뿐이오."

그렇게 대답하는 손책의 목소리도 떨렸다. 그들 셋을 보니 문득 죽은 아버지 손견의 모습이 떠오른 까닭이었다. 그들도 손책의 늠름한 모습에서 옛 주인 손견을 본 듯했다. 원망도 잠시, 어느새 굵은 눈물에 젖은 얼굴로 울먹였다.

"주공, 장하십니다. 돌아가신 큰 주인의 한을 풀 날도 멀지 않았습니다."

"주랑(周郎, 주유)과 뜰 앞에서 검을 가지고 노시던 때가 어제 같건만…… 이제 큰 주인님께서도 편히 눈감을 수 있으실 것입니다."

"부디 큰 주인님께서 이루지 못한 대업을 이루십시오. 저희는 끓는 물 타는 불 속을 마다 않고 주공을 따르겠습니다."

그 같은 말을 들으니 손책의 굳고 매서운 가슴속도 새삼스런 슬픔과 감개로 젖어왔다. 이에 그들 넷은 한바탕 얼싸안고 운 뒤에야 행렬을 수습해 길을 떠났다.

그로부터 며칠 뒤였다. 군마가 역양 땅에 이르렀을 무렵 손책은 다시 한 떼의 군사와 마주쳤다. 처음에는 경계하여 마지않았으나 가까워지자 역시 앞선 장수의 모습이 어딘가 낯익었다. 부드럽고 날랜 몸매에 잘생긴 얼굴―헤어져 보낸 몇 년 동안 더욱 굳세고 어른스러워지기는 했지만 그는 틀림없이 옛 친구 주유(周瑜)였다.

주유는 여강 서성 사람으로 자를 공근(公瑾)이라 했다. 증조부 영(榮)은 장제(章帝), 화제(和帝) 때 상서령을 지냈고, 종조부 종숙부가 나란히 태위 벼슬을 했으며, 그 아비 이(異)도 낙양령(洛陽令)에 오른 세가의 자제였다.

주유와 손책이 만난 것은 나이 열여섯, 손견이 의병을 일으켜 동탁을 치러 떠나게 되었을 때였다. 그때 손견은 아내와 아들들을 서성에 피난시켰는데, 손책도 함께 그리로 가 주유를 만나게 되었다. 비록 열여섯의 나이였지만 둘은 만나자마자 한눈에 서로의 비범함을 알아보고 남다른 친교가 이루어졌다. 주유가 자신의 저택 하나를 비워 손책에게 내주고 그 어머니를 절하여 뵘으로써 둘은 형제의 의까지 맺었다. 나이는 동갑이었으나 손책의 생일이 두어 달 빨라 형이 되었다.

그 뒤 손견이 죽고 손책이 원술에게 의지해 떠나자 둘은 헤어졌다. 주유 또한 단양 태수가 된 종숙 주상(周尙)을 따라 서성을 떠났다. 그러다가 이제 손책이 다시 강동으로 돌아간다는 말을 듣고 수하의 군마 약간을 수습해 달려오는 길이었다.

"아니, 이건 공근이 아닌가? 여기는 어떻게 왔는가?"

말에서 내려 군례를 올리는 주유를 보고 손책이 기쁨을 감추지 못하며 물었다. 주유가 번쩍이는 눈을 들어 손책을 올려보며 씩씩하게 대답했다.

"형님께서 강동으로 돌아가신다기에 급히 달려왔습니다. 개나 말의 힘이라도 보태어 큰일을 함께 도모해보고 싶습니다."

"고맙네. 공근이 함께 가준다면 반드시 큰일을 성취할 수 있을 것이네."

손책이 감격한 목소리로 그렇게 말했다. 그리고 주치와 여범 및 세 명의 옛 장수를 불러 주유를 보게 했다.

"이 사람은 주유라 하는데 강동의 준재(俊才)요, 나와는 오래된 벗으로 내가 몇 달 먼저 난 덕에 형이 되었으나 여러 가지로 내가 오히려 미치지 못하는 점이 많소."

이렇게 되자 손책의 세력은 한층 불어났다. 잠시 군사를 멈추고 술을 내어 의기를 돋우는데 문득 주유가 물었다.

"형님께서 큰일을 이루려 하신다면 역시 강동의 두 장씨를 알고 계시는지요?"

"두 장씨라니? 누구누구를 말하는가?"

손책이 처음 듣는 말이라 궁금한 듯 되물었다. 주유가 목소리를 가다듬어 대답했다.

"하나는 팽성에 사는 장소(張昭)란 사람으로 자를 자포(子布)라 하고, 또 하나는 광릉에 사는 장굉(張紘)으로 자를 자강(子綱)으로 쓰는 사람입니다. 둘 다 놀라운 재주를 가진 이나 지금 난리를 피해 그곳에 각기 숨어 지내고 있습니다. 형님께서는 어찌하여 그런 이들을 불러 쓰시지 않습니까."

"공근이 말해주지 않았다면 천하의 현사를 모르고 지나칠 뻔했네. 고마우이."

손책은 그렇게 기뻐하며 당장 사람을 시켜 예물을 갖추고 장소와 장굉을 찾아보게 했다. 그러나 어찌 된 셈인지 그들은 모두 세상에 나오려 하지 않았다.

"어진 이를 모시는 데 정성이 부족했다. 내가 스스로 가리라."

손책은 그렇게 말하며 차례로 광릉과 팽성을 들러 장소와 장굉을 찾아보았다. 손책이 힘써 천하를 위해 함께 일하기를 청하자 그들 둘도 더는 거절하지 않았다. 손책은 장소를 장사(長史) 겸 무군중랑장(撫軍中郎將)으로 삼고 장굉은 참모(參謀) 정의교위(正議校尉)로 삼아 함께 유요를 칠 의논을 했다.

유요는 동래 모평 땅 사람으로 역시 한실의 종친이었다. 태위 유총(劉寵)의 조카요 연주 자사 유대(劉岱)의 아우인 그는 원래 양주 자사로 수춘에 자리 잡고 있었다. 그러다가 원술에게 수춘을 빼앗기는 바람에 강동으로 밀려 부득이 곡아를 엿보게 되었다. 그런데 이제 다시 손책이 군사를 이끌고 쳐들어온다는 말을 듣자 급히 사람들을 불러 의논했다.

부장 장영(張英)이 일어나 말했다.

"제게 군사 약간을 주시어 우저에 둔치게 한다면 설령 손책이 백만의 대군을 이끌고 온다 해도 감히 접근하지 못하게 하겠습니다."

그때 장영의 말을 이어 한 장수가 일어나 소리쳤다.

"그 선봉은 제가 맡겠습니다."

모두 놀라 그를 보니 다름 아닌 동래 사람 태사자(太史慈)였다. 전날 북해 태수 공융의 위험을 구해준 뒤 유요를 보러 왔다가 아직껏 그 장하(帳下)에 머무르고 있었다. 그러나 아직 태사자의 용맹을 모르는 유요는 오히려 그 당돌함이 은근히 비위에 거슬렸다.

"너는 아직 나이가 어리니 장수로는 삼을 수가 없다. 내 곁에 머물러 달리 명을 기다리도록 하라."

그 말에 모처럼 유요를 위해 싸워보려던 태사자가 머쓱하여 물러났다. 마음이 기껍지 못할 것은 정한 이치였다. 이에 홀로 떠나게 된 장영은 군사를 우저에 머물게 하고 군량 십만 석은 저각이란 곳에 쌓아두었다.

이때 손책이 군사를 이끌고 우저에 이르니 장영이 맞으러 나가 양군은 우저의 한 개울가에서 만났다.

"어린것이 감히 여기가 어디라고 함부로 넘보느냐?"

장영이 진 앞에 나와 큰 소리로 손책을 꾸짖었다. 손책이 대답할 틈도 없이 황개가 쇠채찍을 휘두르며 달려 나가 장영을 덮쳤다. 그런데 몇 합 어우르기도 전에 갑자기 장영의 군사들이 어지럽게 흩어지기 시작했다. 누군가가 진채 뒤에 불을 놓은 것이었다. 그 소리를 들은 장영은 급히 군사를 돌렸다.

손책이 그 좋은 기회를 그냥 보아넘길 리 없었다. 곧 군사를 휘몰아 뒤쫓으며 죽이니 장영은 마침내 우저를 버리고 깊은 산중으로 달아났다가 간신히 제 주인 유요에게로 돌아갔다.

첫 싸움에 이긴 손책이 승세를 타고 유요의 근거지로 군사를 휘몰아 가려는데 문득 범 같은 두 장수가 졸개 삼백여 명을 이끌고 투항해 왔다. 한 사람은 구강 수춘 사람으로 장흠(蔣欽)이란 장사였고, 다른 한 사람은 구강 하채 사람으로 주태(周泰)란 장사였다.

원래 장흠과 주태는 대강(양자강)을 오르내리며 양민들의 재물을 털어 살아나가는 수적이었다. 그러나 마음속으로는 항시 큰 뜻을 품고 때를 기다리는데, 손책이 강동으로 온다는 말을 들었다.

"손책이 강동의 호걸로서 어진 이를 예로 대우하고 힘센 장사를 중히 여긴다니 우리 그에게로 가는 게 어떤가? 장부로 태어나 수적질이나 하며 평생을 보낼 수는 없는 일이네."

둘은 그렇게 의논하고 졸개 삼백여 명과 함께 손책을 찾아 나섰다. 그들 둘이 손책에게 이른 때가 마침 장영과 황개가 어우러져 싸울 때였다. 둘은 장영의 군사들이 함빡 그 싸움에 정신이 쏠린 틈을 타 장영의 진채를 급습하고 불을 놓았다. 그게 조금 전 장영을 놀라 달아나게 한 불로 손책에게 바칠 예물로는 더할 나위 없는 예물인 셈이었다.

그 같은 장흠과 주태를 얻은 손책은 크게 기뻤다. 좋은 말로 둘을 치하한 뒤 나란히 전군교위로 삼았다. 비록 거느리고 온 졸개는 많지 않았으나 손책의 군사들이 또 한번 사기를 드높였음은 말할 것도 없었다.

거기다가 장영이 저각에 쌓아두었던 곡식 십만 석과 군기(軍器)를 얻고 또 항복한 군사 사천까지 새로이 보태니 손책의 세력은 배로 늘었다. 손책은 그 세력을 업고 신정으로 군사를 휘몰아갔다.

한편 쫓겨온 장영으로부터 손책에게 대패했다는 말을 듣자 유요는 몹시 노했다. 그 자리에서 장영을 끌어내 목 베려 하였으나 모사 작융(笮融)과 설례(薛禮)가 간곡히 말려 죽이는 대신 영릉성을 지키게 했다. 그리고 스스로 군사를 이끌고 신정으로 가 작은 고개 남쪽에 진을 쳤다.

얼마 뒤에 손책도 신정에 이르러 유요가 진을 친 고개 북쪽에다 진채를 내렸다. 진채를 세우기 무섭게 손책은 군사들을 시켜 그 부근에 사는 백성 하나를 찾아오게 했다.

"가까운 산 어디에 혹시 광무제의 사당이 없는가?"

군사들이 한 사람을 찾아오자 손책이 불쑥 그렇게 물었다.

"고개 위에 하나가 있습니다."

그 말을 듣자 비로소 손책은 둘러선 장수들에게 자신이 광무제의 사당을 찾는 까닭을 밝혔다.

"어젯밤에 광무제께서 나를 부르시기에 가서 뵈온 꿈을 꾸었소. 마땅히 사당을 찾아가 기도를 드려야겠소."

그러자 장소가 반대했다.

"아니 됩니다. 고개 남쪽에 유요의 진채가 있는데 만약 복병이라도 숨겨두었으면 어쩌시렵니까?"

"신인(神人)이 나를 돕고 있는데 두려워할 게 무엇이오."

손책은 그렇게 장소를 안심시킨 뒤 갑옷을 걸치고 창을 든 채 말에 올랐다. 그리고 정보, 한당, 황개, 장흠, 주태 등 열두 기만 이끌고 진채를 나섰다.

고개 위에 오르니 과연 광무제의 사당이 하나 있었다. 말에서 내려 사당으로 들어간 손책은 향을 사르고 절을 올린 뒤 무릎을 꿇은 채 가만히 기원했다.

"만약 이 책(策)이 강동에서 대업을 이루고 선친의 원수를 갚게 된다면 반드시 이 사당을 수리하고 사철 제사를 올리겠습니다."

그런 다음 사당을 나와 말 위에 오른 손책은 따라온 장수들을 보고 불쑥 말했다.

"나는 고개를 넘어 유요의 진채를 가까이서 보아두고 싶소."

여러 장수들이 한결같이 위태롭다고 말렸으나 손책은 듣지 않았다. 앞장서서 고개 꼭대기까지 올라간 뒤 남쪽에 있는 유요의 진채를 살폈다.

이때 그쪽 숲속에는 유요의 군사 약간이 매복해 있었다. 손책이 겨우 여남은 기만 이끌고 바로 앞까지 와서 자기네 진채를 살피는 걸 보자 나는 듯 달려가 유요에게 알렸다.

"그것은 틀림없이 손책이 우리를 유인하려는 수작이다. 함부로 뒤 쫓다가 말려들어서는 아니 된다."

소심한 유요는 그렇게 말하며 움직이려 들지 않았다. 이때 태사자가 달려 나오며 소리쳤다.

"그렇지 않습니다. 지금 손책을 사로잡지 않고 다시 어느 때를 기다리려 하십니까?"

그리고 유요의 허락도 기다리지 않고 갑옷 끈을 죄며 말 위에 올랐다.

"용기 있는 자는 모두 나를 따르라!"

태사자가 창을 꼬나잡고 말을 달려 나가며 그렇게 소리쳤으나 장수들은 아무도 따르지 않고 다만 높지 않은 장수 하나만이

"태사자는 참으로 맹장이다. 내가 따라가 도우리라!"

하며 말을 박차 함께 달려 나갔다. 그래도 유요의 장수들은 한결같이 그 둘을 비웃을 뿐이었다. 태사자가 고개 꼭대기에 이른 것은 이미 유요의 진채를 살필 대로 살핀 손책이 말 머리를 돌려 자신의 진채로 돌아가려는 때였다.

"손책은 달아나지 마라!"

갑작스런 외침에 손책이 고개를 돌려보니 두 필의 말이 나는 듯 고갯길을 달려 내려오고 있었다. 손책의 열두 장수가 모두 싸울 태세를 갖추고 벌여 선 가운데 손책도 창을 비껴들고 달려오는 적장을 기다렸다.

"누가 손책이냐?"

달려온 태사자가 다시 소리쳐 물었다. 손책이 나서서 그 말을 받았다.

"도대체 너는 누구냐?"

"나는 동래의 태사자다. 특히 손책을 잡으러 왔다."

손책의 열두 장수는 안중에도 없는 듯 태사자가 씩씩하게 말했다.

우리를 벗어나는 호랑이

손책도 지지 않았다.

"내가 바로 손책이다. 나를 잡으러 왔다니 너희 둘이 한꺼번에 덤벼 보아라. 하나도 두렵지 않다. 만약 내가 네놈들을 겁낸다면 천하의 손백부(孫伯符)가 아니다!"

"너희야말로 한꺼번에 덤벼라. 나 또한 조금도 두렵지 않다."

태사자는 그렇게 응수하며 바로 창을 내밀어 손책을 찔러 갔다. 손책도 창을 들어 그런 태사자를 맞았다. 누가 끼어들고 자시고 할 틈도 없는 접전이었다.

수만 황건적의 포위를 혼자서 뚫고 유비에게 구원을 청하러 간 적이 있는 태사자였으나 손책 또한 만만치 않았다. 동탁까지 떨게 한 아버지 손견에게서 어려서부터 익혀온 무예에다, 손견이 죽은 뒤에는 더욱 힘들여 연마한 터라 가히 신기(神技)라 할 만했다.

그런 두 사람이 어울린 만큼 싸움은 쉰 합에 이르러도 끝이 날 줄 몰랐다. 하나가 찌르면 하나가 피하고 이쪽이 후리면 저쪽이 막았다. 정보나 황개, 한당 같은 장수들이 모두 무예가 서툰 사람들이 아니었지만 속으로 한결같이 그들 둘의 기막힌 솜씨에 혀를 내둘렀다.

그러다가 먼저 싸움에 변화를 오게 한 쪽은 태사자였다. 태사자는 손책의 창 쓰는 법에 작은 틈도 없는 걸 보고 속임수를 쓰기로 마음먹었다. 한참을 싸우다가 힘에 부친 척 달아나니 손책이 더욱 기세를 올려 뒤따랐다. 태사자는 온 길로 달아나 고개 위로 오르지 않고 고개 뒤로 말을 몰았다. 손책이 뒤따르며 소리쳤다.

"어디를 가느냐? 꼴사납게 달아나지 마라."

그러나 태사자는 여전히 달아나며 속으로 헤아렸다.

'저쪽에는 열둘이나 따르는 자들이 있고 나는 하나이니, 설령 내가 저를 사로잡는다 해도 저 떼거리에게 되빼앗기고 말 것이다. 한 마장쯤 더 유인해 떼거리를 모두 따돌린 후 으슥한 곳에서 손을 써야겠다.'

그러고는 한편 싸우며 한편 달아나기를 거듭했다.

태사자의 속마음을 알 리 없는 손책이 그를 놓아주지 않고 따라와 둘은 어느새 평지의 냇가에 이르렀다. 손책을 뒤따르는 사람들이 없는 걸 본 태사자는 그제서야 말 머리를 돌려 다시 싸움다운 싸움을 시작했다. 하지만 쉰 합을 더 싸워도 역시 승부가 나지 않았다.

그렇게 얼마를 더 싸웠을까, 손책의 창이 힘차게 태사자를 찔러 갔을 때였다. 날쌔게 피한 태사자가 손책의 창을 거머쥐며 자신의 창으로 손책을 찔렀다. 그러나 손책 또한 몸을 뒤집어 피하면서 태사자의 창대를 낚아채려 했다.

양쪽이 서로 상대의 창대를 잡고 끌어당기니 그대로 말 등에 남아날 수 없었다. 서로 용을 쓰는 순간 한 덩이가 되어 땅바닥으로 굴러떨어졌다. 둘은 할 수 없이 창을 버리고 맨주먹으로 싸우기 시작했다.

다시 성난 용과 호랑이가 어울려 싸우듯 처절한 싸움이 벌어졌다. 갑옷이 조각조각 뜯겨져 나가고 투구 끈이며 띠가 끊어졌다. 그러다가 손책이 재빨리 태사자의 등에 매어져 있던 단극을 빼드는 순간 태사자 또한 손책의 투구를 벗겨 갔다. 둘은 이제 그것을 무기 삼아 싸우기 시작했다. 손책이 빼앗은 단극으로 찌르면 태사자는 빼앗은 투구를 들어 막았다.

한참을 그러는데 갑자기 함성이 일어났다. 그제서야 겨우 태사자의 판단이 옳았음을 알게 된 유요가 천여 군사를 먼저 보내 응원을 하게 한 것이었다. 손책은 다급했다. 자칫하면 정말로 유요에게 사로잡힐 판이었다. 그러나 그때 마침 황개와 정보를 앞세운 열두 장수가 나타나 유요의 군사들과 부딪쳤다.

일이 그렇게 번지자 손책과 태사자도 가망 없는 싸움을 그만두고 각기 떨어졌다. 말도 창도 없는 주먹싸움 대신 다시 말과 창을 갖추어 결판을 내려는 뜻이었다.

태사자는 유요의 군사들에게로 가서 새 말을 얻어 타고 나오고 손책은 정보가 잡아준 자기의 말을 타고 나왔다. 창도 둘 다 새로 얻었다. 그렇게 되자 유요의 천여 군사와 손책의 열두 장수 간의 혼전이 벌어졌다.

손책을 비롯한 열두 기가 아무리 용맹스럽다 해도 역시 중과부적이었다. 겨우 손책을 보호하며 밀리고 밀려 고개 아래까지 이르렀다. 그때 다시 함성이 크게 일며 북쪽에서 주유가 군사를 이끌고 구원을 오고, 남쪽에서는 유요가 몸소 대군을 이끌고 태사자를 후원하러 왔다.

싸움은 크게 벌어졌다. 그러나 이미 때가 해 질 녘인 데다 비바람까지 심하게 몰아쳐 제대로 싸울 수가 없었다. 이에 양군은 싸움을 다음날로 미루고 각기 자기 진채로 돌아갔다.

다음 날이 되었다. 손책이 먼저 군사를 움직여 유요의 진채 앞에 나타났다. 양쪽 군사는 곧 둥그렇게 진을 벌여 싸울 태세를 갖추었다. 이때 손책이 어제 뺏은 태사자의 단극을 긴 장대 끝에 매달아 진문 앞에 내걸게 한 뒤 군사들을 시켜 크게 외치게 했다.

"태사자는 어디 있느냐? 어제 재빨리 달아나지 않았다면 여기 찔려 죽었을 것이다!"

태사자를 조롱하여 격동시키기 위함이었으나 태사자도 지지 않았다. 곧 전날 뺏은 손책의 투구를 진문에 내건 뒤 역시 자기 군사들을 시켜 소리쳤다.

"손책의 머리가 여기 있다! 머리를 두고 달아나는 놈이 어디 있느냐?"

그렇게 양쪽에서 서로 이겼다고 우기며 저희 장수 힘 자랑을 하니 그 고함소리에 산천초목이 들먹일 지경이었다. 한참 뒤에 태사자가 말을 달려 나와 다시 싸움을 걸어왔다.

"손책은 어디 있느냐? 오늘은 나와 승부를 내자!"

손책이 불 같은 성미에 또 참지 못했다. 그대로 창을 잡고 말을 박차 나가려는데 정보가 말했다.

"주공께서는 힘을 쓰실 필요가 없습니다. 제가 나가 저놈을 잡아 오겠습니다."

그리고 말을 달려 태사자를 맞으러 나갔다. 태사자가 그런 정보를 놀렸다.

"너는 내 적수가 못 된다. 가서 네 주인 손책더러 나오라고 해라."

그 말에 정보는 크게 노했다. 아무 대답 없이 똑바로 태사자를 찔러 가자 곧 한바탕 싸움이 어우러졌다. 정보 또한 예사 장수가 아니라 싸움은 두 말이 서른 번을 부딪도록 형세를 가름할 수 없었다. 그런데 유요가 급히 북을 쳐 태사자를 불러들였다.

"이제 막 적장을 사로잡으려 하는데 무슨 일로 갑자기 군사를 거두게 하셨습니까?"

태사자가 분한 듯 유요에게 물었다. 유요가 안색까지 변해 황망스레 대답했다.

"방금 들으니 주유란 놈이 곡아를 쳐서 손에 넣었다 한다. 진무(陣武)란 놈이 성안에서 호응해 주유를 맞아들였다. 이미 내 가솔들과 근거지를 잃었으니 이곳에는 오래 머물 수가 없다. 급히 말릉으로 가 설례와 작융의 군마를 합친 뒤에 적을 맞도록 해야겠다."

태사자도 그 말을 듣자 더 불평하지 못하고 유요가 군사를 물리는 걸 도왔다. 손책은 태사자가 뒤를 지키니 감히 유요를 뒤쫓지 못했다. 장사로 있는 장소(張昭)가 권했다.

"적군은 주유에게 곡아를 뺏긴 바람에 싸울 마음이 전혀 없습니다. 오늘밤쯤 적의 진채를 급습하는 게 좋겠습니다."

낮에는 추격을 꺼리던 손책도 야습이라면 할 만하다 여겼다. 장소의 계책을 따라 그날 밤 군사를 다섯 길로 나누어 유요의 진채를 들이쳤다. 돌아가는 데만 급급해 있던 유요는 대패하여 군사는 뿔뿔이 흩어졌다. 태사자도 혼자 힘으로는 손책의 대군을 감당할 수 없어 겨우 수십 기만 데리고 경현으로 달아났다.

유요를 크게 이긴 손책은 곧 군사를 돌려 곡아로 갔다. 주유가 반갑게 손책을 맞으며 한 사람을 데려와 보이며 말했다.

"이 사람은 여강 송자가 고향인데 이름은 진무(陣武)이고 자는 자열(子烈)이라고 씁니다. 이번에 안에서 호응해준 덕분에 쉽게 곡아를 빼앗을 수 있었습니다."

손책이 보니 키가 일곱 자에 얼굴은 누렇고 눈알은 붉은 것이 여느 사람과 달랐다. 절로 공경하고 사랑하는 마음이 일어 그를 교위로 삼고 유요의 장수 설례를 칠 때 선봉을 세웠다.

진무는 십여 기를 이끌고 돌진하여 잠깐 사이에 오십여 명의 목을 베니 설례는 성문을 닫아 걸고 감히 나오지 못했다. 손책이 영을 내려 성을 공격하려는데 갑자기 급한 전갈이 왔다.

"유요가 작융의 군사들과 합쳐 우저를 되찾아갔습니다."

그 말에 손책은 노기가 솟구쳤다. 설례의 말릉성은 놓아두고 스스로 앞장서 우저로 달려갔다. 손책의 대군이 우저에 이르자 유요와 작융이 군사를 이끌고 대항해왔다.

"내가 이미 여기 이르렀거늘 네놈들이 어찌하여 항복하지 않느냐?"

손책이 진문 앞에 나와 선 두 사람을 보고 호령했다. 유요의 등 뒤에서 한 장수가 창을 들고 말을 달려 나오는데 바로 부장 우미(于麋)였다.

하지만 우미 따위는 처음부터 손책의 적수가 아니었다. 미처 창칼이 세 번 부딪기도 전에 손책이 갑자기 손을 내뻗는가 싶더니 어느새 우미는 산 채로 손책의 겨드랑이 사이에 끼어 있었다.

손책이 어린애 다루듯 우미를 사로잡아 가는 걸 보자 유요의 장수 번능(樊能)이 다시 그를 구하러 달려 나갔다. 번능의 창이 아무것도 모르는 채 자기 진채로 돌아가는 손책의 등판을 막 찌르려 할 때였다. 손책의 군사들이 놀라 소리쳤다.

"주공, 등 뒤에 노리는 자가 있습니다!"

손책이 고개를 돌려보니 어느새 번능의 말이 코앞에 이르러 있었다.

"이놈! 어디를 감히."

손책이 온 힘을 목청에 모아 한소리 크게 꾸짖었다. 그 목소리가 얼마나 높고 우렁찬지 마치 큰 우렛소리 같았다. 막 창을 내지르려던 번능은 그 소리에 정신이 아득하고 온몸이 굳어버렸다. 창을 떨어뜨림과 함께 말 등에서 굴러떨어지며 머리가 터져 죽고 말았다.

손책이 자기 진채의 문기 아래로 돌아와 우미를 내려놓고 보니 그 또한 이미 숨이 끊어져 있었다. 손책의 남다른 팔 힘에 겨드랑이에 끼인 채 질식한 듯했다. 한번 나가 장수 하나는 겨드랑이로 눌러 죽이고 하나는 고함 한번으로 놀라 죽게 만드니, 이로 인해 사람들은 그 뒤 손책을 소패왕(小覇王)이라 불렀다. 힘은 산을 뽑고 기세는 세상을 덮는다던 패왕(覇王) 항우(項羽)에 비견할 만한 용력을 지녔다는 뜻이었다.

일이 그렇게 되자 유요의 군사들이 겁을 먹은 것은 당연한 이치였다. 유요인들 그런 군사로 무얼 할 수 있겠는가. 다시 크게 져 인마의 태반은 손책에게 항복해버리고, 애꿎은 졸개들의 목만 만여 개나 손책에게 남겨주는 참패를 당했다. 이에 유요는 더 대항해 싸울 뜻을 잃고 작융과 함께 예장으로 달아났다가 마침내는 원술에게로 몸을 의탁해 갔다.

우저를 되찾은 손책은 다시 말릉으로 돌아가 설례가 지키는 성을 공격하기 시작했다. 그러나 성곽이 견고하고 설례 또한 만만치 않아 적잖이 군사가 상할 게 염려되었다. 그래서 손책은 성을 공격하기에 앞서 몸소 성벽 아래로 가 설례를 불러냈다. 유요가 져서 달아난 일을 알리고 항복을 권하려 함이었다.

성벽 위에 있던 설례는 대답 대신 가만히 활 잘 쏘는 장수 하나를 시켜 눈 아래 있는 손책을 쏘게 했다. 화살이 날아오는 걸 보고 손책이 얼른 몸을 틀어 피했으나 워낙 가까운 거리라 화살은 손책의 왼쪽 허벅지에 깊숙이 꽂혔다. 손책은 아픔을 이기지 못해 한마디 무거운 신음과 함께 몸을 뒤집으며 말에서 떨어졌다.

여러 장수들이 급히 손책을 구해 진채로 모셔간 뒤 화살을 뽑고 고약을 붙였다. 다행히 허벅지라 목숨이 위태로울 지경은 아니었다. 손책은 아픈 가운데도 한 꾀를 내었다. 자기가 화살에 맞아 죽었다는 거짓 소문을 퍼뜨리게 하여 설례를 성 밖으로 유인해내려는 꾀였다.

갑자기 손책의 진채에 곡성이 울려퍼지자 설례는 가만히 사람을 보내 알아보게 했다.

"손책이 그 화살에 맞아 죽었다고 합니다. 장졸들이 모두 슬피 울며 채를 뽑아 돌아갈 준비를 하고 있습니다."

그 같은 말을 들은 설례는 기뻤다. 주장 손책이 죽은 다음에야 두려워할 게 없다고 여겨 그날 밤으로 역습에 나섰다. 성안에 있는 모든 군사들은 장영(張英)과 진횡(陳橫) 두 장수에게 맡겨 한꺼번에 성을 나가 돌아가는 손책의 군사들을 치게 했다.

장영과 진횡도 신이 나 손책의 군사들을 쫓기 시작했다. 그런데 얼마 뒤쫓기도 전에 홀연 사방에서 복병이 일며 죽었다던 손책이 앞장서 소리쳤다.

우리를 벗어나는 호랑이

"이놈들, 손책이 여기 있다! 얼른 항복하지 못하겠느냐?"

그 우레 같은 고함소리에 설례의 장졸들은 한꺼번에 얼이 빠졌다. 모두 창칼을 버리고 땅바닥에 엎드려 항복하기에 바빴다.

"항복하는 자는 죽이지 마라!"

손책이 엄하게 영을 내렸다. 그러자 항복하는 자는 더욱 늘었다.

장영은 이미 일이 그른 걸 알았다. 제 한목숨이나 구하고자 급히 말 머리를 돌리는데 어느새 손책의 장수 진무(陳武)가 창을 내질렀다. 장영은 창황한 가운데 손발 한번 제대로 놀려보지 못하고 구슬픈 비명과 함께 말 아래로 굴러떨어졌다.

장영이 죽는 걸 보자 진횡도 겁이 났다. 정신없이 달아나는데 이번에는 손책의 장수 장흠이 그냥 보내주지 않았다. 차고 있는 활을 풀어 한 살[矢]을 날리니 시위 소리와 함께 진횡 또한 말에서 떨어져 죽었다.

유요 밑에서는 한가락씩 하던 장수들이 그런 꼴로 죽는 마당에 모사인 설례가 무사할 리 없었다. 어지럽게 엉켜 싸우는 군사들 틈에서 어느 귀신이 잡아간지도 모르게 목숨을 잃고 말았다.

유요의 군사들을 남김없이 죽이거나 항복받은 뒤 손책은 텅 빈 말릉성으로 들어갔다. 군사들을 엄하게 단속하여 민폐를 없게 하고 방을 걸어 백성들을 안심시키니 백성들은 모두 손책을 칭송하여 마지않았다.

"이제는 태사자를 잡을 차례다!"

어느 정도 성안이 안돈된 것을 보고 손책은 그렇게 말하며 태사자가 있는 경현으로 군사를 몰아갔다.

다져지는 또 하나의 기업

이때 경현의 태사자는 새로이 군사 이천을 뽑아 원래 거느리고 있던 군사에 보탠 뒤 유요의 원수를 갚고자 손책을 찾아 나서려는 참이었다. 손책이 제 발로 찾아온다는 말을 듣자 그 어느 때보다 투지를 불태우며 기다리고 있었다.

그러나 태사자와는 달리 손책은 어떻게든 태사자를 산 채로 잡고 싶었다. 그의 무용을 아껴 되도록이면 자기 사람으로 만들고 싶은 까닭이었다. 주유가 한 계교를 내놓았다.

"경현을 치시되 남, 북, 서 삼면만 공격하고 동문은 비워두십시오. 그러면 힘에 부친 태사자는 그쪽으로 달아날 것입니다. 이때 다시 동문 밖 오십 리쯤에 세 갈래 복병을 두면 말과 함께 지칠 대로 지쳐 있는 태사자를 사로잡는 것은 어렵지 않습니다."

손책이 들으니 좋은 꾀였다. 곧 그 말을 따라 동문을 남겨두고 삼면을 치열하게 공격했다. 태사자가 이천의 군사를 더 늘렸다 하나 원래 그들은 싸움을 모르는 산야의 농민들이었다. 기율이 제대로 설리 없고 군령이 싸움에 맞게 먹혀들 리 없었다. 거기다가 경현의 성벽 또한 그리 높지 못해 처음부터 지키기가 어려웠다.

그런 태사자를 더욱 놀라게 한 것은 손책의 장수 진무였다. 그날 밤 진무는 손책의 명을 받고 짧은 갑옷에 칼만 찬 채 군사들에 앞서 성벽을 기어올랐다. 그리고 태사자의 신병들이 어쩔 줄 몰라 허둥지둥하는 사이에 여기저기 불을 놓았다.

태사자는 성에 불이 붙은 걸 보고 더 지키기 어렵다 생각했다. 급히 말 위에 올라 공격이 없는 동문으로 빠져나갔다. 그 뒤를 군사를 이끈 손책이 짐짓 모질게 뒤쫓았다. 태사자는 그 바람에 더욱 정신 없이 달렸다. 삼십 리쯤 가자 뒤따르는 군사의 함성이 들리지 않았다. 그러나 아직 마음을 놓지 못한 태사자는 이십 리를 더 달렸다. 사람과 말이 함께 지쳐 갈숲을 지나는데 홀연 함성이 크게 일었다.

태사자는 놀라 더욱 급히 말을 몰았다. 그러나 양쪽 갈숲에서 말을 잡는 데 쓰는 밧줄[絆馬索]이 빗발처럼 쏟아져 태사자가 탄 말을 얽었다. 다리가 얽힌 말이 쓰러지자 태사자도 곤두박질치며 갈숲에 처박혔다. 그러자 숨어 있던 복병들이 우르르 덮쳐 지칠 대로 지친 태사자를 꼼짝 못하게 묶어버렸다.

군사들이 의기양양하게 태사자를 묶어 돌아오자 미리 기다리던 손책은 짐짓 노한 목소리로 군사들을 꾸짖었다.

"내가 장군을 모셔오라 했지 언제 이리 함부로 묶어오라 했느냐?

모두 물러나라!"

그리고 스스로 진채 밖으로 나가 태사자를 풀어준 뒤 자신의 비단옷을 입히고 진채 안으로 들기를 청했다.

"나는 자의(子義)가 참된 대장부임을 알고 있소. 유요 같은 하찮은 무리가 대장을 잘못 써서 오늘 이처럼 패하게 되었으니 너무 욕되게 생각하지 마시오."

진채로 들어온 뒤 손책이 점잖게 태사자를 위로했다. 항복을 권하는 적장이 아니라 귀한 손을 맞은 주인 같은 태도였다. 원래 자부심이 강하고 의리 깊은 태사자였지만 손책이 그렇게 나오자 감격하지 않을 수 없었다. 몇 마디 나누기도 전에 스스로 항복하기를 원했다. 하지만 그 항복 역시 가볍고 하찮은 무리와는 달랐다.

"만약 지난번 신정(神亭)에서 서로 싸울 때 공이 나를 사로잡았다면 해치지 않고 돌려보내주셨겠소?"

태사자가 항복하기를 청하자 손책이 반가워 그의 손을 잡으며 그런 우스갯소리를 했을 때였다. 태사자는 조금도 망설이지 않고 대답했다.

"알 수 없는 일입니다."

비굴한 기색이라고는 털끝만큼도 보이지 않는 태도였다. 손책은 그게 더욱 기꺼운 듯 큰 소리로 웃으며 태사자를 자신의 장막 안으로 청해 들였다. 그리고 윗자리에 앉힌 뒤 크게 술상을 차려 대접했다. 묵묵히 술잔을 받던 태사자가 다시 무겁게 입을 열었다.

"유태수(유요)께서 이제 또 싸움에 지셨으니 그를 따르던 사졸들의 마음은 모두 그를 떠날 것입니다. 제가 가서 그 남은 무리를 수습하면 명공께 도움이 될 것입니다만 믿고 보내주실는지 모르겠습니다."

힘들여 사로잡은 자기를 말만 믿고 놓아달라는 것이나 다름없었다. 그러나 손책은 선뜻 허락했다.

"공의 그 같은 정성이야말로 이 책(策)이 참으로 바랐던바요. 그럼 떠나시되 기한은 내일 정오까지로 합니다. 그때까지는 돌아와주시기를 바라오."

"명심하여 지키겠습니다."

손책의 허락에 태사자는 그렇게 다짐하고 떠났다. 여러 장수들이 진문을 나서는 태사자를 보고 걱정했다.

"태사자는 지금 가면 반드시 돌아오지 않을 것입니다."

그도 그럴 것이 진중(陣中)이란 원래 속임수가 욕될 것 없는 데다 태사자가 손책과 있은 것이 겨우 반나절도 안 되었던 까닭이다. 그러나 손책은 자신 있게 말했다.

"자의는 신의를 지키는 장부다. 반드시 나를 저버리지 않을 것이다."

과연 그대로였다. 다음 날 손책은 막대기를 영채 앞에 세워 그 그림자로 시간을 가늠하며 태사자가 돌아오기를 기다렸다. 그런데 정말 정오가 되기 전에 태사자가 흩어진 유요의 군사 천여 명을 모아 손책의 영채에 이르렀다. 손책이 기뻐함은 말할 나위도 없었다. 사람들도 모두 손책의 사람을 알아보는 눈에 감탄했다.

이후 손책은 세력이 점점 불어나 어느새 수만을 헤아리게 되었다. 손책은 그 세력을 이끌고 강동으로 내려가 백성들을 지켜주고 그 어려움을 돌보니 강동으로 몰리는 사람은 더욱 늘어났다. 백성들은 모두 손책을 손랑(孫郞)이란 옛날의 애칭으로 부르며 우러러 마지않았고, 힘만 믿고 백성들을 괴롭히던 무리는 그 손랑의 군사들이 온다는 말만 들어도 겁을 먹고 달아났다. 어디를 가더라도 손책의 군사들은 한 사람도 노략질하는 법이 없을 뿐 아니라 닭과 개조차 놀라게 하지 않으매 백성들은 한결같이 기쁨으로 맞아들였다.

하지만 그렇다고 손책이 자기가 거느리는 장졸들을 박하게 대하는 것은 아니었다. 수고로움이 있으면 소를 잡고 술을 내려 군사들을 위로했고, 세운 공이 있으면 금과 비단을 내려 보답했다. 그 때문에 손책의 군사가 지나는 들판은 언제나 기쁜 함성으로 메워졌다. 유요의 옛 군사들도 그대로 남아 따르기를 원하는 자는 그 청을 들어주었고 따르기를 원치 않는 자는 재물을 주어 농민으로 돌아가게 했다.

강남의 백성치고 우러르고 칭송하지 않는 이가 없을 정도가 된 뒤에야 손책은 다른 곳에 피해 있던 어머니와 여러 아우들을 곡아로 옮겨왔다. 그리고 아우 손권(孫權)과 장수 주태(周泰)에게 선성을 지키게 한 뒤 자신은 군사를 이끌고 동으로 오군(吳郡)을 취하러 떠났다.

이때 엄백호(嚴白虎)란 자가 있어 스스로를 동오(東吳)의 덕왕(德王)이라 칭하며 오군을 근거지로 삼고, 부장들을 보내 오정과 가흥을 지키게 하고 있었다. 손책의 군사가 온다는 말을 듣고 아우 엄여(嚴興)를 보내 막게 했다.

엄여의 군사와 손책의 군사가 부닥친 곳은 풍교라는 땅이었다. 엄여는 큰 칼을 비껴들고 말을 탄 채 다리 위에 서 있었다. 그 꼴을 본 손책이 얼른 말을 채찍질해 나가려 했다. 장굉이 말렸다.

"무릇 우두머리 되는 장수는 삼군의 명이 매인 몸이니, 가벼이 나가 보잘것없는 적과 함부로 창칼을 맞대는 법이 아닙니다. 장군께서는 스스로를 무겁게 여기십시오."

손책도 그 말을 알아들었다. 그러나 선뜻 받아들일 수는 없는지 한마디 했다.

"선생의 말씀은 금같이 귀합니다. 하지만 제가 몸소 위태로움을 무릅쓰지 않으면 장졸들이 제 명을 따르지 않을까 두렵습니다."

그러다가 장굉이 거듭 말리자 비로소 한당을 내보냈다.

한당이 다리 위에 이르렀을 무렵, 손책의 다른 장수 장흠과 주태는 미리 작은 배로 강변을 따라 올라가 그 다리를 지나고 있었다. 저쪽 언덕에 있던 엄여의 군사들이 그 두 사람에게 어지러이 화살을 날렸다. 그러나 둘은 몸을 뒤집어 피하며 언덕에 오르더니 짚단 베듯 적병들을 베어 넘기기 시작했다.

갑자기 뒤가 찔린 셈이 된 엄여는 더 이상 다리 위에서 버티고 있을 수가 없었다. 달려드는 한당을 버려두고 말 머리를 돌려 저희 졸개들 쪽으로 달아났다. 한당이 군사를 몰아 그런 엄여의 뒤를 급하게 쳤다. 그러자 엄여의 졸개들은 저희가 창문(閶門)이라 부르는 성문 쪽으로 쫓겨 들어가 굳게 성문을 닫아 걸었다.

성 밖에서는 더 저항하는 적군이 없자 손책은 군사를 물과 뭍으로 나누어 나아가게 한 뒤 그대로 오성(吳城)을 에워싸버렸다.

엄청난 손책의 기세에 질렸는지 엄백호는 싸울 생각을 하지 않았다. 성이 포위된 지 사흘이 되도록 아무도 나와 대적하는 사람이 없었다. 손책은 군사를 이끌고 창문 앞으로 나가 성 위의 군사를 불러

104

냈다. 항복을 권유하고자 함이었다.

엄백호의 장수 하나가 나타나더니 왼손바닥으로 문루의 기둥을 감싸듯 짚은 채 오른손가락으로 항복을 권하는 손책을 가리키며 욕했다.

"개수작 말아라. 우리 주공께서 낮잠만 깨시면 젖비린내 나는 네놈의 주둥이를 한 발이나 찢어놓을 것이다!"

이때 태사자가 가만히 활을 끌어내 시위에 살을 먹이며 주위에 있는 장졸들에게 말했다.

"저놈의 왼손등을 뚫어놓으리라."

말이 채 끝나기도 전에 시위 소리가 나더니 화살은 어김없이 적장의 왼손등을 꿰뚫고 나무 기둥 깊숙이 꽂혔다. 외마디 비명과 함께 나무 기둥에 달린 채 몸을 비틀고 있는 그 장수를 보자 성 위의 군사들은 모두 간담이 서늘해졌다. 그러나 성 아래 손책의 군사들은 한결같이 태사자의 귀신 같은 활솜씨에 갈채를 보냈다.

여럿이 달려들어 그 장수를 구했으나 그 꼴을 본 엄백호는 몹시 놀랐다.

"저쪽 군사에 이토록 무서운 솜씨를 가진 장수가 있으니 무슨 수로 대적하겠느냐?"

그 같은 찬탄과 함께 사자를 손책의 진중에 보내 화평을 구하게 했다. 사자로 뽑힌 엄백호의 아우 엄여는 성을 나가 손책을 보기를 청했다. 손책은 엄여를 장막 안으로 맞아들이고 먼저 술을 내어 대접했다.

"그래, 영형(令兄)의 뜻은 어떠하시오?"

술자리가 익어갈 무렵 손책이 문득 물었다. 엄여가 별 생각 없이 제 형에게서 들은 대로 대답했다.

"형님께서는 장군과 강동을 나누어 가지시려 합니다."

"뭐라고? 쥐새끼 같은 놈들이 어찌 감히 나와 맞먹으려 하느냐!"

손책이 성난 목소리로 그렇게 꾸짖더니 좌우를 돌아보며 영을 내렸다.

"여봐라. 이놈을 끌어내어 목을 베라. 내 이놈의 목으로 엄백호의 방자한 말에 대한 답을 삼으리라."

그 말에 엄여는 놀라 몸을 일으키며 제 몸이라도 보호할 양으로 차고 있던 칼을 빼들었다. 그러나 손책이 더 빨랐다. 어느새 뽑아든 칼을 날려 엄여를 베니 엄여는 피를 뿜으며 나뒹굴었다.

"저놈의 목을 베어 성안으로 돌려보내라."

손책이 피 묻은 칼을 씻으며 그렇게 영을 내렸다. 엄여를 따라온 자들은 제 목 성한 것만도 다행으로 여기며 엄여의 목을 거두어 꽁지를 싸 말고 성안으로 돌아갔다.

엄백호는 일이 글렀다 생각했다. 아우의 원수 갚을 생각은커녕 제 한 몸 살기에 급급해 한번 싸워 보지도 않고 성을 버리고 도망쳤다. 손책은 그런 엄백호를 뒤쫓는 한편 사람을 보내 그의 다른 성도 거두어 들이게 했다. 황개가 힘써 싸워 가흥을 빼앗고 이어 태사자도 오정을 떨어뜨리매 인근의 여러 주가 모두 손책의 깃발 아래 평정됐다.

엄백호는 여항으로 달아나 백성들을 노략질하다가 거기서도 능조 (凌操)란 사람이 고을 사람을 이끌고 대항하는 바람에 한바탕 낭패를 보고 이번에는 회계로 달아났다. 능조 부자는 엄백호를 내쫓은 뒤 손책을 맞아들였다. 손책은 그들을 종정교위로 삼은 뒤 군사를 이끌고 엄백호를 쫓아 강을 건넜다.

엄백호는 근처의 도적 떼까지 모아 강나루에서 다시 맞서 보았으나 정보에게 또 한 번 대패했다. 별수 없이 밤길을 달려 회계에 이르렀다. 회계 태수 왕랑(王郞)은 엄백호와 전부터 알던 사이였다. 거기다가 손책의 야심이 자기라고 남겨둘 것 같지 않아 군사를 이끌고 엄백호를 구하려 했다. 그때 한 사람이 나서서 말렸다.

"아니 됩니다. 손책은 인의의 군사를 부리고 있고, 엄백호는 포악한 장수입니다. 차라리 엄백호를 사로잡아 손책에게 바치는 것이 마땅합니다."

왕랑이 보니 회계의 여요 땅 사람으로 우번(虞翻)이란 군리였다. 그러나 이미 생각을 정한 왕랑은 우번을 꾸짖어 물리쳤다.

'이제는 회계도 왕랑의 땅으로 남지 못하겠구나!'

우번은 그렇게 탄식하며 떠나버렸다. 그러나 대세의 흐름을 보지 못한 왕랑은 군사를 이끌고 엄백호를 만나 산음의 들판에 함께 진을 쳤다. 두 군사를 합쳐놓으니 자못 기세가 드높았다.

이윽고 손책이 이르자 양쪽 군사는 원을 이루며 대진했다. 손책이 말을 몰고 앞에 나가 왕랑에게 소리쳤다.

"나는 인의의 군사를 일으켜 절강 땅을 평안케 하려 한다. 그런데 너는 어찌 도적을 도와 감히 내게 맞서려 하느냐?"

"이 속 컴컴한 놈아, 아직도 욕심이 차지 않느냐? 이미 오군을 얻어놓고 다시 힘으로 나의 땅을 빼앗으려 드는구나. 이제 내가 엄씨를 위해 그 원수를 갚아주러 왔으니 그 목이 어깨 위에 붙어 있을 틈도 오래 남지 않았다."

왕랑도 지지 않고 손책을 꾸짖었다. 분을 못 이긴 손책이 창을 꼬나들고 나서려는데 태사자가 먼저 말을 달려 나갔다. 태사자의 용맹을 모르는 왕랑 또한 칼춤을 추며 말을 박차 달려 나왔다.

하지만 처음부터 왕랑은 태사자의 적수가 아니었다. 몇 합 부딪기도 전에 제 주인이 불리한 걸 알아본 왕랑의 장수 주흔(周昕)이 도우러 달려 나갔다. 손책의 진중이라고 가만히 보고 있을 리 없었다. 황개가 말을 달려 나가 주흔을 가로막았다.

북소리 징소리 요란한 가운데 한동안 두 패의 싸움이 볼만하게 어우러졌다. 그러나 미처 승부를 가리기도 전에 왕랑의 진 뒤편이 먼저 어지러워지며 한 떼의 군마가 쏟아졌다. 주유와 정보가 뒤로부터 치고 든 때문이었다.

앞뒤로 협공을 당하게 되자 왕랑은 놀라 군사를 돌렸으나 마침내는 견뎌내지 못했다. 엄백호, 주흔 등과 한 줄기 혈로를 열어 간신히 성안으로 돌아간 뒤 적교를 달아 매고 성문을 굳게 닫았다.

손책의 대군은 승세를 타고 성 아래까지 다가와 사면으로 에워싸고 급하게 공격을 퍼부었다. 왕랑이 성안에서 보니 그 기세가 하도 엄청나 마침내 견뎌낼 것 같지 않았다. 다시 군사를 이끌고 나가 죽기로 싸워볼 작정으로 성을 나서려는데 엄백호가 말렸다.

"손책의 병세가 몹시 사나우니 자네는 마땅히 성을 높이고 벽을 두껍게 하여 지키고 나가지 말게. 한 달이 못 돼 적은 양식이 다해 돌아가게 될 것이네. 그때 그 빈틈을 노려 뒤를 치면 싸우지 않고도 이길 수 있을 것이네."

왕랑이 들으니 옳은 말 같았다. 이에 굳게 회계성을 굳게 지킬 뿐 나가 싸우려 하지 않았다.

손책은 잇달아 며칠을 공격했으나 성이 워낙 튼튼한 데다 적이 굳게 지키기만 하니 성을 떨어뜨릴 수가 없었다. 할 수 없이 잠깐 공격을 늦추고 여러 장수들을 불러모아 의논했다. 숙부 손정(孫靜)이 한 꾀를 일러주었다.

"왕랑이 든든한 성에 기대 굳게 지키기만 하니 급하게 뺏기는 어려울 것이네. 듣기에 회계의 돈과 곡식은 태반이 사독에 있다 하네. 그곳을 먼저 쳐서 빼앗는 게 어떤가? 이곳에서 몇십 리밖에 되지 않을 뿐만 아니라 왕랑은 발등에 떨어진 불이 급해 방비를 든든하게 하지 못했을 것이니 그곳을 손에 넣기는 어렵지 않을 것이네. 그야말로 출기불의(出其不意, 적이 예상치 못한 곳으로 치고 나감)로, 만약 군량이 없으면 왕랑 제 놈이 무슨 수로 오래 버티겠는가?"

그 말을 들은 손책은 크게 기뻤다.

"숙부께서 묘책을 주셔서 이제 적을 깨뜨릴 수 있게 됐습니다."

그렇게 감사를 올린 뒤 즉시로 장수들에게 영을 내렸다.

"급하게 군사를 내어 성문마다 불을 지르게 하고 거짓으로 깃발을 세워 대군이 성을 공격하는 듯 보이게 하라."

이에 장졸들은 손책이 시킨 대로 했다. 성안의 왕랑과 엄백호는 거기 놀라 사독 같은 것은 까맣게 잊고 성을 지키는 데만 힘을 다했다.

그날 밤이 되었다. 손책은 가만히 포위를 풀고 군사를 물려 남으로 향했다. 적이 준비하고 있지 않은 틈을 타 사독을 손에 넣기 위함이었다. 주유가 그런 손책에게 말했다.

"주공께서 크게 군사를 움직이시면 왕랑은 반드시 군사를 내어 뒤쫓을 것입니다. 그때 적이 예측하지 못한 군사[奇兵]를 쓰면 크게 이길 수 있습니다."

그 말에 손책이 웃으며 대답했다.

"나는 이미 그 준비를 해두었네. 오늘밤에는 이 회계성을 얻게 될 것이야."

그러고는 곧 영을 내려 군마를 움직이게 했다.

손책의 군마가 물러간다는 말은 곧 왕랑의 귀에도 들어갔다. 왕랑은 여럿을 데리고 몸소 성벽 위로 나가 살펴보았다. 성 아래에 연이어 불길이 이르는데도 떠난다는 군사의 정기(旌旗)는 오히려 더 삼엄했다. 낮의 공격에 놀란 뒤라 더럭 의심이 일었다. 손책이 떠나는 것이 아니라 유인을 하려는 것 같았다. 주흔이 그런 왕랑을 깨우쳤다.

"손책은 이미 갔습니다. 짐짓 허장성세로 우리를 의심케 하고 있을 뿐이니 어서 군사를 내어 치는 게 좋겠습니다."

엄백호도 옆에서 거들었다.

"손책이 갔다고는 하나 틀림없이 사독으로 향하고 있을 것입니다. 내가 주장군(周將軍)과 함께 뒤쫓아 치겠습니다."

그 말에 왕랑도 놀랐다.

"사독은 우리의 군량을 갈무리해둔 곳이오. 반드시 지켜야 합니다. 공이 먼저 군사를 이끌고 가 그곳을 지키는 사람들을 도와주시오. 나도 곧 뒤따라 접응하겠습니다."

급한 목소리로 엄백호를 재촉했다. 주흔과 엄백호는 그 말을 따라 군사 오천을 이끌고 급하게 성을 나갔다. 초경 무렵 성에서 이십 리쯤 되는 곳에 이르렀을 때였다. 빽빽한 숲속에서 북소리가 울리더니 갑자기 횃불이 대낮처럼 밝게 사방을 비추었다.

놀란 엄백호는 급히 말 머리를 돌려 달아났다. 한 장수가 앞서 달려나오며 그런 엄백호를 가로막는데 불빛 중에 보니 다름 아닌 손책이었다. 주흔이 말을 몰아 달려 나갔으나 손책의 한 창에 말 위에서 굴러떨어졌다. 엄백호는 더욱 놀라 한 줄기 혈로를 뚫어 달아나기 바빴다. 자기들을 이끌고 온 두 장수가 그 모양이니 나머지야 말할 것도 없었다. 칼 한번 휘둘러보지 않고 모조리 손책에게 항복해버렸다. 엄백호만 간신히 몸을 빼내 다시 여항을 바라고 달아났다.

이때는 왕랑도 이미 성을 나온 뒤였다. 급하게 사독을 향하는 중에 엄백호와 주흔이 이끌고 간 전군이 이미 깨져버렸다는 소식을 들었다. 가봐야 소용없다는 걸 알았으나 회계성으로도 또한 돌아갈 엄두가 나지 않았다. 할 수 없이 졸개들과 함께 바닷가로 달아났다.

손책은 대군을 이끌고 돌아와 비다시피 한 회계성을 공격했다. 주흔과 엄백호, 왕랑이 차례로 군사란 군사는 모조리 끌고 나간 뒤인데다 승세를 탄 손책의 군사들이라 성은 어렵잖게 떨어졌다. 성안으로 들어간 손책은 전처럼 군사를 단속하고 방을 붙여 백성들을 안심시켰다.

그런데 바로 그 이튿날이었다. 군사 하나가 와서 알렸다.

"한 장수가 엄백호의 목을 가지고 주공을 뵙고자 합니다."

손책이 반갑게 그 장수를 맞아들여 보니 키가 여덟 자에 얼굴은 모지고 입이 넓었다.

"그대는 어디서 온 누구시오?"

손책이 기이하게 여겨 물었다.

"저는 회계의 여요 땅에 사는 동습(董襲)이올시다. 자는 원대(元
代)로 쓰고 있습니다."

그렇게 대답하는 기품이 자못 늠름했다. 손책은 기뻐하며 그의 공
을 치하한 뒤 별부사마로 삼았다.

엄백호가 죽고 왕랑이 달아남으로써 동쪽도 완전히 평정이 되었
다. 손책은 숙부 손정으로 하여금 왕랑을 대신해 회계 태수 자리에
앉게 하고, 주치로는 엄백호를 대신해 오군 태수를 삼았다. 그리고
자신은 군사를 되돌려 강동에서 회군하였다.

이때 강남의 선성에서는 뜻밖의 일이 벌어지고 있었다. 손책이 강
동으로 떠나고 손권이 주태와 함께 남아 선성을 지키고 있다는 게
알려지자 부근에 있던 도둑 떼가 몰려들었다. 깊은 밤을 기다려 사
방으로 성을 에워싸고 도둑 떼가 몰려드니 많지 않은 군사로 주태
혼자서는 당할 길이 없었다. 할 수 없이 주태는 우선 그곳을 피하기
로 하고 손권만 보호해 말 위에 태웠다. 급한 김에 자신은 갑옷도 꿰
지 못한 맨몸으로 걸어서 뒤따르는 판이었다.

도적 떼가 그런 손권과 주태를 에워싸고 벌 떼처럼 몰려들었다.
그 상태가 얼마나 위급한지 도적들의 칼날에 손권의 안장이 찍힐 정
도였다. 주태는 맨몸에 칼 한 자루로 손권을 보호하며 길을 뚫었다.
말이 없어 더딜 수밖에 없었으나 워낙 무서운 기세로 여남은 명이나
베어 죽이니 도적들도 주춤주춤 길을 내어주기 시작했다.

그런데 갑자기 말 탄 도적 하나가 급하게 내달으며 창을 내밀어 주태를 찔렀다. 창을 등판에 맞은 주태는 아픔을 참고 재빨리 몸을 돌려 그 창 자루를 거머쥐었다. 잠시 밀고 당기는 힘겨루기가 벌어졌으나 마침내 말 위의 도적이 견뎌내지 못했다. 주태가 한번 힘을 주어 떨쳐버리니 도적은 마침내 창 자루를 놓치고 말 아래로 굴러떨어졌다.

주태는 잽싸게 몸을 날려 임자 잃은 말 위로 뛰어올랐다. 그사이에도 곁에서 저희 편을 돕는 도적들이 있어 주태는 온몸에 창을 받았지만, 아직도 몸을 돌볼 틈이 없었다. 말에 박차를 가하며, 빼앗은 창을 휘둘러 손권을 돌보고 몰려드는 도적들을 쫓기에 바빴다.

마침내 도적들도 더는 그들의 길을 막지 못했다. 하지만 간신히 선성을 빠져나와 살펴보니 주태는 온몸에 열두 군데나 창상을 입고 있었다. 그가 아니었더라면 이미 이 세상 사람이 아니었을 손권은 급히 의원을 불러 상처를 돌보게 했다. 의원이 달려와 상처를 씻고 고약을 붙였으나 별 소용이 없었다. 상처가 덧나고 곪아 터져 목숨마저 위태로울 지경이었다.

그 말을 전해 들은 손책은 몹시 놀랐다.

"권(權)이 무사한 것은 불행 중에도 다행한 일이나 그를 구하려다 주태가 죽게 되었으니 이 일을 어찌하면 좋겠소?"

싸움터에서는 범 같은 장수지만 의술에 대해서는 아는 것이 없는 손책이었다. 거기다 주태는 누구보다 아끼는 장수라 손책은 답답하고도 애가 탔다. 그런데 마침 그 자리에 있던 동습이 나서서 말했다.

"제가 전에 해적들과 싸우다가 몸에 여러 군데 창을 맞아 목숨이 위태로운 지경에 이른 적이 있습니다. 그때 회계의 군리로 있던 우번이 한 의원을 추천하여 겨우 보름 만에 깨끗이 나은 적이 있습니다. 우번을 불러 그 의원을 찾게 해보시는 게 어떻겠습니까?"

"우번이라면 우중상(虞仲翔)이 아닌가?"

"그렇습니다."

"그는 전날 회계 태수 왕랑 아래서 일하던 사람이 아니오?"

"하지만 주공께서 오심을 듣고 왕랑에게 항복을 권하다 쫓겨나 지금은 향리에 숨어 지내고 있습니다."

"나도 그가 어진 선비란 말을 들었소. 일이 그렇게 되었다면 마땅히 내가 불러 쓰리다."

손책은 그렇게 말한 뒤 장소와 동습을 함께 보내 우번을 청해오게 했다.

우번이 막하에 이르자 손책은 그를 두터운 예로 대한 뒤에 공조(功曹) 일을 보게 했다. 그런 다음 주태의 일을 말하고 좋은 의원을 구해주기를 청했다. 우번이 선선히 대답했다.

"그 일이라면 주공께서는 너무 심려하지 않으셔도 됩니다. 마침 멀지 않은 곳에 마땅한 사람이 하나 있습니다."

"그게 누구요?"

"패국 초현 사람으로 이름은 화타(華佗)요, 자를 원화(元化)라 하는데 실로 당세의 신의라 할 수 있습니다. 제가 가서 데려오겠습니다."

우번은 그렇게 말하고 하루도 안 돼 화타를 데리고 왔다. 손책이 그 인물을 보니 얼굴은 아이처럼 맑고 깨끗한데 머리는 학의 털빛처럼 흰 것이 흔한 세상 사람이 아닌 듯 보였다. 손책은 그를 상빈(上

賓)으로 대우한 뒤 주태를 살펴보게 했다.

"크게 어려운 일이 아닙니다."

주태의 상처를 살피고 난 화타가 대수롭지 않은 표정으로 그렇게 대답했다. 과연 주태는 화타가 상처를 매만지고 약을 쓴 지 한 달도 안 돼 거뜬히 일어났다. 손권은 물론 손책의 기쁨은 컸다.

"참으로 하늘이 이 손아무개를 위해 보내주신 신의외다. 무엇으로 은공을 갚아야 할지 모르겠습니다."

손책은 그렇게 감사하고 후한 상을 내려 보답했다.

화타는 일명 화부(華敷)라고도 하는데 그의 의술은 정사의 기록으로도 거의 신비한 데까지 있다. 조조와 고향이 같은 그는 일찍이 서토(徐土)란 이에게 배워 유학뿐만 아니라 수리(數理)와 경학(經學)에도 통했다.

패군의 상(相)인 진규(陳珪)가 그의 비범함을 알아보고 효렴에 천거하였고 태위 황완(黃琬)도 그의 재주를 기이하게 여겨 쓰고자 하였으나 화타는 끝내 벼슬길에 나가지 않고 당시로서는 방문(方門)에 가까운 양생술(養生術)과 의약에만 전심했다. 그의 양생술은 놀라워 머리가 희어진 뒤에도 얼굴은 아이처럼 맑고 깨끗했으며 그의 가르침을 받은 사람은 백 살이 넘어도 오히려 젊은이의 힘참이 남아 있었다 한다. 그러나 그보다 더 그의 이름을 떨치게 한 것은 의술이었다.

그는 약(藥)과 뜸[灸]과 침(鍼)에 모두 통해, 약을 쓰면 서너 종의 약재만 합쳐 달여도 고치지 못하는 병이 없었으며, 뜸도 침도 두 곳[一兩處]을 넘기는 법이 없었다. 거기다가 더욱 놀라운 것은 내과 중심의 그 같은 치료 외에 외과 분야에도 거의 오늘날과 비슷한 수준을 보여주고 있는 점이었다.

화타는 마비산(麻沸散)이란, 아마도 삼(麻)에서 추출한 것으로 짐작되는 마취제를 사용할 줄 알았다. 그걸 마신 사람은 즉시로 취한 듯 죽은 듯 아픔을 모르게 되는데[須臾便如醉死無所知] 이때 그가 째서 수술한 부위는 사지뿐만 아니라 복개(腹開) 수술이며 뇌 수술에까지 걸쳤다.

화타의 신비한 의술을 말하는 일화는 수없이 많지만 그중에서 몇 가지만 추려보자.

감릉의 상(相)으로 있던 사람의 아내가 임신한 지 여섯 달이었는데 복통이 심해 견디기 어려웠다. 화타를 불러 보였던바 맥을 짚어 본 그가 말했다.

"태아가 이미 죽었소."

그리고 시중드는 여종을 불러 부인의 배를 만져보게 하며 말했다.

"죽은 태아가 어느 쪽에 있는지 말하라. 왼쪽에 있으면 남자아이일 것이고 오른쪽에 있으면 여자아이일 것이다."

만져 본 시비가 왼쪽이라고 말하자 화타는 곧 부인에게 약을 달여 먹여 죽은 아이를 쏟아내게 했는데, 과연 남자아이였다.

또 현리(縣吏) 윤세(尹世)란 자가 사지가 쑤시고 입안이 마르며 잘 듣지를 못하고 오줌을 누지 못했다. 진맥을 마친 화타가 말했다.

"뜨거운 음식을 먹여보시오. 땀이 흐르면 나을 것이요, 그렇지 않으면 죽을 것이오."

그런데 뜨거운 음식을 먹여도 땀이 나지 않았다.

"이미 내장의 기운이 끊어졌소. 소리 내어 흐느끼다 죽을 것이오."

화타는 그렇게 말하고 돌아갔는데 정말 그대로 되었다. 부리(府吏) 아심(兒尋)이란 자와 이연(李延)이란 자가 똑같이 머리가 아프고 몸에 열이 나 화타를 찾아왔다.

"아심은 설사약을 먹고 이연은 땀을 내도록 하라."

같은 병에 화타의 처방이 그렇게 다르니 듣는 사람이 이상해 물었다.

"아심은 밖이 든든하고 이연은 안이 든든하니 치료가 다를 수밖에 없지 않은가."

화타가 그렇게 대답했다. 두 사람은 시키는 대로 했더니 과연 똑같이 나았다. 염독 땅의 엄흔(嚴昕)이란 사람이 여럿과 함께 화타를 보러 왔다. 화타가 건장한 엄흔을 보고 말했다.

"자네 몸이 괜찮은가?"

"아무렇지 않네."

엄흔이 어리둥절해 대답했다. 화타가 어두운 얼굴로 주의를 주었다.

"자네 얼굴에 급한 병이 나타나고 있네. 술은 너무 마시지 말게."

그래도 엄흔은 믿지 않았으나 과연 집으로 돌아가는 도중에 죽었다. 독우 벼슬을 하던 돈자헌(頓字獻)이 병이 났다가 나았으나 마침 화타를 만났기에 진맥을 해보았다.

"아직도 몸이 허하오. 다 나은 것이 아니니 힘드는 일은 하지 마시오. 그렇지 않으면 죽을 것인 바, 죽을 때에는 혀를 몇 치 빼물게 될 것이오."

그런데 돈자헌의 아내가 남편의 병이 다 나았다는 말을 듣고 백리를 걸어 보러 왔다가 그만 동침을 하게 되었다. 그 바람에 돈자헌은 사흘 만에 다시 병이 나 화타가 말한 것처럼 혀를 몇 치나 빼물고 죽었다.

그밖에도 화타의 의술을 보여주는 일화는 수없이 많다. 비록 그가 동오로 가 주태를 치료했다는 기록은 그의 정전에는 남아 있지 않으나 반드시 있을 수 없는 일은 아니다.

한편 주태가 완쾌되어 한시름을 덜게 된 손책은 강남 일대에 남아 있는 도적 떼들을 쓸어버리기 시작했다. 유요를 비롯해 엄백호, 왕랑 등 한때는 강동과 강남 일대를 주름잡던 인물들을 모조리 격패시킨 손책의 날카로운 기세를 골짜기에 숨어 백성들이나 노략질하던 산적 떼가 당해낼 리 만무했다. 군사를 보낸 지 보름도 안 돼 강남 일대에서 도둑 떼는 물론 손책에게 맞서는 세력은 모두 비로 쓸듯 자취를 감추었다.

"이제 할 일은 무엇이오?"

강남이 평정되자 손책은 여러 장수와 모사들을 불러놓고 물었다. 장소가 나와 대답했다.

"먼저는 장수와 군사를 요해처마다 나누어 보내 이미 얻은 땅을 지키는 일이요, 다음은 조정에 표문을 올려 강동에 주공이 계심을 알림과 아울러 힘으로 얻은 것을 제실로부터 승인받도록 하는 것입니다."

장소의 뒤를 이어 주유가 또 권했다.

"조조에게 사람을 보내 화친을 맺어두는 것도 좋겠습니다."

"왜 꼭 조조인가?"

손책이 주유에게 물었다.

"물론 힘 있는 제후는 여럿 있습니다만 조조만이 우리가 필요한 것을 줄 수 있기 때문입니다. 공손찬은 너무 멀고 대국을 살필 안목과 포부가 모자랍니다. 원소 또한 공손찬과 크게 나을 것 없는 데다 지금 조조와 손잡고 있으니 구태여 가까운 조조를 두고 그와 화친할 까닭이 없습니다. 거기다가 또 조조는 천자를 끼고 있어 형님에게 당장 필요한 명분과 조정의 승인을 마음대로 하고 있지 않습니까?"

"원술은 그래도 어려울 때 나를 받아주었고, 이번에는 군사까지 빌려주지 않았는가?"

"원술이 군사를 빌려준 것은 전국 옥새가 탐나서이지 형님을 위해서가 아닙니다. 더구나 그의 사람됨이 오래 손잡고 일할 만하지 못하다는 것은 형님께서 더 잘 아시지 않습니까? 뿐만 아니라 전국 옥새 또한 언젠가는 찾아와야 할 선대의 보물이니, 오히려 원술과 창칼을 맞댈 날이 더 가까울 것입니다."

그러자 한동안 생각에 잠기던 손책이 결연히 말했다.

"공근(公瑾)의 말이 옳네. 조조에게 사람을 보내 화친을 청해보게. 나는 이 기회에 원술에게 사람을 보내 옥새를 되돌려 달라고 해야되겠네. 그렇게 되면 반드시 원술이 가만히 있지 않을 터이니 조조도 훨씬 더 우리를 믿지 않겠나?"

그렇게 계책이 정해지자 그날로 세 갈래의 사자(使者)가 각기 길을 나누어 강동을 떠났다. 하나는 표문을 가지고 조정으로 가고 하나는 밀서를 가지고 조조의 부중으로 떠났다. 나머지는 원술에게 옥새를 돌려달라고 요구하는 사자였다.

길이 가까운 만큼 원술에게 가는 사자가 가장 먼저 수춘에 이르렀다. 이미 오래전부터 마음속으로 제위를 넘봐오던 원술이 호락호락 옥새를 내어놓을 리 없었다. 아직은 좋은 말로 돌려주기를 청하는 손책에게 그 역시 적당한 구실을 대어 사자를 빈손으로 돌려보낸 뒤 급히 장사(長史) 양대장(楊大將)과 도독인 장훈(張勳), 기령(紀靈), 교유(橋蕤), 상장인 뇌박(雷薄), 진란(陳蘭) 등 서른 몇 사람을 불러 의논했다.

"손책은 내게 군마를 빌려 오늘날 강동의 땅을 모두 차지했다. 그런데도 이제 그 은혜에 보답할 생각은 않고 도리어 맡기고 간 전국옥새를 내놓으라 하니 무례함이 지나치지 않은가? 어떻게 하면 이 배은망덕한 어린 것을 쳐 없앨 수 있겠는가?"

그 말에 양대장이 일어나 말했다.

"손책은 험한 장강에 의지하고 있을 뿐만 아니라 군사는 날래고 양식은 넉넉합니다. 아직 도모할 때가 아닙니다. 오히려 지금은 먼저 유비를 쳐서 지난날 까닭 없이 남의 지경을 침범한 죄를 물으십시오. 손책은 유비를 쳐 후환을 없이 한 뒤에 도모해도 늦지 않을 것입니다."

"유비를?"

원술이 뜻밖이라는 표정으로 양대장을 쳐다보았다. 양대장이 한층 자신 있게 대답했다.

"제게 한 가지 계책이 있습니다. 주공께서 따라만 주신다면 며칠 안으로 유비를 사로잡을 수 있습니다."

"어떤 계책인가?"

원술도 귀가 솔깃해졌다. 금방 손책의 일을 잊어버린 듯 은근하게 물었다. 양대장은 잠시 뜸을 들인 뒤 가장 지모 깊은 체 떠벌렸다.

"유비의 군사들은 소패에 머무르고 있어 깨뜨리기 어렵지 않으나 두려운 것은 서주에 호랑이처럼 버티고 있는 여포입니다. 전날 주공께서는 여포에게 금과 비단과 양식과 말을 약속해놓고 주지 않으신 일이 있어, 그 일로 틀어진 여포가 유비를 돕고 나서면 큰일입니다. 이제 주공께서는 먼저 사람을 시켜 전날 여포에게 약속한 물품들을 보내도록 하십시오. 그리하여 그의 마음을 풀어주어 군사를 움직이지 않도록만 하면, 유비를 사로잡는 일은 그리 어렵지 않습니다. 또 먼저 유비를 사로잡으면 나중에는 여포까지 엿볼 수 있으니 서주를 손에 넣을 수도 있을 것입니다."

원술이 들어보니 자못 그럴듯했다. 이에 급히 조 이십만 석을 갖추어 여포에게 보내고, 이어 한윤(韓胤)을 시켜 밀서를 가지고 여포를 찾아보게 했다.

'지난날 장군께 약속을 드리고도 이토록 늦어 실로 죄스럽고 부끄럽소이다. 이제 곡식 이십만 석을 실어 보내니 받아들여 주시기 바라오. 나머지는 전일에 까닭 없이 내 지경을 침범한 유비를 쳐서 한을 푼 뒤에 마저 보내리다. 유비를 사로잡는 일은 장군께서만 그를 돕지 않으신다면 쉽게 이루어질 것이오.'

그 같은 원술의 밀서와 함께 생각지도 않은 군량 이십만 석이 생기자 여포는 입이 떡 벌어졌다. 진궁의 권유로 간신히 회복해둔 유비와의 우의 따위는 깨끗이 잊고 원술의 요청을 응낙해버렸다.

원술 또한 생각보다 일이 쉽게 풀리자 시각을 지체하지 않았다. 그날로 기령을 대장으로 삼고 뇌박과 진란을 부장으로 삼아 수만 군을 일으켰다. 강동에 인 바람이 뜻밖에도 유비에게 몰아치게 된 것이다.

소패로 진군하는 원술군의 기세는 높았으나 사실 원술의 실패는 이때부터 시작되고 있었다. 조조와 원소의 결속이 아직 강하게 유지되고 있는 데 비해 원술과 공손찬의 결속은 이미 느슨해진 지 오래였다. 거기에다 강동에 새로운 적이 생겼으면, 약간의 원한은 있더라도 아직은 공손찬과 친분이 유지되고 있는 유비와는 협력 관계로 돌아갈 필요가 있었다.

어떻게 보면 여포와의 화친이 맺어진 것을 원술이 새로 얻은 힘으로 볼 수도 있으나 그것도 믿을 것은 못 되었다. 여포의 사람됨을 헤아려 말한다면, 그것은 일시적인 매수이지 장구한 화친이 아니었다.

결국 원술은 유비를 치기 위한 군사를 일으킴으로써, 눈앞의 작은 이익과 조급으로 사방을 모두 적으로만 남겨두게 된 셈이었다. 그리고 그것은 동시에 그의 그늘에서 자란 손책의 기업을 더욱 다져주는 셈이기도 했다. 그가 중원에서 한 방파제마냥 좌충우돌하는 동안 강동의 손가(孫家)는 뒷날 천하를 삼분할 기틀을 갖추게 되기 때문이다.

"원술이 군사를 일으켜 유비를 친다니 이때 우리는 원술의 뒤를 치는 게 어떤가?"

처음 원술의 소문이 들어왔을 때 여럿을 불러들인 손책이 그같이 성급한 의견을 내놓았다. 주유가 말렸다.

"원술이 비록 용렬하나 그 세력은 자못 뿌리가 깊고, 병마며 군량도 아직 우리가 함부로 넘볼 처지가 못 됩니다. 또 유비를 치기 위해 군사를 냈다고는 하지만, 상장 하나에 군사 만여 명이니 원술이 거느린 장졸의 열에 두셋도 되지 않습니다. 그를 치는 것은 우리의 힘을 좀더 기른 뒤에라도 늦지 않습니다."

주치도 주유와 뜻이 같았다.

"주공, 아직 장강 남쪽에는 그 절반의 힘을 들이고도 백배의 땅을 얻을 곳이 많습니다. 먼저 그런 곳부터 거두어들여 근거지를 넓히고 병마를 늘리는 것이 옳습니다. 일의 앞뒤를 바꾸어 뒷날의 후회를 남기지 않도록 하십시오."

모두가 그렇게 나오자 손책도 선선히 뜻을 바꾸었다. 그들의 권유에 따라 가까운 지역을 평정하여 근거지를 늘리고 그렇지 않은 때는 군사를 조련했다. 그리고 한편으로는 백성들을 보살피는 일도 게을리 하지 않았다. 생업을 권장하고 세금을 적게 하니 강동 일대는 곧 백성들이 가장 살기 좋은 곳이 되고, 소문이 퍼지자 유민들까지 몰려들었다.

머릿수가 늘어나다 보면 재사(才士)도 늘고 장수감도 많아지는 법. 거느린 인구에 있어서도 병세에 있어서도, 이미 손책은 중원의 군웅(群雄) 그 누구에게 비해도 크게 뒤지지 않았다. 손견의 남다른 야망과 포부는 이제 그 아들에 이르러 형체를 갖추게 된 것이었다.

교룡 다시 연못에 갇히다

원술이 대군을 일으켜 소패로 오고 있다는 말은 오래잖아 유비의 귀에도 들어왔다.

"몸을 굽혀 분수를 지킴으로써 천명이 이르기를 기다릴 일이요, 함부로 천명과 싸우려 들어서는 아니 된다."

지난번 서주를 여포에게 내어주고 소패로 들어올 때 유비는 불평에 가득 찬 관우와 장비를 그렇게 달랬다. 그리고 말없이 때를 기다리고 있었는데, 겨우 찾아온 게 원술의 공격이었다. 천자의 조서 때문에 원술과 이롭지 못한 싸움을 하다 적지 않은 군사를 꺾인 데다, 소패란 고을이 또한 작고 궁벽해 아직 이전의 세력도 회복하지 못한 터라 유비는 원술을 감당해낼 자신이 없었다.

"제가 나가서 싸우겠습니다."

답답한 마음으로 여럿을 불러놓고 의논을 하는데 장비가 나서서 말했다. 따지고 보면 유비가 그토록 궁하게 된 원인은 자신의 술주정 때문이라 할 수도 있어 남 먼저 나선 것이었다. 손건이 그런 장비를 가로막았다.

　"지금 소패에는 군사도 적고 양식도 넉넉하지 못한데 어찌 원술의 수만 대군을 당해내겠습니까? 차라리 여포에게 글을 보내 위급함을 알리고 도움을 청하는 편이 옳습니다."

　"여포 그 의리 없는 도둑놈이 우리를 구해주러 올 리가 있소? 공연히 때만 늦추고 말 것이오."

　장비가 그래도 우기고 나섰다. 그때 유비가 천천히 고개를 끄덕이며 말했다.

　"손건의 말이 옳다. 먼저 여포에게 글을 보내보도록 하자."

　그리고 그날로 여포에게 글을 보냈다.

　'장군께서 너그러이 살피시어 이 비를 소패에 머물도록 허락해주시니 실로 하늘에 가득한 덕을 입었습니다. 그런데 이제 원술이 전날의 사사로운 원한을 잊지 못해 기령(紀靈)으로 하여금 수만 군을 이끌고 이곳에 이르게 하매, 장군께서 구해주시지 않으면 저녁까지도 버텨내지 못하고 망할 지경이 되었습니다. 바라건대 약간의 군사를 내시어 금세 뒤집히게 된 이 소패의 위급을 구해주신다면, 이 비에게는 그보다 더 큰 다행이 없겠습니다.'

　비록 원술에게 많은 곡식을 얻어 그냥 보아 넘기기로 무언의 약속을 한 터이지만 그같이 간곡한 유비의 글을 받자 여포의 마음은 슬며시 흔들렸다. 거기다가 전에 그토록 딴전을 피다가 이제 와서 급작스레 곡식을 보낸 원술의 속셈도 수상쩍었다. 이에 여포는 모사 진궁을 불러 의논했다.

"전에 원술이 곡식을 보내면서 내게 유비를 구해주지 말라는 글을 함께 보냈소. 그런데 이제 또 현덕(玄德)이 글을 보내 내게 구해주기를 청해오니 어떻게 해야 할지 얼른 마음이 정해지지 않는구려. 생각해보면 현덕이 소패에 있는 것은 내게 크게 해로울 게 없으나, 원술이 유비를 꺾고 소패를 손에 넣으면 북으로 태산(泰山)의 여러 장수들과 이어져 함께 나를 치려 들지도 모르겠소. 그렇게 되면 베개를 높이고 편안히 지낼 수 없을 것이니 차라리 현덕을 구해주는 편이 나을 것 같소. 공의 생각은 어떠시오?"

"장군의 말씀이 옳습니다. 유현덕을 구해드리십시오."

진궁도 잠깐 생각에 잠기더니 이내 그렇게 말했다. 진궁까지 찬성하자 여포는 그대로 생각을 굳히고 그날로 군사를 점검해 소패로 떠났다.

한편 기령의 군사는 기세 좋게 소패로 밀려와 현 동남쪽에 진채를 세웠다. 낮에는 기치가 하늘을 덮는 듯했고 밤에는 횃불과 북소리가 땅을 울리는 듯했다. 현덕이 거느리고 있는 군사는 겨우 오천 남짓했지만 나가서 맞서지 않을 수 없었다. 기령이 진세를 벌인 맞은편에 그 또한 대강 영채를 세우고 싸울 태세를 갖추었다.

그런데 갑자기 여포가 군사를 이끌고 와서 현에서 서남으로 조금 떨어진 곳에 진채를 내렸다는 전갈이 들어왔다. 유비는 여포가 자기를 구하러 온 줄 알고 기뻤다. 그러나 기령은 그렇지가 못했다. 곧 여포에게 글을 보내 신의 없음을 따지고 들었다. 어떻게 보면 여포의 입장이 자못 난감해 보였으나 여포는 미리 생각해둔 게 있는 듯 허허거리며 말했다.

"내게 원술과 유비 양쪽이 모두 나를 원망할 수 없게 일을 처리할 계책이 하나 있소."

그러고는 기령과 유비에게 각기 사자를 보내 두 사람을 함께 술자리에 청했다.

여포가 자신을 청한다는 말을 듣자 유비는 그 길로 곧장 여포에게 가려고 했다. 여포라면 이를 가는 장비가 그런 유비의 옷깃을 잡았다.

"형님, 가지 마십시오. 이는 필시 여포란 놈이 딴마음을 먹고 수작을 부리는 겁니다."

"내가 그를 박하게 대접하지 않았는데 그가 나를 해칠 리 있겠느냐?"

유비는 오히려 그런 장비를 타이르듯 말하며 그대로 말 위에 올랐다.

"그럼 저희들만이라도 형님을 모시겠습니다."

유비가 기어이 떠나려 하자 장비와 관우도 그렇게 말하며 따라나섰다. 여포의 진채에 이르니 여포가 웃음으로 유비를 맞았다.

"내가 이번에 특히 공의 위태로움을 풀어줄 것이니 뒷날 뜻을 이루거든 잊지나 마시오."

제법 거드름까지 섞인 말이었으나 유비는 공손하게 감사하고 여포가 권하는 자리에 앉았다. 그 뒤를 따라간 장비와 관우가 칼을 찬 채 유비 뒤에 시립해 섰다.

"기령 장군께서 이르셨습니다."

갑자기 군사 하나가 들어와 여포에게 알렸다. 기령이 왔다는 말에 유비는 놀랐다. 급히 몸을 감추려 하는데 여포가 능청스레 말렸다.

"내가 생각한 게 있어 양편을 모두 한자리에 불렀소. 너무 의심하지 마시오."

그러나 여포의 속셈을 모르는 유비로서는 불안하지 않을 수 없었다.

놀라기는 기령도 마찬가지였다. 말에서 내려 여포의 장막으로 들던 기령은 유비가 거기 앉았는 걸 보자 낯색까지 변했다. 급히 몸을 돌려 돌아가려다가 좌우에서 말리는 바람에 못 가고 있는데 여포가 어린아이 안듯 덥석 안아 안으로 끌어들였다.

"장군께서는 이 기령을 죽이려 하십니까?"

여포에게 잡혀 버둥거리면서 기령이 다급하게 물었다. 여포가 느긋하게 대답했다.

"아니오."

"그럼 저기 저 귀 큰 아이[大耳兒, 유비]를 죽이시려는 겁니까?"

"역시 아니외다."

"그럼 무얼 어쩌시려고 이러십니까?"

"현덕과 이 여포는 형제요. 이번에 장군이 군사를 이끌고 와서 곤궁에 빠진 걸 구해주고 싶을 뿐이오."

"그렇다면 결국 이 기령을 죽이시겠다는 뜻이 아니오니까?"

그러자 여포는 더욱 능청스레 말했다.

"그럴 리야 있겠소? 나는 평생에 싸움을 좋아하지 않았소. 오히려 싸움 말리기를 좋아해왔으니, 이번에도 양쪽을 위해 화해를 주선해 볼까 하오."

"이미 서로 군사를 내었는데 어찌 화해가 이루어질 수 있겠습니까?"

"내게 한 가지 방법이 있소. 하늘이 정해주는 대로 따르는 법이오. 어쨌든 서로 처음 만나는 예나 갖추시오."

여포가 제법 위엄까지 갖추며 그렇게 말하자 기령도 더 어쩌는 수가 없었다. 마지못해 유비와 알은체를 했지만 마음속에 의심이 남기는 둘 다 마찬가지였다. 여포는 그래도 모르는 체 두 사람을 좌우에 앉게 하고 술자리를 벌이게 했다. 두 사람은 별수 없이 여포가 따라주는 술잔을 묵묵히 기울였다. 술잔이 몇 차례 오간 뒤였다. 여포가 불쑥 말했다.

"그대들 양가는 모두 이 여포의 낯을 보아서라도 각기 군사를 거두시오."

실로 어처구니없는 말이었다. 여전히 여포의 속셈을 헤아릴 길 없는 유비는 말없이 여포의 얼굴만 쳐다보았다. 그때 기령이 불끈하며 소리쳤다.

"나는 주공의 명을 받들어 십만의 대군을 이끌고 유비를 잡으러 여기까지 왔소이다. 그런데 어찌 아무런 소득도 없이 군사를 물리란 말씀이오?"

그 말에 장비는 몹시 성이 났다. 허리에 차고 있던 칼을 뽑아들고 기령을 꾸짖었다.

"우리 군사가 비록 많지 못하나 너희 무리쯤은 아이들 장난으로밖에는 여기지 않는다. 네놈 생각에는 너희가 백만 황건적에 비해 어떠하냐? 그런데 우리 형님께서는 그 황건의 무리도 쥐 잡듯 하셨다. 네놈이 감히 그런 형님을 상하게 할 수 있다고 믿느냐?"

그 흉흉한 기세가 금세 기령을 찌를 듯했다. 생각 깊은 관우가 급히 그런 장비를 말렸다.

"여장군께서 우리를 한자리에 부르셨을 때는 달리 뜻이 있으셨을 것이네. 우선 그 뜻부터 듣고 보세. 싸우는 일은 나중에 각기 자기 진채로 돌아간 뒤에라도 늦지 않네."

여포가 관우의 말을 이어 얼러대듯 소리쳤다.

"내가 그대들 양쪽을 부른 것은 화해하라는 뜻이었지 서로 치고 받으라는 뜻은 아니오, 멈추시오!"

하지만 한쪽에서는 욕을 먹은 기령이 몹시 성이 나 씨근댔고, 한쪽에서는 장비가 고리눈을 부릅뜨고 노려보고 있었다. 여포 따위의 말은 귀에 들어오지도 않는다는 듯했다. 드디어 여포도 크게 성이 났다.

"가서 내 화극을 가져오너라!"

벌떡 몸을 일으키며 그렇게 소리쳤다. 그리고 졸개 하나가 화극을 가져오자 그걸 힘있게 잡았다. 여포의 무예를 잘 아는 기령은 여포가 무슨 짓을 할지 몰라 안색까지 변했다. 그 바람에 장비까지도 주춤했다. 여포가 불길이 이는 눈으로 그런 양쪽을 돌아보며 한 말은 뜻밖이었다.

"내가 그대들 양편에게 화해를 권한 것은 바로 하늘의 뜻에 따르게 하려는 것이오."

여포는 그렇게 잘라 말하고는 졸개에게 시켜 화극을 멀리 진문 밖에 내다 세우게 했다. 그리고 명을 받은 졸개가 시킨 대로 하자 다시 유비와 기령을 보고 엄숙하게 말했다.

"진문은 여기서 백오십 발자국 떨어져 있소. 내가 만약 화살 한 대로 저 화극의 잔가지를 쏘아 맞힌다면 그대들 양가는 각기 군사를 거두시오. 맞히지 못한다면 각기 돌아가 싸움을 벌여도 좋소이다. 만약 내 말을 따르지 않는 쪽이 있다면 내가 그를 칠 것이오!"

그 말에 기령은 속으로 가만히 생각했다.

'백오십 발자국이나 떨어진 곳에 있는 화극의 잔가지를 어떻게 맞힐 수 있겠는가. 그대로 여포의 말을 따르는 체하다가 못 맞히면 그때 유비를 쳐도 되리라.'

그리고 한마디로 허락하니 유비도 아니 따를 수가 없었다. 그러나 기령과 같은 생각에 속으로는 애가 탔다.

"술을 쳐라."

양쪽이 모두 응낙하자 여포는 좌우에 영을 내려 다시 모두에게 술 한 잔씩을 따르게 했다. 그리고 자기가 먼저 잔을 쳐들며 양쪽에 권했다.

"자, 드시오. 이건 서약의 술이외다."

유비도 할 수 없이 잔을 비웠지만 술이 단지 쓴지도 모를 지경이었다.

"내 활과 화살을 가져오너라!"

잔을 비운 여포가 문득 좌우에게 소리쳤다.

'부디 맞아주기를!'

여포가 활과 화살을 받아 쥐고 일어서는 걸 보고 유비는 속으로 빌었다. 그러나 여포는 별로 겁내는 기색 없이 시위에 살을 먹이더니 힘껏 당겼다.

"맞아라!"

이윽고 여포가 보름달 모양이 된 활에서 시위를 놓았다. 화살은 땅에 떨어지는 살별처럼 시위를 떠나더니 가벼운 쇳소리와 함께 그대로 화극의 잔가지에 맞고 튕겨 나왔다. 그 귀신 같은 솜씨에 보는 사람들은 하나같이 갈채를 아끼지 않았다. 실로 그 옛날 활로 이름을 떨친 후예(后羿)에 비할 만한 신기였다.

여포도 통쾌한지 한참을 껄껄거리더니 활을 던지고 기령과 유비의 손을 끌어 서로 잡게 하며 말했다.

"이것이 바로 하늘의 뜻이란 것이오. 이제 두 분은 각기 군사를 거두도록 하시오."

그러고는 다시 군사에게 명하여 술을 가져오게 한 뒤 둘 모두에게 큰 잔으로 한 잔씩 돌렸다.

유비는 당장 위급을 면하게 되어 기뻤지만 마음 한구석으로는 부끄러움도 일었다. 당당히 힘으로 헤쳐나가지 못하고 남의 도움으로 간신히 빠져나가게 된 자신의 처지가 새삼 서글퍼진 것이었다. 기령은 어이가 없었다. 여포의 귀신 같은 활솜씨에 놀라는 것도 잠시, 이내 자신의 난감한 처지가 떠올랐다. 한참을 말없이 있다가 볼멘소리로 우물거렸다.

"이렇게 되고 보니 장군의 말을 따르지 않을 수 없게 되었습니다만 실로 내 처지가 난감합니다. 이대로 돌아가면 주공께서 어떻게 믿어주시겠습니까?"

"내가 글을 써서 공로에게 보내겠소."

여포가 태연스레 대답했다. 더 할 말이 없게 된 기령은 쓴 술만 몇 잔 더 마시다가 여포가 써주는 글을 받아 먼저 돌아갔다.

"내가 아니었더라면 공은 위태로움에서 벗어나기 어려웠을 것이오."

기령이 돌아간 뒤 여포가 다시 한번 거드름을 떨었다. 유비는 그런 여포에게 절하여 고마움을 표하고 관, 장 두 아우와 진채로 돌아갔다. 이로써 소패성에 몰렸던 전운은 걷히고 다음 날로 세 곳의 군마는 각기 그 있던 곳으로 돌아갔다.

기령이 얻은 것 없이 수춘으로 돌아가 일의 앞뒤를 고하자 원술은 크게 노했다.

"여포가 그 많은 양식을 내게서 얻고도 오히려 어린아이 장난 같은 일을 꾸며 유비를 편들었으니 용서할 수 없다. 내 마땅히 중병(重兵)을 이끌고 소패로 가서 유비를 사로잡고 아울러 여포도 쳐부수리라!"

원술이 그렇게 소리치며 펄펄 뛰자 무안하게 된 기령이 조심스레 말했다.

"주공께서 그렇게 하셔서는 아니 됩니다. 여포는 그 용력이 남다를 뿐만 아니라 기름진 서주에 터잡고 있습니다. 거기다가 유비와 함께 머리와 꼬리처럼 서로 도우면 쉽게 이길 수 없습니다. 계책을 써야 합니다."

"이 마당에 계책은 또 무슨 계책이 있단 말이냐?"

"제가 듣기로 여포에게는 딸이 하나 있는데 이제 혼인할 나이에 이르렀다 합니다. 마침 주공께는 아드님이 한 분 계시니 여포에게 친히 구혼을 하십시오. 만약 여포가 주공께 딸을 출가시킨다면 반드시 유비를 죽이게 될 것입니다. 먼 것이 가까운 것을 갈라놓을 수 없음을 이용한 계책[疏不間親之計]입니다."

여포와 혼인을 맺어 가깝게 됨으로써 유비를 멀게 하여 여포로 하여금 유비를 없애게 하자는 뜻이었다. 원술이 들어보니 그럴듯했다. 그날로 다시 한윤(韓胤)에게 예물을 갖춰준 뒤 서주로 가 자신의 뜻을 전하게 했다.

서주에 이른 한윤은 여포에게 말했다.

"주공께서는 장군을 우러르고 사모하시어 따님을 며느리로 삼음으로써 옛날 진(秦)과 진(晉)이 그랬던 것처럼 양가가 오래오래 가깝게 맺어지기를 바라고 계십니다. 허락하여주십시오."

그 뜻밖의 혼담에 여포는 어리둥절했다. 잠시 대답할 말을 찾지 못해 눈만 멀뚱거리다가 겨우 구실을 찾아냈다.

"혼사에 관한 일이라면 마땅히 그 어미도 알아야 할 것이니 내 안으로 들어가 의논해보고 결정하겠소."

그렇게 대답을 미뤄놓고 안으로 들어갔다. 원래 여포에게는 두 아내와 한 첩이 있었다. 정처인 엄씨와 동탁에게서 뺏은 첩 초선 외에 소패에서 다시 맞아들인 차처(次妻) 조씨였다. 그러나 조씨는 자식 없이 먼저 죽고 초선도 자식이 없어 여포에게는 오직 엄씨가 낳은 딸 하나뿐이었다. 그 바람에 여포는 그 딸을 그지없이 사랑했는데 이제 원술에게 청혼이 들어온 것이었다.

따라서 안으로 들어간 여포는 엄씨를 찾아 의논을 했다. 엄씨가 얼른 대답했다.

"제가 듣기로 원술은 오래전부터 회남에 터를 잡아 군사는 많고 양식도 넉넉하다고 합니다. 거기다가 머지않아 천자가 된다는 말까지 있으니, 그렇게 되면 우리 딸은 황후가 될 희망도 있지 않습니까? 그런데 원술에게 아들이 몇이나 됩니까?"

"다만 하나뿐이오."

"그렇다면 당연히 허락해야지요. 끝내 황후가 못 된다 해도 원술 같이 든든한 사돈을 두면 우리 서주라도 걱정거리가 없어지지 않겠습니까?"

겉으로 드러나는 위세만 보고 엄씨는 그렇게 여포를 부추겼다. 여포 또한 천하의 대세를 살피는 안목은 엄씨보다 나을 게 없어 그 말에 솔깃해졌다. 그 자리에서 딸을 원술의 며느리로 보내기로 마음을 정하고, 한윤을 두텁게 대접한 뒤 혼인을 받아들인다는 뜻과 함께 돌려보냈다.

한윤으로부터 여포의 뜻을 전해 들은 원술은 됐다, 싶었다. 다시 그날로 혼인 예물을 갖춰 한윤을 서주로 되짚어가게 했다. 여포 또한 이미 허락한 혼인이라 반갑게 한윤을 맞아들여 예물은 거두어들이고 사람은 역관에 머물게 했다.

다음 날이었다. 그때야 그 혼인을 알게 된 여포의 모사 진궁은 역관으로 한윤을 보러 갔다. 서로 예를 마친 뒤에 자리를 잡고 앉은 진궁이 홀연 좌우를 꾸짖어 물리친 뒤 은근하게 물었다.

"하나 물읍시다. 도대체 누가 이 꾀를 내었소? 원공로로 하여금 여포와 혼인을 맺게 한 것은 유현덕의 머리를 얻으려는 데 그 뜻이 있지 않소?"

그 말에 놀란 한윤이 벌떡 일어나며 진궁에게 사정했다.

"이미 아셨구려. 하지만 제발 그 말이 밖으로 새어나가지 않도록 해주시오."

"나야 외고 다닐 리 없지만, 두려운 것은 다만 일이 쓸데없이 늦어지는 것이오. 만약 다른 사람들이 알면 결코 그대로 보아넘길 리가 없소. 반드시 성사가 되기도 전에 좋지 못한 일이 벌어질 것이오."

진궁이 그렇게 한윤을 안심시켰다. 그 말에 한윤이 물었다.

"그러면 어떻게 하는 게 좋겠습니까? 바라건대 가르침을 내려주십시오."

"내가 먼저 봉선(奉先)을 만나 오늘로 그 딸을 보내도록 하는 게 어떻겠소?"

그러자 한윤은 기뻐하며 치하했다.

"그렇게만 해주신다면 원공(袁公)도 크게 고마워할 것입니다. 그 갚음이 어찌 엷겠습니까?"

이에 진궁은 한윤과 헤어져 여포를 만나러 갔다.

"듣기에 공의 따님을 원공로에게 출가시키기로 했다니 참으로 잘 하신 일입니다. 다만 언제 혼례를 치르시려 하시는지 궁금합니다."

진궁의 그 말에 여포가 느긋하게 대답했다.

"이제부터 천천히 의논해보아야지요."

"예로부터 혼인은 정해서 혼례를 올릴 때까지는 각기 정한 시기가 있습니다. 천자는 일 년이요, 제후는 반년이며 대부는 석 달이요, 서민은 한 달입니다."

"원공로는 하늘의 뜻에 의해 옥새를 손에 넣었으니 머지않아 제위에 나갈 것이오. 그럼 이제 천자의 예를 따르는 게 어떻겠소?"

여포의 터무니없는 말에 진궁이 무겁게 고개를 가로저었다.

"아니 됩니다."

"그럼 제후의 예를 따르란 말이오?"

"그것도 아니 됩니다."

"그렇다면 대부의 예를 따르란 뜻이구려."

여포가 약간 부아가 난 얼굴로 퉁명스레 말했다. 그래도 진궁은 여전히 무겁게 고개를 가로저었다.

"역시 아니 됩니다."

"아니, 그럼 공은 나에게 서민의 예를 따르라는 것이오?"

여포가 어처구니없다는 듯 피식 웃으며 말했다.

"아닙니다."

"그렇다면 공의 뜻은 무엇이오?"

"지금 천하의 제후들은 서로 패권을 다퉈 싸우고 있습니다. 이제 공과 원공로가 혼인을 맺는다는 걸 알면 누군가 꺼리고 시기하지 않겠습니까? 만약 혼기를 길게 잡아 좋은 날로 택일을 한다면 도중에 군사를 숨겨두었다가 신부를 빼앗아가는 일이 어찌 없겠습니까?"

"그럴 법도 하오. 그 같은 낭패를 없이 하자면 어떻게 해야 좋겠소?"

"계략을 쓰셔야 합니다. 이미 혼인을 허락했으니 지체하지 말고 다른 제후들이 아직 모르고 있을 때 신부를 수춘으로 보내도록 하십시오. 신부를 그곳 별관에 묵게 해놓고 좋은 날을 골라 혼례를 올리면 아무런 낭패될 일이 없을 것입니다."

"공대(公臺)의 말이 옳소. 깨우쳐주시지 않았더라면 크게 일을 그르칠 뻔했소."

그제서야 여포도 기쁜 얼굴로 진궁에게 감사했다. 그리고 아내 엄씨를 재촉해 그날 밤으로 혼수를 장만케 했다. 다음 날 경대와 장롱이며 의복 폐백에 보석과 향수까지 장만되자 여포는 즉시 송헌과 위속 두 장수에게 군사를 이끌고 딸과 한윤을 호위하여 앞서가게 했다. 북과 피리소리 요란한데 여포 자신도 성 밖까지 나가 딸과 한윤을 전송했다.

이때 진등의 아버지 진규(陳珪)는 늙어 벼슬을 그만두고 집에서 쉬고 있었다. 갑자기 길거리에 요란한 북소리와 피리소리가 들리자 부리는 자들에게 까닭을 물었다.

"저것은 여포가 원술의 아들에게 딸을 출가시키는 행렬입니다."

물음을 받은 자가 그렇게 대답하며 간단하게 경위를 물었다. 진규가 놀라 소리쳤다.

"저것은 소불간친(疏不間親, 친분이 두텁지 못한 사람이 친분이 두터운 사람 사이를 이간시키지 못한다)의 계략이다. 원술이 여포와 혼인을 맺어 현덕을 노리는 것이니 현덕이 실로 위태롭게 되었구나."

그러고는 병든 몸을 이끌고 몸소 여포를 찾아 나섰다. 병들어 누워 있다는 소문이 돌던 진규가 자기를 보러 오자 여포가 이상한 듯 물었다.

"대부께서 어쩐 일로 이렇게 나오셨습니까?"

그러자 진규가 서슴없이 대답했다.

"들으니 장군께서 돌아가셨다기에 이렇게 조문을 나온 것입니다."

"어째서 그런 말씀을 하시오?"

늙은 진규의 말에 뼈가 들어 있음을 알아차린 여포가 소리 높여 물었다. 진규는 병석을 박차고 나온 늙은이답지 않게 물 흐르듯 대답했다.

"지난날 원술은 금과 비단을 보내 공으로 하여금 유현덕을 죽이게 하려 했으나 공은 오히려 화살로 진문 밖의 화극을 맞혀 그들의 싸움을 말리셨습니다. 그런데 지금 원술이 다시 공께 혼인을 청해온 것도 뜻은 전과 다름이 없습니다. 공의 따님을 인질로 삼고 현덕을 쳐 소패를 손에 넣으려는 것입니다. 만약 소패가 원술에게 빼앗기면 서주 또한 위태롭게 됩니다. 거기다가 원술이 또 양식을 꾸어달라, 군사를 빌려달라고 나올 때 만약 공이 그걸 들어주시게 되면 괴롭고 피곤한 노릇일 뿐만 아니라 남의 원망까지 사게 됩니다. 원술은 공께 빌린 양식과 군사로 사방의 제후들을 공격할 것이기 때문입니다. 그러나 만약 거절하신다면 그것은 사돈간의 친함을 저버리는 것이니 싸움이 일게 되고 따님은 목숨이 위태롭게 될 것입니다. 그뿐입니까? 듣기에 원술은 이미 황제로 칭할 뜻을 굳혔다 하니 이는 천조(天朝)에 반역하는 짓입니다. 만약 그가 반역하면 공 또한 역적의 인척이 되니 천하의 누가 용서하려 들겠습니까? 살아 있는 공을 보고 이 늙은 것이 감히 죽었다고 말한 것은 그 때문이었습니다."

그 말을 듣고 나니 여포는 등골이 서늘한 느낌이었다.

"진궁이 나를 그르치게 하였구나!"

진궁의 말을 들어볼 생각도 않고 그렇게 탄식한 뒤 급히 장요(張遼)를 시켜 딸을 되찾아 오게 했다. 군사를 이끌고 성을 나간 장요는 삼십 리나 뒤쫓은 뒤에야 여포의 딸을 데려올 수 있었다.

이때 원술의 사자 한윤도 함께 끌려왔다. 여포는 그를 가두어놓고 따로 원술에게 사람을 보내 아직 딸의 혼수가 제대로 갖춰지지 못했다는 핑계를 대고, 그게 갖춰지는 대로 여포 자신이 호위해 데리고 가리라는 전갈을 보냈다.

"한윤을 허도로 보내 조정의 허락을 받아오게 하십시오."

변덕이 죽 끓듯 하는 여포라 그걸 근심하는 진규가 다시 그렇게 권했다. 그 혼인에 대해 조정의 허락을 받아둠으로써 뒤탈을 없이 하자는 구실이었지만 내심으로는 그렇게 함으로써 제후들에게 널리 그 일이 알려지도록 하려는 것이었다.

아무리 여포라고는 하지만 그렇게까지 하기에 선뜻 마음이 내키지 않았다. 진궁의 주장에도 일리가 있다고 여겨져 아직 원술과 사돈으로 맺어지는 일에 미련이 남은 탓이었다. 그래서 아직 마음을 정하지 못하고 있는데 사람이 와서 알렸다.

"소패의 유현덕이 군사를 모으고 말을 사들인다고 합니다. 무슨 꿍꿍이속인지 모르겠습니다."

그러나 여포는 대수롭지 않게 대답했다.

"군사를 모으고 말을 사들이는 것은 장수된 자가 본래 하는 일이다. 괴이하게 여길 게 무엇이겠느냐?"

그런데 미처 그 말이 끝나기도 전에 부하 장수 송헌과 위속이 깨어지고 부은 얼굴로 나타나 일러바쳤다.

140

"저희 둘은 명공의 명을 받고 산동으로 말을 사러 갔던바 마침 좋은 말이 있어 삼백여 필이나 사들일 수 있었습니다. 그런데 돌아오는 길에 패현 경계에 이르렀을 때 강한 도적 떼가 나타나 반이나 뺏어가버렸습니다. 처음에는 산적 떼로 알았으나 나중에 알아보니 그 우두머리는 유비의 아우인 장비로서 그가 졸개들을 거짓으로 산적인 양 꾸며 우리 말을 빼앗아갔다고 합니다."

그 말을 듣자 여포는 몹시 성이 났다. 장비가 여포를 싫어하는 것 못지않게 여포 또한 장비라면 이름만 들어도 분통이 터질 지경이었다.

"급히 군마를 모으라. 소패로 가자!"

여포가 펄펄 뛰며 장졸을 재촉했다. 소문은 곧 나는 듯이 현덕의 귀에 들어갔다. 여포가 갑자기 대군을 일으켜 자기를 치러 온다는 말에 크게 놀랐으나 그렇다고 두 손 처매고 앉아 기다릴 수만은 없는 일이었다. 유비는 할 수 없이 성안의 군마를 있는 대로 긁어모아 여포를 맞으러 성을 나갔다.

양군은 오래잖아 만났다. 둥글게 서로 맞서 있는 가운데 유비가 말을 타고 나와 여포에게 물었다.

"형께서는 무슨 일로 이렇게 군사를 이끌고 오셨습니까?"

그러자 여포는 손가락을 들어 유비를 가리키며 꾸짖었다.

"나는 지난날 진문에 세운 화극을 쏘아 맞혀 네놈의 큰 어려움을 덜어주었거늘 네놈은 어찌하여 오히려 내 말을 빼앗아갔느냐."

유비로서는 처음 듣는 소리였다. 까닭을 알지 못해 어리둥절한 얼굴로 되물었다.

"이 비가 말이 모자라 사람을 시켜 사방에 말을 사들인 적은 있습니다만 감히 형의 말을 뺏을 리야 있겠습니까?"

"그렇다면 네 아우 장비를 불러내거라. 얼른 빼앗은 말 백오십 필을 내놓고 머리를 조아려 사죄한다면 모르거니와 그렇지 않을 때엔 무사하지 못하리라."

대강 일이 짐작되었지만 여포는 여전히 시퍼런 얼굴로 으름장을 놓았다. 그제서야 놀란 유비가 장비를 돌아보려는데 어느새 장비가 창을 들고 말을 달려 나가며 소리쳤다.

"그렇다. 네놈의 말은 내가 뺏었다. 어쩔 테냐?"

완연히 싸움을 거는 짓거리였다. 여포가 그걸 참아넘길 리 없었다. 금세 욕설로 장비의 말을 받았다.

"이 고리눈 가진 도적놈아! 너는 이미 여러 번 나를 깔보았다. 그러고도 네 목이 어깨 위에 남아날 것 같으냐?"

"개수작 마라. 내가 너의 말 몇 마리 빼앗은 것은 그렇게도 성을 내면서 너는 왜 우리 형님의 서주를 빼앗고도 구린 입 한번 떼지 않느냐?"

보아하니 제딴은 처음부터 여포와 한바탕 싸울 작정으로 일을 벌인 것 같았다. 말이 떨어지기 무섭게 화극을 휘두르며 나오는 여포를 장비 역시 창을 끼고 달려 나가 맞으며 그렇게 또 한번 여포의 속을 뒤집어놓았다.

유비가 말리고 자시고 할 틈도 없이 장비와 여포는 치열한 싸움에 들어갔다. 쌓인 감정이 있는 둘 사이라 싸움은 그 어느 때보다 치열했다. 찌르고 막고 후비고 피하기를 백여 합이 되도록 좀처럼 승부가 가려지지 않았다.

놀란 중에도 유비는 이미 싸움을 말리기는 틀렸다고 생각했다. 싸워야 한다면 여포는 군사가 많고 자기는 적으니 성에 의지하는 수밖에 없었다. 이에 유비는 급하게 징을 울려 군사를 소패성 안으로 불러들였다. 장비도 싸움을 그치고 뒤를 막으며 성안으로 되돌아왔다.

성난 여포는 군사를 풀어 사면으로 소패성을 에워싸고 들이쳤다. 꼼짝없이 성안에 갇히어 생각지도 않은 싸움을 해야 하는 유비는 속이 탔다. 여포를 막을 배치를 끝내기 무섭게 장비를 불러 꾸짖었다.

"네가 여포의 말을 뺏어 일이 이 지경에 이르렀다. 도대체 뺏은 말은 어디 있느냐?"

"성안의 여러 절에 나누어 감춰뒀습니다."

장비가 우물쭈물 대답했다. 한동안 생각에 잠겼던 유비가 천천히 입을 열었다.

"지금 여포와 싸워서는 아니 된다. 이겨도 져도 좋을 것은 우리가 아니다. 말을 돌려주고 화해를 해보자."

그리고 사람을 여포의 진채로 보내 사정을 설명한 뒤 말을 돌려줄 테니 싸움을 그만두자는 전갈을 보냈다. 여포도 대강 사정을 짐작한 데다 유비가 그렇게 굽히고 나오자 약간 마음이 누그러졌다. 말만 돌려받는다면 구태여 싸울 까닭이 없다는 생각이 들어 슬며시 유비의 제안을 따르려 했다. 그때 진궁이 여포를 충동질했다.

"지금 유비를 죽이지 않으면 뒷날 반드시 그에게 해를 입게 될 것입니다. 이왕 내친김이니 그대로 급하게 들이치십시오."

생각하면 쓸쓸한 진궁의 변모였다. 처음 조조를 따라 벼슬자리를 버리고 난세에 뛰어들 때만 해도 진궁은 천하를 위한 대의에 몸과 마음을 불태우고 있었다. 그러나 그로부터 십 년도 흐르지 않은 지금 그는 여포 같은 어리숙한 주인 아래서 눈앞의 이익에만 급급한 권모(權謀)의 사람으로 변해버린 것이었다. 어쩌면 그의 눈에는 유비 또한 조조에 못지않게 음험한 야심가로 비쳤는지 모르지만, 확실히 그 같은 부추김은 대세를 살펴 내린 판단은 못 되었다.

귀가 엷은 여포는 진궁의 말을 듣자 금세 마음이 변했다. 유비의 청을 들어주려던 생각을 바꾸고 오히려 한층 급하게 소패성을 들이쳤다.

넓고 기름진 서주를 근거로 한 여포가 힘을 다해 소패를 들이치니 유비의 위태롭기가 바람 앞의 등불 같았다. 그럭저럭 얼마간은 버텼으나 마침내 더 견딜 수 없자 미축과 손건을 불러놓고 의논했다. 손건이 조심스레 한 가지 방도를 내었다.

"제가 알기로 조조가 가장 미워하는 것은 여포입니다. 위태로운 이 소패를 버리고 허도로 가 조조에게 의탁하는 게 어떻겠습니까? 그에게 군사를 빌려 여포를 깨뜨리는 게 지금으로서는 가장 상책인 듯합니다."

유비도 생각해보니 그밖에 달리 어쩌는 수가 없었다. 곧 조조에게 의탁해 가기로 마음먹고 다시 물었다.

"누가 선봉이 되어 여포의 포위를 뚫고 나가보겠느냐?"

"제가 죽기로 싸워 길을 열어보겠습니다."

장비가 유비의 물음이 채 끝나기도 전에 일어나 말했다. 일을 벌인 것이 자기라 그렇게 앞장선 것이었다. 유비도 말리지 않았다.

144

"좋다. 그럼 익덕이 앞서 길을 열고 운장은 뒤를 막으라. 나는 중군이 되어 늙고 어린 사람들을 지키겠다."

그리고 그날 밤 삼경에 북문으로 성을 빠져나가기로 결정을 내렸다. 유비가 정한 대로 대오를 짠 채 준비하고 있던 성안의 군사들은 그날 밤 삼경, 달이 뜨기 무섭게 북문을 열고 뛰쳐나갔다. 마침 그쪽을 에워싸고 있던 것은 송헌과 위속이었다. 갑자기 군사가 쏟아져 나오는 걸 보고 얼결에 길을 막았으나 장비의 범 같은 기세에 눌려 쫓겨난 뒤 멀찌감치서 둘러싸기만 했다. 그 틈에 유비가 중군을 거느리고 성을 빠져나와 장비의 뒤를 따랐다.

이번에는 여포의 장수 장요가 급하게 뒤를 쫓았다. 그러나 관우가 뒤를 지키고 있으니 또한 함부로 따라붙지 못했다. 그 바람에 유비는 노소를 보호해 무사히 소패성을 빠져나갈 수 있었다.

여포는 유비가 이미 달아난 것을 알자 뒤를 쫓으려 들지 않았다. 소패를 뺏어 후한을 없이 한 것으로 만족할 뿐 달아나는 유비를 쫓아 죽일 만큼 모질지는 못했다. 곧바로 소패로 들어가 남은 백성들을 안심시킨 뒤 고순(高順)에게 소패를 지키게 하고 자신은 다시 서주로 돌아가버렸다.

한편 소패를 빠져나간 유비는 처음에 생각해둔 대로 허도에 이르렀다. 적의 포위를 뚫고 나온 뒤라 얼마 되지 않은 군사들이었으나 그래도 함부로 성안에 들지 못했다. 성 밖에 진채를 내리고 먼저 손건을 들여 보내 조조를 찾아보게 했다. 그의 뜻을 안 뒤에 성안으로 들어가려는 생각에서였다.

조조를 만난 손건은 그간의 경위를 말하고 특히 그에게 투항하고 싫다는 유비의 뜻을 간곡히 전했다. 내심으로 여포와 유비의 결속을 늘 근심해오던 조조는 기뻤다. 화살 한 개 허비하지 않고 유비와 여포가 갈라선 걸 보게 되었을 뿐만 아니라, 유비는 근거조차 없는 떠돌이 신세가 되고 여포는 발톱이 상한 호랑이 꼴이 된 걸 알았기 때문이었다.

거기다가 더욱 기쁜 것은 유비가 스스로 자기의 손안으로 걸어들어온 것이었다. 까닭 없이 유비를 경계해오던 그는 그 좋은 기회를 놓치고 싶지 않았다.

'그를 받아들이자. 두텁게 온정을 베풀어 내 사람을 만들어보자. 공손찬 따위도 한 일을 이 조조가 못할 까닭이 무엇인가. 만약 그렇게 되지 않더라도 최소한 내 연못 안에 가두어둘 수는 있겠지. 그가 아무리 교룡(蛟龍) 같은 인물이라 할지라도 작은 연못에 갇히어서야 무슨 조화를 부릴 수 있겠는가.'

조조는 속으로 그렇게 중얼거리며, 진정으로 반갑고 기쁜 표정을 지어 손건에게 말했다.

"현덕은 나와 형제 같은 사이요. 어찌 그가 어려운 처지에 떨어진 걸 못 본 체할 수 있겠소? 가서 이리로 들라 이르시오."

그 말에 은근히 마음을 졸이던 손건은 속으로 가만히 안도의 숨을 쉬었다.

이튿날이었다. 유비는 관우와 장비를 군사들과 함께 성 밖에 남겨둔 채 손건과 미축만 데리고 성안으로 들어갔다. 문관들만 데려감으로써 혹시라도 조조를 자극하는 일이 없게 한 것이었다. 조조는 유비를 상빈(上賓)의 예로 맞아 대접이 후하기를 이를 데 없었다. 결코 갈 데 없어 찾아든 뜨내기 장수를 맞는 사람의 태도가 아니었다.

"이 비가 저를 대함에 박하지 않았거늘 오늘 오히려 여포에게 쫓기는 신세가 되었습니다. 실로 어찌해야 이 바다 같은 한을 풀게 될지 모르겠습니다."

예를 마친 뒤 그간의 경위를 짤막하게 말한 유비가 침통한 얼굴로 그렇게 덧붙였다. 조조가 그런 유비를 위로했다.

"여포는 원래가 의리 없는 무리외다. 나와 현제가 힘을 합쳐 쳐 없애면 될 것이니 너무 상심하지 마시오."

그리고 잔치를 열어 늦도록 함께 마신 뒤에야 보내주었다.

유비가 돌아간 뒤 순욱이 들어와 조조를 보고 말했다.

"유비는 여포 따위와 비할 인물이 아닙니다. 그 뜻이 만만찮은 당금의 영웅이니 더 자라기 전에 일찍 없애는 게 좋습니다. 그렇지 않으면 뒷날 반드시 큰 근심거리가 될 것입니다."

냉철한 순욱에게는 이미 유비가 한의 신하로 남아 있지 않을 것 같은 예감이 와닿은 것일까, 좀처럼 하지 않는 박한 소리였다. 그러나 마음속으로 생각해둔 바가 있는 조조는 얼른 대답하지 않았다. 철저하게 한의 부흥을 위주로 생각하는 순욱은 그 무렵부터 조조에게 조금씩 경계를 사고 있었음에 틀림이 없었다. 순욱이 생각하는 적과 자신의 적이 다를 수도 있다는 생각에서 조조는 얼른 대답을 하지 않았다.

그러다가 순욱이 나가고 완전히 자기의 사람이라고 믿는 곽가가 들어오자 불쑥 물었다.

"순욱이 내게 유현덕을 죽이라 하는데 그대의 뜻은 어떤가?"

곽가가 잠깐 생각에 잠겼다가 대답했다.

"아니 됩니다. 주공께서는 지금 의병을 일으키시어 천하 백성들을 위해 포악한 무리를 없애고자 하십니다. 그렇게 하시려면 믿음과 의리를 짚어 천하의 뛰어난 인물들을 모아들이셔야 하는데, 만약 의심과 두려움이 일면 그들은 즐겨 주공께로 모여들지 않을 것입니다. 비록 유현덕이 영웅의 이름을 얻고 있으나 지금은 곤궁하여 주공께 의지하러 온 것입니다. 만약 그를 죽이면 이는 어진 이를 해친 것이 되고 맙니다. 천하의 지모 있는 선비들이 그 소문을 들으면 절로 의심이 생겨 주공께로 오지 않을 것인 바, 그때는 누구와 더불어 천하를 평정하시겠습니까? 무릇 걱정되는 한 사람을 없애고자 천하의 신망을 잃는 일은 현명한 처사가 못 됩니다. 아직은 천하가 안정되지 못한 때인 만큼 주공께서는 부디 깊이 헤아리십시오."

한마디 한마디가 조조의 마음에 꼭 드는 말이었다. 이에 조조는 몹시 기뻐하며 치하했다.

"그대의 말이 정히 내 마음과 맞다."

그리고 다음 날로 천자에게 표를 올려 유비를 예주목에 천거했다. 그걸 보고 정욱이 다시 순욱과 같은 뜻을 말했다.

"유비는 끝내 남의 아래에 있을 사람이 아닙니다. 일찍 도모함만 못합니다."

그러나 조조는 좋은 말로 그 권유를 물리쳤다.

"지금은 천하의 영웅들을 불러모아 써야 할 때요. 한 사람을 죽여 천하의 인심을 잃어서는 아니 되오. 이는 나와 곽봉효(郭奉孝)의 뜻이 하나가 된 결정이외다."

그러고는 군사 삼천과 곡식 만 섬을 주어 예주에 부임토록 했다.

예주는 유비가 전에 있던 서주와 소패에서 멀지 않은 곳이었다. 조조가 유비를 예주로 보낸 것은 거기서 소패로 군사를 내어 전에 흩어진 옛 군사들을 다시 모아들임과 아울러 여포를 공격할 틈을 엿보게 하려는 의도였다. 유비에게 여포를 쳐 설욕할 기회를 만들어준 것 같지만 실은 유비를 이용해 여포란 만만찮은 상대를 견제하는 셈이었다.

예주에 이른 유비는 새로이 얻은 군사와 군량을 밑천으로 다시 힘을 기르기 시작했다. 여포에게 쫓길 때 흩어진 옛 군사들이 다시 모여들고 새로 뽑은 군사도 보태 유비는 오래잖아 상당한 힘을 회복할 수 있었다. 그러나 아직 혼자 힘으로는 여포를 넘볼 처지가 못 돼 유비는 다시 조조에게 사람을 보내 함께 여포를 치자는 글을 올리게 했다.

"그래도 이만하니 다행입니다. 서주를 잃었으나 새로 예주를 얻고 또 조조란 든든한 동맹군을 얻었으니 머지않아 주공께서도 크게 세력을 떨치실 것입니다."

일이 그쯤 되자 손건이 자못 다행스런 표정으로 그렇게 말했다. 그러나 유비는 오히려 침통한 얼굴로 중얼거렸다.

"아닐세. 우리는 오히려 조조의 작은 연못에 갇힌 셈이네. 언제 다시 구만리 창천으로 치솟을 날이 올지……."

전공은 호색에 씻겨가고

　유비의 글을 받은 조조는 그날로 군사를 일으켜 여포를 치려 했다. 그런데 홀연 유성마(流星馬)가 달려와 놀라운 소식을 전했다.

　"동탁의 옛 장수 장제가 관중에서 군사를 일으켜 남양을 치다가 유시(流矢)에 맞아 숨졌습니다. 그런데 그 조카에 장수(張繡)란 자가 있어 그 무리를 이어받고 가후(賈詡)를 모사로 삼아 다시 세력을 떨치게 되었습니다. 장수는 이제 형주의 유표(劉表)와 연결하여 완성에 군사를 머무르게 한 뒤 허도를 엿보고 있다 합니다. 예전에 동탁이나 이각, 곽사의 무리가 그랬던 것처럼 궁궐을 범하고 천자를 빼앗아 천하를 호령하려는 뜻임에 분명합니다."

　그 말을 들은 조조는 크게 노했다. 그대로 군사를 일으켜 장수를 토벌하고 싶었으나 문득 여포가 걱정이 되었다. 유비의 일로 잔뜩 준비하고 있던 여포가 허도(許都)가 빈 걸 알고 쳐들어올까 두려웠기 때문이었다. 조조가 어두운 얼굴로 거기에 대한 계책을 묻자 순욱이 가볍게 대답했다.

"그거야 쉬운 일입니다. 여포는 꾀 없는 무리이니 이익을 보면 반드시 기뻐할 것입니다. 명공께서는 서주로 사람을 보내시어 여포에게 벼슬을 높여주고 현덕과 화해토록 권하십시오. 여포는 기쁜 나머지 먼 일을 생각하지 않고 그에 따를 것입니다."

"좋은 계책이오."

조조도 그 말을 옳게 여겨 그렇게 대답하고 그날로 봉거도위(奉車都尉) 왕칙(王則)을 뽑아 서주로 보냈다. 여포의 벼슬을 높이는 조서와 함께 유비와 화해를 권하는 글을 전하게 하려 함이었다. 그런 다음 조조는 결과를 기다리지 않고 즉시 십오만 군사를 일으켜 몸소 장수를 치러 나갔다. 하후돈을 선봉으로 삼고 군사를 세 길로 나누어 진군하는데 그 기세가 하늘을 찌르는 듯했다.

조조의 대군이 육수 가에 이르러 진채를 세우자 장수는 은근히 겁이 났다. 모사 가후를 청해 물으니 그 또한 계책이 없는듯 말했다.

"지금 조조의 병세가 워낙 커 우리 힘으로는 대적할 길이 없습니다. 차라리 성을 들어 항복함만 같지 못합니다."

장수는 별수 없이 그 말을 따르기로 하고 가후를 조조의 진중으로 보내 항복할 뜻을 비쳤다. 조조가 가후를 만나보니 그 언변이 흐르는 물 같고 재주 또한 놀라워 아끼는 마음이 들었다. 자신의 모사로 쓰고 싶어 은근히 속을 떠보았다. 그러나 가후는 차분하게 대답했다.

"저는 지난날 이각을 따라 이미 천하에 죄를 지었습니다. 거기다가 지금은 장수가 제 말이라면 듣지 않는 게 없고, 제 계책이라면 따르지 않는 게 없으니 차마 그를 버릴 수 없습니다. 승상의 두터운 정만 가슴에 간직할 뿐입니다."

그리고 다시 장수에게 돌아갔다.

이튿날에는 장수가 조조를 찾아와 항복을 했다. 조조는 싸움 한번 없이 큰 걱정거리 하나를 덜게 된 게 기뻐 그를 후하게 대접한 뒤 군사를 이끌고 성안으로 들어갔다. 나머지 군사들은 성 밖에 머물게 하였는데 진채와 목책이 십여 리에 이어질 지경이었다.

조조가 성안에 머무는 며칠 동안 장수는 매일 잔치를 벌여 조조의 환심을 샀다. 평소 술을 즐기고 놀기를 좋아하는 조조라 마다할 리 없었다. 그러던 어느 날이었다. 그날도 장수가 연 잔치에서 취해 돌아온 조조는 슬며시 여자 생각이 났다. 군사를 이끌고 나온 터라 여러 날 여자를 가까이하지 못한 탓이기도 하지만, 원래도 호색한 조조였다.

"이 성안에는 기녀가 없느냐?"

조조는 좌우를 돌아보며 은근하게 물었다. 거기에 있던 조카 조안민(曹安民)이 그런 조조의 속뜻을 알고 가만히 대답했다.

"어제 저녁 늦게 제가 살펴보니 이 관사 곁에 한 부인이 사는데 몹시 아리따운 모습이었습니다. 사람들에게 물어보니 장수의 아재비 되는 장제의 처라고 했습니다."

"장제의 처…… 그렇다면 과수댁이로구나. 나도 지금은 홀아비 신세이니 서로 만나 정분을 나눈다고 죄 될 리 없지."

조조는 취한 김에 그렇게 중얼거리며 갑병(甲兵) 오십 명을 풀어 그 부인을 데려오게 했다. 조조의 명을 받아 몰려간 군사들은 오래잖아 한 부인네를 업어왔다. 조조가 보니 과연 아름답기 그지없는 여인이었다.

"그대는 누구며 성명은 어떻게 되시오?"

조조가 떨리는 목소리를 가다듬으며 묻자 그 부인네가 겁먹은 얼굴로 대답했다.

"첩은 장제의 아낙 되는 사람으로 추씨(鄒氏) 성을 쓰고 있사옵니다."

"부인은 나를 알아보겠소?"

조조가 다시 그렇게 묻자 추씨는 아미에 은은한 홍조까지 떠올리며 대답했다.

"승상의 위명(威名)을 들은 지 오래더니 다행히 오늘 이렇게 절하여 뵙게 되었습니다."

그걸로 미루어 이미 조조가 품은 뜻을 짐작하고 있는 것 같았다. 생각하면 이미 장제가 죽은 지도 여러 달 지난 터라 사뭇 싫기만 할 리도 없거니와 장제 또한 정으로 만난 사이가 아니니 수절이 그리 중하지도 않았다. 조조는 이미 반 허락을 받은 셈이었으나 짐짓 거드름을 떨어보았다.

"내가 장수의 항복을 받아들인 것은 특히 부인을 위해서였소. 그렇지 않았다면 귀(貴) 가문은 모조리 멸족을 당하고 말았을 것이오."

"죽은 목숨을 다시 잇게 해주신 은혜, 실로 무어라 감사의 말씀을 올려야 할지 모르겠습니다."

추씨가 새삼 고마움을 표시했다. 앵두 같은 입술가로 은은한 추파를 머금은 그 모습이 한 떨기 꽃 같았다. 이에 용기를 얻은 조조는 완연히 드러내놓고 추씨를 달랬다.

"오늘 부인을 보게 되어 실로 다행이오. 오늘 밤 나와 함께 잠자리에 들고 나를 따라 도성으로 돌아감이 어떠하오? 내 반드시 그대에게 부귀와 영화를 마음껏 누리도록 해드리겠소."

그러자 추씨는 말없이 절을 올려 따를 뜻을 나타내는 말을 대신했다.

그날 밤 조조는 추씨와 더불어 마음껏 운우의 정을 나누었다. 그러나 새벽녘이 되자 추씨는 은근히 걱정이 이는 모양이었다. 지쳐 눈을 붙이려는 조조에게 교태롭게 감기며 속살거렸다.

"제가 오래 성안에 있으면 필시 장수의 의심을 사게 될 것입니다. 거기다가 소문이 새 나가면 반드시 남의 입에 좋지 못하게 오르내릴 것이니 두렵기 짝이 없습니다."

"걱정 마시오. 내일은 부인과 함께 거처를 내 진채로 옮기겠소."

조조가 그렇게 추씨를 안심시켰다.

다음 날 조조는 정말로 거처를 성 밖의 진채로 옮겼다. 그리고 전위로 하여금 장막 밖을 엄히 지키게 하여 아무도 함부로 뛰어들 수 없도록 했다.

그 때문에 안팎이 완전히 막힌 장막 안에서 조조는 매일 밤낮없이 추씨의 몸을 탐하며 지냈다. 추씨 또한 인물 못지않게 남자를 후릴 줄도 알아서 조조는 돌아갈 생각도 잊고 음락(淫樂)에 빠져 허덕였다. 하지만 꼬리가 길면 밟히는 법. 조조가 추씨를 데려간 지 여러

154

날이 되자 마침내 소문은 장수의 귀에까지 들어갔다.

"조조 그 도적놈이 어찌 이리도 심하게 나를 욕보일 수 있단 말이냐!"

부리는 사람들로부터 그 소문을 듣자 장수는 성나 소리쳤다. 그리고 급히 가후를 불러들여 의논했다.

"조조 그놈이 내 숙모를 자기 진채로 잡아가 밤낮없이 욕을 보이고 있다니 세상에 이럴 수가 있소? 세상 사람들은 이 장수를 숙모를 바쳐 구차하게 목숨을 빈 못난이라 욕하지 않겠소? 이 일은 결코 용납할 수 없소. 공은 나를 위해 다시 꾀를 내어주시오."

가후가 한참 생각에 잠겼다가 천천히 입을 열었다.

"정히 생각이 그러하시다면 방도가 없는 것은 아닙니다. 다만 결코 이 일이 사전에 누설되어서는 안 되니 은밀하고 신중하게 처리하십시오."

그러고는 장수의 귀에 대고 상세한 계책을 일러주었다. 듣고 난 장수가 기뻐하며 그에 따르기로 했다.

다음 날이었다. 장수가 조조를 찾아와 뵙기를 청한 뒤 천연덕스런 얼굴로 말했다.

"새로 승상께 항복을 한 뒤라 그런지 도망치는 자들이 부쩍 늘었습니다. 진채를 옮겨 단속을 엄히 했으면 합니다."

"좋도록 하게."

아직도 추씨에게 빠져 정신이 없는 조조는 별 생각 없이 그렇게 허락했다.

조조의 허락을 받은 장수는 그날로 군사를 네 부대로 나누어 각기 가후가 준 계책에 맞게 배치하고 때를 기다렸다. 그러나 조조의 장막을 지키는 전위의 용맹이 두려워 감히 가까이하지 못했다. 할 수 없이 장수는 편장(偏將)인 호거아(胡車兒)와 의논을 했다.

"전위가 저토록 굳게 장막을 지키니 가후의 계책이 아무리 그럴 듯해도 써볼 수가 없네. 좋은 수가 없겠는가?"

호거아 역시 힘이라면 남에게 지기 싫은 위인이었다. 오백 근을 지고 능히 하루에 칠백 리를 걷는 별난 장사였지만 전위는 이길 자신이 없었던지 한동안 생각하다 궁색한 꾀를 냈다.

"전위가 두려운 것은 그 쌍철극 때문입니다. 내일 주공께서는 전위를 불러 술을 내리시고 한껏 취하게 한 뒤에 돌려보내십시오. 그러면 그때 저는 그를 따라온 군사들 틈에 섞여 그의 장막으로 들어가 쌍철극을 훔쳐내 오겠습니다. 만약 그 쌍철극만 없애버린다면 전위도 별로 두려울 게 없습니다."

궁색하기는 해도 꾀는 꾀였다. 장수는 몹시 기뻐하며 먼저 무기와 군사들을 충분히 갖추도록 각 채에 이른 뒤에 가후를 시켜 전위를 청했다.

이미 항복을 한 장수의 청이라 전위는 별 의심 없이 왔다. 전위를 맞은 장수는 정성을 다해 마련한 좋은 술과 안주를 내고, 더불어 마시기를 권했다. 그리하여 생각 없이 받아 마신 전위가 몸을 가눌 수 없을 정도로 취한 뒤에야 자기의 군막으로 돌려보냈다. 이때 호거아도 졸개의 복색을 하고 전위를 따라온 군사들 속에 숨어들었다.

그날 밤이었다. 그 같은 무서운 음모가 꾸며지고 있는 줄도 모르고 조조는 장막 안에서 추씨와 술을 마시고 있었다. 갑자기 인마가 수런거리는 소리를 듣고 사람을 시켜 나가보게 했다.

"장수의 군사들이 밤 순찰을 돌고 있다 합니다."

잠시 후에 사람이 들어와 그같이 알렸다. 이에 조조는 더 의심하지 않고 술을 마시다가 추씨를 끼고 잠자리에 들었다. 그런데 이경이 되었을 무렵 갑작스런 군사의 함성 소리와 함께 말 먹일 풀을 실은 수레에 불이 났다는 보고가 들어왔다.

"잘못해서 군중에 불이 난 모양이오. 걱정할 것 없소."

조조는 대수롭지 않다는 투로 놀란 추씨를 위로하며 다시 자리에 들었다. 그러나 오래잖아 불길은 사방에서 일고 조조는 비로소 심상찮음을 느꼈다.

"전위, 전위는 어디 있느냐?"

조조가 황망히 옷을 꿰며 급한 목소리로 전위를 불렀다.

이때 전위는 장수에게서 얻어 마신 술에 취해 잠들어 있었다. 꿈꾸는 듯하게 북소리 징소리와 죽이고 죽는 함성이 들렸다. 취한 중에도 몸을 일으켜 정신을 가다듬으며 손에 익은 쌍철극을 찾았다. 그러나 어찌 된 셈인지 쌍철극이 보이지 않았다.

전위가 당황하여 군막을 뒤지고 있는데 어느새 적병이 진문을 쏟아져 들어왔다. 전위는 급한 김에 보졸의 허리에 찬 칼을 뺏어 들고 앞을 노려보았다. 헤아릴 수 없을 만큼 많은 군마가 장창(長槍)을 비껴들고 조조의 군막을 향해 몰려오고 있었다.

전위가 힘을 다해 찍고 베니 앞선 군마 가운데서 스무남은 명이나 말등에서 떨어졌다. 그 바람에 겁을 먹은 적의 마군은 주춤했다. 그런데 때마침 적의 보졸이 당도하자 다시 기세를 올려 몰려들었다.

마치 갈대숲 같은 적의 창대 사이에 둘러싸인 전위는 그래도 두려워하지 않고 칼을 휘둘렀다. 그러나 취해 자다가 달려 나온 그라몸에는 갑옷 한 조각 걸치지 못했다. 거기다가 무기까지 손에 익은 쌍철극이 아니라 보졸들이 허리에 차는 보잘것없는 칼이고 보니 그 몸이 성할 리 없었다. 아래위로 수십 군데 창을 맞아 눈뜨고 보기 어려운 형상이었다.

그러나 전위는 여전히 산악처럼 버티어 서서 물밀듯이 몰려오는 적을 막았다. 이름 없는 졸개의 칼이 오히려 견뎌내지 못해 나중에는 쓸 수 없게 되어버렸다. 그러자 전위는 양손에 군사 하나씩을 잡고 그걸 무기로 싸우기 시작했다.

전위가 손에 든 군사들을 가벼운 몽둥이 휘두르듯 하는 데 맞아 다시 적병 몇이 쓰러졌다. 실로 무서운 용맹과 충성이었다. 그러자 적병들도 감히 더 접근할 생각이 들지 않는 듯 멀찌감치 물러나 활을 쏘아대기 시작했다. 그 화살이 마치 소나기처럼 쏟아졌으나 전위는 의연히 진문에 버티고 서 있었다.

갑옷을 걸치지 못한 맨몸이라 전위가 아무리 손에 든 군사를 휘둘러 막아도 몸에는 고슴도치처럼 화살이 꽂혔다. 그때 다른 곳을 뚫고 들어간 적병의 일부가 전위의 등 뒤에 이르렀다. 그들 중의 하나가 이미 반 넘어 혼이 나가 앞만 바라보고 있는 전위의 등판 깊숙이 한 창을 찔러넣었다. 천하의 전위도 거기까지는 견뎌내지 못했다. 몇 번인가 큰 고함을 지른 뒤에 쓰러져 붉은 피로 땅을 적시며 숨을 거두었다.

그러나 전위의 엄청난 힘에 질릴 대로 질린 장수의 군사들은 전위가 죽고도 한참이 되도록 감히 진문으로 몰려들지 못했다. 조조를 위해서는 참으로 귀중한 시간이었다.

이때 조조는 조카 조안민만 도보로 뒤딸린 채 말을 타고 정신없이 달아나고 있었다. 그것도 전위가 진문을 막아선 걸 보고 재빨리 진채 뒤로 가 말 위에 오른 덕분이었다. 그러나 워낙 철통같이 에워싼 적병이라 마침내 무사하지는 못했다. 조조는 오른팔에 화살을 맞고 그 말도 여러 곳에 화살을 맞았다.

다행히 조조가 탄 말은 대완(大宛)에서 난 좋은 말이라 아픔을 참고 달려주었다. 간신히 포위를 뚫고 육수가에 이르렀으나 적병의 추격은 급했다. 조카 조안민은 거기서 적병에게 사로잡혀 창칼에 다져진 고깃덩이가 되고, 조조만 급하게 말과 함께 물로 뛰어들었다.

이번에도 좋은 말의 덕분으로 물은 무사히 건넜지만 말의 덕을 보는 것도 거기서 끝나버렸다. 조조가 겨우 맞은편 강 언덕으로 올라섰을 때 마침 날아온 화살 하나가 말의 눈에 정통으로 박혀버렸다. 아무리 대완의 양마(良馬)라 해도 눈에 화살이 박혀서야 배겨날 리 없었다. 구슬픈 비명과 함께 땅바닥을 나뒹굴었다.

"아버님, 이 말에 오르십시오."

조조가 황망해 있는데 어디선가 뒤따라온 맏아들 조앙(曹昻)이 말고삐를 내밀었다. 병법을 익혀주려고 특히 이번 출전 때 데리고 나왔는데 그 난중에서 용케 몸을 빼낸 모양이었다. 말을 잃는다는 건 곧 목숨을 잃는 것이란 걸 잘 알면서도 아비의 위급을 보자 자기의 말을 바친 것이었다.

"오, 너였구나. 고맙다."

조조는 두말 않고 말 위에 올라 뒤 한번 돌아보지 않고 채찍질해 사라졌다. 조앙도 그 뒤를 따르려 했지만 이미 너무 늦은 뒤였다. 말을 바꾸어 타는 동안 뒤쫓아온 적병이 소나기처럼 퍼부어대는 화살을 피하지 못해 끝내는 꽃다운 나이에 숨지고 말았다.

그런데 여기서 하나 음미해보고 싶은 것은 자식을 대신 죽게 한 것이나 다름없는 조조의 그 같은 처사이다. 창황중에 저질러진 일로 보기도 하나, 가장 흔한 해석은 조조의 비정함과 이기에서 구하고 있다. 실제로도 장자 조앙을 아들로 삼아 기른 조조의 정처 정씨(丁氏)는 그 일을 들어 조조와 의절하고 평생을 다시 보지 않았다는 기록이 있다.

하지만 그 일의 해석은 비정과 이기에서만 구하고 있는 것은 아무래도 일세의 영웅 조조를 지나치게 비하시킨 감이 있다. 첫째로 아들을 사지에 버려둔 채 뒤 한번 돌아보지 않은 것은 비정이 아니라 눈부신 냉철함일 수도 있다. 조조가 살아가면 원수라도 갚을 수 있지만 조앙이 살아가면 원수는커녕 제 한 몸도 보존하기 어렵게 된다. 조조가 없는 패잔병들로는 장수의 끈질긴 추격을 끝내 벗어날지 의문이기 때문이다. 뒷날의 행적으로 보아 그걸 헤아리지 못할 조조는 결코 아니었다.

이기로 해석되는 부분도 실로 영웅에게나 가능한 매서운 결단으로 볼 수 있다. 그 경우 아들을 대신해 죽는 것은 세상의 범부라도 할 수 있다. 그러나 작은 인정에 끌리지 않고 자기 목숨의 무게와 아들의 목숨이 가진 무게를 냉정히 헤아려 결단하는 것은 범부로서는 오히려 어려운 일이다. 조조는 그때 이미 사사로운 아비뿐이 아니었다. 가깝게는 흩어져 장수의 군사들에게 개 몰리듯 하고 있는 장졸들을 수습해 그들을 각자의 아비에게로 살려 돌려보내야 할 주장이었고, 멀게는 제세안민(濟世安民)의 뜻을 펼쳐야 할 영웅이었다.

어쨌든 자식을 희생으로 바쳐 겨우 목숨을 건진 조조는 오래잖아 흩어져 빠져나온 여러 장수들과 만날 수 있었다.

조조는 그들을 시켜 흩어진 군사들을 모으게 하는 한편 조조와 함께 있지 않아 피해를 면한 장졸들을 불러들였다. 오래잖아 사방에서 모여든 군사로 조조는 한숨을 돌릴 수 있었다.

그런데 하후돈이 거느리고 있던 청주병(青州兵) 일부가 호되게 당한 꼴로 쫓겨와 울며 고했다.

"우금(于禁)이 주공을 배반했습니다."

그 말에 놀란 조조가 물었다.

"무엇이? 우금이 어떻게 나를 저버렸다는 것이냐?"

"저희들을 까닭 없이 급습해 수없이 죽였습니다."

청주병들은 더욱 구슬프게 울며 그렇게 대답했다.

청주병은 지난날 조조가 황건의 잔당을 토벌하고 거기서 항복한 자 가운데서 뽑은 군사였다. 원래도 싸움의 경험이 많은 데다 조조 밑에서 단련을 받아 날래고 용맹스럽기로 이름났지만 아무래도 출신이 도적이었다. 장수가 이미 항복을 했다는 말을 듣자 마침 성 밖에 둔치고 있음을 기화로 삼아 인근 마을의 양민들을 약탈하고 돌아다녔다.

마침 우금이 그들 가까이 있었는데 그 꼴을 보고 참지 아니했다. 자기가 거느린 군사들을 이끌고 양민을 약탈하는 청주병을 보는 족

족 죽여버렸다. 지금 우금이 모반했다고 고하는 청주병은 떼를 지어 약탈을 나갔다가 우금을 만나 거의가 죽고 간신히 살아 도망친 자들 몇몇이었다.

하지만 그 내막을 모르는 조조는 몹시 놀랐다. 뒤이어 모여든 하후돈, 허저, 이전, 악진 등에게 급한 대로 영을 내렸다.

"평로교위 우금이 모반하려 한다 하니 빨리 군사를 정돈하여 막을 준비를 하라."

그 말에 장졸들이 부산하게 움직이고 있을 때 우금도 조조의 진채에 이르렀다. 그러나 자기가 받고 있는 의심을 아는지 모르는지 조조는 찾아보지도 않고 진채를 세우기에만 바빴다. 조조의 본영과 화살 닿을 거리쯤에 세우는데 호를 깊이 파고 채를 든든히 하는 것이 누구를 대항해 세우는지 얼른 짐작이 안 갈 지경이었다.

이때 우금과 함께 있던 순욱이 갑갑한 듯 권했다.

"청주병들이 먼저 도착했으니 반드시 승상께 장군이 모반했다고 일러바쳤을 것이오. 이제 여기 승상께서 와 계신데 어찌하여 그 일을 밝힐 생각을 않고 영채부터 먼저 세우고 계시오?"

분위기로 보아 금세 거기서 있었던 일을 알아차린 순욱은 은근히 급한 마음까지 일었다. 그러나 우금은 태연했다.

"지금 적병이 뒤따라 오고 있어 언제 여기를 덮칠지 모르는 일이오. 먼저 준비부터 하지 않으면 어떻게 적을 막을 수 있겠소? 승상께서 나를 그릇 생각하고 계신다 할지라도 그걸 밝혀 바로잡는 것은 작은 일이요, 적을 몰아내는 것은 큰일이니, 작은 일은 먼저 큰일부터 해놓은 뒤에 해도 늦지 않을 것이오."

오히려 순욱이 자기 좁은 속을 내보인 것 같아 은근히 부끄러울 지경이었다. 과연 우금의 말대로 장수의 추격군은 우금이 영채를 안돈시키기 무섭게 몰려왔다. 지금껏 뒤쫓기만 해온 터라 자못 거칠 것 없다는 기세였다.

이때 우금이 먼저 영채를 나가 맞으니 장수의 군은 당황했다. 이미 질서 없이 쫓기는 군대가 아니었기 때문이다.

"군사를 물려라. 돌아가자!"

놀란 장수가 급히 영을 내려 군사를 물렸다. 그 좋은 기회를 놓칠 우금이 아니었다. 그대로 앞서 적진으로 돌격해 들어갔다. 아직 영채가 안돈되지 않아 처음 장수의 추격군이 나타났을 때만 해도 잠시 당황했던 조조의 여러 장수들도 그제야 군사를 몰아 우금을 뒤따랐다.

그렇게 되자 장수의 패배는 더욱 걷잡을 수 없었다. 형편없이 두들겨 맞고 백 리나 쫓겨간 뒤에야 겨우 군사를 수습했다. 그 바람에 원래도 조조의 적수가 못 되던 그 세력은 더욱 볼품없이 줄어 있었다.

"이제 힘을 다하고 도울 이도 없으니 어떻게 하면 좋겠습니까?"

장수가 맥빠진 목소리로 좌우에게 물었다.

"형주의 유표가 원래부터 조조와 사이가 좋지 못하니 그리로 의탁해 가는 것이 어떻겠습니까?"

좌우가 한결같이 그렇게 권했다. 달리 갈 곳도 없는 장수는 이에 남은 장졸을 이끌고 형주를 바라 달아났다. 가후의 꾀를 빌려 급습에는 성공하였으나 끝내 조조를 죽이지 못한 바람에 당한 낭패였다. 전위나 조앙의 죽음이 결코 헛되지 않았던 셈이었다.

장수를 멀리 쫓은 뒤에야 조조는 군사들을 정돈하고 여러 장수들을 불러모았다. 우금은 그때에 이르러서야 비로소 자신을 변호했다.

"청주병들이 이리저리 돌아다니며 부녀자를 희롱하고 재물을 약탈하여 크게 백성들의 신망을 잃었기에 제가 군사를 풀어 죽였습니다. 결코 주공을 배반하려 한 것은 아닙니다."

"그렇다면 어찌해서 먼저 내게 그 일을 알리지 않고 영채부터 세웠는가?"

조조는 짐작이 가면서도 짐짓 그렇게 물었다. 우금은 전에 순욱에게 말한 대로 대답했다.

"장군은 쫓기는 황망함 가운데도 능히 군사를 정돈시키고 영채를 굳게 하였을 뿐만 아니라, 남의 말에 흔들리지 않고 오히려 진 싸움을 이기도록 만들었소. 옛날의 명장이라 한들 어찌 장군보다 훌륭할 수 있겠소!"

조조는 우금의 말을 듣자 그렇게 칭찬한 뒤 금으로 된 그릇 한 벌을 내리고 익수정후(益壽亭侯)에 봉했다. 그리고 하후돈을 향해서는 군사를 엄히 다스리지 않은 허물을 꾸짖어 상벌을 분명히 했다. 살아 있는 장수들의 상벌이 끝난 뒤 조조는 다시 크게 제사를 지내 자기를 위해 죽은 전위의 혼을 위로했다.

"내가 비록 맏아들과 조카를 잃었으나 그리 괴롭고 슬프지 않다. 지금 우는 것은 오직 전위를 위해서이다."

조조는 친히 술을 치고 흐느낀 뒤 여러 장수들을 돌아보며 그렇게 말했다. 또 한 번 조조다운 언행을 보인 셈이었다. 그러나 사랑하는 자식이나 조카보다 전위의 죽음을 더 슬퍼하는 그에게 장수들은

164

한결같이 감탄을 금치 못했다.

대강의 뒷수습이 끝나자 조조는 다음 날로 군사를 돌렸다. 비록 싸움은 이겼으나 어느 때보다 침통한 회군이었다. 자신의 호색으로 그렇게 된 셈인 조조는 더욱 침통했다.

다행히 허도에서 좋은 일이 기다리고 있었다. 전에 서주로 여포를 달래러 갔던 왕칙이 뜻을 이루고 돌아와 있었다.

"그래, 여포는 평동장군(平東將軍)이란 벼슬과 보낸 물품에 만족하던가?"

조조의 그 같은 물음에 왕칙이 그간의 일을 간략하게 말했다.

"그렇습니다. 제가 조서와 특사품을 내리자 여포는 몹시 기뻐했습니다. 거기다가 승상께서 자기를 공경한다는 말을 듣자 더욱 기뻐 어쩔 줄 몰라 했습니다. 그런데 그때 마침 원술에게서 사신이 왔습니다. 원술이 오래잖아 제위에 오를 것이니 동궁(東宮)이 될 아들의 비로 여포의 딸을 빨리 보내달라는 요청이었습니다."

"여포는 무어라고 대답하던가?"

"원술더러 역적 놈이 어찌 감히 이럴 수 있는가 하며 성을 내고 그 사신을 죽여버렸습니다."

"그만하면 원술과는 완전히 돌아섰다고 믿어도 되겠군."

"뿐만 아닙니다. 전에 혼인 문제로 와 있던 원술의 신하 한윤(韓胤)까지 묶어 승상께 보내왔습니다. 그리고 따로이 진등(陳登)에게는 감사하는 표문을 주어 저와 동행케 했습니다."

"여포가 그렇게까지 할 때에는 무언가 더 얻고 싶은 게 있었겠지. 그건 무엇이던가?"

"여기 승상께 올리는 글이 있습니다. 보시면 여포가 무얼 더 원하는지 아실 수 있을 것입니다."

왕칙이 품 안에서 봉서 한 장을 꺼내 올렸다. 조조가 뜯어보니 감사의 뜻을 표함과 아울러 여포가 얻고자 하는 것은 겨우 정식으로 서주목에 임명되는 것이었다.

"어려울 것 없지."

조조는 그렇게 말하며 껄껄 웃었다. 어쨌든 사자까지 죽이고 한윤을 자기에게 묶어 보낸 것으로 보아 여포와 원술의 혼담이 끊어진 것은 확실했기 때문이다. 그렇게 되면 원술과 여포 사이에 남은 것은 전쟁뿐이라 걱정거리를 덜었을 뿐 아니라 앉아서 이득까지 보게 된 조조로서는 크게 기쁘지 않을 수 없었다.

더욱이 조조가 얻은 것은 그뿐이 아니었다. 여포의 사자로 온 진등이 또한 예사 사람이 아니었다. 진등은 여포가 힘으로 서주를 차지하는 바람에 그 밑에 들어가게 되었으나 여포의 사람됨이 오래 세력을 보존하지 못할 것임을 알고 전부터 새 주인을 찾고 있었다. 그런데 한번 허도로 와 조조를 보자 마침내 천하를 얻을 이는 그라 여겨 마음을 고쳐먹었다.

"여포의 사자로 와 이런 말씀을 드리기에는 쑥스럽습니다만 여포는 이리나 늑대 같은 무리입니다. 용맹은 있으나 지모가 없고, 또 거취를 정하는 데 가벼워 믿을 수가 없습니다. 승상께서는 일찍 그를 도모하는 게 좋을 것입니다."

조조와 담소를 나누던 중에 진등이 가만히 권했다. 그리고 아버지 진규와 그간에 꾸며온 일을 조조에게 밝혔다.

"나도 이미 여포가 늑대 같은 심보를 가진 자라 오래 기르기는 어렵다는 걸 알고 있소이다. 하지만 공의 부자가 나를 도와주지 않으면 그의 사정을 알 길이 없고, 사정을 모르고 덤볐다간 오히려 그 용맹에 화를 입을까 걱정이외다. 그런데 이왕에 공의 뜻이 그러하다면 마땅히 함께 여포를 도모해야 되지 않겠소?"

"승상께서 만약 여포를 치시게 된다면 저는 안에서 접응하겠습니다."

그 말에 조조는 한층 기뻤다. 여포는 이미 반쯤 잡아둔 늑대라 생각하고 상부터 먼저 내렸다. 진규에게는 이천 석의 녹(祿)을 내리고 진등은 광릉 태수로 삼았다. 그리고 여포에게로 돌아가는 진등의 손을 잡고 한 번 더 다짐했다.

"동쪽의 일은 오직 공 부자만 믿소이다."

그 다짐에 진등은 고개를 끄덕여 조조를 안심시킨 뒤 서주로 돌아갔다.

"어떻게 됐는가?"

서주로 돌아가자 여포가 얼굴을 대하기 무섭게 진등에게 물었다.

"승상께는 일간 표문을 올려 장군께 서주목의 직첩이 내리도록 하겠다 하셨습니다."

"그뿐인가?"

"저희 아버님께는 녹 이천 석을 내리고 제게는 광릉 태수의 벼슬을 주었습니다."

그 말에 여포가 벌컥 성을 냈다.

"뭐라고? 네놈은 나를 위해 서주목 직첩을 얻어오는 데는 힘을 쓰지 않고 네놈의 벼슬과 네 아비의 봉록만 구했구나. 네 아비가 내게 조조와 손잡고 원술과의 혼담을 끊으라고 가르치기에 그대로 하였는데, 이게 무슨 수작이냐? 내가 얻고자 하는 것은 결국 하나도 얻지 못하고, 네놈들 부자만 각기 높고 귀해졌으니 이는 틀림없이 나를 조조에게 판 값일 것이다."

그러고는 칼을 빼어 진등의 목을 베려 하였다. 여포의 둔한 머리에도 무엇인가 이상한 낌새가 느껴진 모양이었다. 진등은 속으로 깜짝 놀랐으나 겉으로는 태연했다. 한바탕 크게 웃고는 빈정거리듯 말했다.

"장군께서는 어찌 그리도 세상을 보는 눈이 어두우시오?"

"내 눈이 어둡다고? 그건 또 무슨 소리냐?"

여포가 주춤하며 되물었다.

"조조를 만났을 때 나는 장군을 대하는 일을 호랑이 기르는 일에 비했습니다. 호랑이는 그 배가 부르도록 고기를 먹어야 하며, 만약 굶주리게 하면 반드시 사람을 문다고 말함으로써 은근히 장군께서 원하는 것을 들어주도록 권한 것입니다. 그때 조조는 장군을 매(鷹)에 비유해 아직 토끼와 여우가 살아 있는데 배불리 먹여서는 안 된다고 했습니다. 매는 배가 고파야 부릴 수가 있으니, 배가 부르면 멀리 날아가버리기 때문이라는 것이었습니다."

"그렇다면 그 여우와 토끼는 누구란 말이냐?"

여포가 좀 누그러진 얼굴로 물었다.

"저도 그걸 물었던바 조공(曹公)은 웃으며 대답했습니다. 회남의 원술, 강동의 손책, 기주의 원소, 형주의 유표, 익주(益州)의 유장(劉

璋), 한중(漢中)의 장로(張魯) 그 모두가 토끼나 여우 같은 무리가 아
니겠느냐고. 까짓 이름뿐인 벼슬에 그리 연연하실 일이 아닙니다."

　듣기에 따라서는 더 화가 날 수도 있는 말이었다. 여포를 천하의
뭇 영웅들보다 높게 보아준 것은 좋으나, 그렇다면 그 여포를 기르
는 조조는 누구란 말인가? 그러나 여포는 우선 조조가 자기를 원소
나 원술보다 높게 보아준 데 기분이 좋았다. 꼭뒤까지 올랐던 분기
를 풀고 칼을 던지며 중얼거렸다.

　"조공이 실로 나를 알아보는구나."

　그리고 부드러운 얼굴로 진등과 서로 치하의 말을 주고받고 있는
데 갑자기 유성마가 달려와 급히 고했다.

　"원술이 대군을 일으켜 서주로 쳐들어오고 있습니다."

천자의 꿈은 수춘성의 잿더미로

이때 남양의 원술은 한창 세력이 강성했다. 땅은 넓고 곡식이 많이 나 수십만 군대를 거느려도 부족함이 없었다. 거기다가 전에 손책에게서 맡은 옥새까지 있으니, 원래가 야심만만한 원술은 차차 참람된 마음이 생겼다. 속으로 제호(帝號)를 쓰기로 생각을 굳히고 무리를 모아 의논을 시작했다.

"지난날 한 고조(高祖)는 처음 사상(泗上)이란 곳의 한낱 정장(亭長)에 지나지 않았으되 천하를 얻어 다스린 지 어언 사백 년이 지났소. 그러나 이제 그 기수(氣數)가 다해 해내(海內)가 마치 끓는 죽솥같이 되었소이다. 우리 가문은 사세오공(四世五公)의 명가이며 바야흐로 천하의 인심이 쏠리는 바이오. 이에 나는 위로 하늘의 뜻에 응하고 아래로 사람의 원하는 바를 따라 구오(九五)의 자리로 나가려 하오. 그대들의 의견은 어떠시오?"

그러자 주부 염상(閻象)이 일어나 말했다.

"아니 됩니다. 옛적에 주나라는 후직(后稷)으로부터 덕을 쌓고 공을 거듭하여 문왕(文王) 때에 이르면 천하의 셋에 둘을 차지하게 되었으나 오히려 엎드려 은(殷)을 섬겼습니다. 명공의 가문이 아무리 귀하다 해도 옛적 주의 번성함에는 미치지 못하고 한이 비록 쇠하였다 하나 아직은 은의 주왕(紂王) 같은 포학함은 없습니다. 그 일은 결코 해서는 아니 됩니다."

말인즉 마디마디 옳았다. 그러나 이미 마음을 정한 원술이라 그 옳음을 알아들을 리 만무였다. 오히려 노한 기색으로 답했다.

"우리 원씨(袁氏)는 원래 진(陳)나라에서 나왔고 진은 또한 대순(大舜)의 후예다. 오행(五行)으로 따지면 토(土)에 해당되니 내가 화(火)에 해당되는 한을 이으면 그것은 토로 화를 잇는 게 되어 이치에도 맞다. 또 참결(讖訣)에 이르기를 한을 대신할 자는 도고(塗高)라 하였는데 내 자가 공로(公路)이니 로(路)는 곧 도(塗)와 통하는 바라 정히 그 참결에 들어맞는다. 뿐인가. 내게는 또 전국 옥새가 있다. 이는 하늘이 주신 것이라 내가 제위에 나아가지 아니하면 오히려 하늘을 저버린 일이라 할 것이다. 이미 내 뜻은 정해진 바이니 그대들은 여러 소리 마라. 굳이 따르지 않는 자가 있으면 그 목을 베리라!"

원술이 그렇게 우격다짐으로 나오자 아무도 더 말릴 엄두를 못 냈다. 이에 원술은 날을 받아 스스로 제위에 나아가는데 그 행사가 자못 볼만했다. 호(號)를 중씨(仲氏)로 하고, 용봉을 아로새긴 연(輦)

에 올라 남쪽 교외에 나가 하늘에 제사한 뒤 데리고 살던 풍방(馮方)의 딸을 비로 삼고 그 아들로 동궁(東宮)을 세웠다. 그리고 관부와 관등을 정하는데 한가지로 천자의 조정(朝廷)과 같았다.

그렇게 한참 신이 나 돌아가던 어느 날 날아든 것이 자기의 사자를 여포가 죽이고 전에 보낸 한윤은 조조에게 묶어 보내 조조가 그를 죽이게 했다는 소문이었다. 혼담이 깨어지고 자기가 보낸 사람을 함부로 죽인 것만도 화가 나는데 한술 더 떠 자신의 적인 조조에게 붙었다는 말을 듣자 원술은 견딜 수가 없었다.

원술은 곧 장훈(張勳)을 불러들여 대장군에 봉한 뒤에 이십여 만의 대군을 이끌고 일곱 길로 나누어 서주를 치게 했다. 제일로는 대장군 장훈이 이끄는 부대로 가운데를 막고, 제이로는 상장 교유(橋蕤), 제삼로는 상장 진기(陳紀), 제사로는 부장 뇌박(雷薄), 제오로는 부장 진란(陳蘭), 제육로는 항장(降將) 한섬(韓暹), 제칠로는 항장 양봉(楊奉)이었는데 각기 좌우로 갈라 나아가게 했다.

그리고 연주 자사 금상(金尙)으로 태위를 삼아 그들 칠로군(七路軍)의 군량과 마초 대는 일을 보살피게 했다. 금상은 원래 원술의 사람이 아니었다. 거기다가 이제는 황제까지 참칭하니 더욱 그 명을 받들려 하지 않았다. 그러자 성난 원술은 그를 죽이고 기령(紀靈)을 대신 칠로군의 도구응사(都救應使)로 삼았다.

원술도 스스로 삼만 군을 이끌고 이풍(李豊), 양강(梁剛), 악취(樂就) 세 사람을 최진사(催進使)로 삼아 그들 일곱 갈래 대군의 진병을 재촉케 하는 한편 변화에 따라 뒤에서 호응하게 했다. 형식도 천자의 친정과 비슷하고 기세도 대단했다.

소문을 듣고 놀란 여포는 사방으로 사람을 풀어 원술의 형세를 살피게 했다. 며칠 안 돼 속속 전갈이 들어왔다.

"적의 대장 장훈이 이끄는 군사는 큰길을 달려 서주로 오고 있습니다."

"상장 교유의 군사는 소패를 취하려는 듯합니다."

"상장 진기의 군사는 기도로 몰려오고 있습니다."

"부장 뇌부의 군사는 낭야로 쏟아져 들어옵니다."

"진란의 군사는 갈석 쪽으로 향하는 것 같습니다."

"양봉의 군사는 준산입니다."

"한섬은 하비 쪽입니다."

거기다가 원술이 직접 삼만 군을 이끌고 그들을 재촉하는 바람에 하루에 오십 리씩 달려오는데, 지나는 마을마다 노략질이라는 말까지 들어왔다.

당황한 여포는 급히 여러 모사들을 불러들여 원술 막을 의논을 했다. 그러나 계책을 내기도 전에 진궁이 일어나 말했다.

"오늘 이 서주의 화는 진규(陳珪) 부자가 부른 것입니다. 조정에 아첨하여 자기들은 벼슬과 녹을 얻고 화는 장군께 옮겼으니 둘을 목 베도록 하십시오. 그 목과 함께 사정을 알리는 글을 원술에게 올린다면 원술의 군사는 절로 물러갈 것입니다."

귀가 엷은 여포는 그 말을 듣자 이내 진규와 진등 부자에게 원망이 일었다. 고래고래 소리를 질러 둘을 잡아내리라고 명했다. 진등이 껄껄 웃었다.

"왜 웃느냐?"

워낙 그의 태도가 자신 있게 보여 문득 기이한 느낌이 든 여포가 물었다.

"천하의 영웅이 어찌 이만 일로 그토록 겁을 먹으십니까? 제가 보기에 원술의 칠로병은 썩은 풀더미와 하나도 다를 게 없습니다. 도대체 걱정할 게 무엇이겠습니까?"

"그렇다면 네게 적을 깨뜨릴 계책이라도 있단 말이냐?"

여포가 한 가닥 기대를 걸며 물었다.

"어려울 것 없지요."

"만약 네게 적을 깨뜨릴 계책이 있다면 목숨은 살려주겠다."

"장군께서 이 어리석은 진등의 계교를 써주신다면 서주는 별 걱정 없이 보전할 수 있을 것입니다."

진등이 여전히 자신있게 말했다. 그러자 여포는 완연히 풀린 얼굴로 재촉했다.

"어서 말하라."

그래도 진등은 한참이나 뜸을 들인 뒤에야 입을 열었다.

"원술의 군사가 비록 많으나 모두 까마귀 떼를 몰아놓은 것이나 다름없어 서로 믿고 친함이 없습니다. 우리는 정병(正兵)으로 지키는 한편 기병(奇兵)을 내어 적의 빈틈을 노리면 이기지 못할 게 없습니다. 거기다가 또 제게는 한 가지 계책이 있으니 서주를 지키는 것에 그치지 않고 나아가 원술을 사로잡을 수도 있을 것입니다."

"그게 무슨 계책인가?"

여포가 더욱 기대에 찬 눈으로 물었다. 진등도 그제서야 정색을 하며 대답했다.

"양봉과 한섬은 원래 한나라의 구신(舊臣)들입니다. 천자를 모시고 낙양으로 돌아온 공이 적지 않으나 조조가 두려워 달아났던 것입니다. 그들이 원술을 찾아간 것은 달리 의지할 곳이 없어서 그런 것이라, 원술은 반드시 그들을 가볍게 대접했을 것이고, 그들 또한 원술에게 쓰이는 걸 별로 즐거워하지 않을 것입니다. 편지 한 장이면 틀림없이 저들로 하여금 안에서 호응케 할 수 있습니다. 거기다가 다시 밖으로 유비와 힘을 합치면 원술을 사로잡는 것은 어렵지 않습니다."

여포가 들어보니 모두가 그럴듯했다. 그러나 완전히 의심을 풀지는 않고 덮어씌우듯 진등에게 말했다.

"편지는 그대가 몸소 한섬과 양봉에게 전하도록 하라."

"그렇게 하겠습니다."

진등도 어려울 게 없다는 듯 선선히 응낙했다. 자기뿐이 아니라 부친과 일가 권솔의 생사가 걸린 일이어서 그러지 않아도 처음부터 스스로 나설 작정이었다.

이에 힘을 얻은 여포는 한편으로 조조가 있는 허도로 표문을 띄우고, 한편으로는 유비가 있는 예주로 사람을 보내 도움을 청한 뒤, 진등에게도 글을 주어 하비로 보냈다.

졸개 몇 기와 먼저 하비에 이른 진등은 길에서 한섬이 이르기를 기다리다가 한섬이 군사를 이끌고 와 영채를 세운 뒤에야 찾아 들어갔다.

"그대는 여포의 사람인데 어떤 일로 이곳에 오시었소?"

방금 하채하여 한숨을 돌리고 있던 한섬이 진등을 알아보고 놀라 물었다. 진등이 태연한 얼굴로 너털웃음을 쳤다.

"나는 대한의 신하인데 어찌 여포의 사람이라 하시오?"

그러고는 표정을 바꾸어 간곡히 말했다.

"오히려 장군이야말로 한의 신하로서 어찌 역적의 신하가 되었오? 지난날 관중에서 어가를 보호한 공은 없는 것이나 다름없게 되었으니 실로 안타까운 일이오. 거기다가 원술은 천성이 의심이 많아 지금은 장군을 쓰고 있으나 뒷날에는 반드시 해치고 말 것이오. 일찍 도모하지 않는다면 뒷날 후회해도 미치지 못하리다."

진등의 예상대로 원술은 한섬을 그리 두텁게 대하지 않은 모양이었다. 몇 마디 더 하기도 전에 한섬이 탄식처럼 말했다.

"낸들 그걸 왜 모르겠소? 그러나 한나라로 돌아가려 해도 돌아갈 문이 없으니 그게 한스러울 뿐이오."

그러자 진등은 때를 놓치지 않고 여포의 글을 꺼내 보였다. 읽기를 마친 한섬이 결심한 듯 말했다.

"잘 알겠소이다. 공은 먼저 돌아가 계시오. 나는 양봉 장군과 의논하고 창을 거꾸로 겨누어 원술을 칠 것이오. 불이 오르는 것을 군호(軍號)로 온후께서도 군사를 이끌고 밖에서 호응해주셨으면 좋겠소이다."

이에 진등은 한섬과 헤어져 여포에게로 돌아갔다. 진등에게서 한섬과 양봉이 내응하겠다고 약속했다는 말을 듣자 여포는 힘이 났다. 곧 군사를 그들 둘을 뺀 나머지 적장 다섯에 맞추어 다섯으로 나누고 각기 하나씩 맡게 했다. 제일로는 고순(高順)이 이끌고 소패로 가 적장 교유를 막게 하고, 제이로는 진궁이 이끌고 기도로 가 적장 진기를 막게 했다. 제삼로는 장요, 장패가 이끌고 낭야로 가 적장 뇌박을 막게 하고, 제사로는 송헌과 위속이 이끌고 갈석으로 가 적장 진란을 막게 했다. 그리고 나머지 한 부대는 여포 자신이 이끌고 큰길로 오는 원술의 대장군 장훈을 맡기로 했다. 각 대마다 군사 만 명을 딸리고 나머지는 모두 성안에 남김으로써 서주성의 방비도 게을리하지 않았다.

그사이 군사들을 재촉하여 진병을 계속한 장훈은 어느새 서주성 가까이 와 있었다. 여포는 성 밖 삼십 리쯤 되는 곳에 진채를 내리고 장훈이 오기를 기다렸다. 얼마 뒤에 그곳에 이른 장훈은 뜻밖에도 여포가 친히 나와 섰는 걸 보자 더럭 겁이 났다. 그대로 이십 리나 군사를 물려 진채를 내리고 다른 길로 오는 군사들이 이르기를 기다렸다.

그런데 그날 밤 이경 무렵이었다. 먼저 장훈과 합류한 양봉과 한섬이 돌연 군사를 나누어 영채 여기저기에 불을 지른 뒤 몰려온 여포의 군사들과 합세하여 장훈의 진채를 휩쓸었다. 그 갑작스런 내응으로 장훈의 군사들은 몹시 당황했다. 금세 어지러워져 제대로 대항하지도 못하고 흩어지기 시작했다.

여포가 그때를 놓치지 않고 더욱 불같이 몰아치니 마침내 장훈은 견뎌내지 못하고 달아났다. 여포는 그런 적을 날이 밝도록 뒤쫓았다. 그런데 홀연 기령이 나타나 쫓기는 장훈을 대신해 여포를 막았다.

곧 기령과 여포의 군사들 간에 싸움이 어우러졌다. 기령이 한동안은 그럭저럭 버티었다. 그러나 다시 양봉과 한섬이 두 길로 나누어 여포를 도와 밀려오자 기령도 더 버텨내지 못했다.

기령이 져서 쫓겨가는 걸 보자 여포는 더욱 신이 나 뒤를 쫓았다. 그렇게 쫓고 쫓기기를 얼마나 했을까. 여포가 군사들을 몰아 한 산굽이를 도는데 갑자기 수많은 군마가 나타나 길을 막았다. 문기가 열리는 곳을 보니 그 안에서 한 떼의 인마가 나오는데 용봉과 일월을 수놓은 깃발을 앞세우고 사방에는 요란한 정기가 나부끼고 있었다.

그 가운데 다시 천자의 의장(儀仗)인 금과은부(金瓜銀斧)와 황월백모(黃鉞白旄)가 벌려지고, 황라초금(黃羅銷金)으로 된 일산(日傘)을 받쳐 쓴 원술이 나타났다. 원술의 모습은 한층 볼만했다. 온몸에 번쩍이는 금갑을 두르고 겨드랑이 아래로는 두 벌의 보검을 걸고 있었다.

"이 주인을 배반한 종놈아!"

원술은 진 앞에 나서기 무섭게 큰 소리로 여포를 꾸짖었다. 그 말에 성이 날 대로 난 여포는 대답도 없이 화극을 끼고 원술을 덮쳐갔다. 원술 쪽에서 이풍(李豊)이 또한 창을 꼬나들고 기세 좋게 달려 나왔다.

제 주인이 보는 앞이라 이풍은 힘을 다해 싸웠으나 애초부터 여포의 적수가 아니었다. 겨우 삼 합을 어울리고 여포의 화극에 손이 찔려 창을 버리고 달아났다. 여포는 틈을 주지 않고 군사를 휘몰아 원술의 진채를 덮쳤다.

원술의 군사들은 금세 큰 혼란에 빠졌다. 한번 싸워보지도 않고 되돌아서서 달아나기 바빴다. 그러다 보니 금과은부고 황월백모고 챙길 틈이 없었다. 여포의 군사들이 거둬들여 보니 그 잘난 천자의 의장만도 여남은 수레가 넘었다.

한편 원술은 패군을 이끌고 정신없이 쫓기다가 어느 산기슭에 이르렀다. 여포의 추격이 느슨해진 걸 보고 한숨을 돌리려는데 홀연 산 뒤편에서 한 떼의 군마가 나타나 길을 끊었다.

앞에는 한 장수가 서 있는데 대춧빛 얼굴에 봉의 눈이요, 긴 수염에 팔십 근 청룡도를 비껴들고 서 있었다. 다름 아닌 관우였다.

"감히 존호(尊號)를 칭한 역적 놈아! 얼른 돌아와 죽음을 받지 못하겠느냐?"

관우가 그렇게 외치며 청룡도를 겨누니 원술은 간이 콩알만큼 오그라들었다. 맞싸워볼 엄두는커녕 뒤도 안 돌아보고 말 머리를 돌려 달아나니, 나머지 장졸들은 더 말할 나위도 없었다. 사방으로 흩어져 달아나다 태반이 목숨을 잃고 말았다.

간신히 목숨을 건져 달아난 원술은 몇십 리를 더 가서야 다시 패군을 수습했으나 이미 여포와 싸울 만큼은 남아 있지 않았다. 이에 원술은 한을 머금은 채 자기의 근거지인 회남으로 돌아갔다. 싸움에 이긴 여포는 관운장과 양봉, 한섬 등을 데리고 서주로 돌아갔다. 그리고 크게 잔치를 열어 싸움을 도와준 공을 치하하고 환대했다. 군사들도 술과 고기를 배불리 먹이고 골고루 상을 나눠주었다.

다음 날 관우는 여포를 작별하고 유비가 있는 예주로 돌아갔으나 갈 곳이 없는 양봉과 한섬은 그대로 서주에 머물렀다. 여포는 그런 그들을 자기가 쓸 양으로 한섬에게는 기도를 맡기고 양봉에게는 낭야를 맡겨 두 사람 모두 서주에 머물게 하려 했다. 이번 싸움으로 다시 크게 여포의 신임을 회복한 진등의 아비 진규가 그런 여포를 말렸다.

"그렇게 해서는 안 됩니다. 한섬과 양봉 두 사람을 산동으로 보내십시오. 그러면 일 년이 되지 않아 산동에 있는 성곽은 모두 장군께 속하게 될 것입니다. 지금 그들을 기도나 낭야에 머물게 하는 것은 좋은 장수를 썩이는 셈이 됩니다."

여포가 들으니 그럴 법한 말이었다. 한섬과 양봉을 기도와 낭야로 보내 잠시 머물면서 조정의 은명이 내리기를 기다리게 했다. 당장 산동으로 보내기가 좀 어색해서였다.

"왜 두 사람을 서주에 머물게 해서 여포를 뿌리 뽑게 하지 않았습니까?"

일이 그렇게 결정된 뒤 진등이 가만히 그 부친에게 물었다. 자신이 설득해 둘을 원술에게서 빼냈으니, 뒷날 필요하면 여포에게도 빼내 오히려 그를 죽이는 데 쓸 수 있다고 믿었기 때문이었다. 그러나 진규는 그런 아들에게 타이르듯 말했다.

"양봉과 한섬은 오래 여포를 돕게 하면 자칫 여포의 사람이 되어 버릴 수 있는 위인들이다. 그렇게 되면 오히려 호랑이에게 날카로운 발톱을 달아주는 격이 되고 만다. 멀리 산동에 떼어놓는 편이 낫다."

그 말에 비로소 진등도 부친의 높은 식견에 탄복했다.

한편 회남으로 돌아간 원술은 날이 갈수록 분해 견딜 수가 없었다. 그러나 다시 군사를 일으키려고 보니 아무래도 가진 것만으로는 모자랐다. 그때 생각해낸 것이 옛날 손책이 빌려간 군사였다.

원술은 자기가 한 짓도 잊고 사람을 강동으로 보내 손책에게 군사를 좀 빌려달라는 뜻의 글을 전하게 했다. 여포에게 원수를 갚는다는 구실이었지만 은근히 옛날 일을 비추며 꾸어간 군사를 돌려달라는 투였다.

원술의 글을 받아 본 손책은 노했다.

"이놈이 내 옥새를 맡은 걸 기회로 황제의 칭호를 함부로 쓰고 한 실을 배반했으니 실로 대역무도라 할 만하다. 내가 지금 군사를 들어 그 죄를 물으려 하는데 오히려 역적질을 도와달라고?"

그렇게 소리치며 같은 뜻의 글을 써서 원술을 꾸짖고 청을 거절했다. 사자가 돌아가 그 글을 올리자 원술은 더욱 성이 나 길길이 뛰었다.

"이 주둥이 노란 어린 놈이 어찌 감히 내게 이럴 수 있단 말이냐? 당장 군사를 일으켜라. 내 이놈부터 쳐야겠다."

비록 여포에게 한차례 낭패를 당하기는 했지만, 아직도 허황된 천자의 꿈에서 헤어나지 못한 원술에게는 그럴 법도 한 일이었다. 이제는 자신의 옛 장수로만 기억되는 손견의 아들이요, 더구나 갈 데 없이 떠도는 걸 몇 년이나 자식처럼 거두어주었던 손책이었다. 손책이 그를 위해 세웠던 공이나 그가 손책에게 한 섭섭한 짓은 까맣게 잊은 채 배신감에만 몸을 떨었다. 장사로 있던 양대장(楊大將)이 여러 가지 말로 달래지 않았더라면 원술은 또 한 번의 무모한 싸움으로 불행한 종말을 훨씬 재촉했을 것이다.

한편 모진 글로 원술의 청을 거절하기는 해도 손책 또한 마음이 편하지는 않았다. 그 아래에서 일한 적이 있기에 누구보다 원술의 세력이 강대함을 잘 아는 손책은 성난 원술이 힘을 다해 덤벼드는 게 두려웠다. 그렇게 되면 아직 강동에 터를 잡은 지 오래지 않은 자신으로서는 당해내기 어려울 뿐만 아니라 설령 막아낸다고 해도 커다란 손실을 각오해야 하기 때문이었다.

따라서 글을 보낸 즉시로 원술의 군사가 몰려오는 걸 막기 위해 군사를 점고한 손책은 강 어귀로 내려가 지켰다. 그런데 홀연 조조의 사자가 이르러 손책에게 회계 태수를 내린다는 천자의 조서와 함께 군사를 일으켜 원술을 치라는 명을 전했다.

손책은 마침 잘된 일이라 생각했다. 어차피 싸워야 할 것이라면 조정의 후원을 업고 싸우는 편이 나을 것 같아 급히 사람을 모아들여 의논했다. 빨리 군사를 일으켜 원술을 칠 작정이었으나 장사(長史)인 장소가 말렸다.

"원술이 비록 이번 싸움에 졌으나 군사는 많고 양식은 넉넉합니다. 가볍게 적으로 맞으셔서는 안 됩니다. 주공 혼자서 맡지 마시고 먼저 강한 동맹군을 얻으십시오."

"그런 군사가 어디 있소?"

"조조의 군사입니다. 먼저 조조에게 글을 보내 그쪽에서 남쪽으로 쳐내려 오면 이쪽에서도 뒤에서 호응하겠다고 하십시오. 두 군사가 앞뒤에서 서로 호응하면 원술은 반드시 패하고 말 것입니다. 거기다가 만약 우리가 잘못되어도 조조의 구원을 기대할 수 있으니 또한 좋지 않겠습니까?"

손책이 들어보니 옳았다. 곧 장소의 의견을 따르기로 하고 사람을 뽑아 조조에게 남정(南征)을 권하는 글을 보내게 했다.

이때 허도로 돌아와 있던 조조는 새삼 전위에 대한 추모의 정이 이는지 그를 기려 크게 제사를 지냈다. 그리고 그의 어린 아들 전만(典滿)을 중랑(中郎)으로 삼고 자기의 부중으로 거두어들여 길렀다.

제사에는 정성을 다하고 그 아들을 거둠에는 인정을 다하니 장수들은 다시 한번 감복하여 조조를 위해 죽는 일을 마음속으로 두려워하지 않게 되었다. 자기를 따르는 군사들의 충성을 확보하기 위해 뒷날 법령의 형태로까지 나타나는 전몰자 원호정책의 시작인 셈이었다.

손책의 사자가 편지를 받쳐들고 허도에 이른 것은 전위를 제사하고 그 아들을 거둔 일로 조조 휘하의 군심이 장수를 치러 가기 전만큼이나 다시 사기를 회복한 뒤였다. 하지만 손책의 글을 다 읽도록 조조는 얼른 마음이 정해지지 않았다. 손책 또한 만만치 않은 호걸임을 헤아린 때문이었다. 그런데 다시 사람이 와서 알렸다.

"원술이 식량이 모자라 진류 땅을 넘보고 있습니다. 틈을 보아 노략질할 뜻임에 분명합니다."

그 말을 듣자 드디어 조조도 마음을 정했다. 아무래도 원술을 먼저 없애지 않으면 다음에는 허도까지 노릴 것 같았기 때문이었다. 조조는 이왕에 손책이 군사를 일으킨다 하니 힘을 합쳐 먼저 원술을 없애기로 했다. 자신의 최후를 재촉하기라도 하듯 거듭되는 원술의 실수도 조조의 승산을 더 크게 했다.

원술의 실수란 비슷한 시기에 너무도 많은 적을 만든 일이었다. 충분히 자기 사람으로 잡아둘 수 있던 손책을 잃은 것으로부터 원래 공손찬과 함께 자기편이었던 유비를 적으로 삼은 데다 다시 여포와 원수가 되고 이번에는 조조까지 건드리고 말았다.

물론 난세에 있어서는 친함과 멀어짐이며 모이고 흩어짐이 한가지로 무상하지만 그래도 중요한 원칙은 있다. 마지막 둘이 남을 때까지는 적보다 친구가 많아야 한다는 것과, 강한 적 하나보다는 약한 적 여럿이 더 무섭다는 것이다. 그런데 원술은 그걸 어기고 말았다. 세력이 커지면서 생긴 오만과 섣부른 칭제가 가져온 화였다. 이제 그의 동맹 세력이라 할 수 있는 것은 북방에서 원소에게 묶여 있는 공손찬과 남쪽에서 스스로를 지키기에만 급급한 유표 정도였다.

조조는 조인에게 허도를 지키게 하고 나머지 전 병력을 들어 남하하는 한편 원술의 그 같은 약점을 최대한 이용했다. 유비와 여포까지도 싸움에 끌어들인 것이었다. 실로 원술로서는 생각지도 못했던 결과였다. 조조만 해도 마보병 합쳐 십칠만에, 따르는 수레만도 천여 채나 되는 데다, 강동에서는 손책이 올라오고 서주에서는 여포가, 그리고 예주에서는 유비가 모조리 조조의 편이 되어 몰려들기 시작했다.

조조와 유비가 만난 것은 예장의 경계 부근이었다. 군사가 적은 유비가 먼저 와 조조를 맞았다. 조조가 유비를 자신의 영채로 불러들여 만나는 예를 끝내기 바쁘게 유비가 사람의 목 둘을 바쳤다.

"이게 누구의 목이오?"

조조가 놀라 물었다. 유비가 조용히 대답했다.

"한섬과 양봉의 목입니다."

"어떻게 얻으셨소?"

조조가 뜻밖이기도 하고 기쁘기도 하다는 표정으로 다시 물었다. 자신이 처음 낙양으로 들어갔을 때 가장 먼저 반발하고 떠난 게 그들 둘이었다. 하지만 또한 그들은 여포의 사람이 되었다고 들었는데 한편인 유비에게 목이 떨어졌기 때문이었다. 유비가 무슨 일로 그들을 죽였는지는 모르나, 미워하면서도 여포의 사람이라 그들 둘을 죽일 수 없었던 조조로서는 기쁘지 않을 수 없었다.

"여포가 저들 두 사람을 시켜 기도와 낭야 두 현에 가 있게 하였던바, 저들이 함부로 군사를 풀어 백성들을 약탈하는 바람에 원망이 자못 높았습니다. 이에 비(備)는 술자리를 열고 의논할 일이 있다는 구실로 저들을 청해 들인 뒤, 술잔 던지는 걸 군호로 관우와 장비 두 아우를 시켜 둘을 죽여버렸습니다. 그들이 거느리던 졸개들도 모조리 항복을 받아 백성들의 원망은 가라앉게 하였으나, 여포가 제 사람이라 믿고 있는 저들을 함부로 죽여 승상께 심려를 끼쳐드리지 않을까 두렵습니다. 이에 특히 찾아와 죄를 청하는 바입니다."

만약 이 일을 계략으로 본다면 실로 간흉계독(奸凶計毒)이 다 포함된 무서운 계략이었다. 유비는 그 둘을 죽임으로써 조조의 환심을 사는 한편, 그대로 두면 여포의 힘을 더할 위험 요소를 사전에 제거했을 뿐만 아니라, 그 졸개를 거두어 자기의 힘에 보탰다. 거기다가 살해의 방식도 자기에 대한 그들의 믿음을 악용한 비열한 암살이었다. 유일하게 유비를 변호해줄 수 있는 것은 그들 둘이 백성들을 약탈한 일이었지만, 그것도 당시로서는 반드시 죽을 죄가 아니었다.

그런데도 이상한 일은 한결같이 유비의 그 같은 행동을 의롭게 해석하고 믿는 것이었다. 평소의 그를 둘러싸고 있는 크고 환한 품격에서 비롯된 것이리라. 조조도 그랬다. 마음 한구석에는 석연치 못한 데도 있었으나 그를 사로잡는 것은 유비를 믿고 싶은 기분이었다.

"그대는 국가를 위해 해로운 것을 없앴으니 실로 큰 공을 세운 것이오. 어찌 그 일을 죄라 말할 수 있겠소? 여포에게는 내가 잘 말씀해드리리다."

오히려 그렇게 유비를 치하하고 수고로움을 위로해주기까지 했다. 그런 다음 유비가 이끌고 온 군사들과 자신의 군사를 합쳐 여포가 기다리는 서주로 향했다.

여포 역시 군사를 이끌고 서주 경계까지 조조를 마중 나왔다. 조조는 좋은 말로 여포를 얼른 뒤에 선심이라도 쓰듯 덧붙였다.

"이번에 폐하께서는 공께 좌장군(左將軍)을 내리셨소. 역적을 치러 군사를 이끌고 나오는 길이라 인수를 전해드리지 못하나 허도로 돌아가면 곧 사람을 시켜 보내드리겠소."

여포는 조조의 그 같은 말에 몹시 기뻤다. 자기가 원한 것은 서주목에 지나지 않았는데 좌장군이란 높은 벼슬이 내려졌기 때문이었다. 거기다가 조조의 엄청난 군세를 보자 역시 원술을 버리고 조조와 손잡기를 잘했다는 생각이 들었다. 그러다 보니 유비가 한섬과 양봉을 죽인 일은 조조의 말 한마디로 잊어버리고 말았다.

조조는 여포의 군사까지 아우른 뒤 한 커다란 연합 세력을 형성했다. 여포는 좌에 두고 유비는 우에 둔 뒤 자신은 스스로 이끌고 온 대군과 함께 중군이 되었다. 그리고 하후돈과 우금을 선봉으로 삼아 기세도 드높게 수춘성으로 짓쳐들었다.

조조의 군사가 가까이 이르렀다는 소문은 곧 원술에게로 날아들었다. 천하를 꿈꿀 만한 세력을 가졌던 원술이었던 만큼 가만히 앉아서 기다리고 있지만은 않았다. 먼저 대장 교유를 선봉으로 삼아 군사 오만을 이끌고 조조의 예봉을 막게 했다.

두 군사가 맞부딪친 곳은 수춘으로 접어드는 경계 부근이었다. 교유는 선봉장답게 먼저 말을 몰아 나아갔다. 조조 쪽에서도 역시 선봉장인 하후돈이 창을 끼고 말을 달려 나왔다.

양편 군사가 지켜보고 있는 가운데 두 선봉장은 거세게 부딪쳤다. 그러나 애초부터 교유는 하후돈의 적수가 못 되었다. 겨우 삼 합을 어우르기도 전에 하후돈의 창에 찔려 말 아래로 떨어졌다.

그러지 않아도 조조의 엄청난 세력에 겁을 집어먹고 있던 원술의 군사들은 자기들의 대장이 한 싸움에 죽는 걸 보자 싸울 마음이 없었다. 한결같이 창자루를 거꾸로 쥐고 성안으로 도망치기 바빴다. 그 뒤를 조조의 군사가 기세를 올려 쫓으니 원술의 군사는 대패하고 말았다.

첫 싸움에 낭패를 보고 성안에 갇힌 원술은 심란했다. 그런데 또다시 반갑잖은 파발이 날아들었다. 배를 타고 강을 거슬러온 손책의 군사가 수춘성 서편에서 공격을 시작했다는 것이었다. 뒤이어 급한 전갈이 꼬리를 물었다.

"여포가 군사를 이끌고 성 동쪽에서 공격을 시작했습니다."

"유비는 관우, 장비와 함께 장졸을 몰아 성 남쪽을 기어오르려 합니다."

"조조는 자신의 십칠만 대병으로 성 북쪽을 휩쓸고 있습니다."

원술은 놀라다 못해 정신이 어지러울 지경이었다. 급히 문무 여러 수하들을 불러모으고 물었다.

"지금 조조의 형세가 대단한 데다 여포, 손책, 유비까지 한통속이 되어 이 수춘성을 에워싸고 있으니 어찌하면 좋겠는가? 경들은 좋은 계책이 있으면 기탄없이 말하라."

그래도 황제라고 억지로 위엄을 갖추고는 있으나 목소리는 다급함을 숨기지 못했다. 장사 양대장이 다시 나서서 한 계책을 올렸다.

"수춘 부근은 해마다 홍수와 가뭄이 겹쳐 백성들이 모두 굶주리고 있습니다. 거기다가 지난번에 군사를 움직여 번거롭게 하였으니 백성들에게는 이미 원망하는 마음이 일었을 것입니다. 적병이 성 밖까지 이른 지금 이곳에서 항거하기가 어렵게 되었습니다. 생각건대 군사들을 수춘에 남겨 싸우지 말고 굳게 지키게만 하십시오. 그렇게 해서 저쪽의 군량이 다하기를 기다리면 반드시 변화가 있을 것입니다. 그동안 폐하께서는 어림군(御林軍)을 이끌고 회수(淮水)를 건너시어 한편으로는 그곳의 익은 곡식을 얻고 다른 한편으로는 조조의 날카로운 칼끝을 잠시 피하시는 게 좋겠습니다."

천자의 자존심으로는 용서할 수 없으나 사태가 사태인지라 원술도 그 말을 따르지 않을 수 없었다. 이에 원술은 이풍, 악취, 양강, 진기 네 장수에게 군사 십만을 나누어 수춘성을 지키게 하고, 자신은 그 나머지 장졸들과 모아두었던 금은보석을 수습해 회수를 건넜다. 뜻밖의 대군으로 힘을 다해 길을 앗으니 강한 조조의 군사도 막을 수가 없었다.

"보내주어라. 제까짓 놈이 이 수춘성을 잃는다면 가봐야 어디겠느냐? 먼저 이 성이나 떨어뜨리자."

조조는 추격을 주장하는 장수들을 그렇게 말리고 여전히 포위를 풀지 않았다. 함부로 추격하다 성안의 십만 군이 쏟아져 나와 협공을 당할 염려도 아주 없는 것은 아니었다.

양대장의 예측은 맞았다. 조조의 군사는 자신이 거느리고 온 것만도 십칠만이나 되니 매일 먹는 곡식의 양이 엄청났다. 허도를 떠나올 때 천 수레의 치중을 딸리었다 해도 오래갈 수 없었고, 인근의 여러 군도 가뭄으로 흉년이 들어 뒤를 댈 만한 형편이 못 되었다.

다급해진 조조는 연신 싸움을 재촉했지만 굳게 지키기만 하라는 명을 받은 이풍은 성문을 닫아걸고 싸우려 들지 않았다. 원래가 원술의 거성(居城)이었던 만큼 성은 두껍고 높아 조조의 파도 같은 공격에도 불구하고 아무런 소득 없이 달포가 지나갔다.

그렇게 되자 조조는 대군을 먹이기가 힘에 겨웠다. 양식이 다 되어간다는 말을 듣고 손책에게 글을 보내 십만 곡(斛)을 꾸어왔으나 그것도 며칠 견뎌낼 것 같지 않았다. 그러던 어느 날이었다. 군량을 맡고 있는 관리 임준(任峻) 아래서 창고 일을 보는 왕후(王垕)가 조조를 찾아와 걱정스레 물었다.

"군사는 많고 남은 양식은 얼마 되지 않습니다. 어쨌으면 좋겠습니까?"

조조가 잠깐 생각다가 귀띔하듯 말했다.

"앞으로는 작은 말을 써서 곡식을 나눠주게. 한때의 급함을 넘길 수 있는 방도가 될 것일세."

"그러면 군사들의 원망이 일 것입니다. 그것은 또 어떻게 하시렵니까?"

왕후가 알 수 없다는 눈길로 조조를 보며 다시 물었다. 조조가 가벼운 웃음으로 왕후를 안심시켰다.

"걱정 말게. 내게 다 생각이 있네."

주군인 조조가 그렇게 보장하는 데야 왕후는 더 망설일 게 없다

고 생각했다. 곧 창고로 돌아가 군사들에게 양식을 나눠주는데 전과
달리 작은 말을 썼다. 갑자기 양식이 절반으로 줄어드니 군사들의
원망이 생기지 않을 수 없었다. 거기다가 왕후는 조조의 말만 믿고
항의하는 군사들에게 그것이 조조의 명임을 밝히니 자연 불만은 조
조에게 몰렸다.

"승상께서 우리를 속이셨다. 큰 말 대신 작은 말을 써서 우리를
주리게 한다."

곧 그런 불만이 공공연히 떠돌고 험한 기세로 군막마다 번져갔다.
몰래 사람을 풀어 군사들의 그 같은 원망을 알아낸 조조는 가만히
왕후를 불렀다.

"내가 자네에게 물건 하나를 빌릴 게 있네. 그걸로 군사들의 원망
하는 마음을 가라앉히려 하는 것이니 자네는 꼭 좀 빌려줘야겠네."

조조가 정색을 하고 그렇게 말하자 왕후가 어리둥절해 물었다.

"승상께서 제게 무슨 물건을 빌릴 게 있으십니까?"

"자네 목일세. 그걸 여럿에게 보이면 원망하는 마음이 가라앉을
거야."

조조가 여전히 정색을 하고 말했다.

그제서야 왕후는 놀랐다. 하지만 아직도 조조의 참뜻을 몰라 부들
부들 떨며 다시 물었다.

"저는 실로 아무런 죄가 없습니다. 어찌하여 저를 죽이려 하십니까?"

"자네가 죄 없다는 것은 나 또한 알고 있네. 그러나 자네를 죽이
지 않으면 군사들의 원망을 가라앉힐 길이 없고, 또 군사들의 원망
을 가라앉히지 않으면 반드시 변이 생길 것이니 어찌하겠나? 천하

를 위해 한번 큰일을 해주게. 자네가 죽은 뒤 처자는 내가 잘 돌볼 것이니 그 일은 걱정하지 말게."

조조는 그렇게 말하며 괴로운 표정을 지었다. 하지만 왕후는 아무래도 억울했다. 다시 무어라고 입을 떼려 했으나 이번에는 조조의 차가운 명이 먼저였다.

"아무도 없느냐? 어서 저놈을 끌어내라!"

그리고 달려 나온 도부수들을 시켜 왕후를 군문 밖으로 끌어낸 뒤 여러 군사가 보는 앞에서 한칼에 목 베게 했다.

"왕후는 일부러 작은 말을 써서 군사들에게 나누어줄 양식을 도적질했다. 이제 그 죄가 밝혀졌기로 군법에 따라 목을 베고 여럿에게 경계로 내건다."

그것이 장대 위에 높이 걸린 왕후의 목 아래 써서 걸어둔 방문이었다. 불만과 원망에 차 웅성거리던 군사들도 그걸 보자 일시에 가라앉았다.

"그럼 그렇지. 승상께서 우리를 속이실 리가 있나?"

"이제 보니 왕후 그놈이 도적질은 제가 하고 이름은 승상을 팔았군."

일반으로 조조의 간교함과 표독스러움을 말할 때 먼저 손꼽는 게 전에 여백사의 가족을 몰살한 일과 창관(倉官) 왕후를 죽인 일을 든다. 자신의 안전이나 이득을 위해 죄 없는 사람을 죽였다는 것, 그것도 특히 자기편을 죽였다는 데서 온 섬뜩함 때문일 것이다.

하지만 죄 없는 사람을 죽이기에는 전쟁보다 더한 게 없고, 권력 추구의 길이란 자기편을 희생시키는 일도 서슴지 않는 법이다. 뒷사람이야 이러니저러니 말을 달리해도, 권력 추구를 위한 전쟁에 나선 사람이라면 그 본질에 있어서 조조와 다를 바 무엇이겠는가. 어떤 때는 거창한 대의로 가리기도 하고, 어떤 때는 사실 자체를 말살시키거나 거꾸로 미화하여 드러나지 않고 있으나, 조조처럼 번득이는 임기응변의 재능이 있고 그때같이 필요에 쫓길 때 과연 그 같은 수단을 쓰지 않을 동양적 영웅이 몇이나 되겠는가.

만약 있었다면 그런 계책이 떠오르지 않아서였고, 떠올라도 자신을 억눌러 쓰지 않았더라면 그는 아마도 잘못되어 권력 추구의 길에 들어선 성자거나, 그 한순간의 감상 때문에 몰락해버렸을 범부일 것이다. 요컨대 간교함과 표독스러움이 있었다면 권력 추구의 길 자체에 있고, 굳이 조조를 비난하려 든다면 그 같은 방도 외에 다른 방도가 또 있었을 때에 한해서이다. 대저 영웅이란 간교함과 흉포함과 꾀많음과 표독스러움을 다 품어야 한다던가.

거기다가 조조가 왕후를 죽인 일에서 보인 비정함을 어느 정도 덜어주는 것은 뒤이어 보인 예사 아닌 분기(奮起)이다. 조조는 그날로 각 영채의 장수들에게 전에 없이 매서운 영을 내렸다.

"앞으로 사흘 안에 이 성을 깨뜨리지 못하면 남김없이 목을 벨 것이니 모든 장수들은 힘을 다하라!"

그리고 스스로 성 아래로 달려가 싸움을 독려했다. 죄 없는 왕후의 죽음이 헛되지 않게 하려는 결의였으리라.

조조가 친히 맨 앞에 나서자 장졸들도 자기 몸을 돌보지 않고 싸우기 시작했다. 흙을 퍼 나르고 돌을 굴려 성 밖의 물길과 참호를 메우고, 흙더미를 높여 성벽으로 기어오르기 쉽게 만들었다.

성안에 있는 원술의 군사들도 가만히 보고 있지 않았다. 개미 떼처럼 몰려드는 조조의 군사들에게 화살과 돌을 날려보내니 마치 소나기가 퍼붓는 듯하였다. 워낙 화살과 돌이 심하게 쏟아지자 아무리 조조의 독려를 받았다고는 하나 두렵지 않을 수가 없었다. 조조군의 비장(裨將) 둘이 되돌아 물러서다 조조와 마주쳤다.

　"이놈들, 어디로 달아나느냐!"

　매서운 외침과 함께 조조가 칼을 뽑아 둘을 내리쳤다. 그리고 그 목을 베어 둘러싼 군사들에게 쳐들어 보이며 소리쳤다.

　"누구든지 비겁하게 물러나는 놈은 이 꼴이 되리라!"

　그런 다음 다시 스스로 말에서 내려 흙으로 성 아래 파둔 구덩이를 메워나가기 시작했다. 그 모습을 본 장졸들은 한편으로는 물러서도 죽고 나아가도 죽을 바에야 나아가겠다는 생각에다, 다른 한편으로는 승상이 직접 몸을 돌보지 않고 흙 부대를 나르는 데 감동이 되었다. 한결같이 몸을 돌보지 않고 내달으니 군사들의 위세가 크게 떨쳤다.

　아무리 굳은 성에 의지해 싸운다고는 하나 조조의 군사가 죽기로 덤비자 원술의 군사는 당해내지 못했다. 혹은 다투어 성벽 위로 뛰어오른 조조의 군사들에 의해 빗장이 벗겨지고 혹은 바깥에서 들이치는 힘에 돌쩌귀가 내려앉아 성문이 열리자 수춘성은 끝장이 났다. 쏟아진 조조의 대군에 이풍, 악취, 양강, 진기 네 장수는 모두 사로잡히고 군사들은 모두 항복하고 말았다.

　"저놈들은 역적을 도와 천조(天朝)에 항거한 놈들이니 용서할 수 없다. 모두 목을 베어 저잣거리에 내달도록 하라."

조조는 추상같은 호령으로 사로잡은 적장 넷을 모조리 목 벤 뒤, 원술이 궁궐을 본떠 지어놓은 전각들을 남김없이 불사르게 했다. 뿐만 아니라 장졸에게도 전에 없이 약탈을 허용함으로써 한때 원술의 수도로 번성했던 수춘성은 천자의 꿈과 함께 일시에 잿더미로 변한 채 텅 비어버렸다.

그런데 여기서 다시 한번 읽을 수 있는 것은 죽은 왕후를 잊지 않는 조조의 마음이다. 그 앞으로도 그 뒤로도 조조가 항장(降將)을 남김없이 죽이거나 빼앗은 성을 그처럼 철저하게 파괴하고 약탈한 적은 그 예를 찾아볼 수 없다. 틀림없이 죄 없는 부하를 죽이지 않으면 안 되도록까지 자기를 몰아간 그들 네 장수의 저항에 대한 걷잡을 수 없는 분노와 미움 탓이었으리라.

스스로 머리칼을 벰도 헛되이

수춘성을 떨어뜨린 조조는 그 기세를 몰아 아예 원술의 뿌리를 뽑을 양으로 다시 회수를 건너 추격하려 했다. 장수들과 모사들을 모두 불러놓고 그 일을 의논하는데 순욱이 나서서 말렸다.

"몇 년이나 가뭄으로 흉년이 거듭돼 식량이 모자라는 때입니다. 만약 다시 군사를 내신다면 군사들은 지치고 백성들도 괴로움을 당할 것이니 반드시 이롭지 못합니다. 잠시 허도로 돌아가 내년 봄 밀이 익을 때까지 기다리심이 어떠실는지요? 군사를 먹일 양식을 넉넉히 마련한 뒤에 다시 원술을 도모하십시오."

조조가 들으니 한편으로는 옳고 한편으로는 옳지 못했다. 군량이 달리는 것은 사실이나 방금의 기세 또한 그대로 흩어버리기에는 아까웠다. 따라서 얼른 마음을 정하지 못하고 있는데 갑자기 보마(報

馬)가 달려와 알렸다.

"장수가 유표에게 의지해 힘을 회복하고 다시 기세를 떨치고 있습니다. 남양의 여러 현들이 모두 그를 따라 돌아서니, 조홍 장군께서 대적해 싸웠으나 이기지 못했습니다. 벌써 여러 차례 쫓기다가 특히 이렇게 달려와 위급을 아룁니다."

그렇다면 실로 큰일이었다. 자칫하다가는 허도와 천자까지 뺏길 판이었다. 이에 조조는 손책에게 글을 보내 강가에 진을 치고 유표를 공격할 것처럼 보이게 했다. 유표가 함부로 군사를 내어 장수의 뒤를 밀지 못하게 하기 위한 의병(疑兵)인 셈으로 군사를 허도로 돌려 장수를 잡기 위한 준비였다. 그런 다음 조조는 떠나기에 앞서 다시 유비와 여포를 불렀다. 유비를 전처럼 소패에 두게 하되 여포와는 형제를 맺어 서로 돕고 싸우는 일이 없도록 둘에게 다짐을 받았다. 장수를 없앨 때까지는 동쪽이 평온해야 할 필요가 있었기 때문이었다.

여포는 든든한 동맹군을 얻게 되었을 뿐만 아니라 좌장군이란 벼슬까지 약속받아 흡족하게 서주로 돌아갔다. 그러나 조조는 여포가 돌아가기 무섭게 그의 진면목을 보여주었다. 유비를 가만히 불러 장수 다음으로 없앨 적을 밝힌 일이었다.

"내가 공을 굳이 소패에 머물게 한 것은 함정을 파놓고 호랑이를 기다리는 계책[掘坑待虎之計]이외다. 호랑이란 곧 여포를 이름이니 공은 진규 부자와 의논하여 그르침이 없게 하시오. 나는 때가 오면 응당 밖에서 공을 도울 것이오."

실로 다급한 전갈을 받고 돌아가는 사람이라고는 볼 수 없을 만큼 빈틈없는 헤아림이었다.

　조조가 동쪽의 일에 모든 대비를 갖춰둔 뒤 허도로 돌아오니 반
가운 소식이 기다리고 있었다. 단외(段煨)란 이는 이각을 죽이고 오
습(伍習)이란 이는 곽사를 죽여 각기 그 목을 바치러 왔다는 것이었
다. 멀리 섬서의 산속으로 쫓겨 들어가 있었으나 언제 뛰쳐나와 걱
정거리를 만들지 모를 두 도적은 그렇게 화살 한 개 쓰지 않고 제거
되었다. 특히 단외는 이각의 목뿐만 아니라 그 가솔 이백여 명을 사
로잡아 허도로 끌고 온 게 돋보였다.

　조조는 이각의 일족을 각 성문마다 나눠 보내 목 베게 하고 이각,
곽사의 목과 함께 거리에 내거니 보는 이마다 기뻐하지 않는 이가
없었다. 그러나 누구보다 기뻐한 것은 전날 이각과 곽사 때문에 모
진 고초를 겪었던 헌제였다. 그 둘이 모두 죽었다는 말을 듣자 문무
의 대신들을 모아 태평연이란 잔치를 벌였다. 그리고 단외에게는 탕
구장군(盪寇將軍), 오습에게는 진로장군(殄虜將軍)을 내려 각기 군사
를 이끌고 장안을 지키게 하니 둘은 성은에 감사하고 떠나갔다. 그
일이 매듭지어지자 조조는 곧 천자께 아뢰었다.

　"아직 동탁의 또 다른 잔당인 장제의 조카 장수가 살아 있어 남양
일대를 어지럽히고 있습니다. 마땅히 군사를 일으켜 화근을 뿌리 뽑
아야 합니다. 허락하여 주시옵소서."

　동탁의 잔당이라면 머리를 흔드는 천자였다. 그 어느 때보다 흔쾌
히 허락하고 군사가 성을 나갈 때는 몸소 난가(鑾駕)에서 내려 출정
하는 조조를 배웅할 만큼 정성을 보였다. 건안 삼년 초여름인 사월
의 일이었다.

조조는 순욱에게 넉넉히 장졸을 딸려 허도를 지키게 하고 자신은 스스로 대군을 이끌고 장수를 찾아나섰다. 때는 초여름이라 밀이 한창 익고 있었다. 지난번 원술을 칠 때 군량 때문에 죄 없는 부하를 죽여야 했던 쓰라림을 겪은 뒤라서 그런지 조조에게는 그 어느 때보다 그 밀이 귀하고 탐스럽게 보였다.

그런데 이상하게도 익은 밀을 베는 사람이 보이지 않았다. 약탈에 시달려온 백성들이라 군사들이 온다는 말을 듣고 모두 피해버린 탓이었다. 그걸 안 조조는 사람을 풀어 숨어 있는 농부들이며 각처를 지키는 관리들에게 말하게 했다.

"나는 천자의 밝은 조서를 받들어 군사를 일으켰으니, 이는 역적을 쳐 백성들을 해치는 무리를 없애려 함이다. 바야흐로 밀이 익어가는 때에 어쩔 수 없이 군사를 일으켰지만, 나의 장졸들은 높고 낮고를 가리지 않고, 다만 밀밭을 밟는 것만으로도 모두 그 목을 베리라. 군법이 이토록 엄하니 그대들은 아무도 놀라거나 두려워할 까닭이 없다. 각기 자기 밭으로 돌아와 땀 흘려 일한 바를 거두도록 하라."

그 같은 조조의 말을 듣자 백성들은 기뻐하고 칭송하지 않는 이가 없었다. 실제로도 장졸들은 모두 조조의 명을 받들어 밀밭을 지날 때는 모두 말에서 내려 손으로 밀 이삭을 헤치며 걸을 정도가 되니 군사가 지나는 길목마다 백성들이 나타나 절하며 맞았다.

그런데 일은 공교롭게도 조조 자신에게 벌어지고 말았다. 조조가 말에 탄 채 어떤 밀밭 곁을 지날 때였다. 밭 가운데서 비둘기 한 마리가 날아올라 조조가 탄 말 앞을 스쳐갔다. 놀란 말이 길길이 뛰며 밀밭 속으로 뛰어들어 손 쓸 틈도 없이 밀밭 한쪽을 짓밟아놓고 말

왔다.

조조는 행군주부를 불러 자기가 밀밭을 밟은 죄를 논의하게 했다.

"어떻게 감히 승상께 죄를 논의할 수 있겠습니까?"

행군주부가 난감한 표정으로 말했다.

"내가 스스로 법을 정해놓고 이제 스스로 어겼으니 죄를 받지 않고 어떻게 무리를 다스릴 수 있겠는가?"

조조가 그렇게 답하며 차고 있던 칼을 뽑아 스스로 목 베려 했다. 여럿이 달려들어 칼을 뺏어 가까스로 말렸으나 조조는 여전히 자신에게 군법을 시행하려 들었다. 그때 곽가가 나서 말렸다.

"예로부터 『춘추』의 뜻을 따라 법이라도 존귀한 데는 미치지 못합니다. 승상께서는 지금 대군을 이끄시는 존귀한 몸으로 어찌 스스로를 죽이려 하십니까?"

그러자 조조는 한동안을 말없이 생각에 잠겼다가 이윽고 천천히 입을 열었다.

"이미 『춘추』에 그런 말이 있다면 나는 겨우 죽음을 면할 수는 있으리라. 그러나 어찌 이대로 넘길 수야 있으리!"

그러고는 투구를 벗더니 머리칼을 잘라 땅에 던지며 높이 소리쳤다.

"비록 목을 남겼으나 이 머리칼로 내 목을 대신하리라!"

실로 자신의 목을 베는 거나 다름없을 만큼 서릿발 같은 치죄였다. 그리고 다시 사람을 시켜 삼군(三軍)에게 그 머리칼을 돌리며 말하게 했다.

"승상께서 밀을 밟으면 목을 벤다는 영을 내리신 바 있었다. 이제 말이 놀라 밀을 밟게 되었으나 승상께서는 이와 같이 머리칼을 잘라 목을 대신하였다. 승상께서도 이러하셨거늘 너희가 그 영을 어겨 어찌 살아남기를 바랄 수 있으랴."

그 말을 들은 장졸들은 모골이 송연하였다. 그 뒤로는 누구도 감히 군령을 어기려 들지 못하니 대군이 지나가도 밀 한 포기 꺾이는 일이 없었다. 그런데 한 가지 재미있는 것은 뒷사람이 그 일로 지었다는 시이다.

십만의 용맹한 장졸 마음 또한 십만일세.	十萬貔貅十萬心
한 사람의 호령으로는 다스리기 어려우나	一人號令衆難禁
칼 뽑아 머리칼 베어 그 목을 대신하니	拔刀割髮權代首
보게나, 조조의 이 간드러진 속임수를.	方見曹瞞詐術深

어떤 머리 빈 서생이 지었는지는 알 수 없으나 오히려 심한 것은 그의 비뚤어진 눈이다. 실로 얼마나 절묘한 조조의 용인술(用人術)이며 군중 통제의 극치인가. 그런데도 기껏 그걸 속임수로만 보았다면 그 같은 안목의 서생이 보낸 삶이란 뻔하다. 일생을 초야에 묻혀서도 제 한 몸 추스르기조차 힘겨웠을 것이다.

한편 장수는 조조가 대군을 이끌고 몰려온다는 말을 듣자 유표에게 급히 글을 보내 뒤에서 호응해줄 것을 요청하는 한편, 자신은 수하 장수 뇌서(雷敍)와 장선(張先)을 거느리고 군사들과 함께 적을 맞으러 성을 나갔다. 오래잖아 조조의 대군이 이르자 양편 군사는 둥글게 진을 치고 맞섰다.

먼저 장수가 말을 몰고 진 앞으로 나와 조조를 가리키며 꾸짖었다.

"너는 인의로 겉을 꾸미고 있으나 속은 염치조차 모르는 놈이다. 짐승이나 다를 게 무엇이랴. 지난번에 그 같은 낭패를 당하고도 죽으려고 다시 여길 왔느냐?"

그 말을 들은 조조는 노했다. 맞대거리할 마음조차 없는 듯 허저를 보고 소리쳤다.

"어서 가서 저 어린 놈의 목을 가져오라!"

허저가 달려 나오는 걸 보고 장수도 자기 수하 장선을 내보냈다. 하지만 허저는 장선 같은 무명 소졸의 적수가 아니었다. 맞붙고 삼 합이 안 돼 장선은 허저의 대도에 쪼개져 말 아래로 굴러떨어졌다. 그러잖아도 세력에서 밀리던 장수의 군사는 때를 놓치지 않고 덮치는 조조의 대군을 당해내지 못했다. 한 싸움에 그대로 뭉그러져 달아나니 조조는 그들을 추격해 곧장 남양성 아래에 이르렀다.

간신히 성안으로 쫓겨 들어간 장수는 성문을 굳게 닫아걸고 나오지 아니했다. 조조는 성을 둘러싸고 치려 했으나 성을 둘러싼 호가 넓을 뿐만 아니라 물까지 깊어 급히 다가들 수 없었다. 이에 조조는 군사들에게 명해 호를 흙으로 메우게 하는 한편 장작과 풀더미를 성벽에 기대 쌓아 사다리를 삼게 하고, 또 따로이 높은 구름사다리를 만들어 성안을 살피게 했다. 그 자신도 매일 말을 타고 성을 돌며 공격하기 좋은 곳을 찾았다.

그렇게 하기를 사흘 만에 조조는 드디어 한군데 공격할 만한 곳을 찾아냈다. 서문이 있는 성벽 쪽이었다. 조조는 그곳에다 장작과 섶을 쌓아올리게 한 뒤 여러 장수들을 불러모아 그쪽으로 성벽을 오르게 했다.

이때 가후(賈詡)가 성안에서 그 같은 광경을 보고 장수에게 말했다.

"내가 보니 조조의 뜻을 알겠소. 오히려 그의 계책을 거꾸로 이용하면 될 것 같소이다."

"그의 뜻이 어디에 있는 것 같습니까?"

여러 번 그의 꾀를 빌려 위기를 넘긴 장수가 기대에 찬 눈길로 가후에게 물었다.

"내가 성 위에서 보니 조조는 사흘이나 성을 돌며 이곳저곳을 살폈소이다. 그는 성 동남쪽의 벽돌색이 헌것과 새것이 같지 않은 데다 녹각(鹿角, 대나무 또는 굵은 나뭇가지를 사슴뿔처럼 얽어 출입을 막거나 울타리처럼 둘러치는 것)도 태반이 허물어진 걸 보았을 것이오. 그리하여 그쪽으로 군사를 내려고 정해놓고는 일부러 성의 서북쪽에다 장작과 섶을 쌓아 그곳으로 들이칠 것처럼 허장성세를 하고 있음에 틀림이 없소. 우리가 거기 속아 동남쪽의 군사를 서북쪽으로 돌리면 밤을 틈타 갑작스레 빈 동남쪽으로 기어오르려는 수작이오."

"그러면 어떻게 해야 되겠습니까?"

"별로 어려울 것 없소이다. 내일 날래고 씩씩한 군사들을 뽑아 배불리 먹인 뒤 가볍게 차리고 동남쪽에 있는 집안에 숨어 있게 하시오. 그런 다음 백성들을 군사로 꾸며 함빡 서북쪽에 몰리게 한 뒤 거짓으로 그곳만 힘들여 지키는 체하시오. 밤이 되면 조조는 틀림없이 동남쪽으로 기어오를 것이오. 그가 성안으로 들어올 때까지 기다려 한 소리 포향으로 일제히 숨겨두었던 군사를 내면 그를 사로잡기는 힘들지 않을 것이외다."

실로 감탄할 만한 가후의 계교였다. 장수는 기뻐 어쩔 줄 모르며 그의 말을 따랐다.

그것도 모르고 높은 곳에서 성안을 살피던 조조의 군사가 탐마(探馬)를 보내 알려왔다.

"장수가 모든 군사들을 성의 서북쪽으로 빼돌려 지키게 하는 바람에 성의 동남쪽은 텅 비어 있는 것이나 다름없습니다."

조조는 그 말을 듣자 손뼉을 치며 기뻐했다.

"드디어 내 계책이 맞아떨어졌구나!"

그러고는 가만히 영을 내려 성을 허물 지레와 호미며 성벽을 기어오를 갈고리 따위를 준비하게 한 뒤, 낮 동안은 힘을 다해 서북쪽을 들이치는 체했다. 과연 서북쪽에는 전에 없이 많은 장수의 군사들이 들끓고 있는 것 같았다.

실속 없이 요란하기만 한 쌍방간의 공수(攻守)가 서북쪽에서 되풀이된 뒤 밤이 왔다. 이경이 되었을 무렵이었다.

"이때다!"

조조는 그렇게 외치며 장졸들을 격려해 성의 동남쪽으로 갔다. 낮에 미리 준비한 지렛대며 끌 따위로 본시 허술한 성을 허물고 녹각을 베어 넘기는데 성안에서는 아무런 움직임이 없었다. 장수가 군사를 모두 서북쪽으로 돌린 탓이라 지레짐작한 조조는 앞장서서 장졸을 이끌고 성안으로 뛰어들었다.

그런데 갑자기 한차례 방포 소리가 나더니 사방에 복병이 일었다.

"속았다. 어서 빨리 군사를 물려라!"

조조가 그렇게 외치며 말 머리를 돌렸으나 등 뒤에서는 어느새 장수가 날래고 씩씩한 군사만 골라 이끌고 몸소 앞장서 짓쳐왔다. 그렇게 되면 이미 싸움이고 뭐고 없었다. 조조는 꽁지에 불이라도 붙은 것처럼 성을 빠져나오고도 수십 리를 쫓겨야 했다.

장수는 날이 밝을 때까지 조조의 군사를 추격해 마음껏 죽인 뒤에야 졸개를 수습해 성으로 돌아갔다. 그제서야 조조도 정신을 차리고 군사를 점검해보았다. 그 하룻밤 사이에 죽고 상한 자가 오만이 넘었고 빼앗긴 치중 또한 수를 헤아릴 수 없었다. 거기다가 여건과 우금 같은 장수들까지 부상을 입었을 정도여서 더 이상 남양을 에워싸고 공격할 수도 없었다.

"지금 조조가 싸울 마음을 버리고 돌아가려 하고 있소. 급히 유표에게 글을 보내 그 돌아가는 길을 끊으라고 하시오. 그렇게만 되면 이번에는 틀림없이 조조를 사로잡을 수 있으리다."

가후가 장수에게 다시 그렇게 권했다. 그의 말을 따랐다가 번번이 재미를 본 장수라 마다할 리 없었다. 곧 글 한 통을 써서 유표에게 보냈다.

장수의 글을 받자 유표도 귀가 솔깃했다. 곧 조조의 돌아가는 길을 끊으려고 군사를 일으키려는데 탐마가 달려와 알렸다.

"손책이 호구에 군사를 내었습니다."

호구에 군사를 내었다면 장차 형주를 엿보려 한다는 뜻이나 다름없었다. 함부로 군사를 일으켜 조조의 길을 끊다가 손책이 정말로 밀려들면 예삿일이 아니었다. 그래서 유표가 주춤하고 있을 때 모사 괴량(蒯良)이 나서서 권했다.

"손책이 호구에 군사를 낸 것은 조조의 꾀일 뿐 결코 형주를 엿보고자 하는 것이 아닙니다. 이제 조조가 다시 싸움에 졌다 하니 이 틈을 타 그를 치지 않으면 뒷날 반드시 화를 입게 될 것입니다. 지금 곧 군사를 일으키십시오."

그 말을 듣자 유표도 어느 정도 형세가 보이는 모양이었다. 수하 장수 황조에게 굳게 형주로 오는 길목을 지키게 한 뒤 자신은 군사를 일으켜 조조가 돌아가는 길을 끊으러 갔다.

유표가 안중현에 이르러 장수에게 자기가 군사를 이끌고 온 것을 알리니 힘을 얻은 장수는 가후와 함께 성을 나와 조조를 뒤쫓기 시작했다.

한편 그 같은 사정을 아는지 모르는지 느릿느릿 군사를 몰아 돌아가던 조조는 양성에 이르렀다. 지난번 장수와의 싸움에서 참담하게 쫓겼던 육수 가에 서자 조조가 갑자기 말 위에서 큰 소리로 목을 놓아 울었다. 여러 장수들이 놀라 까닭을 묻자 조조는 더욱 슬피 울며 대답했다.

"나는 지금 지난해 이곳에서 죽은 나의 장수 전위를 생각하고 있다. 어찌 통곡이 나오지 않겠느냐!"

그러고는 즉시 그곳에 군마를 멈추게 한 뒤 크게 제사를 차려 전위의 죽은 넋을 달래었다. 스스로 향을 사르며 울고 절하는데 그 정성이 얼마나 애절한지 삼군이 모두 감탄을 금치 못했다. 전위의 제사가 끝나자 그다음으로는 죽은 조카 조안민(曹安民)과 맏아들 조앙(曹昻)을 제사 지냈다. 그리고 그밖에 그 싸움에서 죽은 이름 없는 군사들의 넋은 물론 자신을 위급에서 구해준 뒤 화살에 맞아 죽은 대완마(大宛馬)까지도 빠짐없이 위로했다.

뒷날 조조가 쓴 계략의 요체를 허허실실로 보는 사람이 많다. 만약 그들이 옳게 본 것이라면 이번에도 조조는 멋진 허허실실의 계략을 펴고 있는 셈이었다. 얼른 보아서는 지나치게 감상적인 행동 같지만, 조조는 그곳에서 잃은 장수와 조카와 자식과 생전에는 이름조차 몰랐던 군사들이며 죽은 말까지도 마음껏 슬퍼하는 동안 한편으로는 놀라운 사기앙양의 계책을 쓰고 있었기 때문이다.

그때 조조의 장졸들은 머릿수는 많아도 한결같이 패전으로 사기가 떨어질 대로 떨어져 있었다. 그런데 조조가 새삼 일 년 전에 죽은 장수와 무명 사졸들에게 애절한 정성을 바침으로써 은연중에 감사(敢死)의 분위기를 부추겼고, 또 그들 모두를 죽인 게 장수의 군사들이었음을 일깨움으로써 적에 대한 두려움을 적개심과 복수감으로 바꾸게 했다.

하지만 그렇다고 조조의 눈물이나 정성 자체를 거짓이라 할 수는 없다. 그는 진심으로 슬퍼하고 울었을 뿐이었다. 다만 거기서 어떤 계략적인 요소를 말한다면 그렇게 마음껏 자기의 감정에 충실해도 되리라는 걸 그가 미리 알았다는 정도일까. 조조가 순수하게 감상에만 젖어 귀중한 시간을 허비하지 않고 있었음은 이튿날 허도로부터 날아든 순욱의 전갈을 받아든 태도에서도 드러났다.

"유표가 장수를 돕고자 안중현에서 길을 끊으려 하고 있습니다."

장수 하나도 못 당해 쫓겨오는 조조에게는 실로 놀랄 만한 전갈이었다. 하지만 답서는 침착하기만 했다.

"나는 하루에 십 리를 넘기지 않을 정도로 느리게 행군을 해왔소.

적이 뒤따라올 것을 어찌 모를 리 있겠소? 그러나 나는 이미 마음속에 세워둔 계책이 있으니 안중현에 이르기만 하면 장수는 반드시 깨뜨려질 것이오. 그대들은 너무 걱정하지 마시오."

그러고는 문득 군사들을 재촉하여 안중현의 경계에 이르렀다. 그때 이미 유표는 먼저 그곳에 이르러 험한 요해처에 자리를 잡고 있고 장수도 멀지 않은 곳까지 따라와 있었다.

조조는 군사들에게 명을 내려 어두운 밤을 틈타 험한 곳을 뚫고 길을 열게 했다. 그리고 몰래 기병(奇兵)을 길 양편에 묻어둔 채 날이 밝기를 기다렸다.

조조가 길을 버리고 험한 산속으로 들어가버리자 바로 만나게 된 장수와 유표는 날이 밝는 대로 조조를 찾아나섰다. 한군데 험한 산속에 조조의 군사가 보이는데 그 수가 얼마 되지 않았다.

"이는 필시 조조가 달아나고 의병을 세워둔 것일 게요. 급히 뒤쫓읍시다."

이미 싸움에 져 쫓기는 조조가 유표까지 합세한 마당에 적극적인 공격으로 나올 리 없다고 판단한 장수는 그렇게 권했다. 유표도 그 말을 옳게 여겨 그대로 조조의 군사들이 매복하고 있는 험지로 이끌고 온 군사를 몰아넣었다.

유표와 장수의 군사들이 험지 깊숙이 들어왔을 때 조조는 미리 숨겨두었던 기병을 내어 들이쳤다. 며칠 전의 승리에 들떠 있던 장수의 군사들이나 멋모르고 덩달아 따라 들어온 유표의 군사들이 그 치밀하게 짜여진 기습에 당해낼 리 없었다. 둘 다 넙치가 되도록 얻어맞고 길을 내어주니 조조는 그 기세를 타고 가볍게 안중현을 빠져

나와 진채를 내렸다.

　닭 쫓던 개 중에도 이마까지 호되게 쪼인 개 꼴이 된 유표는 간신히 패군을 수습한 뒤 역시 간신히 패군을 수습해 나타난 장수를 보고 한탄했다.

　"조조의 간계에 거꾸로 당할 줄이야 어찌 생각이나 했겠소?"

　그러나 아무래도 젊은 탓인지 장수가 다시 혈기를 부렸다.

　"이기고 지는 것은 병가에게 매양 있는 일입니다. 한 번 더 해봅시다."

　유표도 이왕 군사를 일으킨 뒤라 그냥 물러설 수는 없다 싶었다. 이에 그들 양군은 다시 안중현에 모여 조조를 뒤쫓을 채비를 갖추었다.

　이때 조조의 진중에는 또다시 놀라운 전갈이 날아들었다. 허도를 지키고 있는 순욱이 원소가 군사를 일으켜 비어 있는 허도를 노린다는 걸 탐지하고 글을 보내 알려온 것이었다.

　조조는 당황했다. 원소라면 결코 가볍게 보아 넘길 인물이 아니었다. 그를 적으로 삼지 않기 위해 얼마나 근신해온 조조였던가. 천자가 대장군을 내리는데도 그는 원소를 의식하여 사양하였다. 그리고 마침내 승상의 자리에 오른 뒤에는 그를 달래기 위해 대장군의 벼슬과 기주, 청주 등 네 곳의 자사를 함께 얻어주지 않았던가. 언젠가는 그와 천하를 두고 한판 승부를 겨루어야겠지만, 그 마지막 순간까지는 적으로 삼고 싶지 않은 인물이 원소였다. 공손찬과 해묵은 싸움에 묶여 있기에, 그리고 표면적이나마 동맹 관계이기에 안심하고 떠나왔는데 이제 그가 움직이려 한다니 실로 걱정이 아닐 수 없었다.

그런 원소에 비하면 장수나 유표 따위는 안중에도 없었다. 이에 조조는 잠시 그들을 버려두기로 하고 그날로 군사를 돌려 허도로 향했다.

　조조가 군사를 돌렸다는 소식을 탐지한 세작이 나는 듯 장수에게 알렸다.

　"이때입니다. 급히 조조를 추격해야 합니다."

　장수가 유표를 재촉하듯 말했다. 함께 있던 가후가 그런 장수를 말렸다.

　"뒤쫓으셔서는 아니 되오. 뒤쫓다가는 반드시 낭패를 보게 되리라."

　그때 유표가 나섰다.

　"오늘 뒤쫓지 않으면 앉아서 기회를 잃을 뿐이오. 뒤쫓아야 하오."

　그리고 오히려 힘써 장수를 권했다. 이에 장수도 그토록 따르던 가후의 말을 어기고 유표와 나란히 만여 명을 이끌고 조조를 뒤쫓았다.

　겨우 십여 리쯤 갔을 때였다. 조조의 후대가 마치 기다렸다는 듯 유표와 장수의 군사를 들이쳤다. 뒤쫓는 데만 다급해 있던 그들 양군은 또 한 번 조조에게 호된 꼴을 당하고 쫓겨나는 수밖에 없었다.

　반이나 줄어든 군사를 이끌고 돌아간 장수가 무안한 얼굴로 가후에게 말했다.

　"공의 말을 따르지 않았다가 정말로 이렇게 지고 말았소."

　그때 가후가 빙긋이 웃으며 권했다.

　"이제 다시 군사를 정돈해 뒤쫓으십시오. 조금 전과는 다를 것입니다."

"지금 이미 졌는데 어떻게 다시 쫓는단 말씀이오?"

장수와 유표가 입을 모아 그렇게 되물었다. 그러나 가후는 자신 있게 대답했다.

"이제 뒤쫓으면 반드시 크게 이기실 것이오. 만약 그렇지 않다면 내 목을 베어도 좋소이다."

그러자 장수는 그 말을 믿었다. 이미 여러 번 그의 비상한 계략에 덕을 본 까닭이었다. 하지만 유표는 가후의 말을 의심하여 함께 가려 하지 않았다. 이에 장수는 자신의 군사만 수습해 다시 추격했다.

과연 그 추격에서 장수는 크게 이겼다. 조조의 군사는 잇대인 치중을 길에 버려둔 채 흩어져 달아났다. 신이 난 장수는 계속해 뒤쫓았다. 그런데 얼마 가지 않아 한차례 방포 소리가 나면서 한 떼의 군마가 길을 막는 바람에 감히 더 따라가지 못하고 조조의 군사가 버리고 간 치중만 수습해 돌아왔다.

장수가 수많은 수레에 가득 전리품을 싣고 돌아오는 걸 보고 유표가 가후에게 물었다.

"앞서는 날랜 군사로 쫓겨가는 군사를 추격하려는데 공은 반드시 질 거라 했소. 그런데 뒤에는 이미 싸움에 진 군사로 방금 이긴 군사를 치는데 공은 반드시 이길 거라 했소. 결국 일은 그대로 되었으나 어찌해서 그런지 알 수가 없소이다. 바라건대 공께서는 밝게 가르쳐 주시오."

"어렵잖은 일이지요. 장군께서 비록 군사를 잘 쓰신다 하나 조조의 적수는 못 됩니다. 조조의 군사가 패했다고는 해도 반드시 굳센 장수를 뒤로 돌려 뒤따르는 적을 막게 했을 것이기 때문입니다. 따

라서 우리 군사가 아무리 날래어도 능히 당할 수 없을 것이니 처음
은 반드시 질 줄 알았지요. 하지만 조조가 저렇게 급히 군사를 물리
는 것은 허도에 무슨 일이 있기 때문이라 보아 틀림없습니다. 우리
의 추격하는 군사를 깨뜨린 뒤에는 저도 급한 터라 반드시 수레를
가볍게 하고 급히 돌아가려 하겠지요. 아마도 더는 뒤를 방비할 여
유가 없었을 것입니다. 이번에는 바로 그 방비하지 않는 틈을 타 다
시 뒤쫓은 것이니 능히 이길 수 있었던 것입니다."

실로 초절(超絶)하다고 볼 수밖에 없는 가후의 식견이었다. 장수
와 유표는 모두 그 같은 가후에게 감복하였다. 가후는 다시 그런 그
들에게 권했다.

"이미 조조는 그물을 벗어난 새가 되었으니 더 연연하지 마십시
오. 남은 일은 두 분이 서로 의지해 다시 있을 조조의 공격으로부터
스스로를 지키는 일입니다."

"그럼 이제 어떻게 하면 되겠소?"

두 사람이 한목소리로 다시 물었다.

"유(劉)장군께서는 형주로 돌아가시고 장(張)장군께서는 양성을
근거로 삼으시되, 서로 입술과 이 같은 사이가 되어 위급할 때 도우
면 두 곳을 모두 보존하기 어렵지 않을 것입니다."

들어보니 옳은 말이었다. 이에 유표와 장수는 각기 군사를 이끌고
근거지로 돌아갔다.

한편 돌아가는 조조의 기분은 황망한 중에도 참담했다. 스스로의
머리칼을 베어가며 군기를 세우고 떠난 길이었으나 아무것도 얻지
못한 채 군사만 적지 않이 축내고 돌아가게 된 때문이었다. 그런데

다시 엎친 데 덮친 격으로 급한 전갈이 날아들었다.

"후군이 장수의 공격을 받아 몹시 위태롭습니다."

한번 호된 꼴을 당한 걸로 다시는 추격이 없을 줄 믿었던 조조는 그 말에 놀랐다. 급히 장졸들을 이끌고 몸을 돌려 구하러 갔다. 가보니 이미 장수는 물러가고 쫓겨온 후군들이 이상한 말을 했다.

"만약 산 뒤에서 한 떼의 인마가 나타나 장수의 길을 막지 않았더라면 저희들은 모조리 사로잡히고 말았을 것입니다."

"그들이 누구의 군사라더냐?"

조조는 고맙기도 하고 궁금하기도 해서 급히 물었다. 그때 한 장수가 창을 끼고 말을 달려왔다. 후군 가운데 하나가 그를 가리키며 대답했다.

"바로 저 사람입니다."

"그대는 누군가?"

조조가 말에서 내리는 그 장수를 보고 물었다. 그 장수가 조조에게 군례를 올린 뒤 씩씩하게 대답했다.

"저는 진위 중랑장으로 있는 이통(李通)입니다."

이통은 강하 평춘 땅 사람으로 자를 문달(文達)이라 썼다. 그 무렵 여남을 지키고 있었으나 조조는 처음 보는 얼굴이라 다시 물었다.

"그대가 어찌하여 이리로 오게 되었는가?"

"근래 여남을 지키고 있다가 승상께서 장수, 유표의 무리와 싸우고 계신단 말을 듣고 특히 돕고자 하여 달려온 길입니다."

그 말에 조조는 기뻤다. 천만다행으로 후군이 곤경에서 벗어났을 뿐만 아니라 좋은 장수까지 하나 얻은 셈이었다. 이에 조조는 여러 가지 좋은 말로 이통을 치하한 뒤 그를 건공후(建攻侯)로 올려 여남 서쪽에서 장수를 막게 했다. 이통은 후(侯)에 봉해진 기쁨으로 조조에게 절하여 고마움을 표시하고 여남으로 돌아갔다.

조조가 뜻밖으로 신속히 돌아온 때문인지 원소 쪽에서는 움직임이 없었다.

한숨을 돌린 조조는 이번에 새로 그편에 가담한 손책을 자기 사람으로 잡아두고자 먼저 표를 올려 상주했다.

'손책은 지난번에 역적 원술을 칠 때에 큰 공을 세웠을 뿐만 아니라, 이번에도 유표를 견제하여 그 공이 적지 아니합니다. 손책을 토역장군(討逆將軍)에 오후(吳侯)로 봉해주시기를 엎드려 바라나이다.'

그리고 이미 허수아비가 된 황제가 그걸 윤허하자 조조는 조서와 함께 사신을 강동으로 보내 손책으로 하여금 계속하여 유표를 지키게 했다. 손책이 기꺼이 조조의 말에 따랐음은 말할 나위도 없었다.

그렇게 하여 장수와 유표에 대한 방비를 마친 뒤에야 비로소 조조는 자신의 승상부로 돌아갔다. 여러 벼슬아치들이 차례로 조조를 찾아보고 돌아간 뒤 순욱이 물었다.

"승상께서는 느릿느릿 안중 땅까지 오시고도 어떻게 반드시 이길 걸 아셨습니까?"

"장수가 많지 않은 군사로도 나를 괴롭힐 수 있었던 것은 그들에게 남양을 잃으면 더 돌아갈 곳이 없었기 때문이오. 자고로 군사는 물러서려 해도 돌아갈 길이 없으면 죽도록 싸우는 법인데 장수의 군사가 바로 그러했던 것이오. 비록 성을 공격하는 데는 실패했으나 그때까지 아직 곧 반격할 힘이 남아 있었음에도 나는 그를 꾀어내기 위해 일부러 천천히 행군했었소. 그가 성에서 멀리 나오기만 하면 가만히 계략을 써서 사로잡을 작정이었소. 나중에 유표가 끼어들었지만 별로 군사를 부리는 데 밝지 못한 위인이라 또한 별로 걱정되지 않았소. 오히려 그 때문에 앞뒤가 막힌 꼴이 된 우리 군사들만 죽도록 싸우게 만들었을 뿐이었소. 따라서 나는 반드시 그 싸움에 이길 걸 알았던 것이오."

그러자 순욱은 조조의 놀라운 병략에 감탄해 절로 그 앞에 머리를 수그렸다. 그때 마침 곽가가 들어왔다.

"그대는 무슨 일로 이렇게 저물어 찾아왔는가?"

조조가 곽가에게서 심상찮은 표정을 읽은 듯 물었다. 곽가가 소매에서 편지 한 통을 꺼내 올리며 대답했다.

"원소가 승상께 사자를 보내 글을 보내왔습니다. 공손찬을 치려 하니 특히 양식과 군사를 좀 빌려달라는 것입니다."

"듣기로 원소는 내가 없는 틈을 타 허도를 엿보았다. 그런데 이제 내가 돌아오고 나니 딴전을 피우는 게 아닌가?"

조조는 그렇게 말하며 글을 펴보았다. 별로 달갑지 못한 부탁에 문투까지 교만하기 짝이 없었다.

"원소가 이토록 무례할 수 있겠는가? 하지만 그를 치려 해도 힘이 모자라니 실로 한스럽다. 어떻게 하면 좋겠나?"

읽기를 마친 조조가 분한 듯 곽가에게 물었다. 곽가가 빙긋이 웃으며 대답했다.

"승상께서는 너무 상심하지 마십시오. 원소란 그렇게 대단한 인물이 못 됩니다."

"그게 무슨 소린가?"

조조가 알 수 없다는 눈길로 곽가를 쳐다보며 다시 물었다. 그도 그럴 것이 그 무렵 원소의 세력은 기주, 청주를 비롯한 네 주에 걸치고 군사는 백만을 일으킬 수 있다고 호언하고 있었기 때문이었다. 그러나 곽가는 원소가 안중에도 없다는 듯 대답했다.

"한 고조가 힘으로는 항우에게 당해내지 못했음은 주공께서도 알고 계실 것입니다. 다만 지략이 나아 항우가 더 강했으나 마침내 한 고조에게 사로잡히고 말았습니다. 지금 주공과 원소 또한 그와 같으니 주공께서는 열 가지 이길 것이 있고, 원소에게는 열 가지 질 것밖에 없습니다. 비록 원소의 세력이 성하나 반드시 두려워할 일만은 아닙니다."

"내가 열 가지 이길 것이 있고, 반대로 원소는 열 가지 질 것이 있다니 그게 무슨 말인가?"

"첫째는 원소는 번거로운 예를 좋아하고 지나치게 꾸미는 폐단이 있습니다. 그러나 주공께서는 일의 알맹이만 취하시고 나머지는 저 되어가는 대로 맡기십니다. 이는 이른바 자연에 합하는 것으로, 도에서 이기고 있는 것입니다."

"두 번째는?"

"의로 이기고 계신 것입니다. 원소는 거스름[逆]으로 움직여야 하는데 주공께서는 따름[順]으로 이끌 수 있습니다."

"어째서 그러한가?"

"원소가 군사를 일으키려면 천자를 거슬러 일으켜야 하지만 주공께서는 바로 그 천자의 명에 따라 군사를 움직일 수 있기 때문입니다."

"그럴 법도 하이. 천자를 모시고 있는 건 나니까. 그럼 나머지 여덟은 무엇인가?"

"셋째는 다스림[治]에서 이기시고 있는 것입니다. 환제, 영제 이래로 정치가 잘못되고 있는 것은 잘못에 너무 관대한 탓입니다. 그런데 이제 원소는 다시 그 관대함으로 사람을 모으는 데 비해 주공께서는 매서움으로 그 잘못을 바로잡고 계시니 이는 바로 다스림에서 주공이 앞서 있다 할 수 있습니다.

넷째로는 헤아림[度]에서 이기고 있는 것입니다. 원소는 겉으로는 재주 있는 이를 도탑게 대하나 안으로는 시기하며, 사람을 쓰는 데는 친척을 많이 뽑아 씁니다. 이에 비해 주공께서는 겉으로는 요란스럽지 않으나 속으로는 쓸 사람의 재주를 밝게 알아보며, 사람을 쓰는 데도 오직 재주에 따라 고릅니다.

다섯째로는 꾀함[謀]에서 나은 것입니다. 원소는 여러 가지로 일을 꾀하나 결단하는 일이 적지만 주공께서는 한 가지 계책을 얻으시면 이를 곧 이행하시기 때문입니다.

여섯째는 덕입니다. 원소는 모든 일을 오직 자기 이름을 드높이기 위해 하나 주공께서는 지성으로 다른 사람을 대접하니 이는 덕으로써 원소를 이기고 계신 것입니다.

일곱째는 어짊[仁]에서 원소를 앞지르고 계신 일입니다. 원소는 가까운 사람만 보살피고 먼데 사람은 소홀하게 대하는데 주공께서는 모든 사람을 두루 근심하시기 때문입니다.

여덟째는 밝음[明]에서 나온 일입니다. 원소는 남이 참소하는 말을 들으면 의혹을 일으켜 마음이 어지러워지지만 주공께서는 그렇지 않습니다. 마음을 가라앉히고 차분히 헤아려 행하시니 이는 주공께서 원소보다 밝음을 뜻합니다.

아홉째는 법을 펴심[文]에서 뛰어난 일입니다. 원소는 자기 주관에 따라 옳고 그름을 뒤섞어버리는데 주공께서는 법과 도가 한가지로 엄하고 밝습니다. 실로 원소가 따를 수 있는 바 못 됩니다.

열 번째는 군사를 부림[武]에서 주공께서 원소를 앞지르고 계신일입니다. 원소는 허세를 부리기만 좋아할 뿐 군사를 움직이는 요점을 알지 못합니다. 하지만 주공께서는 적은 군사로 많은 군사를 이기시며 군사를 부림[用兵]에 귀신같이 밝으시니 원소는 감히 거기에 미치지 못할 것입니다."

곽가의 말은 청산유수와 같았다. 그러나 입에 발린 아첨이 아니라 조조와 원소의 장단점을 정확히 따지고 헤아려 밝힌 것이었다.

"지나친 말이다. 공의 그 같은 말을 내가 어찌 감당하겠는가?"

조조는 짐짓 그렇게 겸손을 떨었으나 얼굴에는 웃음기가 가득했다. 가만히 듣고 있던 순욱이 곽가를 거들었다.

"곽봉효(郭奉孝)가 말한 그 열 가지는 제 어리석은 소견과도 들어맞습니다. 원소의 군사가 비록 많다 해도 두려워할 게 무엇이겠습니까."

그러자 곽가가 다시 조조를 격려하듯 말했다.

"저희 말을 믿고 잠시만 원소의 무례함을 참으십시오. 당장은 그를 이용해 오히려 이쪽의 근심거리를 먼저 없애는 게 좋겠습니다."

"그를 이용해 당장의 근심거리를 없애다니 그게 무슨 말인가?"

조조가 곽가를 살피며 물었다. 곽가가 미리 준비한 듯 대답했다.

"서주의 여포는 겉으로는 주공을 따르는 체하고 있으나 실로 가슴과 배의 큰 화근덩이라 할 수 있습니다. 이제 마침 원소가 공손찬을 치겠다고 하니 못 이긴 체 그를 부추겨 그대로 하게 하십시오. 그렇게 되면 달리 허도를 넘볼 만한 인물이 없을 것이므로 주공께서는 그 틈을 타 멀리 군사를 내실 수 있을 것입니다. 먼저 여포를 쳐 없애고 동남(東南)을 평정한 뒤 원소를 도모하는 게 상책입니다. 그렇지 아니하고 우리가 원소를 공격하게 된다면 여포는 반드시 그 빈틈을 노려 허도를 뺏으러 달려올 것입니다. 그것은 곧 우리가 등과 배로 적을 맞는다는 뜻이 되어 그 해를 입음이 결코 적지 아니할 것입니다."

그 같은 곽가의 말을 알아듣지 못할 조조가 아니었다. 원소의 무례함 때문에 치솟던 화를 깨끗이 억누르고 이내 의논을 여포 칠 일로 바꾸었다. 순욱이 나서서 말했다.

"동으로 여포를 치는 일 또한 그리 쉽게 보실 게 못 됩니다. 먼저 유비에게 사람을 보내 승상의 뜻을 알리고, 그로부터 그쪽의 사정을 들은 뒤에 군사를 일으키는 편이 옳습니다."

역시 맞는 말이었다. 당대의 으뜸가는 맹장이요, 기름진 서주를 근거로 삼고 있는 여포라 가볍게 대할 인물이 아니었다. 거기다가 전에 원술을 치고 돌아오면서 유비에게 가만히 해둔 말도 있어 조조는 곧 순욱의 말을 따르기로 했다.

이에 조조는 먼저 유비에게 여포를 칠 뜻과 함께 그쪽의 사정을
묻는 밀서를 보내고 다음으로 원소를 부추기는 일에 들어갔다. 황제
에게 상주하여 전에 원소에게 내린 대장군 벼슬에다 태위를 더하고
아직 보내지 않은 기주, 청주, 유주, 병주의 도독(都督) 인수까지 얹
었다. 그런 다음 전에 그가 보낸 글에 답하는 밀서를 지닌 사신과 함
께 원소에게 보냈다.

'……공께서 공손찬을 치신다면 나는 마땅히 군사를 내어 돕겠습
니다.'

잔뜩 원소를 추켜세우는 말을 빼면 대개 그런 내용이었다.

조정에서 내리는 벼슬과 함께 조조의 그 같은 글을 받자 원소는
몹시 기뻤다. 비록 조조처럼 천자를 끼고 있지는 못했으나 벼슬은
전에 황후의 오라버니가 올랐던 대장군에 삼공의 하나인 태위까지
더해지니 결코 조조에 비해 낮지 않았다. 거기다가 조조가 발끈하리
라 생각하며 쓴 글의 답장도 마치 윗사람에 올리는 것처럼 공손하고
간곡하기 그지없었다.

'조조는 나를 두려워하고 있다……'

마지막에 군사와 식량까지 보내겠다는 내용까지 읽자 원소는 그
렇게 결론을 내렸다. 조조가 지나치게 강성해지는 걸 꺼렸던 것은
기우로만 여겨졌다.

그렇게 되면 먼저 쳐 없애야 할 것은 당연히 여러 해를 두고 싸워
온 공손찬이었다. 들리는 말로 그 무렵 공손찬은 안주(安住)와 만심
(慢心)의 기색을 완연히 드러내고 있었다. 원소가 보낸 장수들을 여
러 차례 두들겨 쫓아보내고 세력이 북방 여섯 주에 미치면서부터 조

금씩 드러나기 시작하던 약점이었다. 이에 원소는 먼저 공손찬부터 쳐 없애기로 하고 여러 장수들에게 영을 내렸다.

"이번에는 내 몸소 앞장서 공손찬을 치리라. 장졸들은 반드시 힘을 다해 그를 사로잡을 수 있도록 하라!"

그리고 날랜 군사 십여 만과 여러 장수들을 이끌고 스스로 북정(北征)에 올랐다.

꿈은 다시 전진(戰塵) 속에 흩어지고

　조조의 밀사가 소패에 이르렀을 때는 유비가 새로 얻은 예주에 기대어 다시 꿈에 부풀어 있을 때였다. 조조가 장수와 싸우러 갔다는 말이 들리는가 싶더니 다시 원소가 허도를 넘보는 바람에 급히 회군했다는 전갈이 왔기 때문이었다. 만약 원소와 조조가 맞서게 된다면 당분간 유비는 강자들의 싸움에 동원될 필요 없이 자신의 힘을 길러갈 수 있었다. 원술은 아직 군사를 움직일 힘이 없고, 여포는 조조가 원소와 싸우느라 동쪽을 돌볼 틈이 없음을 아는 한 원술 때문에라도 유비와의 화평을 유지하고 싶어 할 터였다.

　조조의 편지를 읽어본 유비는 적이 괴로웠으나 어쩔 수 없었다. 조용히 군사나 기르고 싶은 생각에도 불구하고 이미 조조가 여포를 치기로 결정하고 도움을 청해오는 터라 응하지 않을 수 없었던 까닭이다. 이에 유비는 근간 여포의 사정을 알림과 함께 호응을 약속하는 답서를 그 밀사 편에 주어 보냈다.

이때 서주에는 이미 조조가 뿌려둔 독이 조금씩 여포를 상하게 하고 있었다. 그 독은 다름 아닌 진규와 진등 부자였다. 마음속으로는 이미 조조의 사람이 된 그들은 먼저 아첨으로 여포를 녹였다. 여럿이 모인 술자리마다 번갈아 여포를 추켜세웠고, 큰 잔치 때는 여포의 덕을 칭송하는 데 부자 모두 입에 침이 마를 지경이었다.

여포 또한 그리 밝은 위인이 되지 못해 그걸 싫어하지 않았으나 진궁만은 그들 부자의 하는 일이 못마땅했다.

"진규 부자가 겉으로는 장군께 아첨하고 있으나 그 마음속은 헤아릴 길이 없습니다. 마땅히 그들의 농간을 미리 방비하는 것이 좋겠습니다."

어느 날 진궁은 틈을 보아 여포에게 그렇게 말했다. 하지만 이미 진규 부자의 아첨에 흠뻑 빠져 있는 여포는 오히려 성을 내며 진궁을 꾸짖었다.

"그대는 까닭 없이 남을 모함하여 좋은 사람을 해치려 하시오?"

진궁은 어이가 없었다. 여포의 뒤끝이 보이는 것 같아 그 자리를 물러나며 홀로 탄식했다.

"충성된 말을 받아들여 주지 않으니 우리들이 반드시 앙화를 입겠구나!"

그리고 여포를 버리고 가고 싶었으나 차마 그럴 수 없었다. 그동안 든 정도 정이려니와 또다시 주인을 버려 세상 사람들의 비웃음을 사고 싶지는 않았다.

그 바람에 나날을 울적하게 보내던 진궁은 어느 날 수하 몇 기를 거느리고 사냥을 나갔다. 울적함도 풀고 바람도 쏘일 겸 소패 쪽으로 나간 것인데, 거기서 이상한 일을 보게 되었다. 관도 위에서 한 마리 역마가 나는 듯 그들을 앞질러 달려가는 것이었다. 얼른 보면 이상할 것도 없지만 말 위에 탄 자가 까닭 없이 허둥대는 것이 문득 진궁의 의심을 일으켰다.

　"저자를 잡아라!"

　진궁은 자신도 모르게 데리고 간 수하들에게 소리쳤다. 그리고 오래잖아 붙들려온 자에게 물었다.

　"너는 어디서 어디로 가는 사자이냐?"

　그런데 이상한 것은 그 사자였다. 자기를 붙든 것이 여포의 부하인 걸 알자 갑작스레 당황하며 대답을 하지 못했다. 진궁은 졸개들을 시켜 그의 몸을 샅샅이 뒤져보도록 했다. 그러자 봉서 한 통이 나왔는데 뜻밖에도 유비로부터 조조에게로 가는 것이었다.

　진궁은 그 글을 뜯어보지 않아도 내용을 짐작할 만했다. 조조고 유비고 명목상으로는 모두 여포와 한편이었다. 그런데도 그들의 사자가 여포의 사람인 자기를 그토록 두려워하며 피하려 한 데는 반드시 까닭이 있었을 것이고, 또 까닭이 있다면 그것은 틀림없이 여포를 해치려는 음모이기 때문일 것이었다.

　이에 진궁은 사로잡은 사자를 끌고 여포에게 돌아가 빼앗은 밀서와 함께 바쳤다.

　"이게 무엇이오? 그리고 저자는 누구요?"

　여포가 의아로운 눈길로 물었다.

"유비가 조조에게로 보내는 밀서입니다. 오늘 사냥을 나갔다가 우연히 저자를 만났는데, 거동이 수상쩍기로 잡아서 뒤져보니 이 글이 나왔습니다."

그제야 여포도 심상찮은 느낌이 들었던지 급히 끌려온 사자에게 물었다.

"이 글이 어디서 난 것이냐?"

그러자 사자가 부들부들 떨며 대답했다.

"조승상께서 저를 뽑아 유예주(劉豫州, 예주목 유비)께 글을 내리셨기로 그 글을 전하고 답서를 받아가는 길입니다. 그러나 그 안에 무엇이 씌어져 있는지는 저도 모르고 있습니다."

그 말에 여포는 피봉을 뜯고 유비가 조조에게 보내는 글을 세밀히 읽었다.

'밝으신 명을 받들었으니 여포를 도모하는 일에 어찌 주야로 마음 쓰지 않을 수 있겠습니까? 다만 이 비가 군사는 보잘것없고 장수도 적어 감히 가볍게 움직이지 못했을 따름입니다. 하오나 만일 승상께서 크게 군사를 일으키신다면 비는 마땅히 그 선봉이 될 것입니다. 군사를 엄히 단속하고 싸울 채비를 다하여 오직 크신 명이 다시 이를 때까지 기다릴 따름입니다.'

글의 내용은 대강 그랬다. 읽기를 마친 여포는 놀람과 분노로 소리쳤다.

"조조 그 역적 놈이 감히 이럴 수 있느냐!"

그러고는 졸개들에게 명하여 그 사자를 목 베게 한 뒤 진궁과 장패를 시켜 먼저 자신을 도와 싸울 패거리부터 모으게 했다. 태산에 자리 잡고 있는 도적 떼의 우두머리 손관(孫觀), 오돈(吳敦), 윤례(尹禮), 창희(昌豨) 등이었다.

진궁과 장패가 그들을 꾀어들이자 여포는 먼저 그들로 하여금 동쪽으로 나아가 산동과 연주의 여러 군들을 빼앗게 하고, 다음에는 고순과 장요에게 군사를 주어 유비를 치고 소패성을 빼앗게 했다. 송헌과 위속은 서쪽으로 나아가 여남과 영천을 치게 했으며, 자신은 친히 중군이 되어 그들 세 갈래 군마의 뒤를 받쳐주기로 했다.

고순과 장요가 군사를 이끌고 소패로 쳐들어오고 있다는 소식은 곧 유비에게도 전해졌다. 조조에게로 보낸 밀서가 엉뚱하게도 여포의 손에 들어간 줄 아직 모르는 유비는 의아스러운 가운데도 놀라 무리를 모아놓고 의논했다. 손건이 먼저 의견을 내놓았다.

"까닭은 알 수 없으나 어쨌든 여포가 군사를 낸 것은 분명하니 먼저 조조에게 위급을 알리는 것이 좋겠습니다."

유비가 마다할 까닭이 없었다. 여포의 무서움을 누구보다 잘 아는 그라 낯색까지 변하며 좌우에게 물었다.

"방금 서주의 군사가 몰려오고 있는데 누가 허도로 가서 위급을 알리겠소?"

그때 계단 아래에서 한 사람이 나섰다.

"제가 다녀오겠습니다."

유비가 반가운 눈길로 보니 간옹(簡雍)이란 사람이었다. 유비와는 같은 고향 사람으로 그 무렵 막빈(幕賓)으로 와 있었는데 스스로 그 일을 떠맡고 나선 것이었다.

유비는 간옹에게 급히 글 한 통을 닦아 그날 밤으로 허도를 향해 달려가게 한 뒤 농성할 준비에 들어갔다. 성을 지키는 데 필요한 기구며 무기를 정돈하고, 자신은 남문, 손건은 북문, 관우는 서문, 장비는 동문 하는 식으로 각기 하나씩 문을 맡아 지키기로 했다. 그리고 미축과 그 아우 미방에게는 중군을 맡아 두 아내와 가솔들을 보호하게 했다. 미축과 미방이 그의 둘째 아내인 미부인의 오라비들이니 남보다 나으리라 여겨 그들에게 가솔을 맡긴 셈이었다.

먼저 소패에 이른 것은 여포의 장수 고순이 이끈 군사들이었다. 유비는 성 위에 있는 누각에 올라 고순을 내려보며 소리쳤다.

"나와 봉선(奉先)은 서로 틈이 벌어질 일이 없는데 어찌하여 이렇게 군사를 이끌고 왔느냐?"

고순이 성난 목소리로 맞받았다.

"네놈은 조조와 손을 잡고 우리 주공을 해치려 하였다. 이제 일이 이미 다 드러났으니 어서 내려와 포박을 받아라!"

그러고는 곧 군사를 몰아 거세게 성을 공격하기 시작했다. 유비는 굳게 성문을 닫아걸고 오직 지킬 뿐 나가 싸우지 않았다. 조조의 구원이 이를 때까지 기다리고자 함이었다.

이튿날 장요가 이끈 군사들도 소패에 이르렀다. 장요는 고순이 공격하고 있는 남문을 버려두고 서문 쪽으로 달려들었다. 성 위에서 내려보던 관우가 점잖게 물었다.

"공은 보아하니 의표(儀表)가 속되지 아니한데 무슨 까닭으로 역적에게 몸을 맡기시었소?"

그 말에 장요는 문득 머리를 수그리며 대답을 못했다. 관우도 그가 비록 여포 아래 있어도 충의가 남아 있는 사람임을 알아보고 더는 나쁜 말로 장요의 심사를 건드리지 않았다. 역시 유비처럼 굳게 성문을 닫아걸고 안에서 지키기만 할 뿐이었다.

관우가 싸움을 받아주지 않자 장요는 다시 동문으로 군사를 옮겼다. 동문을 지키고 있던 장비가 얼른 군사를 이끌고 나가 싸우려 했다. 한동안 싸움이 없어 온몸이 근질거리던 장비이고 보면 당연한 일이기도 했다.

그 말을 들은 관우가 급히 동문으로 달려가보니 장비가 막 성문을 열고 뛰쳐나가고 있었다. 그러나 장요는 이번에도 별로 싸울 생각이 없는지 한번 공격하는 체만 한 뒤 다시 군사를 물리는 중이었다. 그걸 뒤쫓으려는 장비를 관우가 급히 성안으로 불러들였다.

"저놈이 내가 겁이 나서 달아나는데 왜 뒤쫓지 말라구 하슈?"

장비가 돌아와 말리는 관우에게 불퉁거렸다. 관우가 조용히 타일렀다.

"저 사람의 무예는 결코 너보다 아래가 아니다. 다만 내가 한 바른 말을 듣고 스스로 부끄러운 마음이 일어 우리들과 싸우려 들지 않을 뿐이다. 그런 사람을 구태여 핍박해서는 아니 된다."

그 말을 듣자 장비도 깨달아지는 게 있는지 사졸들을 나가지 못하게 하고 굳게 성문만 지키게 했다. 그리고 자신도 다시는 더 나가 싸우려 들지 않았다.

한편 유비의 위급을 알리기 위해 몸을 빼쳐 허도로 간 간옹은 조조를 만났다. 여포가 군사를 일으킨 일을 말하고 구원을 청하자 조조는 곧 그 일을 의논하기 위해 모사들을 불러들였다.

"나는 이 기회에 여포를 치고 싶소. 그런데 이번에 원소는 달래놓았으나 다만 두려운 것은 형주의 유표와 남양의 장수가 우리 뒤를 노리는 일이오. 여러분의 의견은 어떠시오?"

그 말에 순유(荀攸)가 일어나 답했다.

"장수와 유표는 이번에 다시 졌으니 감히 가볍게 움직이지 못할 것입니다. 하지만 여포는 효용(驍勇)이 빼어난 데다 다시 원술과 연결되어 회수와 사수 일대를 날뛰게 되면 그때는 정말로 쳐 없애기 어려울 것입니다. 이번에 여포를 쳐 아예 그 뿌리를 뽑아버리는 게 좋을 듯싶습니다."

곽가도 순유를 지지하고 나섰다.

"이제 승상께 거역하기 시작하니 때는 지금입니다. 오래되어 백성의 무리가 따르기 전에 여포를 쳐야 합니다."

하나같이 아끼는 모사들이 그렇게 주장하자 조조도 거기에 따르기로 뜻을 굳혔다. 하후돈, 하후연, 여건, 이전에게 오만 군을 주어 먼저 떠나게 하고 스스로는 남은 대군을 이끌고 뒤를 따랐다.

탐마가 나는 듯 조조의 대군이 이르고 있음을 고순에게 알리고 고순은 또한 시각을 지체 않고 저희 주인 여포에게 그 소식을 보냈다. 여포는 조조의 그같이 신속한 출병에 은근히 놀라면서 후성(侯成), 학맹(郝萌), 조성(曹性) 셋을 불러 영을 내렸다.

"너희들은 이백 기를 끌고 고순에게로 달려가 합류하라. 그리고 소패성에서 삼십 리쯤 떨어진 곳에서 조조의 군사를 맞으라."

그리고 그 또한 스스로 남은 대군을 이끌고 뒤를 따랐다.

유비는 성안에서 고순이 군사를 물리는 것을 보고 조조의 대군이 이른 줄 알았다. 이때다 싶어 손건에게 성을 지키게 하고 미축, 미방 형제에게는 가솔들을 맡긴 뒤, 관, 장 두 아우와 함께 성을 나와 진채를 세웠다. 조조의 군사들과 호응하기 위함이었다.

　한편 조조군의 선봉이 되어 군사를 이끌고 내려오던 하후돈은 곧 고순의 군사와 마주쳤다. 맹장으로 이름난 하후돈이 고순 따위를 겁낼 리 없었다. 한 마디 수작을 붙여보지도 않고 대뜸 창을 끼고 나가 싸움을 돋우었다. 고순 또한 장수된 체면이 있는지라 걸어오는 싸움을 피하지 못했다. 역시 자랑하는 대도를 휘두르며 마주쳐 나오니 곧 한바탕 싸움이 어우러졌다.

　하지만 아무래도 고순의 무예는 하후돈을 당해내기에는 모자랐다. 사오십 합에 이르자 손발이 어지러워지더니 말 머리를 돌려 저희 진 쪽으로 달아났다.

　하후돈은 그런 고순을 곱게 놓아 보내려 들지 않았다. 역시 박차를 가해 고순을 뒤쫓는데 홀연 화살 한 개가 날아와 왼쪽 눈에 박혔다. 그 화살은 여포의 장수 조성이 쏘아 보낸 것이었다. 저희 대장 고순이 쫓기는 걸 보고 몰래 활에 살을 먹여 날렸는데 공교롭게도 하후돈의 왼눈을 맞히고 말았다.

　고순을 쫓는 데 정신이 팔려 방심하던 하후돈은 왼눈에 화살이 박히자 한소리 아픔과 분노의 고함을 지르더니 그래도 손을 들어 화살을 뽑았다. 그러자 뜻밖에도 화살촉에 박혔던 눈알까지 한꺼번에 뽑혀 나왔다. 남은 눈으로 그걸 본 하후돈은 다시 한소리 크게 외쳤다.

　"이 눈알은 내 아버지의 정(精)과 어머니의 피가 어우러져 만들어진 것, 내 어찌 버릴 수 있으랴!"

그러고는 화살 끝을 입으로 가져가 산적 빼어 먹듯 눈알을 빼어 씹어 삼킨 뒤 다시 창을 들고 말을 달려 활을 쏜 조성에게로 덮쳐들었다. 한 눈으로는 붉은 피를 쏟고 한 눈에는 푸른 불길을 일으키며 자기를 향해 달려드는 하후돈을 보자 조성은 그만 얼이 빠졌다. 손발이 굳어 제대로 막아보지도 못하고 하후돈의 한 창에 이마빡이 뚫어진 채 말 아래로 떨어져 죽었다.

그 광경을 본 양편의 군사들은 모두 하후돈의 그 엄청난 참을성과 분발에 혀를 내둘렀다. 그러나 그도 역시 사람이었다. 조성을 죽여 분풀이는 했으나, 심한 아픔과 함께 왼눈으로부터 샘솟듯 피가 흐르고, 갑작스레 외눈이 되어 싸움에도 어려움이 있어, 되돌아온 고순과 싸울 수가 없었다. 급히 말 머리를 돌려 자신의 진채로 달아나니, 승세를 탄 고순은 총공격을 명해 조조의 군사는 첫 싸움에서 크게 지고 말았다.

하후연은 이미 제 몸조차 가누기 어렵게 된 하후돈을 구하여 간신히 몸을 빠져나가고, 여건과 이전은 패군을 이끌고 제북까지 밀려나 진채를 내렸다.

싸움에 이긴 고순은 군사를 돌려 성을 나온 유비를 치러 갔다. 때마침 여포의 대군도 그곳에 이르러 여포와 장요, 고순은 군사를 셋으로 나누고 각기 유비, 관우, 장비의 진채를 하나씩 맡아 일제히 쳐들어 갔다.

고순과 장요는 유비와 함께 있는 관우의 진채로 쏠아가고 여포는 평소부터 미워하던 장비의 진채를 맡아 밀고 들자, 관우와 장비도 각기 말을 내어 그들을 맞고 유비는 남은 군사로 그들을 뒤에서 떠받치기로 했다. 하지만 처음부터 너무나 세력의 차이가 컸다. 관우와 장비가 힘을 다해 싸웠으나 여포가 군사를 나누어 등 뒤로부터 그들을 공격하자 앞뒤로 적을 맞게 된 관우와 장비의 군사들은 이내 부서지고 말았다.

이미 형세가 기울었음을 안 유비는 겨우 수십 기만 이끌고 급히 소패성으로 돌아갔다. 성 위의 군사를 불러 적교를 내리는데 어느새 뒤쫓던 여포가 등 뒤에 이르러 있었다. 성 위의 군사들이 활을 쏘려해도 여포가 너무 가까워 자칫 유비를 상할까 봐 활을 쏠 수가 없었다. 그사이 여포는 성문으로 뛰어들어 활짝 열어젖히니 그 뒤를 여포의 대군이 물밀듯 몰려들었다.

그렇게 되고 보면 원래도 그리 많이 남지 않았던 유비의 군사들로서는 더 막아낼 길이 없었다. 남은 일은 기껏 사방으로 흩어져 한 목숨 건질 궁리가 고작이었다. 유비는 일이 위급함을 보고 가솔들이 있는 아성(牙城)을 그대로 지나친 후 서문 쪽으로 달아났다. 수하 군사들은 물론 가솔들까지 버리고 홀로 소패를 빠져나온 셈이었다.

한편 소패성을 우려뺀 여포는 먼저 유비가 거처하던 집으로 가보았다. 유비는 없고 그 가솔들을 보호하고 있던 미축이 나와 여포에게 말했다.

"들기로 대장부는 남의 처자를 함부로 죽이지 않는다 합니다. 지금 장군과 천하를 두고 다투는 것은 조공(曹公)이지 제 주인 유비는 아닙니다. 오히려 제 주인께서는 지난날 장군께서 원문의 화극을 쏘아 맞혀 원술로부터 구해주신 은혜를 언제나 잊지 않고 계셨습니다.

이번 일은 조공께 의탁하다 보니 어쩔 수 없이 저질러진 것일 뿐입니다. 장군께서는 부디 가련하게 여겨주십시오."

간곡하면서도 비굴하지 않은 어조였다. 여포도 마음이 움직이는지 온화하게 대답했다.

"현덕과 나는 오래 사귀어온 사이다. 비록 지금은 창칼을 맞대게 되었으나 그 처자까지 죽일 리야 있겠느냐?"

그러고는 미축에게 영을 내려 유비의 가솔들을 거느리고 서주로 옮겨 안심하고 지낼 수 있게 했다.

소패성이 안돈되자 여포는 고순과 장요를 남겨 그곳을 지키게 하고, 자신은 대군을 이끌고 산동과 연주의 경계까지 나아갔다. 조조의 대군을 맞아 자웅을 결하기 위함이었다.

이때 유비 쪽의 형편은 말이 아니었다. 소패를 지키기로 했던 손건은 간신히 목숨만을 건져 성을 빠져나가고, 관우와 장비도 겨우 수백의 군사만 건져 각기 산중으로 흩어졌다. 둘 모두 그곳에 숨어 여포의 대군을 피하면서 유비의 거처를 수소문할 작정이었다.

유비는 더욱 한심했다. 같은 날 같은 시에 죽기로 한 두 아우는 물론 가솔들마저 적군 사이에 버려두고 홀로 말 한 필에 의지해 경황 없이 달아날 뿐이었다. 그렇게 한참을 달리는데 홀연 말발굽 소리가 들리며 누군가 뒤쫓아오는 사람이 있었다. 유비가 돌아보니 다름 아닌 손건이었다. 역시 한 필 말에 의지해 소패를 빠져나오다가 앞서가는 유비를 보고 따라오는 길이었다.

"나는 지금 사랑하는 두 아우가 죽었는지 살았는지조차 모르고 가솔들도 모두 잃어버렸네. 이제 어찌하면 좋겠는가?"

손건이 가만히 생각하다 대답했다.

"조조를 찾아가는 도리밖에 없겠습니다. 우선 그 아래 있으면서 뒷날을 기약하십시오."

유비도 그밖에는 달리 길이 있을 것 같지 않았다. 이에 손건의 말을 따르기로 하고, 길을 골라 허도로 향했다. 둘 다 싸우다가 나온 처지라 먹을 게 있을 리 없었다. 가다가 마을을 만나면 내려가 얻어먹어야 하는 구차한 처지였다. 그러나 백성들은 유예주가 왔다는 말만 들으면 다투어 음식물을 갖다 바치는 바람에 그리 괴롭지는 않았다. 다른 무장들과는 달리 백성들의 살이를 걱정할 줄 아는 그의 정치적 식견과 온화한 인품이 어느새 백성들에게 널리 전해진 덕분이었다.

그러던 어느 날이었다. 날이 저물어 어떤 집을 찾아드니 한 청년이 나와 공손하게 유비를 맞았다.

"그대의 이름은 무엇이며 어떻게 지내는가?"

유비가 이상스레 마음이 끌려 그 젊은이에게 물었다.

"저는 사냥으로 살아가는 유안(劉安)이란 자입니다."

"나는 예주목 유비란 사람일세. 방금 여포에게 쫓겨 허도로 가는 중인데 하룻밤 묵어갈 수 있겠나?"

유비가 그렇게 묻자 유안은 오히려 황송하여 어쩔 줄 몰라 하며 유비를 맞아들였다. 전부터 유비의 이름을 듣고 흠모해온 듯했다. 그러나 전란과 기근이 겹친 때인 데다 사냥으로 노모와 아내를 부양하는 그라 반가운 것은 마음뿐 먹을 것이 없기는 마찬가지였다. 유비에게 바칠 음식을 장만하기 위해 들판을 헤맸으나 아무것도 얻을 수가 없었다.

그러자 유안은 그의 젊은 아내를 죽여 그 고기를 삶아 유비에게
올렸다. 유비가 그 때아닌 성찬에 놀라 물었다.

"이게 무슨 고기인가?"

"이리 고기올시다."

유안이 태연히 대답했다. 아무것도 모르는 유비는 그 말에 별 의
심 없이 내온 고기를 배불리 먹고 잠자리에 들었다.

그런데 이튿날 새벽이었다. 다시 길을 떠나려고 말을 매둔 후원으
로 가는데 부엌에 한 젊은 부인네가 죽어 있었다. 유비가 놀라 그 시
체를 살피니 허벅지며 엉덩이께에 살이 도려내진 게 보였다.

"이게 누군가? 어떻게 된 일인가?"

마침 뒤따라온 유안을 보고 유비가 물었다. 유안은 몇 번이나 재
촉을 받은 뒤에야 침울하게 대답했다.

"제 아내올시다. 실은 유예주께서 제 집에 이르신 데 감격해 힘써
공양하고자 했으나 제 집에 올릴 만한 음식이 없었습니다. 그래서
할 수 없이 아내를 죽여 그 고기를 삶아 올린 것입니다. 귀한 분을
속인 죄를 용서해주십시오."

그리고 비로소 굵은 눈물을 흘렸다. 유비도 그 갸륵한 정성에 감
격해 절로 눈물이 나왔다. 그걸 보고 유안이 다시 말했다.

"원래 저는 이 길로 사군을 따라가려 했으나, 노모가 아직 살아 계
시니 차마 뒤따를 수 없었습니다."

"바닷가의 모래알같이 많은 날이네. 뒷날 때가 되면 나를 찾아오
게. 다행히 지금의 곤궁을 벗어난다면 반드시 자네의 정성에 보답하

겠네."

유비는 그렇게 다짐하고 그곳을 떠났다.

보통 아내를 삶아 바친 유안의 일은 옛사람의 과장이거나 속임수로 이해된다. 다시 말해 대수롭지 않은 음식물을 유비에게 바친 걸 극도로 미화한 것이거나, 아니면 원래 미워하던 아내를 유비 핑계로 살해한 것이라고 추측되고 있다.

하지만 다시 한번 생각해보면 과장이나 속임수가 아니라도 그런 일은 얼마든지 가능하며, 지금에조차도 행해지고 있다고 볼 수 있다. 사람이 대의를 위해 희생하는 것은 그것이 자신이 아끼는 것일수록 더 귀하게 여겨진다. 그런데 그 시절의 대의는 그것이 충성의 일종이건, 아니면 단순히 어떤 위대한 인간에 대한 흠모이건, 어쨌든 한 사람을 섬기면 그를 위해 모든 걸 바치는 것이었다. 거기다가 아내란 가축이나 소유물처럼 여겨지고 또 식인의 예조차 그리 희귀하지 않던 전란의 시대였던 만큼 그런 일이 반드시 없었던 것이라 단언할 수는 없다.

어떻게 보면 오늘날에도 비슷한 일이 벌어지고 있는지 모른다. 대의의 내용은 달라졌지만, 자기가 옳다고 믿는 것을 위해서 아내나 자식들을 죽음보다 고통스런 처지에 빠뜨리는 일이 얼마나 많은가. 가까운 예를 들어, 자유 또는 평등의 대의에 몸 바친 사람의 경우에도 적의 손에 떨어진 그의 처자가 겪어야 할 고통은 종종 순간적인 죽음 뒤에 그 시체의 허벅지살 몇 근이 도려진 유안의 아내에 비해 크게 뒤지지 않는다.

하지만 유비로서는 그 일이 커다란 감격이 아닐 수 없었다. 유안과 작별하고 한동안을 그 감격에 빠져 있던 유비는 양성(梁城)에 이르러서야 비로소 제정신이 들었다. 갑자기 저만치서 먼지가 자옥이 일며 한 떼의 말 탄 군사들이 달려오고 있었기 때문이었다.

알아보니 다행히도 그것은 바로 조조 편의 군마들이었다. 거기다가 조조 자신도 그 속에 있다는 걸 듣자 유비는 손건과 함께 곧장 조조가 있는 중군기(中軍旗) 아래로 말을 몰았다.

조조를 만난 유비는 패성(沛城) 잃은 일과 아울러 두 아우와 가솔들까지 생사를 모르게 된 걸 말하며 눈물을 흘렸다. 듣고 있던 조조 또한 눈물을 머금었다. 그리고 다시 유안이 아내를 죽여 그 고기로 유비를 공양한 얘기를 듣자 감격하여 손건에게 금 백 냥을 내리고 유안에게 전하게 했다.

그런 다음 조조는 유비를 중군에 머물게 한 채 군사를 재촉하여 여포를 찾아 나아갔다. 대군이 제북에 이르렀을 때 다시 하후연이 군사 약간과 함께 조조를 맞았다. 왼쪽 눈을 잃은 하후돈은 아직 몸을 움직이지 못해 자리에 누워 있었다. 하후연으로부터 첫 싸움의 경과를 자세히 들은 조조는 몸소 하후돈이 누운 곳으로 가서 그를 위로한 뒤 먼저 허도로 돌아가 몸조리를 하도록 했다. 그리고 하후씨 형제가 거느렸던 군사를 거두어들인 뒤 탐마를 놓아 여포가 있는 곳을 알아보게 했다.

"여포와 진궁, 장패 등은 태산의 도적 떼들과 연결하여 함께 연주의 여러 군들을 공격하고 있습니다."

오래잖아 탐마가 그 같은 전갈을 가지고 왔다. 조조는 즉시 명을 내려 조인으로 하여금 삼천 군마를 이끌고 패성(沛城)을 치게 하고 자신은 유비와 함께 여포와 싸우러 갔다.

조조의 대군이 미처 산동에도 이르기 전이었다. 소관(蕭關) 가까운 길을 지나는데 태산의 도적 떼인 손관, 오돈의 무리가 삼 만여의 세력으로 길을 막았다.

"허저는 어디 있는가? 어서 나가 저 좀도둑들의 머리를 베어 오라."

조조가 그렇게 소리치자 허저는 평소에 자랑하는 큰 칼을 휘두르며 말을 달려 나아갔다. 허저의 용맹을 들은 적이 있었던지 도적 떼의 우두머리인 네 장수가 한꺼번에 나와 허저를 쳤다. 그러나 허저가 죽기로 힘을 다해 싸우니 넷이 오히려 당해내지 못했다.

적장 넷이 허저 하나를 당해내지 못해 뿔뿔이 쫓겨가는 꼴을 보자 조조는 대군을 휘몰아 적을 쳤다. 대장이 쫓겨 기세가 꺾인 도적 떼들은 변변히 대항조차 해보지 못하고 달아나기 시작했다. 이에 조조는 소관까지 쫓으며 마음껏 적을 죽였다.

그 무렵 여포는 이미 서주로 돌아와 있었다. 조조의 대군이 소패로 향한다는 말을 듣고 진등과 함께 소패를 구원하러 떠날 참이었다. 아직도 그들 부자를 철석같이 믿고 있는 여포라 서주성을 지키는 일은 진규에게 맡긴 채였다.

여포의 군사들이 서주를 떠날 무렵 진규가 그 아들 진등을 불러 말했다.

"지난날 조공께서는 네게 동쪽의 일을 모두 맡긴다 하셨다. 그런데 이번에 나가면 여포는 반드시 조공에게 지고 말 것이다. 너는 서둘러 일을 꾀하라."

그러자 진등이 조용히 대답했다.

"밖의 일은 제가 알아서 처리하겠습니다. 다만 여포가 져서 돌아올 때의 일이 어려우니, 그때 아버님께서는 미축의 무리에게 청하여 성문을 닫아걸고 여포를 받아들이지 마십시오. 그렇게만 되면 조공께는 이 서주성을 빼앗는 수고로움을 덜어드릴 수 있고, 여포를 오직 하비(下邳) 하나를 의지해야 하는 궁박한 처지로 몰아넣을 수 있습니다."

"그렇지만 여포 곁에는 네가 있으니 내가 만약 이 서주성을 조공께 바쳐버린다면 여포는 반드시 너를 죽이려 할 것이다. 그 일은 어떻게 할 작정이냐?"

진규가 걱정스런 얼굴로 아들을 보며 물었다. 진등이 가볍게 웃으며 대답했다.

"그 일은 너무 걱정하지 마십시오. 제게는 그때쯤 여포로부터 몸을 빼낼 계책이 따로 서 있습니다."

"거기다가 이 서주성에는 여포의 처자가 있다. 여포는 반드시 많은 심복을 남겨 지키게 할 것인데 어떻게 미축과 나의 힘만으로 이 성을 손에 넣을 수 있겠느냐?"

진규는 아무래도 못 미더운 모양이었다. 그러나 진등은 가벼운 웃음으로 아버지를 안심시켰다.

"그 또한 제게 생각해둔 계책이 있습니다. 잠시 후면 여포는 처자와 함께 심복들을 함빡 이 성에서 빼내 하비성으로 옮기게 될 것입니다."

그러고는 그 길로 여포를 찾아가 말했다.

"서주는 지형이 사면으로 적을 받아들일 수 있는 곳인 데다가 주공의 근거지라 조조는 또 반드시 힘을 다해 공격할 것입니다. 우리는 마땅히 싸움이 이롭지 못해 이곳으로 되돌아오게 될 경우를 미리 생각해두어야 합니다. 이곳의 곡식과 돈을 하비성으로 옮겨두면 이 서주가 포위를 당하게 되어도 그곳에 양식이 있으므로 구해낼 수 있을 것입니다. 주공께서는 일찍 계책을 세워두십시오."

여포가 들어보니 그럴듯한 말이었다. 털끝만큼도 의심하기는커녕 제발로 진등이 쳐놓은 그물 속으로 걸어 들어갔다.

"원룡(元龍)의 말이 옳다. 곡식과 돈뿐만 아니라 가솔까지도 그곳으로 옮김이 마땅하리라."

그리고 심복인 송헌과 위속을 시켜 처자와 전량(錢糧)을 보호해 하비성으로 옮기게 했다. 사랑하는 처자와 귀한 전량을 지키는 일이니 송헌과 위속 외에도 많은 심복들과 오래된 군사들을 하비성으로 딸려 보낸 것은 말할 나위도 없었다.

제 딴에는 뒤를 든든히 해두었다는 기분으로 여포가 막 소패로 군사를 내려는데, 다시 급한 전갈이 들어왔다. 태산의 도적 떼인 손관, 오돈의 무리가 조조에게 대패하여 소관으로 쫓겨 들어갔다는 내용이었다. 이에 여포는 먼저 소관부터 구할 양으로 군사를 그쪽으로 돌렸다.

소관으로 가는 길을 반쯤 지났을 때였다. 진등이 문득 여포에게 청했다.

"제가 먼저 소관으로 가서 조조의 허실을 탐지해보겠습니다. 주공께서는 그런 연후에 군사를 움직이십시오."

여포가 들으니 또한 그럴듯했다. 곧 거기서 행군을 느리게 하고 진등을 먼저 소관으로 보냈다.

진등이 소관에 이르니 그곳에서 도적 떼의 머리 노릇을 해주고 있던 진궁이 손관의 무리와 함께 나와 맞았다. 진등은 짐짓 엄한 얼굴로 말했다.

"온후(溫侯)께서는 여러분께서 나아가 싸우기를 꺼리는 걸 심히 괴이쩍게 여기고 있소이다. 이곳에 이르시면 반드시 꾸짖음과 벌이 있을 것이오."

그 말에 진궁이 난처한 듯 대답했다.

"지금 조조가 이끄는 군사의 세력이 커서 함부로 가볍게 맞설 수 없소. 그래서 우리들은 험한 관(關)에 의지해 굳게 지키고 있는 것이오. 돌아가거든 주공께 권하시오. 먼저 패성을 지키는 것이 상책이 될 것이라고. 이곳은 구태여 나가 싸우지 않더라도 조조는 스스로 물러갈 것이오."

그 말을 들은 진등은 뜨끔했다. 정말로 여포가 진궁의 말대로만 한다면 많은 군사를 이끌고 먼 길을 온 조조는 먹을 것이 없어서라도 돌아가지 않을 수 없기 때문이다. 따라서 진등은 건성으로 대답하고 소관에서 하룻밤을 머물렀다.

그날 밤 날이 저문 뒤였다. 진등이 관(關) 위에서 보니 조조의 군사들이 관 아래까지 몰려와 공격을 했다. 진등은 좋은 기회라 생각하고 편지를 매단 화살을 세 통이나 조조의 군사들 쪽으로 쏘아보냈다. 관 위에 불빛이 비치거든 일제히 공격하라는 내용이 쓰인 편지였는데 어둠 속이라 아무도 진등이 그러는 것을 알아보지 못했다.

진등은 이튿날 태연한 얼굴로 진궁과 작별하고 여포에게로 돌아갔다. 그러나 그가 여포에게 한 말은 진궁의 당부와는 전혀 딴판이었다.

"손관 등 도적의 무리는 모두 마음이 변해 조조에게 관을 바칠 궁리나 하고 있습니다. 제가 진궁에게 그들을 잘 지켜보라 해두고 왔으니 장군께서는 저물 무렵 일시에 관을 들이치시어 안에 있는 진궁 등과 구응(救應)하십시오."

콩을 팥이라 해도 곧이 들을 만큼 진등을 믿고 있는 여포는 이번에도 의심은커녕 칭찬부터 했다.

"공이 아니었더라면 이 관을 고스란히 잃을 뻔했소."

그리고 계책을 쓴답시고 진등에게 일렀다.

"공은 날랜 말로 얼른 소관으로 돌아가 진궁더러 안에서 호응하라 하시오. 관 위에 횃불을 밝히는 걸 신호로 삼는 게 좋겠소이다."

모든 게 그저 진등이 바라는 대로만 되었다. 여포의 명을 받고 나는 듯 소관으로 달려간 진등은 다시 황망한 얼굴로 엉뚱한 소리를 했다.

"조조의 군사들이 이미 샛길로 빠져 관 안으로 들어왔소. 서주를 잃을까 두려운 마당이니 공들은 급히 서주로 돌아오도록 하라는 주공의 명이오."

아무리 진궁이라고 하지만 여포의 신임을 받는 진등이 그렇게 말하니 믿지 않을 수 없었다. 할 수 없이 소관을 버리고 밤을 틈타 무리와 함께 서주를 향해 내달았다. 하지만 진등은 이미 그들 무리에 섞여 있지 않았다. 어수선한 중에 슬쩍 몸을 빼 관 위에다 불을 질렀다. 그 불길을 보고 약속된 군호라 믿은 여포는 지체없이 소관으로 군사를 몰아갔다. 여포는 소관으로 달려들고 진궁이 이끄는 무리는 서주로 향하고 있으니 두 편이 도중에 만날 것은 당연했다. 그러나 어둠 속이라 양쪽 다 저희 편을 조조의 군사로 오인하고 한바탕 싸움을 벌였다.

한편 여포가 관 위의 불길을 보았을 무렵 조조도 그것을 보았다. 간밤에 군사들이 주워온 화살 끝에 매달린 진등의 편지에 쓰인 그대로였다. 낮부터 채비를 시키고 있던 장졸들을 일제히 내몰아 여포의 군사들이 저희끼리 엉겨붙어 싸우고 있는 곳을 급습했다.

그제서야 여포 쪽에서도 일이 괴상하게 뒤틀린 걸 알았으나 이미 때는 늦은 뒤였다. 먼저 손관을 비롯한 태산의 도적 떼들부터 풍비박산이 되어 흩어지고 이어 여포도 어찌해볼 수 없는 지경에 이르렀다.

"할 수 없다. 서주로 돌아가자."

여포는 그렇게 말하며 난군 가운데서도 용케 다시 만난 진궁과 함께 서주로 향했다.

그런데 이게 웬일인가. 간신히 서주성 아래 이르러 성문을 열라고 외치자 난데없이 성 위에서 비 오듯 화살이 쏟아졌다.

"이놈들아! 정신이 빠졌느냐? 너희 주인 여포가 왔다."

여포가 분통이 터져 그렇게 소리쳤다. 그 말에 화살비가 걷히며 성벽 위에 한 사람이 나타나 큰 소리로 여포를 꾸짖었다.

"네놈이 어찌하여 서주의 주인일 수 있겠느냐? 원래 서주는 우리 주인의 것이었는데 네놈이 뺏었으니, 이제 마땅히 우리 주인에게 돌려주려 한다. 두 번 다시 이 성에 들 생각을 말아라!"

여포가 성난 눈을 부릅떠 보니 그는 다름 아닌 미축이었다. 하지만 여포는 아무래도 어찌해서 일이 그렇게 되었는지 알 길이 없었다. 한동안 망연히 성 위를 바라보다 다시 노한 목소리로 미축에게 물었다.

"내가 떠날 때 이 성을 맡긴 것은 진규였다. 진규는 어디 있느냐?"

"이미 내가 죽였다."

미축이 그렇게 거짓으로 대답했다. 혹시라도 진등이 여포의 곁을 빠져나오지 못했을 경우에 대비해서였다. 그렇지만 여포도 드디어 이상한 느낌이 든 듯했다. 문득 진궁을 돌아보며 물었다.

"진등은 어디 있소?"

그 말에 진궁이 한심한 듯 반문했다.

"장군께서는 아직도 미혹에서 깨어나지 못하셨습니까? 이 모든 일이 그 간사한 도적이 꾸민 것인데 어찌 여기 남아 있겠습니까?"

"아니다. 어딘가 군사들 틈에 섞여 있을 것이다. 어서 그를 찾아보아라."

진궁의 말은 들은 체도 않고 여포는 다시 군사들에게 영을 내려 진등을 찾아보게 했다. 이미 소관에서부터 몸을 빼친 진등이 거기에 있을 리 만무였다. 그제야 처음부터 끝까지 철저하게 진등에게 속은 것을 안 여포는 부드득 이를 갈았다.

"차라리 소패성으로 가 거기 의지해 조조를 막는 편이 낫겠습니다."

진궁이 펄펄 뛰는 여포를 달랜 뒤 그렇게 권했다. 분통은 터지지만 여포도 달리 길이 없다 여겨 진궁의 말을 따르기로 했다. 그런데 일은 거기서 그치지 않았다.

소패에 이르는 길을 반쯤 갔을 무렵 여포는 맞은편에서 달려오는 한 떼의 군마와 마주쳤다. 소패를 지키고 있을 줄 알았던 고순과 장요가 앞장선 군사들이었다.

"소패는 어떻게 하고 이렇게 나왔느냐?"

여포가 묻자 둘은 오히려 어리둥절한 눈으로 여포를 보며 입을 모아 말했다.

"주공께서는 어떻게 위급을 벗어나셨습니까?"

"뭣이라구? 위급이라니 무슨 위급이란 말이냐?"

여포가 한층 소리를 높여 다시 물었다.

"진등이 달려와 말하기를 주공께서 적의 포위를 당해 몹시 위태롭다 했습니다. 그리고 아울러 주공의 명을 전하기를, 소패를 버려두고 어서 빨리 달려와 구해달라고 했습니다."

실로 어이없는 일이었다. 화가 꼭뒤까지 솟은 여포가 할 말을 잊고 있는 사이 진궁이 다시 말했다.

"이 또한 진등 그 간사한 도적놈의 계책입니다."

"내 이 도적놈을 반드시 잡아 죽이고야 말겠다!"

여포가 분노를 넘어 한 맺힌 어조로 소리쳤다. 그리고 급히 말을 몰아 소패로 앞장서 달려갔다.

짐작대로 성 위에는 이미 조조의 깃발이 높이 걸려 있었다. 원래 진등이 쏘아 보낸 글을 통해 고순과 장요가 성을 비울 것을 안 조조는 미리 조인을 부근에 숨겨두었다가 성이 비기 무섭게 뺏어버린 것이었다.

여포의 화를 돋우는 일은 그뿐만이 아니었다. 성 아래 이른 여포가 큰 소리로 진등을 부르며 욕하자 진등이 성벽 위로 나타나더니 도리어 여포를 손가락질하며 꾸짖었다.

"나는 대한의 신하이다. 어찌 너 같은 역적 놈을 오래 섬기겠느냐?"

진등의 밉살맞은 꼴을 보는 것만으로도 노기가 길길이 솟구치는데 욕까지 얻어먹으니 여포는 아무것도 보이는 게 없었다.

"모든 장졸들은 힘을 다해 이 성을 깨뜨리도록 하라. 특히 진등을 사로잡는 자는 이 싸움의 으뜸가는 공으로 상을 내리리라!"

여포는 그렇게 말하고 자신도 투구 끈을 고쳐 매며 성으로 돌진할 채비를 했다. 그때 등 뒤에서 크게 함성이 일더니 한 떼의 군마가 달려왔다. 앞선 장수는 고리눈에 밤송이 같은 수염을 단 장비였다.

여포는 고순을 내보내 싸우게 했으나 고순이 장비를 이겨내지 못했다. 할 수 없이 스스로 장비와 싸우기 위해 성을 공격하려던 군사들을 되돌려 세웠다. 그런데 싸움이 채 어우러지기도 전에 다시 한소리 큰 함성이 오르더니 조조가 친히 대군을 이끌고 세찬 기세로 부딪쳐 왔다.

분노로 눈이 뒤집힌 상태이기는 해도 여포는 역시 전장에서 늙은 사람이었다. 성안에 있는 군사들까지 몰려나오는 날이면 자기의 군사들은 고스란히 독 안에 든 쥐 꼴이 날 것임을 얼른 깨우쳤다.

"모두 비어 있는 동쪽으로 물러나라!"

여포는 그렇게 영을 내리고 앞장서서 달아나기 시작했다. 제대로 싸워보지도 않고 달아나는 여포를 보자 조조의 군사들은 부쩍 힘이 났다. 기어이 여포를 사로잡겠다는 듯 기를 쓰고 추격했다.

여포의 군사가 그렇게 쫓기다보니 간신히 추격을 벗어났을 때는 사람과 말이 한가지로 지쳐 있었다. 그런데 다시 한군데 외진 길목에서 한 떼의 인마가 갑작스레 나타나 앞을 막았다.

"여포는 달아나지 마라! 관운장이 여기서 기다린 지 오래다."

앞선 장수가 청룡도를 비껴들고 말 위에서 소리쳤다. 난데없이 나타난 장비에게 쫓기는 터에 이제는 관운장까지 나타나 길을 막은 것이었다.

여포는 황망한 중에도 화극을 들어 관운장의 청룡도를 상대하지 않을 수 없었다. 뒤에는 조조의 대군과 장비가 쫓아오고 있어 앞으로 길을 뚫어야 했기 때문이었다. 따라서 처음부터 여포에게는 힘들여 싸울 마음이 있을 리 없었다. 짐짓 기세를 올려 몇 번 관운장을 공격한 뒤 한 가닥 길을 열어 달아나기 바빴다. 그에게 마지막으로 남은 하비성을 향해서였다. 다행히 후성(侯成)이 군사를 이끌고 접응한 덕분에 여포는 물론 진궁도 겨우 하비성 안으로 들어갈 수 있었다.

한편 소패에서 뿔뿔이 흩어진 뒤 서로 생사조차 모르다가 다시 만나게 된 관우와 장비는 비 오듯 눈물을 뿌리면서 그간에 있었던 일을 주고받았다.

"나는 그날 소패성을 빠져나간 뒤 해주(海州)의 길가에서 몇 안 되는 군사들과 함께 머물렀네. 그러면서 사방으로 알아본 바, 형님께서 조조와 함께 여포를 치러 온다는 소식이 들리기에 이렇게 달려온 것이네."

관우의 목메인 말에 장비가 울먹이며 대답했다.

"저는 망탕산(芒碭山)에 들어가 때를 기다리고 있었습니다. 다행히 오늘 다시 형님을 만나게 되고 다시 큰형님께서도 무사하시다는 걸 알게 되었으니 기다린 게 헛되지 않았군요."

"하늘이 우리 삼형제를 버리지 않으신 모양이네. 자, 여기서 지체할 게 아니라 어서 현덕 형님을 뵈러 가세."

관우가 장비의 등을 두드리며 그렇게 말하고 앞장서자 장비도 군사를 이끌고 유비가 있는 조조의 본진으로 향했다.

생사를 모르는 채 헤어졌던 삼형제가 다시 만나게 되었으니 그 기쁨이야 오죽했겠는가. 땅에 엎드려 울며 절하는 두 아우의 손을 잡아 일으키며 유비 또한 눈물을 감추지 못했다.

"이제 함께 조장군을 뵈러 가세."

이윽고 유비가 그렇게 말하며 둘을 데리고 조조를 만나러 갔다. 조조도 둘을 반가이 맞고 유비와 함께 자신을 따르도록 했다.

유비와 관, 장 삼형제가 조조를 따라 서주성으로 들어가니 이번에는 미축이 다시 눈물로 맞았다. 그러나 미축을 통해 가솔들이 모두 무사한 걸 알자 유비의 기쁨은 컸다. 근거가 되는 성을 빼앗기고도 두 아우는 물론 처자와 노소까지 아무 탈 없이 다시 만날 수 있는 것은 하늘의 보살핌이라 여겼다.

그러나 누구보다 기쁨이 큰 것은 조조였다. 두려워했던 손실을 입지 않고 소패와 서주를 빼앗았을 뿐만 아니라 여포를 하비성에 가두어놓을 수 있게 된 까닭이었다.

조조는 그 같은 성과를 얻게 된 데 가장 큰 공을 세운 진규와 진등 부자가 찾아들자 크게 잔치를 벌였다. 자신은 가운데에 앉고 왼쪽에는 진규를, 오른쪽에는 유비를 앉힌 뒤 다른 장수와 모사들도 각기 자리를 정해 앉게 하고 그들의 노고를 치하했다. 그런 다음 진규 부자의 공을 기려 열 개 현(縣)의 녹을 내리고, 진등은 벼슬을 높여 복파장군(伏波將軍)으로 삼았다.

그 잔치가 끝난 뒤 유, 관, 장 삼형제는 따로 모여 다시 그간에 쌓인 회포를 풀며 밤새워 술을 마셨다.

"형님, 이 얼마나 다행한 일입니까? 우리 삼형제가 다시 만난 데다가 두 분 형수님과 집안의 노소까지 무사하니 실로 하늘이 돌보신 것임에 틀림없습니다."

장비의 그 같은 말에 유비도 환한 얼굴로 받았다.

"나도 그렇게 생각하네. 처음 말 한 필에 의지해 소패를 빠져나올 때만 해도 나는 일이 모든 일이 글러버린 줄 알았네."

하지만 사람의 욕심이 원래 그러한지 두 아우와 가솔들이 모두 무사한 걸 알자 유비의 가슴에는 차츰 어둠이 일기 시작했다. 또다시 저 탁현을 떠날 때와 다름없이 영락한 자신의 처지가 떠오른 탓이었다.

조조가 나서서 얻어준 것이기는 하지만 처음 예주목의 자리를 얻었을 때만 해도 유비는 은근한 희망에 불타고 있었다. 일단 조조의 그늘을 벗어나 자신의 근거지를 가지게 됨으로써, 오래전부터 꿈꿔온 자립의 기반을 다질 수 있으리라는 예상에서였다.

그러나 미처 그 꿈을 펴보기도 전에 조조와 여포 사이에 싸움이 벌어지고, 자신은 그 와중에서 다시 모든 걸 잃은 채 조조에게 더부살이하는 신세가 되고 말았다. 그 싸움의 흙먼지에 휩쓸려 겨우 움트던 꿈은 산산이 흩어져버린 셈이었다.

가련하다 백문루(白門樓)의 주종(主從)

한편 조조는 손쉽게 서주를 얻게 된 걸 기뻐하면서 다음 날 다시 여러 장수와 함께 하비성을 칠 일을 의논했다. 모사 정욱(程昱)이 나서서 말했다.

"이제 여포에게는 하비성 하나가 남았을 뿐입니다. 만약 너무 급하게 조이면 반드시 죽기로 싸우다가 원술에게 투항해버릴 것입니다. 여포가 원술과 합세하면 그때는 참으로 치기 어렵게 될 것이니 먼저 그것부터 막아야 합니다. 싸움에 능한 장수를 뽑아 회남으로 가는 길목을 지키게 하십시오. 안으로는 여포가 그리로 달아나는 걸 막고, 밖으로는 원술이 여포를 구하러 오는 걸 지킬 수 있을 것입니다. 뿐만 아니라 산동에는 아직 장패(臧霸), 손관(孫觀)의 무리가 귀순하지 않고 있습니다. 거기에 대한 방비 또한 소홀해서는 아니 될 것입니다."

조조가 들어보니 한치의 빈틈도 없는 헤아림이었다. 이에 더 논란할 것도 없이 거기에 따르기로 하고 유비에게 말했다.

"나는 산동에 남은 여러 갈래의 적을 방비하며 하비성을 치겠소. 바라건대 현덕은 회남으로 통하는 길목을 막아주시오."

유비도 기꺼이 그 말에 따랐다.

"승상께서 그렇게 영을 내리시는데 어찌 감히 어기겠습니까?"

그리고 다음 날로 미축과 간옹을 서주에 남겨둔 채 손건과 관, 장두 아우를 데리고 회남으로 가는 길목을 막으러 떠났다. 조조 또한 한편으로 산동에 남은 여포의 졸개들을 방비하면서 하비성을 공격하러 떠났다.

이때 하비성의 여포는 식량이 넉넉한 데다 성을 둘러싼 사수가 깊은 것만 믿고 마음이 느긋했다. 가만히 앉아 지키기만 해도 별 걱정 없이 견뎌낼 수 있을 것 같았다. 그런 여포를 진궁이 깨우쳤다.

"조조의 군사는 이제 막 다다라 아직 진채며 목책을 제대로 갖추지 못했습니다. 그 틈을 노려 치면 못 이길 까닭이 없습니다."

그러나 여포는 고개를 설레설레 저었다.

"우리 군사는 이미 여러 번을 거듭 패해 가볍게 성을 나가 싸울 수 없소. 오히려 적이 공격해 오기를 기다려 되받아 치면 깨끗이 사수로 쓸어넣어 버릴 수 있을 것이오."

그리고 진궁이 거듭 나가 싸울 것을 권해도 끝내 들어주지 않았다.

그렇게 며칠이 지나자 조조의 군사들은 이미 진채를 다지고 목책을 엄정하게 세워 자리를 잡고 말았다. 진궁의 간곡한 권유에도 불구하고 여포는 또 한 번의 기회를 놓쳐버린 셈이었다.

대군이 아무런 방해 없이 진채를 내리고 안정되자 조조는 무리를 이끌고 성 아래로 와 큰 소리로 여포를 불렀다. 여포가 조조의 말에 대꾸하러 성벽 위로 몸을 드러내자 조조가 부드럽게 타일렀다.

"내가 듣기로 봉선(奉先)이 다시 원술과 혼인을 추진하려 한다기에 이렇게 군사를 이끌고 오게 되었소. 원술은 스스로 존호(尊號)를 쓴 반역자로 큰 죄가 있고, 공은 오히려 전에 동탁을 토벌한 공이 있소. 그런데 어찌하여 앞서 세운 공을 스스로 버리고 역적을 따르려 하시오? 만약 성이 깨뜨려지는 날이면 후회해도 이미 늦을 것이오. 일찍 항복하여 함께 한실을 받드는 게 어떠시오? 그렇게만 한다면 이미 봉해진 제후의 자리를 잃지 않고 영화를 누릴 수 있으리라."

목소리는 부드러워도 속셈은 빤한 생트집이었다. 원술과의 혼인은 바로 그 조조와 손잡음으로써 깨어지고 그 뒤로 다시는 거론된 적도 없었다. 그런데도 조조는 난데없이 그 혼인을 구실로 군사를 일으켰다고 억지를 부리고 있었다.

조금만 생각해도 알 만한 이치였으나, 여포는 그 같은 조조의 타이름에 슬며시 마음이 움직였다.

"승상께서는 잠시만 군사를 물려주시오. 여러 사람들과 의논해보고 답을 드리겠소."

그리고 정말로 항복할 뜻이 있는 듯 좌우를 돌아보았다. 이때 여포 곁에 서 있던 진궁이 그런 여포는 쳐다보지도 않고 한 걸음 나서며 성 아래를 향해 소리쳤다.

"조조, 이 간사한 도적놈아! 무슨 개수작이냐?"

그런 다음 노한 기색으로 올려다보는 조조에게 화살 한 대를 쏘아 붙였다. 화살은 똑바로 조조가 둘러쓰고 있는 깃털 덮개(일산)에 내리꽂혔다. 잘만 되면 힘들이지 않고 여포의 항복을 받아낼 수 있을지도 모른다는 기대에 젖었던 조조가 원한에 차 진궁을 가리키며 소리쳤다.

"내 반드시 너를 죽이리라!"

그리고 군사들을 몰아 급하게 성을 들이쳤다. 진궁은 조금도 두려워하지 않고 뚱해 있는 여포에게 다시 권했다.

"조조는 멀리서 왔으니 그 기세는 오래가지 못할 것입니다. 장군께서는 보졸과 기마대를 이끌고 성을 나가 진세를 벌이십시오. 저는 나머지 무리와 함께 성문을 굳게 닫아걸고 안에서 지키겠습니다. 조조가 만약 장군을 공격하면 저는 군사를 내어 그 등을 치고, 반대로 성을 공격하려 들면 그때는 장군께서 뒤에서 그를 치십시오. 그렇게 한다면 보름이 지나지 않아 조조의 군사들의 식량이 다할 것이니 그때는 북소리 한번으로 흙덩이 부수듯 조조의 대군을 물리칠 수 있습니다. 바로 사슴을 잡을 때처럼 앞에서 뿔을 잡고 뒤에서 다리를 붙드는 형세[掎角之勢]가 그것입니다."

여포도 싸움을 아는 자라 들어보니 그럴 법했다. 항복할 마음을 깨끗이 버리고 힘이 나 대답했다.

"공의 말이 옳소. 그렇게 하리다."

때는 마침 한창 추운 겨울이었다. 군사를 성 밖으로 내려고 보니 솜옷이 많이 필요했다. 여포는 성안에 영을 내려 갑옷과 솜옷을 거두어들이는 등 성을 나갈 채비를 하게 했다.

여포의 아내 엄씨가 소문을 듣고 나와 여포에게 물었다.

"어디를 가려고 그러세요?"

"군사들을 이끌고 성을 나가야겠소."

여포가 그렇게 대답하고 진궁이 낸 꾀를 대강 일러주었다. 엄씨가 펄쩍 뛰며 여포의 소매를 잡았다.

"당신이 성과 처자를 모두 남에게 맡기고 많지도 않은 군사와 멀리 나갔다가 만약 성안에 변이 나면 어쩌려고 그러세요? 이번에는 결코 장군의 아내로 살아남지 못할 것입니다."

그 말에 귀가 엷은 여포는 다시 마음이 떨떠름했다. 얼른 결정을 내리지 못하고 머뭇거리는데 사흘이 지나가버렸다. 기다리다 못한 진궁이 다시 여포를 찾아와 재촉했다.

"조조의 군사가 성을 사방으로 둘러싸고 있습니다. 빨리 나가 성안과 기각의 세를 만들지 않으면 반드시 고단한 지경에 빠지고 말 것입니다."

그러나 여포는 딴소리만 늘어놓았다.

"내가 다시 생각해보니 멀리 나가는 것보다 굳게 지키는 편이 나을 것 같소."

그 말에 진궁은 애가 탔다. 한층 더 간곡하게 여포를 달랬다.

"근자에 들으니 조조의 군사는 양식이 모자라 허도에 사람을 보내 거둬들이게 하고 있다고 합니다. 장군께서 정병을 이끌고 나가서서 그 양도(糧道)를 끊으신다면 실로 묘한 계책이 될 것입니다."

그러자 여포도 다시 귀가 솔깃해지는 모양이었다. 곧 진궁의 말에 따르기로 다짐했다. 하지만 그 또한 운인지 군사를 내기 전에 먼저 아내 엄씨에게 그 일을 말했다. 엄씨가 울며 또다시 여포를 말렸다.

"장군께서 나가고 없는 성을 진궁이나 고순 따위가 어떻게 지킬 수 있겠어요? 만약 이 성을 잃게 된다면 그때는 후회해도 이미 늦을 거예요. 지난날 제가 장안에서 장군에게 버림을 받았을 때는 요행히 방서(龐舒)가 제 몸을 숨겨주었기에 다시 장군을 만날 수 있었지만 이번에는 누구를 믿고 저를 버리려 하시는 거예요?"

엄씨가 울며 그렇게 옛일을 상기시키자 여포는 가슴이 찌릿했다. 동탁은 죽었으나 이각과 곽사의 무리에게 쫓겨 처자를 버리고 홀몸으로 달아나던 때가 문득 떠오른 것이었다. 방서가 감추어주어 다행히 아내와 딸을 다시 볼 수 있게는 되었으나 그런 일이 다시 일어난다는 것은 생각만으로도 끔찍했다. 거기다가 엄씨는 한층 단수 높게 여포의 약한 마음을 흔들어놓았다.

"하기야 장군께서는 앞길이 구만리 같은 분이시니 어찌 소소한 처자의 일에 얽매여 천하대사를 그르칠 수 있겠어요? 부디 첩의 일일랑 잊으시고 큰 뜻을 이루세요."

그리고 그대로 퍼질러 앉아 섧게섧게 울었다. 모처럼 다졌던 여포의 마음은 다시 흔들렸다. 까닭 없이 울적해진 채 결단을 내리지 못하고 초선(貂蟬)의 방으로 건너갔다. 지난날 천하를 위해 꽃다운 몸을 바쳤던 초선이었으나, 풍파에 부대끼며 여포와 살을 섞고 사는 동안 그 매서운 뜻도 나라를 위한 정성도 모두 스러지고 없었다. 그녀 또한 여느 아낙과 다름없이 여포와 떨어지게 되는 것만 두려워했다.

"장군께서는 이 몸의 주인이십니다. 부디 저를 버려두고 가볍게 성을 나가지 마세요."

초선이 그렇게 속살거리며 매달리자 여포는 완연히 마음이 바뀌었다.

"걱정하지 마라. 아직 내게는 이 방천화극이 있고 적토마가 있다. 누가 감히 내게 덤벼들 수 있겠느냐?"

그렇게 큰소리를 쳐 초선을 안심시킨 뒤 방을 나갔다. 이미 진궁의 말 따위는 마음 한구석에도 남아 있지 않았다. 나중에 진궁이 다시 채근했으나 여포는 손바닥 뒤집듯 엉뚱한 소리만 했다.

"조조의 군량이 이르렀다는 것은 속임수요. 조조는 워낙 꾀가 많은 자라 가볍게 움직일 수 없소이다."

이제는 여포의 마음을 돌릴 수 없다고 짐작한 진궁은 그 앞을 물러나와 홀로 탄식했다.

"우리들은 죽어도 묻힐 땅마저 없겠구나!"

한편 여포도 마음이 썩 밝지는 못했다. 처첩의 말을 듣고 진궁의 계책을 물리치긴 했으나, 그것이 옳지 못함은 본능적으로 느끼고 있었다. 그 바람에 여포는 종일 엄씨와 초선을 끼고 술로 마음속의 근심을 달래고 있었다.

보다 못한 모사 허사(許汜)와 왕해(王楷)가 여포를 찾아와 계책 한 가지를 올렸다.

"지금 원술은 회남에서 크게 세력을 떨치고 있습니다. 장군께서는 전에 그와 혼약을 맺기로 한 적이 있는데 왜 지금 같은 때에 그에게 구원을 청하시지 않습니까? 원술의 군사와 우리 군사가 안팎으로 공격한다면 조조를 쳐부수기는 어렵지 않을 것입니다."

여포가 들으니 귀가 번쩍 뜨일 소리였다. 그 자리에서 글을 닦게 해 그 두 사람을 원술에게 보내려 했다. 허사가 그런 여포에게 청했다.

"한 갈래 군사를 이끌고 저희가 성을 나갈 길을 열어주셨으면 좋겠습니다."

이에 여포는 장요와 학맹에게 군사 일천을 딸려 허사와 왕해의 길을 열어주도록 했다.

그날 밤 이경 무렵이었다. 장요가 앞장을 서고 학맹이 뒤를 맡아 허사와 왕해를 보호한 뒤 여포의 일천 군마가 갑작스레 성문을 열고 쏟아져 나왔다. 워낙 뜻밖의 일이라 조조의 군사들이 손 써볼 틈도 없이 성을 벗어난 그들은 길목을 지키던 유비의 진채마저 질풍처럼 지나가버렸다. 유비의 군사들이 급히 뒤를 따랐으나 어느새 그들은 험한 곳을 모두 빠져나가버린 뒤였다.

일단 성을 빠져나오는 데 성공하자 학맹은 오백 군마를 이끌고 허사와 왕해를 보호한 채 내쳐 회남으로 떠나고, 장요만 나머지 절반 군사와 하비성으로 되돌아섰다. 그러나 이때는 유비의 진채에서도 대비가 있어 장요는 관우에게 길을 가로막혔다.

은연중 서로 흠모하는 사이였으나 그렇게 되고 보니 장요와 관운장도 싸우지 않을 수 없었다. 장요는 창을 꼬나쥐고 관운장은 청룡도를 휘둘러 막 싸움이 어우러지려 할 때 갑자기 함성과 함께 한 떼의 군마가 나타났다. 여포의 명을 받은 고순이 장요를 구하러 온 것이었다.

그러자 원래부터 별로 싸울 마음이 없던 관운장은 슬며시 길을 비켜주었다. 이미 원술에게 가는 사자를 놓쳐버린 이상 장요와 군사 몇 백을 구태여 괴롭힐 필요가 없다는 판단에서였다.

그 무렵 원술은 한때 조조에게 빼앗겨 잿더미가 되었던 수춘성을 되찾아 다시 그곳을 근거지로 삼고 있었다. 여포에게 사자가 왔다는 말을 듣자 지난 일이 떠올라 불쾌하게 맞아들였다. 허사와 왕해가 올린 여포의 글을 다 읽고 원술이 물었다.

"전에 내가 보낸 사자를 죽여가며 나와 혼인하기를 거절해 놓고 지금에 와서 그 일을 꺼내다니 무슨 속셈인가?"

허사가 송구한 듯 변명했다.

"그 일은 조조의 간계에 빠져 저지른 잘못입니다. 명공께서는 부디 밝게 살펴주십시오."

"조조의 군사로 고단하고 위급하게 되지 않았던들 네 주인이 어찌 내게 그 딸을 시집 보내려 하겠느냐?"

원술이 다시 빈정거리듯 허사의 말에 되받아 물었다. 이번에는 왕해가 대답했다.

"명공께서 지난 잘못을 따져 저희를 구해주시지 않는다면 이는 입술이 밉다 하여 이가 구하지 않는 격입니다. 입술이 없어지면 이가 시린 법, 저희 주인이 망하는 것은 결코 명공께도 복이 되지 못할 것입니다."

원술이 그만한 이치도 모를 사람은 아니었다. 조조가 여포를 멸망시키면 다음으로 칼끝을 들이댈 것은 자신이라는 걸 잘 알고 있었으나 그래도 우선 못 미더운 것은 여포였다. 잠시 말이 없다가 이윽고 입을 열었다.

"봉선이 반복이 심하니 믿을 수가 없다. 먼저 그 딸을 내게 보낸 다음에야 군사를 보내겠다고 일러라."

형편으로 보아서는 두말없이 여포를 구해놓고 볼 일이었으나 끝내 지난날의 작은 감정을 씻지 못한 원술의 결정이었다. 하지만 허사와 왕해로 보면 그만한 허락이라도 받아낸 게 여간 다행스럽지 않았다. 수십 번 머리를 조아려 감사한 뒤 수춘성을 나섰다.

하비성으로 돌아가려니 다시 유비의 군사들이 길목에서 그들을 지키고 있었다. 이에 유비의 진채 부근에 이르러 허사가 다시 궁리를 냈다.

"낮에는 이곳을 지나기 어렵겠소이다. 밤이 깊거든 우리 두 사람이 앞서갈 터이니 학맹 장군은 뒤를 막아주시오."

학맹의 일이 원래 그들 둘을 보호하는 것이니 달리 할 말이 있을 리 없었다. 이에 밤이 깊기를 기다려 셋은 낮에 의논한 대로 했다. 허사와 왕해가 먼저 말을 달려 유비의 진채를 지나가고 그 뒤를 학맹이 거느린 오백 군마가 따랐다.

그런데 허사와 왕해가 무사히 빠져나간 뒤 학맹이 막 유비의 진채를 통과하려는 때였다. 어둠 속에서 한 장수가 불쑥 나타나 길을 막으며 무쇠 솥 깨지는 소리를 냈다.

"이놈들, 어디를 함부로 지나려느냐?"

목소리만 들어도 학맹은 그가 누군지 알 만했다. 다름 아닌 장비였다. 그러나 달리 길이 없는 학맹은 마음을 다잡고 창을 내밀었다.

"어림없는 수작."

장비는 깍짓동 같은 몸을 날렵하게 움직여 그 창끝을 피하는가

258

싫더니 어느새 손을 내뻗어 말 위에 앉은 학맹을 어린애 낚아채듯 사로잡아버렸다. 장수가 그 모양으로 사로잡혀 가자 그를 따르던 오백 인마의 운명도 뻔했다. 모조리 사로잡히거나 죽음을 당하고 말았다.

장비는 사로잡은 학맹을 끼고 가 유비에게 바쳤다. 비록 사자는 놓쳤으나 학맹이라도 사로잡은 걸 다행으로 여긴 유비는 곧 그를 끌고 조조의 진채로 갔다.

"너는 무엇 때문에 원술에게 갔더냐?"

조조가 엄하게 학맹에게 물었다. 학맹은 체념한 듯 허사와 왕해를 보호하여 원술에게 다녀온 일과 원술이 여포에게 한 말을 아는 대로 털어놓았다.

내막을 안 조조는 크게 노했다. 그 자리에서 학맹을 목 베 군문에 높이 걸게 한 뒤 각 영채에 영을 내렸다.

"만일 일후에 다시 방심하여 여포에게 길을 내어주는 자가 있으면 높고 낮음을 가리지 않고 군법에 따라 목을 베리라!"

그 영이 얼마나 서릿발 같은지 모든 영채가 으스스하여 떨 지경이었다.

비록 조조에게 직접적인 추궁을 받지는 않았으나 자신의 진채로 돌아온 유비의 마음은 편치 못했다. 조용히 관우와 장비를 불러놓고 말했다.

"우리가 바로 회남으로 가는 길목을 맡고 있으니 너희 둘은 더욱 마음을 써서 지키고, 만에 하나라도 조공(曹公)의 군령을 범하는 일이 없도록 하라."

그러자 장비가 투덜거렸다.

"내가 적장 하나를 사로잡아 주었건만 조조는 상을 주기는커녕 도리어 엄한 군령으로 사람에게 겁만 주니 이게 무슨 꼴이오?"

"그렇지 않다. 조조는 많은 군사를 거느리고 있으니 군령이 아니고서는 어찌 모두를 따르게 할 수 있겠느냐? 아우는 그 군령을 어기지 않아야 한다."

유비가 다시 그렇게 타이르자 관우와 장비도 어쩔 수 없다는 듯 조조의 군령을 지키기로 약속하고 각기 맡아 지키는 곳으로 돌아갔다.

한편 무사히 하비성으로 돌아간 허사와 왕해는 여포 앞에 나아가 말했다.

"원술은 먼저 며느리를 본 뒤에야 군사를 내어 주공을 구해드리겠다 합니다."

"지금 조조의 군사가 겹겹이 성을 에워싸고 있는데 어찌 딸아이를 보낼 수가 있겠느냐?"

여포가 한편으로는 다행이라 여기면서도 한편으로는 답답한 듯 물었다. 허사가 나서서 말했다.

"이제 학맹이 사로잡혔으니 조조는 틀림없이 이쪽의 사정을 알아내어 미리 대비하고 있을 것입니다. 장군께서 친히 나서서 호송하지 않으신다면 누가 겹겹이 둘러친 조조의 포위망을 뚫고 나갈 수 있겠습니까?"

그 같은 허사의 말이 옳다 여겼는지 여포가 대뜸 물었다.

"그렇다면 오늘 당장 딸아이를 보내는 게 어떠하겠는가?"

"오늘은 흉신(凶神)이 든 날이라 아니 됩니다. 내일은 날이 좋으니 술시(戌時, 밤 아홉 시경)나 해시(亥時, 밤 열한 시경)쯤 해서 나가는 게 어떻겠습니까?"

허사가 일진까지 들먹여 여포의 조급을 막았다. 여포도 흉신이 들었단 말에 꺼림칙한지 다음 날로 딸을 원술에게 보내기로 작정했다.

허사가 길한 시간으로 짚은 술시와 해시는 다음 날 밤 이경 무렵이었다. 여포는 장요와 고순에게 삼천 병마와 작은 수레 한 대를 내어주며 말했다.

"내가 딸아이를 이백 리 밖까지 호송해줄 터이니 너희는 거기서부터 그 아이를 수레에 태워 수춘성까지 데려다주고 오도록 해라."

그런 다음 딸을 보호해 성을 나갈 채비를 하는데, 그 꼴이 볼만했다. 먼저 딸에게 두꺼운 솜옷을 입힌 뒤 다시 그 위에 갑옷을 두르게 했다. 그리고 그 딸을 자기 등에 업으니 비록 딸을 사랑하는 마음에서라 하나 채신머리가 말이 아니었다.

하지만 급한 여포는 자기 몰골에 마음 쓸 틈도 없이 방천화극을 꼬나쥐고 적토마 위에 올랐다. 이윽고 성문이 열리자 여포가 앞장서서 달리고 그 뒤를 고순과 장요가 삼천 병마를 이끌고 따랐다.

조조의 진을 돌파할 때만 해도 여포는 모든 게 자신의 뜻대로 되는 줄 알았다. 그러나 유비의 진 앞에 이르러 일은 벌어지고 말았다. 갑자기 한차례 북소리가 울리더니 횃불이 대낮처럼 밝혀진 가운데 관우와 장비가 길을 막고 소리쳤다.

"섰거라! 네놈들은 어디로 가는 누구냐?"

하지만 다급한 여포는 별로 싸울 마음이 없었다. 다만 한 가닥 길을 앗아 딸을 내보내려고만 들었다. 그때 다시 유비가 한 떼의 군사를 이끌고 관우와 장비를 도우러 달려왔다.

그렇게 되니 여포는 길을 뚫을래야 뚫을 수가 없었다. 어쩔 수 없이 혼전이 되어 양군은 한동안 정신없이 싸웠다. 여포가 비록 용맹스럽다 하나 등에 업은 사랑하는 딸이 상할까 봐 함부로 적진 속에 뛰어들지 못한 탓이었다.

그때 다시 등 뒤에서 조조가 기별을 받고 보낸 서황과 허저가 대군을 이끌고 달려들며 소리쳤다.

"여포를 놓치지 마라!"

"여포를 놓치면 군법을 시행하리라!"

일이 그 지경이 되고 보니 천하의 여포라도 뚫고 나갈 도리가 없었다. 황급히 군사를 돌려 성안으로 쫓겨드니, 그제야 유비가 군사를 수습하고 서황과 허저도 각기 진채로 돌아갔다. 결국 여포 쪽에서는 단 한 사람도 조조의 포위망을 뚫지 못한 꼴이었다.

성안으로 되쫓겨 들어온 뒤에야 여포는 비로소 사태가 생각보다 위급함을 깨달았다. 그러나 이미 달리 구원을 청할 데도 없고 청할래야 사람을 내보낼 수가 없었다. 따라서 마음속에 느끼는 것은 근심과 두려움이라 죽어나는 건 그저 술뿐이었다.

그렇지만 조조도 당장은 여포를 어쩌지 못했다. 성벽이 높고 주위를 둘러싼 물이 깊은 데다 성안에는 곡식까지 넉넉해 달포가 지나도록 공격을 퍼부어도 끄떡하지 않았다. 그런데 또다시 급한 전갈이 날아들었다.

"하내 태수 장양이 동시로 군사를 내어 여포를 구원하려 하다가 그 부장 양추(楊醜)에게 죽임을 당했습니다. 그런데 장양의 목을 승상께 바치러 오던 양추는 다시 장양의 심복 계고(眭固)에게 죽임을 당하고, 계고는 무리를 데리고 대성(大城)으로 달아나버렸습니다. 언제 우환거리가 될지 모르니 승상께서는 미리 대처하도록 하십시오."

조조도 그대로 둘 일이 아니라 생각했다. 곧 장수 사환(史渙)을 불러 영을 내렸다.

"너는 즉시 한 갈래 군사를 이끌고 계고를 뒤쫓아 후환이 없도록 하라!"

다행히 계고를 쫓아간 사환은 며칠 되지 않아 그 목을 베어 돌아왔다. 그러나 조조는 더 이상 하비성을 치는 데 시간을 끌 수 없다 생각했다. 곧 여러 장수와 모사들을 불러놓고 엄숙하게 말했다.

"장양은 다행히 자멸했으나 북으로는 원소란 근심거리가 있고 남으로는 장수와 유표란 우환이 남아 있소. 그런데 이 하비성 하나를 오래 에워싸고 있으면서도 떨어뜨리지 못하고 있으니 실로 난감하외다. 차라리 잠시 여포를 버려두고 허도로 돌아가 싸움을 쉬며 때를 보는 게 어떻겠소?"

그 말을 듣자 순유가 급히 일어나 조조를 말렸다.

"아니 됩니다. 여포는 이미 여러 번 싸움에 져서 그 날카로운 기세가 많이 꺾였습니다. 원래 군사들이란 장수에 의지하는 바니 장수의 기력이 떨어지면 군사들 또한 싸울 마음이 없어지는 법입니다. 여포의 모사인 진궁이 비록 꾀가 많다 하나 그 씀이 더디고 여포는 아직 기운이 회복되지 못해, 진궁의 꾀가 미처 정해지기 전에 속히 공격하면 여포를 사로잡을 수 있습니다. 이제 와서 여포를 버려두고 돌아가셔서는 아니 됩니다."

그때 곽가가 순유를 거들고 나섰다.

"제게 한 계책이 있습니다. 하비성을 세워둔 채 깨뜨리는 데 이십만 대군보다는 더 나을 것입니다."

곽가의 그 말을 받아 순욱이 빙긋이 웃으며 물었다.

"혹시 기수와 사수의 물로 하비성을 결딴내려는 건 아닌가?"

"바로 그렇소이다. 문약(文若)께서 용케 알아보셨소."

곽가가 소리 높여 웃으며 대답했다. 조조도 그 말을 듣자 떠오르는 게 있었다. 지금까지 하비성을 치는 데 장애로만 여겼던 사수(泗水)의 물이었지만, 거꾸로 성을 공격하는 데도 쓸 수 있다는 것은 미처 생각하지 못했던 것이다.

"좋은 가르침이오. 그렇게 해보겠소."

조조는 기쁨을 감추지 못하고 그렇게 말한 뒤 다음 날로 곧 대군을 풀어 기수와 사수의 물을 가두게 했다. 수십만이 달려들어 둑을 막고 물길을 돌리자 금세 하비성은 물에 잠기기 시작했다. 높은 곳으로 진채를 옮긴 조조가 내려다보니 겨우 동문 하나만 남겨두고 나머지 문들은 모두 물이 흘러들어 성안은 순식간에 물바다로 변했다.

성만 믿고 있던 여포에게 놀란 군사 하나가 달려가 그 사실을 알렸다. 하지만 대낮부터 술에 취해 있던 여포는 오히려 그 군사를 꾸짖었다.

"내 적토마는 물 위를 평지 걷듯 한다. 무엇이 두려워 그렇게 방정을 떠느냐?"

그러고는 아내 엄씨와 첩 초선을 끼고 내쳐 술만 마셔댔다. 어찌면 그 일밖에는 달리 할 일이 없었는지도 모를 일이었다.

성에 물이 들었다고는 하지만 당장에 무슨 일이 일어나는 건 아니었다. 오히려 불어난 물 때문에 성을 공격할 수 없게 된 조조가 막연히 변화를 기다리는 동안에 다시 여러 날이 지나갔다.

그동안에도 여포는 연일 술을 퍼마시고 생각나는 대로 처첩을 희롱하며 날을 보냈다. 그러다 보니 자연 몸이 주색에 곯아 몰골이 말이 아니었다.

어느 날 우연히 맑은 정신으로 거울을 들여다보게 된 여포는 형편없이 초췌해진 자기 얼굴을 보고 놀랐다. 그 옛날 장안의 호남으로 흠모를 받던 그의 얼굴은 간곳없고 주색에 찌든 낯선 중년의 모습이 비쳤기 때문이었다. 여포는 분연히 거울을 내던지며 소리쳤다.

"내가 주색으로 몸을 상했구나. 오늘부터는 마땅히 경계해야겠다!"

그러고는 곧 성안에 엄명을 내렸다.

"오늘부터 지위의 높고 낮음을 가리지 않고 술을 마시는 자는 모조리 목을 베리라!"

갑작스럽긴 했지만 성안의 장졸들은 오히려 반가워하며 그 명을 받들었다. 여포가 이제 정신을 차렸으니 어떻게든 조조쯤은 막아낼 수 있으리라 믿었다. 그만큼 장졸들은 여포의 용맹을 믿고 있었다.

그런데 공교롭게도 여포의 장수 후성(侯成)에게서 먼저 일이 벌어졌다. 그에게 말 열다섯 필이 있었는데 누가 그 말을 훔쳐 유비에게 바치려다 들킨 일이었다. 후성이 뒤쫓아가 말을 훔쳐가던 자들을 죽이고 말을 되찾아 오자 다른 장수들이 모여 그 일을 치하하러 왔다.

그때 마침 후성에게는 전에 담가둔 대여섯 말의 술이 있었다. 모처럼 찾아준 동료 장수들과 함께 그 술을 마시고 싶었으나 문득 여포의 금주령이 두려웠다. 후성이 그 말을 여럿에게 하자 그중 하나가 말했다.

"먼저 주공께 아뢰고 마시면 되지 않겠소?"

후성은 그 말을 옳게 여겨 술 다섯 병을 들고 여포를 찾아갔다.

"장군의 위엄에 힘입어 잃은 말을 되찾게 되었던바, 여러 장수들이 그 일을 치하하러 제 집으로 몰려왔습니다. 마침 집에 전에 담가 둔 술이 약간 남았기로 그들과 함께 마시고자 하였으나 장군의 엄명이 두려워 이렇게 찾아뵙습니다. 먼저 올리고 꾸짖음을 받은 뒤 돌아가 남은 술을 여러 장수들과 함께 마실까 합니다."

후성이 공손하게 술을 바치며 말했다. 그러나 여포는 그런 사정따위는 아랑곳없이 얼굴이 벌게지도록 성을 냈다.

"내가 방금 술을 마시지 말라는 엄명을 내린 바 있는데, 너희들이 함부로 술을 담그고 또 모여 마시려 들다니 무슨 뜻이냐? 함께 의논해 나를 치기라도 하겠다는 것이냐?"

그렇게 꾸짖고는 좌우를 돌아보며 소리쳤다.

"아무도 없느냐? 당장 저놈을 끌어내 목을 쳐라!"

비록 후성이 여포의 열 손가락 안에 드는 장수라 하지만 워낙 여포가 눈이 뒤집혀 펄펄 뛰니 좌우가 감히 말릴 엄두를 내지 못했다. 그때 소식을 들은 송헌과 위속을 비롯한 여러 장수가 달려와 용서를 빌었다. 모두 후성과 함께 술을 마시려 하던 자들이라 후성이 그대로 죽도록 내버려둘 수 없었기 때문이었다.

아끼는 장수들이 모두 달려와 용서를 빌자 여포의 노기는 약간 수그러졌다. 그러나 그대로 용서할 수는 없다는 투였다.

"내 명을 알고도 어겼으니 그 죄 죽어 마땅하나, 여러 장수들의 낯을 보아 매 백 대로 낮추리라!"

여포는 그렇게 형을 낮추었다가 다시 여러 장수들이 간절히 빈 뒤에야 쉰 대로 낮추어주었다. 그리고 정말로 후성의 등에 매 쉰 대를 때린 뒤에야 놓아주니 그 꼴을 지켜본 장수들치고 맥빠져 하지 않은 자 없었다. 돌아가면 한 부대를 이끌 장수를 사소한 잘못으로 여럿 앞에서 말 안 듣는 마소 때리듯 하였으니 그럴 만도 했다.

송헌과 위속은 후성이 맞은 일이 자기들에게도 잘못이 있다 싶어 후성이 누워 있는 집으로 찾아갔다. 그 하는 양도 살피고 위로도 할 겸해서였다.

후성이 울며 말했다.

"공들이 아니었더라면 나는 오늘 죽고 살아남지 못했을 것이오."

그 말하는 품이 깊이 한 맺힌 듯했다. 송헌이 그런 후성에게 맞장구를 쳤다.

"여포는 처자만 아끼고 우리들은 짚 검불만큼도 여기지 않소."

"조조의 군사는 성을 둘러싸고 물은 점점 불어나니 우리는 꼼짝 없이 죽고 말 것이오!"

위속도 한층 격하게 둘의 불평을 거들었다. 분위기가 그렇게 돌아가자 셋은 한동안 거침없이 여포의 욕을 주고받았다. 그러다가 문득 송헌이 목소리를 죽이며 둘에게 말했다.

"여포는 어질지도 못하고 의롭지도 않으니 좋은 끝을 바라보기 어렵게 되었소. 우리 차라리 그를 버리고 달아나는 게 어떻겠소?"

그 말에 위속이 한술 더 떴다.

"그냥 도망치는 것은 장부의 할 노릇이 아니오. 오히려 여포를 사로잡아 조공에게 바치는 게 어떻겠소?"

의논이 거기까지 발전하자 드디어 듣고 있던 후성도 처음부터 하고 싶던 말을 했다.

"내가 오늘 이 지경이 된 것은 잃은 말을 되찾은 데서 발단이 됐소. 결국 나는 말을 뒤쫓아 찾은 까닭에 매를 맞은 꼴이외다. 여포가 믿고 뽐내는 것도 따지고 보면 적토마 덕분이오. 만약 그대들 두 사람이 여포를 사로잡아 바칠 작정이라면, 나는 먼저 적토마를 훔쳐 타고 조공께로 도망가 그 일을 아뢰겠소."

"그렇다면 달아날 때는 동문으로 오시오. 내가 그 문을 지키고 있으니 공을 내보내줄 수 있을 것이오."

위속이 후성의 말을 받아 그대로 그 의논을 매듭지어 버렸다.

그날 밤이 이슥해서였다. 후성은 몰래 마구간에 숨어들어 여포가 제 몸처럼 아끼는 적토마를 끌어내 타고 동문으로 달렸다. 미리 약속된 대로 그쪽을 지키고 있던 위속이 슬쩍 성문을 열어주니 후성은 나는 듯 빠져나갔다. 그 뒤를 위속이 겉으로만 요란스레 쫓는 체하다가 어물쩍 놓아주고 되돌아왔다. 당장 있을 여포의 추단에 구실을 만들어두기 위함이었다.

무사히 조조의 진채로 도망간 후성은 곧 조조에게 타고 온 적토마를 바치며 말했다.

"성안에 아직 송헌과 위속이 남아 승상을 위해 일할 때를 기다리고 있습니다. 성 위에 백기가 꽂힌 것이 군호가 되오니 그때에는 힘써 성을 공격해주십시오."

여포가 그토록 아끼는 적토마를 훔쳐 온 후성의 말이라 조조는 믿지 않을 수 없었다. 성안의 민심도 흔들고 송헌과 위속에 대한 은근한 격려도 겸해 방문 수십 장을 만든 뒤 성안으로 쏘아 보냈다. 방문의 내용은 이러했다.

'대장군 조조는 밝은 조서를 받들어 특히 여포를 치러 왔다. 천자께서 보내신 대군에 항거하는 자는 성이 깨뜨려지는 날 그 일족과 더불어 주륙을 면치 못하리라. 그러하되 위로는 장교부터 아래로는 이름 없는 백성에 이르기까지 누구든 여포를 사로잡아 오거나 혹 그 목을 베어 바치는 자는 높은 벼슬과 큰 상을 내리리라. 이 방문이 말하는 바를 모두 바로 알아 행하도록 하라.'

그리고 이튿날 날이 새기 무섭게 함성으로 기세를 돋우며 하비성을 공격하기 시작했다.

아무것도 모르고 잠에 빠져 있던 여포는 조조의 군사들이 지르는 함성에 놀라 깨어났다. 화극을 들고 성 위에 올라 각 성문을 돌아다보다가 위속이 지키던 동문을 통해 후성이 빠져나간 걸 듣고 위속을 꾸짖었다. 그러다가 후성이 적토마까지 훔쳐 달아난 걸 알자 화가 머리끝까지 치솟아 그 자리에서 위속에게 군법을 시행하려 들었다.

하지만 그때 이미 한쪽 성벽에는 누가 꽂았는지 모를 백기가 펄럭이고 있었다. 그것을 본 조조는 한층 급하게 군사를 몰아 성을 들이쳤다. 일이 화급하게 되니 여포는 위속을 벌할 여유조차 없었다.

위속은 잠시 버려두고 스스로 성벽 위에 나와 개미 떼처럼 기어오르는 조조의 군사들을 찍어 내리기에 바빴다.

새벽부터 시작된 조조의 공격은 한낮이 되자 조금 수그러들었다. 한숨을 돌린 여포는 문루(門樓)에서 잠시 쉬다가 자신도 모르게 의자에 앉은 채 잠이 들었다. 새벽부터 잠을 설친 데다 한나절을 쉬지 않고 싸워오는 동안 쌓인 피로 때문이었다.

아직 여포의 의심을 받지 않아 곁에 있던 송헌은 이때라 생각했다. 좌우를 물리친 후 먼저 여포의 화극을 훔쳐 감춰버렸다. 그리고 저만큼 있는 위속을 불러 밧줄을 든 채 두 사람이 일제히 덤벼들었다. 둘 모두 장수로 뽑힐 만큼 힘깨나 쓰는 데다 잠든 채 기습을 당한 터라 여포는 제대로 힘도 써보지 못하고 밧줄에 꽁꽁 묶이고 말았다.

그제야 놀란 여포는 거푸 좌우를 불렀으나 송헌과 위속 때문에 소용이 없었다. 여포의 부름 소리에 놀라 달려온 군사들을 험한 기세로 두들겨 쫓아버린 그들은 미리 준비한 백기를 크게 휘둘렀다. 그걸 본 조조의 군사들이 다시 일제히 성 아래로 몰려들었다.

"이미 여포를 사로잡았소! 어서 성으로 드시오."

위속이 조조의 군사들을 향해 큰 소리로 외쳤다. 그러나 거기에 섞인 하후연이 못 미더운 듯한 얼굴로 머뭇거리자 여포의 방천화극을 성 아래로 던져보이고 성문을 활짝 열어젖혔다.

장수에게는 생명과도 같은 무기까지 빼앗긴 걸 알고는 조조의 군사들도 드디어 여포가 사로잡힌 걸 의심하지 않고 활짝 열린 성문으로 덩어리져 몰려들었다. 그때 고순과 장요는 서문 쪽에 있었으나 물 때문에 밖으로 달아나지도 못하고 고스란히 조조의 군사들에게 사로잡히고 말았다. 진궁은 다행히 남문으로 빠져나갈 수 있었지만 그 또한 조조의 그물을 벗어나지는 못했다. 그쪽을 지키던 서황에게 사로잡혀 조조에게 끌려가는 신세가 되었다.

성을 손에 넣은 조조는 즉시 명을 내려 성안에 든 물이 빠지도록 사수와 기수의 물줄기를 돌리게 하는 한편 방을 붙여 백성들을 안정시켰다. 그런 다음 백문루(白門樓) 위에 높이 자리 잡고 사로잡힌 천여 명을 차례로 끌어오게 했다. 그 곁에는 관우와 장비의 시립을 받은 유비가 나란히 앉아 있었다.

첫 번째로 끌려나온 것은 여포였다. 크고 건장한 여포였으나 밧줄로 이리저리 얽어놓으니 둥근 고깃덩어리처럼 보였다. 그러나 더욱 볼썽 사나운 것은 벌써 애원의 기색이 도는 그의 표정이었다.

"밧줄이 너무 죄어 있소. 제발 좀 헐겁게 해주시오."

여포의 그 같은 애원에 조조가 차갑게 대답했다.

"범을 옭는 데 어찌 꽉 죄게 옭지 않겠느냐?"

그러자 여포는 다시 한번 애원하려다가 문득 조조 곁에 서 있는 후성과 송헌, 위속 셋을 보았다. 아무리 사로잡힌 몸이라 하나 한때 그들의 주인이었음을 생각하고 위엄을 지키려 애쓰며 물었다.

"내 일찍이 그대들을 대함에 박하지 않았는데 그대들은 어찌하여 나를 배반했는가?"

그러자 송헌이 꾸짖듯 대답했다.

"처첩의 말만 듣고 장수들의 계책은 들어주지 않았는데 어찌 우리에게 박하지 않았다고 말할 수 있겠소?"

송헌의 그 말이 가슴에 와닿는지 여포는 더 대꾸를 못했다.

조조는 그런 여포를 잠시 미뤄두고 뒤이어 끌려온 고순에게 물었다.

"너는 달리 할 말이 없느냐?"

조조는 그 물음을 통해 고순에게 살 수 있는 기회를 주고 있었다. 솔직한 항복이든 대담한 저항이든 한가지로 살아날 길이 될 수 있었으나 딱하게도 고순은 우직한 무장에 지나지 않았다. 끝내 입을 다물어 답하지 않으니 성난 조조는 그를 끌어내 목을 베게 했다.

그다음에는 서황에게 끌려온 진궁이었다.

"공대(公臺)는 그간 별일 없으시었소?"

조조가 빈정거리듯 진궁에게 물었다. 조금도 흐트러지지 않은 태도로 진궁이 대답했다.

"네 마음이 바르지 못해 나는 이미 오래전에 너를 버렸거늘 그 무슨 입에 발린 문안이냐?"

"내 마음이 바르지 않다고 하오만, 그러면 그대는 왜 여포를 섬겼소? 여포가 나보다 더 마음이 바르다고 믿는 것이오?"

"여포는 비록 꾀가 없으나 너처럼 거짓과 속임수와 간교함과 흉험함을 지니지는 않았다."

진궁이 다시 꼿꼿하게 대답했다. 그래도 조조는 표정을 바꾸지 않고 묻기를 계속했다.

"공은 스스로 지모가 깊은 사람이라 일컬었소. 그런데 어찌하여 이꼴이 되었소?"

그 말에 진궁이 원망 서린 눈길로 여포를 돌아본 뒤 대답했다.

"저 사람이 내 말을 따라주지 않은 것이 한이다. 내 말대로만 따랐다면 틀림없이 오늘처럼 네게 사로잡히는 욕을 보지는 않았을 것이다."

그때 이미 조조는 구차하게 목숨을 빌겠다는 뜻이 진궁에게는 없음을 알았다. 그러나 그럴수록 이상한 애착으로 물었다.

"이제 오늘의 일은 어떻게 처리했으면 좋겠소?"

"오늘 내게는 다만 죽음이 있을 뿐이다!"

역시 조조가 예상한 대답이었다. 그에게는 더 기대할 게 없다는 걸 뻔히 알면서도 조조는 다시 한번 진궁의 아픈 곳을 건드려보았다.

"공은 그렇다 치고, 공의 노모와 처자는 어찌하면 좋겠소?"

그러자 태연하던 진궁의 얼굴에도 한 가닥 수심이 어렸다. 하지만 그것도 잠시, 진궁은 여전히 꼿꼿하게 대답했다.

"내가 듣기로 효로써 천하를 다스리고자 하는 이는 남의 어버이를 죽이지 않고, 인으로 천하를 바로 하려는 이는 남의 처자를 죽여 제사를 끊어지게 하지 않는다 했소. 노모와 처자의 목숨은 다만 명공에게 달렸소이다. 나는 이미 사로잡힌 몸이니 어서 죽여주기를 바랄 뿐 달리 아무것도 생각하고 싶지 않소."

앞서와 달라진 게 있다면 비로소 조조에게 존대를 쓰는 일이었다. 조조는 그것을 그의 자존심이 허락하는 한도 안에서의 노모와 처자를 위한 간절한 부탁으로 받아들였다.

죽음 앞에서조차 품위와 개결함을 잃지 않으려는 진궁에게 조조는 또 한번 망설임에 빠져들었다. 죽이고 싶지 않다……. 그러나 진궁은 제 할 말을 이미 다했다는 듯 그대로 일어나 문루 아래로 걸어

내려갔다. 좌우가 붙들었으나 끝내 듣지 않고 스스로 죽을 곳으로 찾아갈 뿐이었다. 차라리 그를 죽게 하는 것이 진정으로 그를 생각하는 것이라 여긴 조조는 몸을 일으켜 울면서 보냈다. 그리고 잠시 후 그의 목이 떨어졌단 말을 듣자 부리는 자에게 엄숙하게 일렀다.

"지금 당장 진궁의 노모와 처자를 허도로 돌려보내고 잘 돌봐주도록 하라. 조금이라도 이 일에 태만한 자는 목 위에 머리를 남겨두지 않으리라!"

실로 그 순간만은 간웅의 모습을 조금도 찾아볼 수 없는 인간미의 극치였다.

욕된 삶을 바라지 않고 깨끗이 죽어간 진궁에 비해 여포는 아무래도 그 주인된 자로서는 모자람이 많았다. 조조가 몸을 일으켜 눈물로 진궁을 문루 아래의 형장으로 보낼 때였다. 여포가 그 틈을 타 문루 위에 있는 유비에게 처량한 목소리로 말을 건넸다.

"공은 상좌에 앉은 손님이 되고 나는 계단 아래 무릎 꿇은 죄수가 되었구려. 어찌하여 한마디 너그러운 말씀조차 내려주지 않으시오?"

그 말에 현덕은 가만히 고개만 끄덕였다. 그 고갯짓을 제 청을 받아들인 걸로 여겼던지 조조가 다시 제자리에 돌아와 앉기 무섭게 큰소리로 말했다.

"명공께서 항시 걱정거리로 여기던 게 바로 이 여포였습니다. 그런데 지금 이미 저는 항복을 했으니, 명공께서 대장이 되시고 제가 곁에서 돕는다면 천하를 평정하는 데 전혀 어려움이 없을 것입니다. 부디 저를 살려 명공의 한 팔로 써주십시오."

그래도 한때 일방에 웅거했던 호걸치고는 너무도 비루한 애걸이

었다. 사람은 미워도 그 용맹은 아까웠던지 조조가 유비를 돌아보며
물었다.

"어떻게 했으면 좋겠소?"

여포도 은근히 믿는 눈길로 유비를 쳐다보았다. 그런데 유비의 대
답이 뜻밖이었다.

"공께서는 정건양(丁建陽)과 동탁의 일을 잊으셨습니까?"

한결같이 자신이 배반하여 죽인 옛 주인을 유비가 들먹이는 걸
보고 여포는 놀랍고도 분했다. 더구나 자기는 소패에서 사로잡은 그
의 처자까지 살려주지 않았던가. 그 때문에 더욱 분통이 터진 여포
는 대뜸 유비에게 욕설을 퍼부었다.

"네놈이야말로 가장 신의가 없는 놈이다! 처음에는 공손찬을 버
리고 내게 왔다가 이제는 나까지 배반하려 드느냐?"

그때 조조가 차갑게 명을 내렸다.

"여포를 끌어내라. 그래도 한 무리의 우두머리였으니 그 시신은
온전하도록 하겠다. 목을 매어 죽이도록 하라!"

조조의 명이 떨어지자 무사들이 우르르 달려들어 여포를 누각 아
래로 끌어내렸다. 여포는 끌려가면서도 유비에 대한 욕설을 멈추지
않았다.

"귀 큰 놈아, 지난날 원문(轅門)에서 화극의 가지를 쏘아 맞혀 너
를 구해주던 때를 잊었느냐?"

그때 누군가가 그런 여포를 소리쳐 꾸짖었다.

"여포, 이 하찮은 작자야! 죽으면 죽었지 무엇이 두려워 그 발광
이냐?"

사람들이 보니 마침 도부수들에게 끌려오던 장요였다. 조조도 다시 한번 재촉했다.

"어서 여포를 목매달아 죽이고 그 머리를 내걸도록 하라."

그런 다음 장요를 가리키며 물었다.

"그대는 어디서 본 듯한 얼굴이로구나."

"복양성에서 일찍이 만난 적이 있거늘 어찌 잊겠느냐?"

장요가 조금도 거리낌없이 대답했다. 지난날 진궁의 계교에 빠져 하마터면 죽을 뻔했던 일이 생각나며 조조도 장요를 알아보았다.

"그랬군. 이제 그대를 기억하겠다."

그 말에 장요가 다시 한스러운 듯 대답했다.

"다시 한번 애석할 뿐이다."

"무엇이 애석한가?"

"그날 불길이 더 거세지 못해 너 같은 역적을 태워 죽이지 못한 게 애석하다는 말이다!"

장요가 조조의 물음에 그렇게 답하자 조조의 안색이 확 변했다.

"싸움에 져서 사로잡혀 온 주제에 네놈이 감히 나를 욕보이려 드느냐?"

그리고 칼을 뽑아 제 손으로 죽일 듯 다가갔다. 장요는 조금도 두려운 기색 없이 길게 목을 늘여 기다렸다.

그때 현덕이 나서서 조조의 팔을 붙들며 말했다.

"저 사람은 마음이 곧은 사람이니 부디 살려서 쓰도록 하십시오."

좀처럼 남에게 굽히기를 싫어하는 관우도 조조 앞으로 나아가 무릎을 꿇으며 간청했다.

"이 관아무개도 문원(文遠, 장요의 자)이 충의의 남아라는 걸 일찍부터 알고 있습니다. 바라건대 목숨을 보존케 해주십시오."

그러자 조조가 돌연 칼을 내던지며 껄껄 웃었다.

"나 또한 문원의 충의를 알고 있소. 한번 장난을 쳐본 것뿐이오."

그러고는 친히 그 밧줄을 끌러준 뒤 입은 옷을 벗어 입혀주고 윗자리로 끌어올렸다.

뒷사람이 그날 백문루 아래서 죽은 그들 주종(主從)을 위해 각기 시를 지었다. 특히 여포를 위한 시를 옮겨 본다.

누른 물 거세게 하비성을 적셔   洪水滔滔淹下邳

그해 여포 사로잡히던 때.   當年呂布受擒時

천리를 닫던 적토마 소용없고   空如赤兎馬千里

방천화극 한 자루 간수도 허술했네.   漫有方天戟一枝

묶인 호랑이 살려 하니 참으로 나약해 뵈고   縛虎望寬今太懦

매 배불리 기르지 말란 옛말 틀림없네   養鷹休飽昔無疑

계집에 빠져 진궁의 말은 따르지 않고   戀妻不納陳宮諫

귀 큰 아이 은혜 모름만 꾸짖는구나.   枉罵無恩大耳兒

그런데 여기서 한 가지 석연치 않은 것은 유비가 그를 구해주지 않은 점이다. 여포와 유비 사이를 냉정히 살피면 그들은 의에 있어서도 불의에 있어서도 주고받음이 비슷했다. 여포가 유비의 은덕을 배신하고 서주를 빼앗은 것에 못지않게 유비도 때로는 거의 파격적인 여포의 호의를 저버리고 그를 파멸시키는 데 가담했기 때문이다.

더구나 마지막 서주성에서는 여포가 호의로 살려준 미축과 유비의 사람들이 진규와 합세하여 여포의 발밑에 함정을 팠다.

부드러움과 너그러움과 의의 사람으로 불리는 유비에게는 조조에게 여포를 죽이도록 충동한 것이 어울리지 않는다. 그럼에도 불구하고 옛사람들이 오히려 유비를 두둔하고 있는 것은 아마도 여포의 반복무쌍함과 표리부동 때문이리라. 하지만 어떤 때는 음험하다고 느껴질 만큼 깊은 유비의 심지를 감안할 때 반드시 그것이 천하 사람과 함께하는 공분 때문은 아니었던 것 같다. 어쩌면 유비가 두려웠던 것은 여포의 사람됨이 아니라 조조의 사람됨일 수도 있었다. 다시 말해, 여포가 살아나 조조를 배신하고 자립함으로써 자신의 앞길을 가로막는 게 두려운 일이 아니라 끝내 조조의 치밀한 손아귀를 벗어나지 못함으로써 그 용맹으로 조조의 무서운 어금니나 발톱 노릇을 하는 게 두려웠는지도 모를 일이었다. 유비가 조조의 사람됨을 얼마나 두려워했는지는 허도로 돌아간 뒤의 행동에서도 잘 드러나고 있다.

아직은 한(漢)의 천하

어쨌든 여포와 진궁을 죽인 조조는 곧 여포의 남은 세력을 수습하는 일에 들어갔다. 죽음 대신 조조의 후대를 받자 감격하여 항복한 장요에게 중랑장 벼슬과 함께 관내후(關內侯)를 내린 뒤 먼저 여포의 옛 장수 장패(臧覇)에게 항복을 권하도록 했다.

장패는 여포가 이미 죽고 장요도 항복했다는 말을 듣자 이끌고 있던 군마와 함께 조조에게 투항했다. 조조는 그에게도 후한 상을 내린 뒤 다시 태산의 도적 떼로 여포를 돕던 손관(孫觀)의 무리를 끌어들이게 했다. 장패의 권유를 받자 손관, 오돈, 윤례 등도 차례로 무리와 함께 조조에게 항복해 왔으나 오직 창희만이 귀순하지 않았다.

조조는 장패를 낭야의 상(相)으로 삼고 손관의 무리도 각기 벼슬을 내린 뒤 청주와 서주의 바닷가를 지키게 했다. 그리고 여포의 아내와 딸을 허도로 실어 보낸 다음 크게 잔치를 벌여 삼군을 먹인 뒤 진채를 뽑아 군사를 돌렸다. 조조의 군사가 허도로 돌아갈 무렵 그곳 백성들이 길가에 나와 향을 사르며 조조에게 간청했다.

"유사군(劉使君)께 다시 서주를 맡기시어 저희들을 보살피게 해주십시오."

그 같은 백성들의 간청에 조조는 마음속으로 놀라움과 시기를 느끼지 않을 수 없었다. 여포의 무능 때문에 덕을 본 탓이라고는 해도, 그토록 짧은 기간에 서주의 백성들을 사로잡은 유비의 이상한 힘에 대한 놀라움과 시기였다.

'역시 무서운 인물이다. 반드시 허도로 데려가 내 연못에 가둬둬야겠다……'

조조는 다시 한번 마음속으로 다짐했다. 그러나 겉으로는 부드럽기 그지없는 미소를 띠며 대답했다.

"너희 정성이 갸륵하나 유사군께서는 이번 여포 토벌에 공이 매우 크신 분이다. 먼저 천자께 뵈옵고 벼슬을 받은 뒤에 돌아와도 늦지 않으리라."

그러자 백성들도 그 말을 옳게 여겨 다만 조조에게 감사하고 물러났다. 조조는 거기장군(車騎將軍) 차주(車冑)를 불러 서주를 다스리게 하고 회군을 재촉했다.

허창으로 돌아온 조조는 그 싸움에 나간 사람들에게 각기 공에 따라 벼슬과 상을 내렸다. 그리고 그중에도 유비는 특히 자신의 상부(相府) 가까운 곳에 집을 정해주고 천자께 그 군공이 큼을 상주하였다.

조조의 상주를 받은 헌제는 다음 날 조회를 열고 현덕을 불렀다. 현덕이 조복을 갖추어 입고 전각 아래 엎드려 천자를 뵈오니 천자는 무슨 정에 끌렸던지 그를 전상으로 불러 올리고 물었다.

"그대의 고향과 윗대는 어떻게 되는가?"

아마도 유비의 성을 보고 종친으로 여겨 물은 것이었다. 유비가 공손하게 대답했다.

"신은 탁군이 고향인 바, 중산정왕(中山靖王)의 후예로 효경황제(孝景皇帝) 각하의 현손(玄孫)인 웅(雄)의 손자요, 홍(弘)의 아들이 됩니다."

그러자 천자는 좌우를 돌아보며 명했다.

"종족(宗族)의 세보(世譜)를 가져와 찾아보도록 하라."

이에 종정(宗正) 벼슬을 하는 이가 종실의 세보를 가져와 유비의 혈통을 밝혀나갔다.

"효경 황제께서는 열네 분 왕자를 보셨는데 그중 일곱째 분이 중산정왕이신 유승(劉勝)입니다. 승은 육성정후(陸城亭侯) 정(貞)을 낳고, 정은 패후(沛侯) 앙(昻)을 낳았으며, 앙은 장후(漳侯) 녹(綠)을 낳고, 녹은 기수후(沂水侯) 연(戀)을 낳았습니다. 다시 연은 흠양후(欽陽侯) 영(英)을 낳고, 영은 안국후(安國侯) 건(建)을 낳았으며, 건은 광릉후(廣陵侯) 애(哀)를, 애는 교수후(膠水侯) 헌(憲)을, 헌은 조읍후(祖邑侯) 서(舒)를, 서는 기양후(祁陽侯) 의(誼)를, 의는 원택후(原澤侯) 필(必)을, 필은 영천후(穎川侯) 달(達)을, 달은 풍령후(豊靈侯) 불의(不疑)를, 불의는 제천후(濟川侯) 혜(惠)를 낳았습니다. 이 혜(惠)가 낳은 게 바로 동군 범령(范令)을 지낸 유웅(劉雄)이며, 웅은 또 홍

(弘)을 낳았던바, 홍은 벼슬이 없었습니다. 현덕은 그 홍의 아들입니다."

헌제가 세보로 가만히 헤아려보니 유비가 자신에게 아재비[叔]뻘이었다. 반가운 마음을 이기지 못해 편전으로 불러들인 뒤 숙질 간이 보는 예를 펼치게 했다. 촌수는 수십 촌이 되고, 전한과 후한의 혈통이 바로 이어진 것도 아니어서 남과 다름없는 사이였으나 헌제가 유비를 반긴 데는 까닭이 있었다.

'조조가 대권을 농단하여 나랏일이 하나도 짐을 위주로 이루어지지 않고 있다. 비록 촌수는 멀다 하나 이제 이런 영웅의 기상이 있는 아재비를 얻었으니 뒷날 반드시 도움을 받을 수 있으리라.'

헌제의 마음속에는 그 같은 바람이 있었다. 그리하여 단순히 종실로 반길 뿐 아니라 좌장군(左將軍)에 의성정후(宜城亭侯)로 봉한 뒤 잔치까지 벌여 유비를 은근하게 대접했다. 뒷날까지 유비를 따라다닌 호칭 가운데 황제의 아재비, 곧 황숙(皇叔)이란 호칭은 그렇게 해서 생겨났다.

하지만 조조 쪽이라 해서 그 같은 황제의 내심을 전혀 짐작하지 못한 것은 아니었다. 조조가 조정에서 돌아오자 순욱을 비롯한 모사들이 그를 맞으며 입을 모아 말했다.

"천자께서 유비를 아재비로 대접하는 것은 결코 명공께 이롭지 못합니다."

"이미 유비는 황숙으로 인정되었고 나는 천자의 조서를 받들어야 하는 몸인데 어찌 그걸 못하게 하겠소? 더구나 나는 유비를 허도에 잡아두려는 것이니 그만한 대우는 받게 해주어야 되지 않겠소. 너무 염려하지 마시오. 이름이야 천자와 가깝든 말든 실제로 대권은 내 손안에 있으니 두려워할 건 아무것도 없소."

조조는 가볍게 모사들의 말을 받은 뒤 갑자기 화제를 바꾸었다.

"오히려 지금 당장 제거해야 할 것은 태위 양표(楊彪)라 생각되는데 여러분의 생각은 어떠시오?"

"그 일이 그토록 급한 까닭은 무엇입니까?"

모사들 가운데 하나가 물었다. 조조가 엄한 얼굴로 대답했다.

"태위 양표는 원술과 친척이 될 뿐만 아니라 원소, 원술과 내통하여 해를 끼친 일이 적지 않았소. 오래 두면 반드시 큰 화가 될 것이오."

"그렇지만 겉으로 아무것도 드러난 죄목이 없는데 어떻게 그를 죽일 수 있겠습니까?"

그러자 조조가 한층 차갑게 대답했다.

"그거야 사람을 시켜 양표가 원술과 내통하고 있다는 말을 퍼뜨리게 하면 되지 않겠소? 원술은 이미 존호를 참칭한 역적이니 그와 내통한 죄로도 결코 살아날 수 없을 것이오."

그 하는 말로 보아 조조는 아직도 유비를 원소나 원술만큼 위험하게 여기지는 않는 것 같았다. 이미 손안에 들어온 유비보다는 자칫하면 원소, 원술 형제와 손을 잡아 내응하게 될 양표를 먼저 제거하려 했다.

조조의 암시를 받은 측근은 다음 날로 곧 사람을 시켜 양표를 무고(誣告)하게 했다. 양표가 원술과 몰래 내통하고 있다는 내용이었다. 스스로 시킨 일이나 다름없건만 조조는 그 무고를 구실로 양표를 잡아 가두게 하고 만총(滿寵)으로 하여금 심문케 했다.

이때 북해 태수 공융(孔融)은 허도에 있었다. 조조와도 가까이 지내던 그는 양표가 갇혔다는 말을 듣자 조조를 찾아와 말했다.

"양공(楊公)은 네 대(代)나 깨끗한 덕으로 조정에서 일해온 집안의 사람입니다. 어떻게 원씨(袁氏)와 가깝다는 이유만으로 벌을 줄 수 있겠습니까?"

"이것은 내가 하려는 게 아니외다. 조정의 뜻이오."

조조가 시치미를 떼며 대답했다. 그러나 공융은 물러서지 않았다.

"지금 승상께서 하시려는 일은 옛날 주공(周公)과 다름이 없습니다. 성왕(成王)으로 하여금 소공(召公)을 죽이게 해놓고, 주공이 나는 모르는 일이라 잡아뗀다면 말이 되겠습니까?"

조조는 공융의 밝은 헤아림이 얄미웠지만 그렇게까지 나오자 어쩌는 수가 없었다. 양표의 벼슬을 떼어 고향으로 내쫓는 것으로 일을 매듭지었다.

의랑으로 있던 조언(趙彦)이란 사람이 그 소문을 듣고 크게 분개했다. 조조가 나랏일을 마음대로 하여 천자의 뜻도 받들지 않고 대신을 내쫓은 일을 탄핵했다.

양표를 죽이지 못하고 살려 보낸 것도 마음에 차지 않는데, 그 일로 자기를 탄핵하는 자까지 있다는 말을 듣자 조조는 몹시 노했다. 곧 조언을 잡아들여 죽였다. 의랑은 원래가 정치의 득실을 따지는 벼슬아치[諫官]이다. 그런 조언을 함부로 잡아 죽이는 걸 보자 조정의 백관들 치고 조조를 두려워하지 않는 이가 없었다.

짐작건대 조조는 여포를 잡아 죽임으로써 천하의 향방에 대해 어떤 자신을 얻었는 듯하다. 그리고 조정을 한층 더 자기 손아귀에 집어넣기 위해 한 시험으로 조언을 죽였던 것 같다. 그래도 누구 하나 맞대놓고 조조를 나무라는 사람이 없는 걸 보고 조조는 심중으로 더욱 자신의 천하가 도래할 것임을 확인했을 것이다.

조조의 그런 내심을 읽은 모사 정욱이 조조에게 은근하게 권했다.

"지금 명공의 위명은 날이 갈수록 더해지고 있습니다. 어찌하여 이 틈을 타 왕패(王覇)의 큰일을 꾀해보지 않으십니까?"

그러자 조조도 별로 숨김 없이 속마음을 드러냈다.

"아직은 조정에 한나라의 팔다리라 할 수 있는 사람들이 많소. 가볍게 움직여서는 아니 될 것이오. 하지만 그들의 동정을 한번 살펴보는 것도 좋겠지. 천자께 청해 사냥을 나가 적당한 때에 백관들을 격동시켜보겠소."

그러고는 정말로 큰 사냥을 준비케 했다. 좋은 말에다 이름난 매며 날래고 사나운 개에다 활과 화살까지 특별히 마련케 한 뒤, 군사를 성 밖에 모아두고 들어가 헌제에게 아뢰었다.

"폐하, 신이 사냥갈 마련을 했으니 오늘 하루는 정사를 잊고 전야를 한번 마음껏 달려보심이 어떻겠습니까?"

"경의 뜻은 고맙지만 전야를 달리며 짐승을 쫓는 일이 제왕된 자의 바른 길이 아닌 것 같아 두렵소."

갑작스런 청이라 천자가 머뭇거리며 대답했다. 조조가 좋은 말로 구실을 댔다.

"예부터 제왕은 수(蒐, 봄에 하는 사냥), 묘(苗, 여름에 하는 사냥), 선(獮, 가을에 하는 사냥), 수(狩, 겨울에 하는 사냥)라 하여 봄·여름·가을·

겨울 할 것 없이 교외로 나가 무위(武威)를 천하에 떨쳤던 것입니다. 지금 사해가 시끄럽고 어지러우니 마땅히 전야에 나가 사냥을 하심으로써 폐하의 무위를 떨쳐 보이실 때입니다."

조조가 그렇게 간곡히 나오니 천자로서는 마다할 수가 없었다. 마지못해 사냥을 따라 나서니 말은 소요마(逍遙馬)요, 활은 보석을 아로새긴 보궁에 화살은 금으로 된 촉을 가진 금비전(金鈚箭)이었다.

조조도 한껏 위엄을 부려 발굽 누른 비전마(飛電馬)에 십만의 무리를 딸린 채 천자와 더불어 허전(許田)으로 나가는데, 군사가 둘러싸 몰이를 하는 넓이만도 이백 리에 이를 지경이었다. 유비와 관, 장 두 아우도 그 사냥에 따라 나섰다. 각기 활과 화살을 안장에 매달고 무기를 든 데다 가슴을 싼 갑옷까지 안으로 받쳐 입은 채였다.

조조는 무엄하게도 천자와 말 머리를 나란히 하다시피 앞서 나아갔다. 마땅히 말 한 필 거리는 뒤떨어져 따라야 할 것임에도 조조가 짐짓 말을 달려 겨우 천자와는 말 대가리 하나 차이밖에 두지 않은 탓이었다. 그런 조조의 등 뒤에는 곧 심복 장교들이 따르고 백관들은 다만 멀찌감치서 천자를 시중들 뿐 감히 가깝게 다가가지 못했다.

마침내 허전에 이르러 사냥이 시작되는데 어떤 길가에서 천자는 말에서 내려 시립하고 선 유비와 마주쳤다. 천자가 반가운 마음으로 청했다.

"짐은 오늘 황숙께서 사냥하는 솜씨를 보고 싶소. 어서 말에 오르시오."

그 바람에 유비와 그림자처럼 그를 따르는 두 아우도 천자의 일행에 끼어 사냥을 하게 되었다. 마침 얼마 가지 않아 토끼 한 마리가 뛰어나왔다. 조금 전에 헌제에게 들은 말도 있고 해서 유비는 곧바로 화살을 날렸다. 화살은 보기 좋게 토끼를 꿰뚫어놓았다.

"훌륭한 솜씨요."

헌제는 한층 유비가 미더운 듯 칭찬을 아끼지 않았다.

얼마를 달려 다시 조그만 언덕 하나를 도는데 이번에는 가시덤불 속에서 한 마리의 큰 사슴이 뛰어나왔다. 헌제가 연달아 세 번이나 화살을 날렸으나 맞지 않았다.

"승상께서 한번 쏘아보시오."

헌제는 약간 무안한 얼굴로 조조를 돌아보며 들고 있는 자신의 보궁과 금비전을 내밀었다. 조조는 단 한번의 사양도 없이 천자가 내미는 활과 화살을 받았다. 그리고 한껏 시위를 당긴 뒤 살을 날렸다. 금비전은 어김없이 사슴의 등줄기에 꽂히고, 사슴은 한마디 구슬픈 비명과 함께 풀 위에 고꾸라졌다.

"만세, 황제 폐하 만세."

사슴에 꽂힌 화살이 금비전인 것을 보고 쏜 사람이 헌제인 줄로 안 군신과 장교들은 그렇게 손뼉을 치며 환호를 보냈다. 그때 해괴한 일이 벌어졌다. 조조가 말을 달려 나가 천자를 막아서더니 군신과 장교들의 만세에 손을 들어 받아들이는 게 아닌가.

조조의 그 참람된 행동에 군신은 모두 낯색이 변했다. 그중에서도 특히 노한 것은 관운장이었다. 머리칼을 올올이 곤두세우고 누에 같은 눈썹 아래는 봉의 눈이 불을 뿜는 듯했다. 금세 말을 박차고 달려 나가 한칼에 조조를 베어버릴 듯한 기세였다.

그 같은 관우의 모습을 본 유비는 놀랐다. 황황히 두 손을 저으며 눈짓을 보내 관우를 말렸다. 다행히 관우도 유비가 그렇게 하는 걸 보고 억지로 노기를 억눌러 함부로 움직이지 않았다. 유비는 혹시라도 자기들의 그런 행동이 눈에 띌까 봐 얼른 조조에게 다가가며 치하했다.

"승상께서는 실로 신궁(神弓)이십니다. 세상의 그 누구도 승상의 솜씨에는 이르지 못할 것입니다."

조조도 기분이 나쁠 리 없었다. 빙긋 웃으며 겸사를 했다.

"이는 모두 천자 폐하의 홍복이외다."

그러고는 슬며시 말머리를 돌려 헌제에게 뒤늦은 하례를 올렸다. 그러나 천자의 보궁은 기어이 돌려주지 않고 자기 허리에 걸었다.

그럭저럭 몰이와 사냥이 끝나고 천자와 조조는 허전에서 한바탕 잔치를 벌인 뒤 허도로 돌아왔다. 사냥에 따라 나섰던 여러 신하와 장수들도 각기 돌아갈 채비를 했다.

"조조는 임금을 속이고 제 시커먼 뱃속을 드러내기에 한칼에 베어버리고자 했습니다. 그런데 어인 까닭으로 형님께서 저를 말리셨습니까?"

그들 형제만 돌아오는 길에 관우가 문득 유비에게 물었다. 유비가 조용히 까닭을 밝혔다.

"아우의 뜻은 장하나 쥐 잡으려다 독 깨는 꼴이 날까 두려워서였네. 생각해보게. 조조와 천자는 말대가리 하나 사이도 떨어져 있지 않고 또 그 주위는 그의 심복들이 둘러싸고 있지 않았나? 만약 아우가 한때의 분함을 참지 못해 가볍게 움직였다가는 조조는 죽이지도 못하고 천자만 상하게 했을 것이네. 일이 그렇게 되었다면 그 죄는 거꾸로 우리가 뒤집어쓰게 되었을 것 아닌가?"

생각이 깊은 관우라 유비의 말을 듣고 그때의 정경을 떠올려보니 과연 그랬다. 그러나 여전히 분함은 남는지 한스럽게 말했다.

"오늘 그 역적을 죽이지 못했으니 뒷날 반드시 나라의 큰 화근이 될 것이오."

유비가 그런 관우를 다시 단속했다.

"그런 소리 하지 말게. 오늘 일은 비밀로 하고 결코 가볍게 입에 담아서는 안 되네."

하지만 그날의 사냥에서 가장 분한 꼴을 당한 것은 역시 헌제 자신이었다. 헌제는 궁궐로 돌아가자마자 복황후(伏皇后)에게 울며 말했다.

"짐이 대위에 오른 이래 간웅이 잇대어 일어나 처음에는 동탁의 시달림을 받게 되더니, 뒤에는 이각과 곽사의 난리를 당하게 되었소. 실로 여느 사람이 겪지 못한 고초를 이 몸과 그대가 겪었는데, 이제 다시 조조가 나타났구려. 조조는 한나라의 신하로서 뜻밖에도 나라 일을 마음대로 하고 대권을 희롱하여 함부로 위세를 부리며 복록을 누리고 있소. 짐이 매양 보고만 있자니 등에 가시를 지고 있는 듯한데, 오늘은 또 사냥터에서 나를 대신해 사람들의 치하를 받기까지 했소이다. 그 무례함이 이미 극에 달했으니 오래잖아 딴 음모를 꾸밀 것이라, 실로 우리 부부는 언제 죽을지 모르는 처지가 되었소……."

그 말에 황후가 헌제를 위로했다.

"조정에 가득한 공경(公卿)들이 모두 한나라의 녹을 먹고 있는데 설마 나라의 어려움을 구할 이가 하나도 없기야 하겠습니까? 너무

아직은 한(漢)의 천하

심려하지 마옵소서."

그런데 황후의 그 같은 말이 채 끝나기도 전이었다. 한 사람이 밖에서 들어서면서 힘있게 말했다.

"폐하께서는 조금도 걱정하지 마십시오. 제가 한 사람을 추천하겠습니다. 반드시 나라의 큰 도적을 없이 해낼 수 있는 인물입니다."

황제가 놀라 살피니 그는 다른 사람이 아니라 복황후의 아비 되는 복완(伏完)이었다. 헌제는 눈물을 거두며 물었다.

"황장(皇丈)께서도 조조 그 역적이 나랏일을 함부로 하고 있는 것을 알고 계셨소?"

"허전에서 사슴을 쏘았을 때의 일을 누가 보지 않았겠습니까? 그러나 또한 이미 조정이 조조의 피붙이이거나 졸개로 가득하니 나라의 인척 된 이가 아니면 누가 충성을 다해 역적을 치려 하겠습니까? 부끄럽게도 신은 늙고 힘이 없으나, 다만 한 사람 거기장군이요, 국구(國舅)인 동승(董承)은 한번 그 일을 맡겨볼 만합니다."

복완이 그렇게 대답하자 헌제의 얼굴에도 한 가닥 밝은 기운이 돌았다.

"동(董)국구가 나라의 어려움을 당해 힘을 다하고 있음을 짐도 익히 알고 있소. 마땅히 그를 불러들여 대사를 의논해보리다."

그리고 금세라도 사람을 시켜 동승을 부를 듯 서둘렀다. 복완이 황급히 그런 헌제를 말렸다.

"지금 폐하의 좌우에는 조조의 심복들이 곳곳에 깔려 있습니다. 만약 잘못되어 일이 새 나가는 날이면 그 화가 작지 아니할 것입니다."

"그럼 어떻게 하면 좋겠소?"

"신에게 한 가지 계책이 있습니다. 폐하께서는 옷 한 벌을 짓게 하시고 옥대(玉帶) 하나를 곁들여 동승에게 내리십시오. 옥대의 속을 뺀 다음 밀조를 접어 넣고 꿰매게 하시면 겉보기에는 감쪽같을 것입니다. 그 뒤에는 동승에게 넌지시 그 속에 밀조가 들어 있음을 알리시고 옷과 함께 주어 보냅니다. 동승이 집으로 돌아간 뒤 몰래 옥대에서 밀조를 꺼내 읽는다면, 비록 그 일이 낮에 이루어진다 해도 귀신도 모르게 폐하의 밀명이 그에게 전해질 수 있을 것입니다."

헌제가 들으니 그럴듯했다. 따라서 복완이 돌아가기 무섭게 밀조를 짓는데 손가락을 깨물어 피로 써 나갔다. 밀조가 다된 뒤 헌제는 다시 복황후를 시켜 자주 비단으로 옷 한 벌을 짓게 하고 그에 곁들인 옥대 속에 그 밀조를 넣어 꿰매도록 했다.

비단옷과 밀조를 접어 심을 넣은 옥대가 마련되자 헌제는 곧 사람을 보내 동승을 불러들였다. 영문을 모르고 불려온 동승이 예를 마치기 무섭게 헌제가 입을 열었다.

"짐이 간밤에 황후와 더불어 지난날 패하(覇河)에서 고초를 겪던 일을 얘기하다가 문득 국구를 떠올리게 되었소. 그리고 새삼 그때 국구께서 세운 큰 공을 생각하여 늦게나마 위로할 양으로 이렇게 불러들인 것이오."

"황송하옵니다."

몇 년 전의 일을 새삼 감사하는 데 어리둥절해하면서도 동승은 감격으로 머리를 조아렸다. 헌제는 그런 동승을 이끌고 전각을 나가 태묘(太廟)로 갔다. 조조의 눈과 귀도 피하고 얘기도 자연스레 꺼낼 수 있는 곳으로 헌제가 택한 곳은 거기에 있는 공신각(功臣閣)이었다.

손수 향을 사른 헌제는 거기에 모셔져 있는 화상(畫像)을 동승과 함께 하나하나 살피며 지나갔다. 중간쯤에 있는 한고조(漢高祖)의 화상에 이르렀을 때였다.

"우리 고조께서 어떤 곳에서 몸을 일으켰으며 어떻게 이 나라를 여시었소?"

황제가 정색을 하며 물었다. 동승이 놀라 대답했다.

"폐하께서 신을 놀리시는 것입니까? 이 나라가 창업된 일을 폐하께서 어찌 모르실 리 있습니까? 태조 고황제(高皇帝)께서는 사상(泗上) 마을의 정장(亭長, 이장 정도)이셨으나 석 자 칼로 큰 뱀을 베시고 의를 앞세워 몸을 일으키시었습니다. 천하를 종횡하기 삼 년에 진(秦)을 넘어뜨리고 오 년에는 초(楚)를 없애니 천하가 그분을 따라 만세의 기업을 이룩하신 것입니다. 세 살 먹은 아이도 들어서 아는 그 일을 무슨 일로 폐하께서 새삼 신에게 물으십니까?"

"조종(祖宗)은 그와 같이 영웅이셨건만 자손된 이 몸은 이토록 겁 많고 힘없는 허수아비 임금이 되고 말았으니 어찌 한탄스럽지 않을 수 있겠소!"

문득 황제가 그렇게 탄식했다. 그리고 손가락을 들어 한고조를 좌우에서 받들고 서 있는 두 사람을 가리키며 다시 물었다.

"저 두 사람은 유후(劉侯) 장량과 찬후(鄹侯) 소하가 아니오?"

"그렇습니다. 고조께서 나라를 여실 때 저 두 사람의 힘에 기대인 바 실로 많았습니다."

동승이 어렴풋이 헌제의 뜻을 짐작하고 떨리는 목소리로 대답했다. 그러자 천자는 사방을 둘러보아 가까운 곳에는 아무도 없음을 확인한 뒤 가만히 동승에게 말했다.

"경 또한 마땅히 저 두 사람처럼 짐 곁에 서게 될 것이오."

그 말에 동승이 몸둘 바를 몰라하며 겸사했다.

"신은 한 치의 공도 없는데 어찌 그 같은 일이 당키나 하겠습니까?"

황제는 그 같은 동승을 그윽이 바라보다가 다시 예전 일을 꺼냈다.

"짐은 항상 서도(西都)에서 경이 어가를 구해준 공을 잊지 않고 있소. 그러면서도 아무것도 못했구려."

역시 어딘가 숨어서 듣고 있는 귀를 두려워해서인지 말은 그렇게 해도 뜻은 딴 데 있는 것 같았다. 그 말은 이어 느닷없이 입고 있던 비단옷을 벗고 옥대를 풀더니 동승에게 내밀었다.

"경에게 이 옷과 띠를 내릴 것이니 마땅히 입고 띠되 항시 내 곁에 있는 듯하시오."

얼핏 보아서는 흔히 있을 수 있는 일이었다. 그러나 동승은 감격해 받으면서도 다시 한번 천자의 기색을 살폈다. 헌제가 그런 동승의 눈길을 받고 문득 목소리를 낮추어 덧붙였다.

"경은 돌아가거든 자세히 살피어 부디 짐의 뜻을 저버리지 않도록 하시오."

그제야 동승도 그 옷과 띠가 예사 아닌 뜻이 담긴 물건임을 짐작했다. 쓸데없는 되물음으로 자칫하여 말이라도 새 나갈까 두려워 말없이 받아들고 천자의 앞을 물러 나왔다.

과연 조조가 풀어놓은 눈과 귀는 매서운 데가 있었다. 동승이 미처 대궐을 빠져나가기도 전에 조조에게 말이 들어갔다.

"황제와 동승이 공신각에 올라가 가만히 얘기를 나누고 있습니다."

들어보니 어쩐지 심상찮은 느낌이 들었다. 이에 당장 대궐로 달려간 조조는 마침 대궐을 나서는 동승과 마주치게 되었다.

뜻밖에도 조조와 마주치게 된 동승은 피할래야 마땅한 곳도 없어 그대로 길가에 선 채 조조에게 예를 표했다. 조조가 아무것도 모르는 체하며 물었다.

"국구께서는 무슨 일로 입궐하시었소?"

하지만 찬찬히 살피는 조조의 눈길에서 동승은 이미 조조가 모든 걸 듣고 달려온 길임을 알아차렸다. 서툰 거짓말로 조조의 의심을 키우기보다는 바른대로 말하는 게 옳다고 여겨 대답했다.

"폐하께서 저를 부르시기에 들어왔더니 비단옷과 옥대를 내리셨습니다."

"그럼 그 옥대를 끌러 보여주시오."

조조가 대뜸 그렇게 요구했다.

아직 동승도 그 옥대 안에 무엇이 들어 있는지 몰랐으나 조조가 그같이 말하자 문득 짚이는 게 있었다. 헌제가 나중에 가만히 덧붙인 말이 떠오르며, 틀림없이 그 안에 밀조가 들어 있으리란 짐작이 갔다.

"무엇들 하느냐? 어서 국구 어른 띠를 받아오지 못하겠느냐?"

동승이 걱정과 두려움으로 머뭇거리자 조조가 갑자기 목소리를 높여 좌우를 꾸짖었다. 놀란 수하들이 우르르 달려와 빼앗듯 동승의 옥대를 받자 한참을 이 잡듯 찬찬히 살폈다. 그러다가 지어낸 웃음과 함께 옥대를 아직 손에 쥔 채 동승에게 말했다.

"정말 좋은 옥대외다. 이번에는 그 비단옷도 한번 보여주시오."

그러자 동승은 어쩔 수 없이 비단옷마저 벗어 조조에게 내주었다. 조조는 다시 그 비단옷을 살피기 시작했다. 미심쩍은 곳은 햇볕에 비춰보아 가면서까지 구석구석 꼼꼼하게 살피는 것이었다. 한참을 그러더니 돌연 무슨 생각이 들었는지 스스로 그 비단옷을 입고 옥대를 둘렀다.

"잘 맞느냐?"

조조의 그 같은 물음에 좌우가 입을 모아 대답했다.

"꼭 맞습니다. 승상을 위해 지은 것 같습니다."

그러자 조조는 동승을 돌아보며 물었다.

"국구께서는 이 옷과 띠를 내게 주실 수 없겠소?"

실로 외람된 청이었다. 천자의 하사품을 중도에서 가로채겠다는 것이나 다름없으나 조조로서는 그럴 법도 했다. 분명히 의심스러운데도 급하게는 단서를 잡을 길이 없으니 자신의 부중으로 그 옷과 띠를 가져가 천천히 살펴볼 생각이었다.

"폐하께서 은덕을 베풀어 제게 내리신 것이라 함부로 다른 이에게 넘길 수가 없습니다. 승상께서 정히 옷과 띠가 필요하시다면 제가 따로 한 벌 지어 올리겠습니다."

동승이 점잖게 거절했다. 그러나 조조는 더욱 의심이 드는 듯 목소리까지 날카로워지며 따지고 들었다.

"새삼 옷과 띠가 필요하지 않은 것은 국구께서도 마찬가지가 아니겠소? 그런데 폐하께서 국구를 불러 이렇게 옷과 띠를 내리셨으니 이상스럽지 않소? 혹 이걸 주고받는 가운데 무슨 음모가 있는 것은 아니오?"

그 말에 동승은 뜨끔했다. 얼른 낯색을 부드럽게 하여 조조의 말을 받았다.

"감히 그럴 리야 있겠습니까? 승상께서 굳이 그 옷과 띠를 원하신다면 그대로 거두어주십시오."

동승이 너무도 쉽게 천자가 하사한 비단옷과 옥대를 바치려 들자 조조도 조금 의심이 풀리는 기색이었다. 무언가가 있는 듯하지만 그 옷과 띠는 아니라 여겨 금세 말을 바꾸었다.

"공이 폐하로부터 하사받은 것을 내가 어찌 빼앗겠소? 그저 장난으로 그래보았을 뿐이오."

그러고는 비단옷과 옥대를 돌려준 뒤 대궐 안으로 들어가버렸다.

호랑이 굴을 빠져나오는 듯한 기분으로 집에 돌아온 동승은 곧 사람의 출입이 없는 서원에 자리를 잡고 헌제가 내린 옷과 띠를 살폈다. 먼저 비단옷을 펼쳐놓고 밤늦도록 솔기 하나까지 자세히 살폈으나 아무것도 이상한 게 없었다.

'천자께서 이것들을 내리실 때 자세히 살필 것도 아울러 명하셨다. 틀림없이 어떤 뜻이 있었을 것이다. 그런데 도무지 아무것도 찾을 수 없으니 어떻게 된 일인가?'

동승은 홀로 그렇게 중얼거리며 이번에는 다시 옥대를 살피기 시작했다. 옥대는 백옥(白玉)이 영롱하게 박힌 것인데 겉에는 작은 용과 꽃이 수놓아져 있고 안은 자주색 비단으로 곱게 바느질되어 있었다. 이리 뒤집고 저리 뒤집으며 살폈으나 역시 특별한 것은 눈에 띄지 않았다. 하지만 헌제의 은밀한 암시를 받은 터라 그대로 덮어둘 수는 없는 일이었다.

이에 동승은 옥대를 탁자 위에 올려놓고 수없이 거듭하여 조사를 했다. 아무리 오래 들여다보아도 이상한 게 없자 차츰 피로하고 싫증이 났다. 그래서 그날 밤은 그만큼 살핀 것으로 그치고 잠이나 잘 양으로 옥대를 거두는데 뜻밖의 일이 벌어졌다.

등(燈)의 불똥 하나가 옥대에 떨어지자 금세 뒷면 바닥에 불이 붙었다. 동승이 놀라 손가락으로 눌러 껐지만 어느새 비단에 난 구멍으로 옥대의 안감이 내비쳤다. 천자의 하사품에 흠을 낸 송구함으로 그곳을 살피는데 문득 이상한 게 보였다. 흰 깁으로 된 안감에 군데군데 핏자국 같은 게 비친 까닭이었다.

동승은 급히 칼을 찾아 옥대의 속을 타보았다. 짐작대로 흰 깁에 씌어진 것은 피로 쓴 천자의 밀조였다. 동승은 놀라 밀조를 펼쳤다.

'짐이 듣기로 인륜에서 크게 치는 것은 부자의 도리가 먼저이고, 존비에서 특히 으뜸으로 여기기는 군신의 도리가 무거움이라 하였다. 근일 조조는 나라의 대권을 희롱하여 군부를 속이고 억누르며, 또 패거리를 짓고 서로 사사로이 맺어 조정의 기강을 무너뜨리고 있다. 벼슬을 내리고 상과 벌을 주는 일을 멋대로 하니 어찌 짐을 이 나라의 주군이라 할 수 있으랴.

짐이 밤낮으로 걱정하고 두려워하는 바는 그로 하여 장차 천하가 위태로워짐이다. 경은 나라의 대신일 뿐만 아니라 짐의 가까운 인척으로서 고황제께서 이 나라를 여실 때의 힘들고 어려웠음을 잊지 말라. 널리 충의를 겸한 열사들을 불러모아 간사한 무리를 쳐 없애고 다시 사직을 평안케 할 수만 있다면 이는 실로 조종에 큰 다행이 되리라. 손가락을 깨물어 흐른 피로 조서를 써 경에게 부치나니 거듭 신중하게 생각하여 짐의 뜻을 저버리는 일이 없을진저! 건안 사년 봄 삼월 조서를 내리노라.'

동승이 읽어보니 대강 그러했다. 읽기를 마친 동승은 절로 눈물이 쏟아졌다. 나라 꼴과 자신의 처지가 슬프고도 부끄럽고 또한 분했다. 도무지 잠을 잘 수가 없어 눈을 붙이는 듯 마는 듯 새벽부터 다시 서원으로 나와 천자의 밀조를 펴 들었다. 읽고 또 읽었으나 너무도 엄청난 조조의 세력을 생각하니 아무래도 마땅한 계책이 떠오르지 않았다.

동승은 천자의 밀조를 탁자 위에 펴둔 채 조조를 죽일 계책을 생각하고 또 생각했다. 그러나 밤을 거의 뜬눈으로 새운 탓인지 미처 계책을 떠올리기도 전에 깜박 졸음이 왔다.

"국구께서 마침 계셨구려. 어찌하여 이토록 깊이 잠드시었소?"

동승이 그 같은 소리에 놀라 깬 것은 이미 해가 높이 솟은 뒤였다. 자신은 탁자에 기대 잠이 들어 있는데 맞은편에는 어느새 시랑(侍郎)으로 있는 왕자복(王子服)이 와 앉아 있었다.

동승은 문득 천자의 조서를 생각하고 탁자 위를 살폈다. 그런데 거기 있어야 할 조서가 없지 않은가.

"국구께서 찾는 게 혹시 이게 아니시오?"

동승이 황망하여 여기저기 살피는 걸 보고 왕자복이 소매에서 조서를 꺼내 보이며 엄한 얼굴로 물었다.

"그게 어떻게?"

동승이 놀라 물었다. 그러자 왕자복은 금세 몸을 일으켜 뛰쳐나갈 듯 말했다.

"그대가 조공(曹公)을 죽이려 하니 나는 마땅히 이걸 승상부에 갖다 바쳐야겠소!"

동승이 그런 왕자복의 소매를 잡으며 눈물 젖은 얼굴로 말렸다.

"만약 형께서 그렇게 하시면 이제 우리 한실은 끝이오……."

그 말에 비로소 왕자복도 비분에 젖은 얼굴이 되어 본심을 털어놓았다.

"국구께서는 염려하지 마시오. 나는 다만 국구의 결심을 가늠해보았을 뿐이오. 우리 조상 또한 대대로 한실의 녹을 먹었으니 내겐들 어찌 충심이 없겠소이까? 바라건대 형을 도와 한 팔의 힘이라도 되고자 하오. 우리 함께 조조 그 역적 놈을 죽이도록 합시다."

원래 왕자복은 동승과 막역한 사이였다. 동승의 문지기도 그가 자기 주인과 교분이 두터운 걸 알고 그대로 사원에 들여주는 바람에 뜻밖에도 피로 쓴 천자의 조서를 보게 되었다. 그러나 동승이 어떻게 마음을 정했는지 몰라 짐짓 그렇게 떠보았던 것이다.

"형의 뜻이 그러하다니 실로 나라의 큰 복이오. 아직 대한(大漢)의 운세가 다하지는 않았음이 분명하오."

왕자복의 본심을 알자 동승이 가슴을 쓸며 그렇게 말했다. 왕자복이 다시 한 의견을 내놓았다.

"이같이 큰일은 말로써만 해서는 되지 않을 것이오. 우리 밀실로 가 함께 의장(義狀)을 쓰고, 삼족을 버려 한실의 은덕에 보답하도록 합시다."

동승도 왕자복의 말을 옳게 여겼다. 흰 비단 한 폭을 꺼내 의장으로 삼고 먼저 자기 이름을 썼다. 왕자복도 그 자리에서 자신의 이름을 동승의 이름 아래 나란히 쓴 다음 다시 한 사람을 천거했다.

"장군 오자란(吳子蘭)이 나와 몹시 가까운 사이인데, 함께 일을 꾀해볼 만하오."

동승도 함께 일할 사람 둘을 천거했다.

"조정에 그득한 대신들 가운데 오직 장수(長水) 교위 충집(种輯)과 의랑 오석(吳碩)이 내 심복이라 할 만하외다. 나와 더불어 이 일을 함께할 것이오."

그렇게 서로 간에 끌어들일 수 있는 인물들을 꼽아보고 있는데 홀연 아이종이 들어와 알렸다.

"충(种)교위와 오(吳)의랑께서 오셨습니다."

다름 아닌 충집과 오석이 불린 듯 찾아온 것이었다. 동승은 그것이 좋은 조짐인 듯 여겨졌다.

"이것은 하늘이 우리를 도우시는 것이외다."

그같이 기뻐하며 왕자복을 잠시 병풍 뒤에 숨긴 뒤 두 사람을 맞아들였다.

주인과 손이 각기 자리를 잡고 차를 마시는데 문득 충집이 찻잔을 놓으며 숙연한 어조로 물었다.

"지난날 허전에서의 사냥을 어떻게 생각하십니까? 슬프고도 한스럽지 아니합니까?"

"그거야 누군들 그렇지 않겠소만 어쩌겠소? 방도가 없지 아니하오?"

동승이 짐짓 힘없이 대꾸했다. 그러자 곁에 있던 오석이 분연히 소리쳤다.

"우리는 이미 조조 그 역적 놈을 죽이기로 맹세하였습니다. 다만 한스러운 것은 우리를 도와줄 이가 없는 것입니다."

"나라에 해가 되는 일을 없이 하는 것이니 비록 죽는다 해도 원망스러울 게 무엇이겠습니까?"

충집이 다시 그렇게 오석의 말에 맞장구를 쳤다. 그때 병풍 뒤에 숨어 있던 왕자복이 뛰쳐나오며 험하게 얼러댔다.

"너희 둘은 조승상을 죽이려 들었으니 그냥 들어 넘길 수 없다. 동(董)국구께서는 나와 승상부로 함께 가서 증인이 되어주시오."

그러자 충집이 성난 눈길로 왕자복을 노려보며 꾸짖었다.

"충신은 죽음을 두려워하지 않는다. 우리는 죽어서 한나라 귀신이 될 터인즉 역적 놈에게 붙어 잘살기를 바라는 네놈과 어찌 같을 수 있겠느냐?"

그때 동승이 웃으며 충집과 오석을 진정시켰다.

"놀라지 마시오. 사실 우리도 바로 그 일을 의논하기 위해 두 분을 만나고 싶어했소. 왕(王)시랑은 그저 한번 말로 장난을 쳐본 것이오."

그러고는 소매에서 밀조를 꺼내 두 사람에게 보여주었다. 어리둥절해하던 충집과 오석도 헌제의 조서를 보자 동승의 말을 믿었다. 공손히 받들어 읽어나가는데 샘솟듯 하는 눈물이 그칠 줄 몰랐다. 그리고 동승이 흰 비단을 내밀어 이름을 청하자 짧은 망설임도 없이 나란히 이름을 적어 함께 일하기를 맹세했다.

"두 분께서 조금만 더 기다리십시오. 내가 가서 오자란을 데려오겠습니다."

왕자복은 문득 그렇게 말하고 서둘러 나가더니 오래잖아 오자란을 데리고 왔다. 오자란도 주저없이 의장에 서명하고 뜻을 함께하기로 하니 일은 처음 동승과 왕자복이 예정한 대로 된 셈이었다.

생각보다 쉽게 네 사람의 동지를 얻게 된 동승은 기뻤다. 감격에 겨워 후당에 조촐하게 술자리를 마련하고 함께 마시는데 사람이 와 알렸다.

"서량 태수 마등(馬騰)이 뵙고자 합니다."

원래 동승과 마등의 교분이 얕은 것은 아니었으나 일이 중하니만큼 그 자리에 함부로 사람을 들일 수 없었다. 동승이 궁색한 거짓말을 지어내어 마등에게 전하게 했다.

"내가 지금 병이 나서 만나볼 수 없다고 하라."

그러자 문 지키는 이는 들은 대로 마등에게 전했다. 그 말에 마등이 성나 소리쳤다.

"저녁 나절 동화문(東華門) 밖에서 너희 주인이 비단옷에 옥대를 띠고 나오는 걸 보았는데 어찌하여 아프다는 핑계냐? 내가 일없이 온 게 아닌데 왜 막으려 드느냐?"

문지기가 다시 동승에게 돌아가 그 같은 마등의 노기를 전했다. 동승도 마등이 그렇게까지 나오자 병을 핑계로 문 앞에서 되돌려 보낼 수 없는 일이라 여겼다.

"제공께서는 잠시만 기다리시오. 내가 나가보고 오겠소이다."

동승은 그렇게 말하고 안채로 내려가 대청에서 마등을 맞이했다. 인사를 마치기 무섭게 마등이 따지듯 물었다.

"이 등(騰)은 도성으로 들어와 천자를 뵙고 서량으로 돌아가는

302

길이외다. 떠남에 앞서 국구께 작별 인사라도 드릴까 하여 찾았는데 어찌하여 그냥 내쫓으려 하시오?"

"천한 몸에 몹쓸 병이 나 달려와 맞지 못했으니 죄가 큽니다. 너 그러이 보아주십시오."

동승이 궁색하게 변명했다. 그러나 마등은 번득이는 눈으로 그런 동승을 살피더니 비꼬듯 말했다.

"내가 보기에는 얼굴에 봄 기운이 돌지언정 병색은 보이지 않는구려."

마등이 그렇게 말하자 동승은 얼른 대답할 말이 떠오르지 않았다. 그것 보라는 듯 소매를 떨치고 일어난 마등이 성큼성큼 계단을 내려서며 한탄했다.

"모두가 나라를 구할 사람은 아니로구나!"

말 속에 뼈가 있다더니 마등의 말이 바로 그랬다. 그제야 동승도 느끼는 바 있어 마등을 붙들며 물었다.

"공은 어찌하여 이 몸이 나라를 구하려 들지 않는다 보시오?"

"허전에서 사냥할 때의 일을 보고 나는 가슴이 터질 듯한 의분을 느꼈소이다. 그런데 공은 황실의 가까운 인척으로서 오히려 얼굴에 술 기운을 띤 채 역적을 칠 생각은 조금도 않으니 어떻게 황실을 어려움에서 구해낼 수 있겠소?"

동승은 그 말에 기뻤다. 그러나 한편으로는 마등이 거짓으로 자기를 떠보는 것일지도 모른다는 생각이 들어 짐짓 놀란 체 마등을 나무랐다.

"조승상은 나라의 대신으로 지금 조정은 참으로 그분에게 의지하는 바 크외다. 공께서 어찌 감히 그런 말을 하실 수 있소이까?"

그러자 마등이 벌컥 성을 내며 언성을 높였다.

"그렇다면 조조 그 역적 놈을 옳다 여기는 것이오?"

"보고 듣는 눈과 귀가 있소이다. 바라건대 목소리를 낮추시오."

동승이 그렇게 주의를 주었지만 소용이 없었다. 마등은 오히려 소리 높여 동승을 꾸짖었다.

"실로 죽음을 두려워하고 삶만을 탐하는 무리로구나! 너와 큰일을 의논하려 했다니 사람을 잘못 보아도 크게 잘못 보았다."

그러고는 다시 몸을 돌려 나가려 했다. 충의의 인물이라 여겨 틀릴 리 없는 단호함이었다. 동승은 그런 마등의 소매를 움켜쥐며 은근하게 말했다.

"공은 잠시 노기를 누르시오. 내 공께 보여드릴 게 있소."

그리고 마등을 서원으로 데려간 뒤 천자가 내린 조서를 보여주었다.

읽기를 마친 마등은 분기로 머리칼이 곤두서며 이를 가는데 입술이 씹히어 입 안에 피가 그득할 지경이었다.

"만약 국구께서 거사하신다면 나는 즉시로 서량의 병마를 이끌고 달려와 밖에서 호응하리다!"

그러자 동승은 그를 안내해 왕자복과 오자란, 충집, 오석 등이 기다리는 곳으로 데려가 서로 보게 한 뒤 의장을 꺼내 이름을 쓰게 했다. 서명을 마친 마등은 함께 술을 들다 모두에게 피를 섞어 나누어 마시게 하여 엄숙히 말했다.

"우리는 죽더라도 서로 배반하지 않기로 맹세하였소!"

그런 다음 다시 자리에 앉은 다섯을 가리키며 약간 안타까운 듯
덧붙였다.

"만약 뜻을 같이할 사람이 열만 되면 큰일을 이루기는 어렵지 않
을 것이오."

그 말을 동승이 받았다.

"충의지사란 그렇게 많이 얻을 수 있는 게 아니외다. 되잖은 자가
끼어들면 오히려 해로울 수도 있소."

그러나 마등은 기어이 조정 관원들의 명부[鴛行鷺序簿]를 가져오
게 하며 말했다.

"비록 조조가 대권을 희롱하고 있으나 천하는 엄연히 대한(大漢)
의 것이오. 찾아보면 이 많은 문무의 대신들 가운데서 어찌 한둘의
충신이야 더 없겠소?"

그러고는 명부를 넘기며 백관들을 하나하나 짚어나갔다.

교룡은 다시 창해로

명부가 유씨(劉氏) 종친들에 이르렀을 때 문득 마등이 손뼉을 치며 말했다.

"여러분은 어찌하여 이 사람과 더불어 의논하지 않으셨소?"

"그 사람이 누구요?"

동승을 비롯한 네 사람이 궁금한 듯 물었다.

"예주목 유현덕이 여기 있지 않소? 어찌 물어보지 않으셨소?"

마등이 한 곳을 가리키며 말했다. 동승은 적이 못 미더운 얼굴로 다시 물었다.

"그 사람이 비록 종친으로 황제의 아재비 뻘이 된다 하나 지금은 조조에게 붙어 지내고 있으니 어찌 이 일에 끼어들겠소이까?"

"반드시 그렇게 말할 수는 없소. 내가 전에 사냥터에서 보니 조조가 폐하를 대신해서 만세를 받자 현덕이 등 뒤에 있던 관운장이 칼을 빼어들고 조조를 죽이려 하였소. 현덕이 눈짓으로 그를 말렸으나, 한스럽게도 조조의 이빨이나 발톱 같은 장수들이 너무 많아서이지 조조를 죽일 마음이 없어서였던 것 같지는 않았소. 운장이 덤벼들어봤댔자 마침내 조조를 죽이지 못할까 근심한 것이었소. 공께서 한번 끌어들여 보시오. 그는 반드시 이 일에 끼어들기를 허락할 것이오."

그때 오석이 조용히 말했다.

"이 일은 너무 서둘러서도 아니 됩니다. 마땅히 의논을 맞추어 거기에 따름이 좋겠습니다."

모두들 그 말이 옳다 여겼다. 의논 끝에 먼저 동승을 보내 유비의 속마음을 알아보기로 하고 곧 헤어졌다.

다음 날 밤이었다. 동승은 천자의 밀조를 품은 채 어둠을 틈타 유비가 묵고 있는 공관을 찾았다. 문지기로부터 거기장군 동승이 왔다는 말을 듣자 유비는 문 밖까지 나와 동승을 맞아들였다. 작은 누각으로 동승을 안내해 간 유비가 관우와 장비를 시립게 한 채 자리를 잡고 앉기 바쁘게 물었다.

"국구께서 밤중에 이렇게 은밀히 저를 찾으신 데는 반드시 까닭이 있을 것입니다. 무슨 일이십니까?"

"밝은 날에 말을 타고 서로 오가면 조조가 의심을 할까 봐 이렇게 어두운 밤을 빌려 찾아오게 되었소이다."

동승이 그렇게 대답하자 유비는 더 따져 묻지 않았다. 상대가 먼저 실토하도록 기다리려는 것인지 문득 술을 내오게 한 뒤 느긋이 동승을 대접할 뿐이었다. 마침내 동승이 먼저 그 일을 꺼냈다. 그러나 유비의 내심을 알 수 없어 말을 돌렸다.

"지난날 사냥터에서 운장은 칼을 빼어 조조를 죽이려 하였소. 그런데 장군은 눈짓을 하고 고개를 저어 운장을 말리셨으니 어찌 된 까닭이오?"

그 말에 어지간한 유비의 얼굴에도 놀란 빛이 떠올랐다.

"그걸 공께서 어떻게 아십니까?"

유비의 다급한 물음에 동승이 능청을 떨었다.

"다른 사람은 아무도 못 봤지만 나만은 보았소이다."

그러자 유비는 다시 한번 동승을 살피며 한밤중에 몰래 찾아와 그런 말을 하는 까닭을 헤아려보았다. 그걸 보고도 조조에게 달려가지 않았을 뿐만 아니라 동승의 처지나 신분으로 보아도 조조의 편으로 온 것 같지는 않았다. 더군다나 이미 그가 관우와 자기가 한 일을 보았다니 그 이상 속을 숨길 수도 없는 일이었다.

"아우가 조조의 참람된 모습을 보고 자기도 모르게 화를 낸 것뿐입니다."

유비가 솔직하게 그때 일을 말하자 동승도 그를 믿을 만하다 여겼다. 문득 소매를 들어 얼굴을 가리고 통곡하며 말했다.

"조정의 벼슬아치 된 자 모두 관운장 같기만 했던들 어찌 천하가 태평하지 않음을 걱정할 필요가 있겠소!"

"혹 공께서 저를 속이시지나 않을까 하여 진작 말하지 못했습니다. 꾸짖어주십시오."

유비도 그 같은 동승을 보자 처음부터 그를 믿지 못한 것이 부끄러운 듯 말했다.

"이걸 한번 보시오."

동승이 눈물을 거두고 소매에서 천자의 밀조를 꺼냈다. 읽고 난 현덕은 비분을 감추지 못했다. 다시 동승이 꺼낸 의장을 보니 이미 여섯 사람의 이름이 적혀 있었다. 첫째는 거기장군 동승이요, 둘째는 공부시랑 왕자복이요, 셋째는 장수교위 충집이요, 넷째는 의랑 오석이요, 다섯째는 소신장군 오자란이요, 여섯째 서량 태수 마등이었다.

"공들께서 모두 폐하의 조서를 받들어 역적을 치고자 하시는데 이 비가 감히 어찌 개와 말의 수고로움을 마다하겠습니까?"

의장까지 읽고 난 유비가 결연히 말했다. 그리고 흔연히 그 여섯 사람의 이름 아래 '좌장군 유비'라 적어넣었다. 밀조와 의장을 거두어들인 동승이 다시 아쉬운 듯 말했다.

"앞으로 셋만 더 끌어들일 수 있다면 모두 열 명의 의사가 모인 셈이 되오. 그렇게만 되면 조조 그 역적을 도모할 수 있으련만……."

"때에 맞게 천천히 꾀해나가시면 될 것입니다. 아무에게나 가볍게 이 일을 드러내 밖으로 말이 새게 해서는 아니 됩니다."

유비가 그렇게 동승의 조급을 달랬다. 이런 얘기 저런 궁리로 동승은 오경 무렵이 돼서야 돌아갔다. 그를 바래다주고 돌아온 유비는 문득 생각했다.

'이미 조조를 적으로 삼기로 작정했으니 아무래도 예민한 그에게는 어떤 느낌이 있을 것이다. 그때에 대비해 미리 손을 써야겠다.'

그리고 그 방책으로 뒤뜰에 묵어 있는 채마밭을 이용하기로 했다. 날이 밝기 무섭게 그 밭을 손수 일군 유비는 역시 손수 씨앗을 구해

넣고 물을 주었다. 아무런 야망도 없는 순박한 농부의 모습 그대로 였다. 유비의 그 같은 돌변에 까닭을 알 리 없는 관우와 장비가 투덜 거렸다.

"형님께서는 천하 대사에 마음을 두지 않으시고 하잘것없는 농부 들의 일을 배우시니 어찌 된 일입니까?"

"너희가 알 바 아니다."

유비는 그렇게 대답할 뿐 까닭을 말하지 아니했다. 그러나 그 의 연함 뒤에 숨겨진 어떤 깊은 뜻을 느꼈던지 관우와 장비 또한 다시 는 그 일을 따지고 들지 않았다.

그러던 어느 날이었다. 관우와 장비는 어디 가고 유비만 허름한 농부 차림으로 뒤뜰의 채마밭에 물을 주고 있는데 허저와 장요가 수 십 명을 이끌고 찾아와 말했다.

"승상께서 부르십니다. 사군(使君)께서는 얼른 갈 채비를 하십시오."

그 돌연한 부름에 유비는 놀라움과 두려움에 사로잡혔다. 도둑이 제 발 저린 격이었다. 그러나 내색 없이 물었다.

"몹시 긴한 일이오?"

"모릅니다. 그저 제게 가서 사군께서 오시도록 청하란 분부만 내 리셨습니다."

허저가 무뚝뚝히 대답했다. 혹시나 동승의 모의에 가담된 일이 탄로나지 않았는가 하는 불안도 있었지만 유비는 달리 구실이 없었 다. 하는 수 없이 두 아우도 딸리지 못한 채 조조가 기다리는 곳으로 갔다.

"요사이 집에서 큰일을 하고 있다 들었소만……."

조조가 웃는 얼굴로 유비를 맞으며 말했다. 큰일이라는 말에 유비는 가슴이 섬뜩했다. 절로 얼굴이 흙빛이 된 채 얼른 대꾸조차 못했다. 그러나 조조는 어찌 된 셈인지 여전히 다정하게 유비의 손을 잡고 자신의 뒤뜰로 갔다.

"현덕, 농사를 배우는 일은 쉽지 않소. 어떠시오? 할 만하오?"

조조가 다시 그렇게 물은 뒤에야 유비는 문득 조조가 말한 큰일이 농사란 걸 깨달았다. 동승과 꾸미고 있는 일을 가리킨 것이 아니란 걸 알자 유비도 마음을 놓으며 대답했다.

"별일이 없기에 소일거리로 하고 있을 뿐입니다. 농사를 배운다 할 수야 있겠습니까?"

그리고 슬몃 보니 조조는 왠지 기분이 좋은 눈치였다. 아마도 몰래 사람을 놓아 유비의 동태를 살피다가 그가 흙을 주무르며 소일한다는 말을 듣고 속 깊이 가진 의심을 다소나마 푼 듯했다. 유비는 속으로 채마밭 가꾸기를 잘 시작했다는 생각이 들었다.

"매화 가지를 보니 매실이 푸르게 잘 익었더구려. 문득 지난해 장수를 칠 때의 일을 생각하니 감회가 새로웠소. 그때 행군 중에 물이 모자라 장졸들이 모두 목이 말라 했는데, 나는 한 가지 꾀를 썼더랬소. 채찍을 들어 앞을 가리키며 그곳에 매화숲이 있다고 거짓으로 소리친 것이오. 그 말을 들은 군사들은 매실의 신맛을 생각하자 한결같이 입에 침이 돌고, 그래서 잠시 갈증을 잊을 수 있었던 것이오. 이제 그 매실을 보니 어찌 느껴지는 게 없겠소? 마침 담근 술이 잘 익었기에 매실을 안주로 공과 함께 술잔을 나누고 싶었소. 그 때문에 허저를 보내 현덕을 청한 것이오."

조조가 드디어 유비를 부른 참뜻을 밝혔다.

유비는 그제서야 완연히 마음을 가라앉힐 수 있었다. 불러준 정에 가볍게 감사한 다음 조조가 끄는 대로 작은 정자에 올랐다. 정자에는 이미 술상이 차려져 있었는데, 조조가 말한 대로 쟁반 위에는 푸른 매실 삶은 것이 안주로 나와 있고 곁에는 잘 익은 술이 한 독 담겨 있었다.

두 사람은 곧 자리를 마주하고 앉아 술을 마시기 시작했다. 술이 반쯤 오를 무렵 갑자기 검은 구름이 짙게 덮이더니 비가 쏟아지기 시작했다. 비도 장대 같은 소나기였다.

"용이다! 용이 등천을 한다."

검은 구름 사이로 기괴한 형상이라도 비쳤던 것인지 정자 아래서 두 사람의 술자리를 시중들고 있던 자들 가운데 하나가 문득 놀란 목소리로 소리쳤다. 그 소리에 조조와 유비도 난간에 기대 검은 하늘을 쳐다보았다. 그러나 소리친 자가 가리킨 하늘가에는 아무것도 보이지 않았다.

"공은 용의 변화를 아시오?"

자리로 돌아온 조조가 무얼 생각했는지 불쑥 유비에게 물었다. 평소처럼 유비가 겸손하게 대답했다.

"말은 몇 가지 들은 게 있습니다만 자세히는 알지 못합니다."

"그렇다면 내가 말해드리겠소."

조조가 갑자기 정색을 하며 말했다.

"용이란 크고 작아지기를 마음대로 하며[能小能大], 위로 솟고 아래로 숨기를 또한 마음대로 하오[能昇能隱]. 크게 되면 구름을 일으키고 안개를 토하며, 작게 되면 겨자씨만 해지고 형태를 감추어버리기도 할 수 있는 것이오. 솟은즉 드넓은 우주 사이를 날고, 숨은즉 파도 안에 엎드려 없는 듯이 보일 수도 있소이다. 이제 봄이 한창이니 용이 때를 타 변화를 일으킬 때요. 마치 사람이 때를 얻어 천하를 종횡함과 같으니, 용이란 물건은 영웅에 비하여 말할 수 있을 것이외다. 현덕께서는 사방을 두루 돌아다니셨으니 틀림없이 당세의 영웅이라 할 사람들을 알고 있으리다. 바라건대 내게 한 사람만이라도 말해주시오."

용으로 시작된 이야기가 그렇게 느닷없는 영웅론으로 번졌다.

얼른 듣기에는 자연스러웠으나 유비는 그 뒤에 숨은 조조의 뜻을 짐작했다. 영웅론을 통해 유비의 안목은 물론 그릇의 크기를 가늠해보려 함에 틀림없었다.

"제 안목으로 어찌 영웅을 알아볼 수 있겠습니까?"

유비가 일시에 어떻게 대꾸할지 몰라 그렇게 발뺌을 했다. 유비가 일부러 대답을 피하고 있다는 것까지 알아채지 못할 조조는 아니었다. 한층 엄숙한 얼굴로 유비를 다그쳤다.

"지나친 겸손이오. 그러지 말고 한번 속을 터놓고 이야기해보시오."

"제가 승상의 은혜로 조정까지 올라와 벼슬살이를 하게 되었습니다만 천하 영웅에 대해서는 실로 아는 바가 없습니다."

유비가 다시 한번 의뭉을 떨었으나 소용이 없었다.

"그 얼굴은 모른다 해도 이름은 듣지 않았겠소? 어디 들은 대로라도 말씀해보시오."

조조는 끝내 유비를 놓아주지 않았다. 유비는 어쩔 수 없다는 걸 알자 한동안을 생각하는 체하다 우물우물 대답했다.

"회남의 원술이 어떠하겠습니까? 군사와 곡식이 넉넉하니 영웅이라 할 만하지 않겠습니까?"

"무덤 속의 말라빠진 뼈다귀[塚中枯骨]일 뿐이오. 이르든 늦든 반드시 내게 사로잡힐 위인이외다."

조조가 한마디로 원술을 여지없이 깎아내리며 재촉하듯 유비를 살폈다. 유비는 다시 크게 마음에도 없는 인물을 댔다.

"하북의 원소도 있습니다. 사세(四世)에 걸쳐 다섯 번이나 삼공(三公)의 자리에 오른 가문으로 거기에 덕을 입은 벼슬아치들이 문하에 많습니다. 거기다가 지금은 호랑이처럼 기주를 터로 삼아 그 부리는 이들 가운데는 여러 일에 능한 이들이 매우 많으니 영웅이라 할 만합니다."

조조가 약간 허세가 밴 웃음으로 유비를 반박했다.

"원소는 겉모양이 번듯하나 담이 작고, 일을 꾸미기는 좋아해도 맺고 끊는 힘이 없소. 큰일을 하려 하면서도 지나치게 제 몸을 사리고, 엉뚱하게도 작은 이익에는 목숨까지 잊고 덤비니 어찌 영웅이라 할 수 있겠소이까?"

"또 한 사람 생각나는 이가 있습니다. '강하의 여덟 준재[江夏八俊]'의 하나로 위엄이 구주(九州)에 떨친다는 유경승(劉景升)은 영웅이라 할 만합니다."

유비는 다시 형주에 있는 유표(劉表)를 들먹여보았다. 조조는 한층 가소롭다는 듯 고개를 저었다.

"유표는 헛된 이름뿐 속은 아무것도 없는 자요. 영웅이 아니외다."

"그럼 한창 혈기 있고 억센 손백부는 어떻겠습니까? 지금 강동을 다스리고 있으니 영웅이라 할 수 있을 것입니다."

"손책은 그 아비의 이름을 물려받은 것뿐이니 영웅이라 할 수 없소."

"익주의 유계옥(劉季玉)은 어떻겠습니까?"

끝까지 놓아주지 않는 조조에게 까닭 모를 불안까지 느끼며 유비는 익주의 유장(劉璋)까지 끌어냈다. 험한 산천에 의지해 겨우겨우 제 땅이나 지켜나가는 위인을 자신은 한번도 영웅이라 여겨본 적이 없음에도 조조의 심문 같은 물음을 배겨내지 못해 주워섬기고 있었다.

"유장이 비록 종실이라 하나, 다만 집 지키는 개에 지나지 않소. 어찌 영웅이라 하겠소!"

조조는 마찬가지로 그렇게 부인해놓고 또다시 유비를 빤히 쳐다보았다. 유비는 한층 다급해지는 기분으로 생각나는 대로 이름을 대기 시작했다.

"장수(張繡), 장로(張魯), 한수(韓遂) 등은 어떻게 생각하십니까?"

"그들은 말할 가치조차 없는 소인들이오. 그야말로 시시한 조무래기들이지."

조조가 손뼉을 치고 웃으며 그렇게 말했다. 그러나 두 눈만은 여전히 유비를 살피고 있었다. 유비는 아무것도 모르는 체 능청을 떨며 화제를 돌리려고만 애를 썼다.

"지금 제가 댄 사람들을 빼면 이 비는 실로 아는 바가 없습니다."

하지만 조조는 기어이 유비가 속으로 두렵게 생각하던 말을 꺼내고 말았다.

"무릇 영웅이란 가슴에는 큰 뜻을 품고 배에는 좋은 지모(智謀)가 가득한 사람으로 우주의 기운을 머금고 하늘과 땅의 뜻을 토해내는 자요."

그렇게 말해놓고 의미심장한 눈길로 유비를 보며 씩 웃었다. 유비는 여전히 모르는 체 어리석은 물음을 던졌다.

"그런 사람이 누구이겠습니까?"

"정말 모르시겠소?"

조조가 다짐하듯 그렇게 묻더니 손가락을 들어 먼저 유비를 가리키고 이어 자신을 가리키며 호탕하게 말했다.

"지금 천하의 영웅이라면 오직 현덕과 여기 이 조조가 있을 뿐이오!"

그 말을 듣는 순간 유비는 눈앞이 아뜩했다. 무지렁뱅이 농군 흉내를 내가면서까지 자신을 감추려 애썼건만 날카로운 조조의 눈은 어느새 그를 꿰뚫어보고 있었던 것이다.

조조가 나를 그렇게 보았다면 이제는 끝이다. ─ 그렇게 생각하자 절로 온몸에서 힘이 쭉 빠졌다. 꼼짝없이 그의 손아귀에 잡혀 있는 그로서는 영원히 그대로 잡혀 있거나 죽어서만이 그의 손아귀를 빠져나갈 수 있을 것 같았다. 그 바람에 자신도 모르게 유비의 손에 쥐어져 있던 수저가 떨어져 탁자 아래로 흘렀다.

그런데 때마침 한줄기 소나기가 쏟아지며 뇌성이 크게 일었다. 조조의 말에 놀라 수저를 떨어뜨려 놓고야 일이 더욱 나쁘게 된 것을 알고 당황하던 유비는 얼른 그 뇌성을 핑계로 삼았다. 머리를 수그려 땅바닥에 떨어진 수저를 주우며 짐짓 부끄러운 듯 말했다.

316

"좀 전의 천둥소리가 얼마나 무시무시하던지 그만 이렇게 수저를 떨구고 말았습니다."

조조가 그걸 떨어뜨린 이유를 캐물을 것에 앞질러 대비하는 한편 자신의 겁 많음을 가장함으로써 조금이라도 조조의 의심을 덜기 위해 급작스레 꾸며댄 말이었다.

워낙 알맞은 시간에 울린 뇌성이라 조조도 그것까지는 의심하지 못했다. 적이 풀린 얼굴로 농담삼아 물었다.

"장부도 뇌성을 두려워하는 것이오?"

"성인께서 빠른 번개와 매서운 바람이 일면 반드시 변괴가 있다 했습니다. 어찌 두렵지 않겠습니까?"

유비가 더욱 두려움을 과장하며 되물었다. 유비의 그같이 절묘한 임기응변에 조조는 결국 그가 수저를 떨어뜨린 까닭에 대한 의심은 커녕 오히려 이미 가슴 깊이 자리 잡고 있던 의심까지 줄이고 말았다. 유비가 속으로 뜻한 바대로였다.

여기서 언뜻 보여지는 것은 두 사람의 대비이다. 조조도 유비도 일생 동안 수없이 많은 지모를 쓰고 사람을 속였다. 그런데도 조조는 지모와 속임수의 대명사로 불리는 반면 유비는 성실과 정직의 화신처럼 전해졌다. 그 까닭은 여러 가지 있겠지만 중요한 것은 대략 두 가지로 보여진다. 그 하나는 조조가 자신의 지모를 자랑하는 반면 유비는 언제나 그것을 숨겼던 것이고, 다른 하나는 조조가 일생을 통해 공격적인 입장에 있었던 반면 유비는 항상 수비적인 입장에 있었다는 점이다. 재주가 드러나면 시기를 받고, 강자는 약자보다 동정을 받지 못한다는 점을 상기한다면, 어느 정도 이해가 되는 그

시대의 감정이 그대로 후세에 전해진 것이리라.

어쨌든 조조와 유비는 다시 화기애애한 가운데 술잔을 비우기 시작했다. 그런데 장대처럼 쏟아지던 비가 막 멎으려 할 때였다. 갑자기 두 사람이 후원으로 뛰어들더니 보검을 빼들고 조조와 유비가 술을 마시는 정자 쪽으로 달려오고 있었다. 그곳을 지키던 무사들이 가로막았으나 잘 당해내지 못했다. 조조가 놀란 눈으로 살펴보니 다름아닌 관우와 장비였다.

그날 두 사람은 성 밖으로 활쏘기를 나갔다가 그 얼마 전에야 유비가 거처하는 곳으로 돌아왔다. 맏형인 유비가 보이지 않아 좌우에 물으니 허저와 장요가 수십 명을 이끌고 와서 데려갔다고 하지 않는가. 이에 놀란 두 사람은 급히 승상부로 달려가 유비가 있는 곳을 물었다.

조조의 종자들로부터 유비가 조조와 함께 후원에 있다는 말을 들었으나 종내 마음이 놓이지 않았다. 혹시라도 조조가 그렇게 유비를 불러들여 죽일지도 모르는 일이었다.

"아무래도 안 되겠네. 우리가 함께 뛰어들어가 형님을 지키세."

관우가 그렇게 말하자 장비도 두말없이 따라 들었다. 그 기세가 어찌나 흉흉한지 아무도 막지 못하다가 조조가 있는 후원에 이르러서야 비로소 가로막는 자가 생겼다. 그러나 그들도 이미 그 두 사람의 주인이 자기의 주인과 유쾌하게 담소하며 술을 마시고 있는 걸 오래 보아온 뒤라 피를 보아가며 막으려고는 들지 않았다.

그 바람에 관우와 장비는 더 큰 소동 없이 칼을 빼든 채 유비의 등 뒤로 가 시립할 수 있었다.

"그대들 둘은 어찌하여 이렇게 오셨소?"

조조가 약간 어이없는 얼굴로 관우와 장비를 번갈아 보며 물었다. 둘 중에서 좀더 생각이 밝은 관우가 얼른 자기들의 실수를 깨닫고 궁색한 대답을 했다.

"듣기로 승상과 저희들 형님이 함께 술을 드신다기에 칼춤이라도 추어 흥을 돋워드릴까 하고 달려왔습니다."

그들이 입으로 무슨 소리를 한다고 해도 속마음을 읽지 못할 조조가 아니었다. 그러나 노여움보다는 수백의 군사와 수십의 용장(勇將)들이 몰려 있는 자신의 부중(府中)으로 단 둘이 뛰어든 그들의 의리와 충성이 더욱 조조를 감동시켰다. 크게 소리 내어 웃으며 둘에게 말했다.

"여기는 홍문(鴻門)의 연회장이 아니거늘 어찌 항장(項莊)과 항백(項伯)이 쓸 데가 있겠소?"

홍문의 연회란 초한(楚漢)이 천하를 다툴 때 세력이 큰 항우가 보다 약한 유방을 죽이기 위해 홍문이란 곳에서 연 잔치이다. 그때 항우는 처음 모사인 범증의 말대로 유방을 죽이려고 했으나 막상 만나서 그의 말을 듣고는 죽일 마음이 없어져버렸다. 그걸 안타까이 여긴 범증이 칼춤을 핑계로 유방을 죽이려고 들여보낸 초군(楚軍)의 장수가 바로 항장이요, 유방을 구하러 뛰어든 게 항백이었다. 따라서 조조의 물음은, 나는 너희들의 형을 죽이려고 하지 않았는데 너희가 어찌하여 이럴 수 있느냐, 하는 나무람 섞인 농담이었다.

조조가 자기들의 속마음을 꿰뚫어보고 그렇게 묻자 둘은 더 할 말이 없었다. 말없이 얼굴만 붉히고 서 있는 걸 보고 조조는 한층 소리 높여 웃은 뒤 부리는 이에게 영을 내렸다.

"저 두 번쾌(樊噲)에게도 술을 올려라."

번쾌는 바로 저 홍문의 연회에서 유방의 목숨을 노려 칼춤을 추는 항장과 항백을 역시 칼춤으로 가로막으며 유방을 지킨 한군(漢軍) 쪽의 맹장이었다.

조조의 그 같은 너그러움에 관우와 장비도 감동하여 절하며 잔을 받았다. 조조가 한층 호쾌하게 웃고, 은근히 마음 죄던 유비도 비로소 마음을 놓고 따라 웃었다.

"조조가 놀라 우리 둘을 죽이려 들까 실로 두려웠습니다."

술자리가 파하고 돌아오는 길에 어지간한 관우도 긴 한숨을 내뿜으며 그렇게 말했다. 유비가 빙긋 웃으며 그 말을 받았다.

"그럴 리야 있겠나?"

"그런데 조조가 왜 형님을 불렀습니까?"

"그야 나를 떠보기 위해서였지. 하기야 정말 위태로운 때가 있기는 했네."

그리고 유비는 그날 있었던 일을 둘에게 얘기해주었다.

"내가 농사를 배우는 척한 것은 조조가 내게 큰 뜻이 없다는 걸 알게 함이었지. 처음에는 조조도 그렇게 속아주는 것 같았네. 그런데 이런 얘기 저런 얘기 끝에 뜻밖에도 조조가 나를 가리키며 자기와 비길 만한 영웅이라 하지 않겠나? 나는 그 말에 놀라 그만 자신도 모르는 사이에 수저를 떨어뜨리고 말았네. 생각해보게. 조조가 정말 나를 그렇게 본다면 당장 죽이지는 않는다 해도 영영 나를 이렇게 붙들어둘 게 아닌가?

거기다가 수저를 떨어뜨려 놓고 나니 이번에는 조조가 그 일로 새로운 의심을 가질까 두렵더군. 만약 내가 놀란 게 그가 내 속셈을 꿰뚫어본 때문이란 걸 알면 그의 의심은 더 커지지 않겠나? 그런데 때마침 천둥이 울려 나는 짐짓 천둥소리에 겁먹은 척함으로써 나를 숨길 수 있었네. 그때야말로 진정으로 위태로운 때였다네."

그 말에 관우와 장비도 감탄을 거두지 못했다

"실로 놀라운 형님의 고견이십니다."

그러고는 한층 공경하는 눈길로 유비를 우러러보았다.

하지만 아무것도 알아채지 못한 조조는 다음 날 또 유비를 불렀다. 이번에는 다른 뜻 없이 정으로 부른 술자리였다. 한참 주거니 받거니 술잔을 받고 있는데 갑자기 사람이 와 조조에게 알렸다.

"만총이 기주에서 돌아왔습니다."

만총은 원소의 동태를 살피기 위해 기주로 갔던 사람이라 조조는 궁금한 게 많았다. 거기다가 현덕에 대한 뿌리 깊은 의심도 거의 없어진 뒤라 조조는 그 자리로 만총을 불러들였다.

"그래 간 일은 어떻게 되었는가?"

위로의 술 한잔을 내리기 바쁘게 조조가 물었다. 만총은 술 한잔을 비울 생각도 않고 놀라운 소식을 전했다.

"무엇보다도 급히 승상에 알려드릴 일이 있습니다. 공손찬이 원소에게 무너지고 말았습니다."

그 말에 조조가 번쩍 정신이 나는 모양이었다. 술기운이 싹 걷힌 얼굴로 물었다.

"공손찬이 무너졌다니? 어서 그 자세한 경과를 말하라."

얼른 믿어지지 않아 멍하니 만총을 바라보고 있던 유비도 겨우 정신을 가다듬어 만총의 말에 귀를 기울였다.

"승상께서도 아시다시피 한때 공손찬은 원소보다 세력이 크면 컸지 작지는 않았습니다. 그런데 원소가 힘을 다해 세력을 키워가는 동안 공손찬은 자만에 빠져 지키는 데만 연연해했습니다. 그러다 보니 싸움이 거듭될수록 점점 이롭지 못했는데 공손찬은 거기서 그치지 않고 더욱 어리석은 짓을 저질렀습니다. 다름이 아니라 과감히 나가 싸우는 대신 더욱 크고 든든한 성을 쌓아 안으로 움츠러드는 방도를 취한 것입니다.

공손찬은 그 성 위에다 다시 높이가 열 길이나 되는 누각을 세워 역경루(易京樓)라 하였는데 거기다가 곡식을 쌓아두고 군사 삼십 만으로 성안에서 지키기만 했습니다. 혹 그 성 외에 다른 성이 원소에게 포위당해 좌우에서 그곳을 구하고자 청을 해도 끝내 들어주지 않았습니다. 만약 한 곳을 구해주게 되면, 뒤에 다른 곳에서 싸우는 자들도 그 구함만을 기다려 죽도록 싸우려 들지 않는다는 까닭에서였습니다. 그렇게 되니 원소의 군사들이 쳐들어올 때마다 공손찬은 가만히 앉아 여러 성을 잃게 되었습니다. 저희 주인이 구해주지 않는다는 것을 알자 죽기로 싸우기는커녕 오히려 제대로 싸워보지도 않고 항복하기 때문이었습니다……."

"그렇다 해도 그토록 강성하던 공손찬이 그렇게 어이없이 망할 수야 있나?"

조조가 만총의 말이 아직 끝나지 않았는데도 참지 못하고 물었다. 만총은 차근차근 그 뒤의 경과를 얘기해 나갔다.

"물론 공손찬도 가만히 앉아서 망하기만을 기다린 것은 아닙니다. 마침내 세력이 외로워진 걸 알자 그도 여러 가지로 방도를 내보았습니다. 먼저 허도로 사람을 보내 승상께 구원을 청하는 글을 올렸으나 도중에 그 사자가 원소의 군사들에게 사로잡히는 바람에 뜻을 이루지 못했습니다. 다시 흑산적(黑山賊)의 우두머리인 장연(張燕)에게 글을 보내 안팎에서 호응해 원소를 치려 했으나 그 또한 글을 지닌 사자가 원소의 군사들에게 사로잡힌 바 되어 오히려 거꾸로 적에게 이용만 당하고 말았습니다. 그 글에서 공손찬은 장연이 지른 불길을 군호로 성안에서 달려 나와 원소군을 치기로 했는데 그걸 원소가 이용한 것입니다. 원소가 거짓으로 자기 진채에 지른 불을 장연의 구원군이 온 줄로 믿은 공손찬이 스스로 대군을 이끌고 성을 나왔다가 군마만 태반이나 꺾여버렸을 뿐입니다. 겨우 성안으로 물러나 지켜보려 했으나 그때는 이미 형세가 너무도 기운 뒤였습니다. 원소의 군사들이 땅굴을 파고 공손찬이 거처한 누각 아래에 이르러 일제히 뛰쳐나오며 불을 지르니 공손찬은 도망칠 길조차 없었습니다. 결국 먼저 처자를 죽이고 공손찬도 스스로 목매 죽으니 일가의 시체마저 모두 불타 무덤조차 남기지 못할 지경에 이르고 말았습니다."

거기까지 듣자 유비는 쏟아지는 눈물을 억누를 길이 없었다. 한때는 동탁에게도 뒤지지 않았고, 지금 영웅으로 이름을 내걸고 있는 제후들 가운데서는 가장 먼저 기업(基業)을 이룩했던 사람, 그리고 무엇보다도 의지가지없는 고아로서 순전히 혼자 힘으로 북방의 효웅(梟雄)이라 불릴 만큼 큰 세력을 쌓았던 투지의 사나이에게는 너무도 어울리지 않는 비참한 최후였다.

하지만 그보다 더 슬피 유비를 울게 한 것은 그와의 오랜 세월이었다. 이십여 년 전 노식의 초당(草堂)에서 만난 이래 유비의 삶은 그와 깊은 관련을 맺어왔다. 돗자리를 짜며 탁현의 저잣거리를 떠도는 유비에게 그래도 유협 세계에서 두각을 나타낼 수 있게 해준 것은 그 무렵 탁령(涿令)으로 와 있던 그의 숨은 도움이었으며 장비를 얻게 한 것도 결국은 공손찬의 힘이나 다름없었다. 그 뒤 겨우 수백의 잡병(雜兵)으로 세상에 나온 뒤에도 항시 저만큼 앞서가 있던 공손찬은 유비에게 힘이 되어주었고 마지막에는 유비가 공손찬의 한 팔이라고 알려질 만큼 가까운 사이가 되었다.

그에게서 자만과 안주(安住)의 기색이 보이고 자신을 그저 한 부장(副將) 정도로 취급하는 데 반발해 그의 그늘을 벗어나기는 했지만 공손찬은 실로 유비에게는 거의 갚을 길 없는 은혜의 빛을 준 사람이었다. 어쩌면 그때 내가 성급한 야망에 들떠 있었는지 모른다. ―혹은…… 자신이 몇 년만 그 곁에 남아 진심 어린 충고로 그를 말렸던들 공손찬이 그토록 참담하게 몰락하지는 않았을지도 모른다는 생각과 함께 유비는 문득 그런 후회와 한탄이 일기까지 했다.

하지만 조조는 달랐다. 한때는 같은 대의 아래 싸웠고 또 한때는 적으로 맞섰던 공손찬이란 거목의 쓰러짐에 대한 감상도 잠시, 그는 곧 냉정한 현실로 돌아왔다.

"그래, 그 뒤 원소의 동태는 어떤가?"

한동안의 침묵 끝에 조조가 그렇게 묻자 만총은 기다렸다는 듯 입을 열었다.

"이제 원소는 항복한 공손찬의 군사들까지 거두어 그 성세는 실로 대단한 바 있습니다. 그런데 그 아우 원술은 회남에 있으면서 호사와 교만이 지나치고 군사와 백성들을 돌보지 않아 모두들 그를 버리고 떠나매 그 세력이 몹시 약해졌습니다. 이에 마침내 지탱하지 못할 것을 짐작한 원술은 사람을 원소에게 보내 천자의 호(號)를 바치고 그에게로 돌아가려 하고 있습니다. 원소 또한 원술이 가진 옥새가 탐이 나 그걸 허락하니 원술은 친히 옥새를 호송하여 바치리라 약조했습니다. 제가 보기에 지금 그대로 버려두면 회남은 기주로 돌아가고 맙니다. 만일 원소와 원술 두 사람이 힘을 합친다면 그때는 다시 그 땅을 회복하기 어려울 것입니다. 바라건대 승상께서는 그전에 급히 일을 처결하십시오.”

만총이 그렇게 말을 맺을 때야 유비도 비로소 감상에서 깨어났다. 죽은 사람은 죽은 사람—그렇게, 생각하자 먼저 떠오른 것은 조자룡의 훤한 얼굴이었다.

공손찬이 거느리고 있던 모든 장수가 원소에게 항복했다 할지라도 조자룡만은 그럴 만한 처지가 못 되었다. 이미 한 번 원소를 버리고 온 그라 죽지 않았다면 어디론가 정처없이 떠돌고 있으리란 짐작이 갔다. 지난번 헤어질 때 눈물을 글썽이며 떠나던 그를 차라리 자신 곁에 잡아두는 편이 옳았다는 생각이 들며 유비는 다시 한번 때늦은 후회를 했다.

그렇지만 한번 생각이 현실로 돌아오자 더욱 다급한 것은 자신의 처지였다.

‘공손찬에게는 불행한 일이지만 이 같은 변화야말로 내게는 한 기회다. 이때를 틈타 조조로부터 몸을 빼내지 않는다면 언제 다시 때

가 올지 알 수 없다.'

그렇게 생각한 유비는 조용히 몸을 일으켜 조조에게 청했다.

"만약 원술이 원소에게 투항하려 하면 반드시 서주를 지나게 될 것입니다. 청컨대 제게 한 갈래의 군사를 나눠주십시오. 도중에 기다리다 그 길을 끊고 들이치면 원술을 사로잡을 수 있습니다."

이미 유비에게서 제법 의심을 거둔 조조라 그 말을 별로 이상히 여기지 않았다. 오히려 유비가 자청하여 싸우러 가겠다는 게 기쁜지 빙긋이 웃으며 반승낙을 했다.

"내일 천자께 말씀 올리고 되도록 빨리 군사를 일으키도록 하겠소."

그리고 다음 날 현덕이 보는 데서 헌제에게 그 일을 상주했다. 헌제가 마지못해 허락하자 조조는 유비에게 오만 군마를 내어주고 원술의 길을 끊게 했다. 유비에게 좀 꺼림칙한 게 있다면 장수 중에 조조의 사람인 주령(朱靈)과 노소(路昭)를 끼워서 유비에게 딸려 보낸 정도였다.

출전의 명을 받은 유비가 헌제께 작별의 군례(軍禮)를 올리니 헌제는 눈물로 유비를 보냈다. 곁에서 한 힘이 되어줄 유비가 떠나는 데 대한 아쉬움과 그동안의 정이 어우러진 눈물이었다.

생각보다 쉽게 도성을 빠져나갈 구실을 얻었으나, 유비는 혹시라도 그 일이 조조의 모사들에게 알려져 방해를 받게 될까 두려웠다. 그날 밤으로 군사들을 점고하고 마필을 살핀 뒤, 천자로부터 받은 장군인(將軍印)을 차고 출전의 길에 올랐다. 더 이상 서두를 수 없을 만큼 재촉과 재촉 속에 재빨리 이루어진 출전이었다.

동승은 십 리 밖에 있는 정자까지 배웅을 나왔다. 현덕은 좌우에 사람이 없을 때를 기다려 동승에게 나직이 말했다.

"국구께서는 조금만 더 참고 기다리십시오. 이번 길은 반드시 제 명에 보답하는 길이 될 것입니다."

서둘러 도성에서 몸을 빼는 유비가 서운하기도 했지만, 동승은 도리가 없었다. 다만 좋은 말로 유비에게 당부할 뿐이었다.

"공은 마땅히 그 일을 마음에 두시어 부디 폐하의 바람을 저버리지 마시오."

그리고 아쉬운 듯 유비와 작별했다.

"형님, 이번 출정은 무엇 때문에 이렇게 서두르십니까?"

동승이 돌아가자 다시 길을 재촉하는 유비에게 장비가 물었다. 진작부터 묻고 싶었으나 곁에 다른 사람이 있어 참아온 끝이었다. 유비가 비로소 속을 털어놓았다.

"나는 새장에 갇힌 새요, 그물에 든 고기 같은 신세다. 지금 이렇게 떠나는 것은 마치 고기가 대해로 돌아가고 새가 푸른 하늘로 치솟아 오르는 것과 같다. 새장과 그물에 얽매임을 받지 않으려는 것이다. 알겠느냐?"

그 말을 듣자 장비는 물론 곁에 있는 관우까지 고개를 끄덕였다.

"주령과 노소는 조조가 내게 딸려준 자들이니 각별히 눈여겨 살피고 얼른 이곳을 벗어나도록 하자."

유비는 그런 두 아우를 재촉해 더욱 행군을 빨리 하게 했다.

이때 곽가와 정욱은 조조의 세력 아래 있는 곡식과 돈을 헤아려 보기 위해 조조 곁에 없었다. 그런데 돌아와 들으니 그사이 조조가 유비를 서주로 보냈다고 하지 않는가. 둘은 그 소식을 듣고 급히 조조에게 달려가 물었다.

"승상께서는 어찌하여 유비에게 군사를 주어 보내셨습니까?"

"원술이 원소에게로 가는 길을 끊기 위해서요."

조조가 아직도 별다른 의심 없이 그렇게 대답했다. 정욱이 답답한 듯 말했다.

"지난날 유비를 예주목(豫州牧)으로 삼으실 때, 저희들은 오히려 그를 죽이라고 청했으나 승상께서는 들어주지 않으셨습니다."

"그랬지. 죄 없는 사람을 죽일 수 없었네."

"거기다가 지금은 또 유비에게 군사까지 주어 보내셨으니 이는 곧 용을 풀어주어 바다에 들게 하고 호랑이를 놓아주어 산으로 돌아가게 한 것과 다름없습니다. 뒷날 다스리려 하신들 어떻게 다시 잡아들일 수 있겠습니까?"

곽가도 옆에서 거들고 나섰다.

"승상께서는 유비를 죽이시지 않으셨을 뿐만 아니라 어이없게도 군사까지 딸려 떠나게 하셨습니다. 옛사람이 이르기를 적을 놓아주는 데는 하루면 되지만 그 근심은 만세에 이어질 것이라 했습니다. 바라건대 승상께서는 깊이 살펴주십시오."

곽가까지 나서자 조조도 아차 싶었다. 아직 유비가 멀리는 가지 못했을 것임을 다행으로 여기며 허저를 불러 영을 내렸다.

"그대는 먼저 장졸 오백을 이끌고 달려가 유비를 뒤쫓거든 그에게 되돌아오라고 전하시오."

"분부대로 하겠습니다."

허저는 그렇게 답하고 날랜 군사 오백을 뽑아 질풍처럼 달려 나갔다.

　한편 유비는 재촉에 재촉을 거듭하고 있는데 갑자기 뒤에서 먼지가 일며 한 떼의 군마가 달려오고 있었다. 유비는 대강 그들이 누군지 짐작이 갔다.

　"저것은 반드시 조조가 우리를 뒤쫓으러 보낸 군사들일 것이다. 영채를 세우고 만일에 대비케 하라."

　유비가 굳은 얼굴로 관우와 장비에게 말했다. 유비의 영대로 행군을 멈추고 진채를 세운 관우와 장비는 각기 무기를 든 채 유비 곁에 갈라 섰다.

　뒤따라온 허저가 보니 갑주와 무기를 엄히 갖추고 가지런히 진세를 벌인 군사들 앞에 범 같은 두 아우를 거느리고 선 유비의 위풍이 전에 없이 당당했다. 자신도 몰래 두려운 마음이 일어 유비 앞에 이르자 말에서 내리며 군례를 올렸다.

　"공은 무슨 일로 이렇게 오셨소?"

　유비가 부드럽고도 위엄 있는 목소리로 물었다. 허저가 까닭없이 움츠러들며 대답했다.

　"승상의 명을 받들어 군사를 되돌려 돌아가시기를 특히 장군께 청합니다. 따로 상의하실 일이 있다는 말씀이셨습니다."

　"장수가 군사를 이끌고 밖에 나와 있을 때는 임금의 명도 받지 않는다 하였소. 더구나 나는 이미 임금을 뵈옵고 승상과도 말을 나눈 뒤에 떠나왔으니 이제 새삼 달리 의논할 것도 없소이다. 공께서는 속히 되돌아가 승상께 이 같은 내 뜻을 전해주시오."

　말은 여전히 부드러우나 그 안에 담긴 뜻은 강한 거절이었다. 한

번 더 말을 붙였다가는 한바탕 싸움이 불가피하게 느껴질 정도여서 적은 군사를 이끌고 온 허저로서는 조심하지 않을 수 없었다. 허저는 마음속으로 가만히 헤아려보았다.

'승상께서는 저 사람과 교분이 두터울 뿐만 아니라 이번에 내가 받은 명도 그와 싸움을 해가면서까지 끌고 오라는 것은 아니었다. 다만 말로 저 사람을 되돌아오게 하라는 것이니 이제 이렇게 나오는 이상 그대로 돌아가 저 사람의 말이나 빨리 전하는 게 좋겠다. 힘으로라도 저 사람을 되돌릴 작정이셨다면 어찌 내게 오백의 군사만 주셨겠는가.'

그렇게 마음이 정해지자 허저는 그대로 유비의 말을 따르기로 작정했다.

"알겠습니다. 승상께 그대로 전해 올리겠습니다."

허저는 그 말과 함께 말 위에 오르더니 군사들을 이끌고 오던 길을 되짚어 돌아갔다.

"그것 보십시오. 유비가 순순히 군사를 되돌리지 않은 것만으로도 그 마음이 변한 걸 알 수 있지 않겠습니까?"

허저가 돌아가 조조에게 유비가 한 말을 전하자 정욱과 곽가가 곁에서 그렇게 입을 모았다. 그러나 조조는 아직도 유비가 자신의 손아귀를 벗어난 걸 믿고 싶지 않은 모양이었다.

"그래도 내게는 주령과 노소가 있소. 그들이 곁에 함께 붙어 있으니 현덕은 감히 마음이 변할 수 없을 것이오. 더구나 내가 이미 보내 놓고 어찌 다시 불러들인단 말이오?"

그러고는 다시 유비를 뒤쫓으려 하지 않았다.

유비가 이미 도성을 떠났다는 말을 듣자 동승과 함께 조조를 죽이려는 음모에 가담한 나머지 사람들은 적지 않이 기세가 상했다. 그중에도 마등은 자기의 근거지인 서량이 급하다는 전갈이 오기 바쁘게 군사를 이끌고 그리로 돌아가버렸다.

원가도 중원을 향하고

허도를 벗어난 유비의 군사는 며칠 안 돼 서주(徐洲)에 이르렀다. 자사로 있던 차주(車胄)가 멀리까지 나와 유비를 맞아들였다. 아직 허도의 내막을 모르는 차주는 유비가 조조의 명을 받아 온 것이란 점만 믿고 정성을 보인 것이었다.

유비를 대접하는 잔치가 끝나자 미축과 손건이 전에 유비를 따르던 이들과 함께 보러 왔다. 유비는 오랜만에 집으로 돌아가 늙고 젊은 가솔들과 지내는 한편 사람을 뽑아 원술의 움직임을 살펴보게 했다. 오래잖아 조조의 부중에서 만총에게 들은 말을 뒷받침하는 소식이 들어왔다.

"원술은 지나치게 사치가 심해 장수인 뇌박(雷薄)과 진란(陣蘭)이 그를 버리고 숭산(嵩山)으로 숨는 등 세력이 많이 줄었습니다. 홀로 지탱할 수 없게 된 원술은 할 수 없이 종형 원소에게 글을 보내 제호(帝號)를 바치겠다 하니 원소도 그를 받아들이겠다 했습니다. 이에 인마를 수습하고 황제 노릇할 때의 어용지물(御用之物)을 챙긴 뒤 원소에게 가기 위해 서주로 오고 있다고 합니다."

그 같은 소식을 들은 유비는 곧 중도에서 원술을 치기 위해 군사를 움직였다. 관우와 장비 외에 주령, 노소 등 조조가 딸려 보낸 장수들과 오만 군사를 몰아 원술이 지날 길목에 진을 치고 기다리기로 했다.

오래잖아 원술의 선봉 기령(紀靈)이 대군을 이끌고 그곳에 이르렀다. 오랜 싸움에 굶주려 온몸이 근질거리던 장비가 나는 듯 말을 달려나가더니 한마디 수작도 건네보지 않고 똑바로 기령에게 덤벼들었다. 기령 또한 원술의 상장(上將)이라 걸어오는 싸움을 피하지 않았다.

한동안 둘의 싸움은 제법 볼만하게 어우러졌다. 그러나 이미 몰락해가는 주인을 둔 탓인지 기령은 끝내 장비의 적수가 되지 못했다. 미처 열 합을 넘기지 못하고 한소리 외침과 함께 내지르는 장비의 창에 찔려 말 아래로 떨어졌다.

대장이 그 모양으로 죽자 원술의 선봉군은 허물어지고 군사들은 흩어져 도망치기 시작했다. 이때 다행히 원술이 스스로 대군을 이끌고 나타나 싸움은 크게 어우러지게 되었다.

유비는 군사를 세 갈래로 나누었다. 주령과 노소는 왼편에 있게 하고 장비와 관우는 오른편을 맡게 한 뒤 스스로는 중군이 되어 마주쳐 갔다. 저만치 원술이 문기(門旗) 아래 서 있는 걸 보자 유비가 큰 소리로 꾸짖었다.

"너는 나라에 반역했을 뿐만 아니라 사람의 도리조차 어긴 놈이다. 나는 지금 밝으신 조서를 받들어 너를 치러 왔다. 마땅히 두 손을 묶어 항복한다면 지난 죄는 면할 수도 있으리라."

원술도 가만있지 않았다. 한껏 소리 높여 유비에게 욕설을 퍼부었다.

"너는 본시 돗자리나 짜고 짚신이나 삼던 하찮은 무리였거늘 어찌 감히 나를 그토록 가볍게 여기느냐? 네놈을 사로잡아 그 버릇없는 혀를 잘라놓으리라!"

그러고는 그대로 군사를 몰아 덤벼들었다. 유비는 잠시 그 기세에 못 이긴 척 군사를 물렸다. 그걸 알 리 없는 원술의 대군이 유비의 진채 깊숙이 밀려들자 홀연 좌우에서 군사가 일었다. 왼쪽에서 쏟아지는 것은 주령과 노소의 군사요, 오른편에서 밀고 드는 것은 관우와 장비의 군사들이었다. 원술은 당황했다. 그때 다시 도망치던 유비가 되돌아서서 치고 나오자 더 견뎌낼 재간이 없었다. 눈사태 뭉그러지듯 무너지니 곧 들판은 원술의 군사들이 남긴 시체로 덮이고, 흐르는 피는 내를 이룰 지경이었다.

간신히 목숨은 건져 달아났으나 원술의 비운은 거기서 그치지 않았다. 제 주인을 믿지 못하게 된 사졸들은 저마다 살 길을 찾아 흩어지고 그 위에 숭산으로 달아났던 옛 장수 뇌박과 진란이 나타나 곡식과 돈까지 앗아가버렸다.

원술은 할 수 없이 원래의 근거지인 수춘성으로 돌아가려 했으나 그마저도 쉽지 않았다. 곳곳에서 도적 떼가 벌 떼처럼 일어 덤벼드니 돌아갈 길이 없었다. 겨우 강정(江亭)이란 궁벽한 곳으로 쫓겨들어 진채를 내렸다. 그때 남은 군사는 천 명 남짓, 그나마도 모두 늙고 힘없는 자들이었다.

때는 한창 더운 철인데 양식은 다하여 남은 것은 다만 밀 서른 가마였다. 그것이나마 군사들에게 모두 나누어주어 버리자 거느린 가솔들은 먹을 것이 없어 굶어 죽는 자가 많았다. 한때 황제를 칭하던 원술의 가솔이 겪는 것 치고는 너무도 비참한 정경이었다.

원술도 고생스럽기는 마찬가지였다. 끼니라고 내오는 것이 잡곡밥이니 그때껏 호사스럽게 지내던 그의 목구멍에 넘어갈 리가 없었다. 수저를 드는 둥 마는 둥 하고 주방 일을 맡은 자에게 꿀물을 가져오게 했다. 답답한 속 때문에 생긴 갈증이라도 달래보려는 뜻에서였다.

"꿀물이 어디 있소? 있다면 핏물이나 있을까."

주방 일 맡은 자가 퉁명스레 대꾸했다. 다 망하여 쫓기는 주제에 딴에는 애써 장만한 음식을 거칠다 하여 내치고 없는 꿀물을 찾는데 부아도 났거니와 이제는 더 참을 기분도 아니었다.

주방 일 맡은 자의 그 불측한 댓거리에 원술은 억눌러온 심화가 일시에 터졌다.

"네 이놈!"

평상에서 벌떡 몸을 일으키며 크게 호통을 치다 그대로 땅바닥으로 굴러떨어지더니 피를 한 말이나 토하고 죽어버렸다. 때는 건안 사년 유월이었다.

원술에 대해 정사(正史)『삼국지』의 저자인 진수는 이런 평을 하고 있다.

'원술은 사치하고 음란하며 방탕하여 그 끝이 좋지 못했으니 그는 모두 스스로가 불러들인 화이다[袁術奢淫放肆榮不終己自取之也].'

거기 비해 주(註)를 단 배송지(裵松之)의 평은 훨씬 심하다.

'사치하고 음란하여 그 끝이 좋지 못했다[奢謠不終]는 것만으로는 원술의 큰 악(惡)을 보여주기에 넉넉하지 못하다.'

어쨌든 『연의』와 정사의 잦은 상위(相違)에도 불구하고, 원술에 대한 인물평만은 일치하는 것으로 보아 그야말로 사람과 귀신의 미움을 함께 받은[人鬼之所同疾] 모양이었다.

원술이 죽자 그 조카 원윤(袁胤)은 원술의 시신과 그 처자를 이끌고 여강 태수 유훈(劉勳)에게 의지해 갔다. 그때 서구(徐璆)란 자가 있어 무리를 이끌고 도중에 그들을 습격했다. 변변한 군사 몇조차 딸리지 못한 원술의 유족들을 마음껏 죽인 뒤에 옥새를 빼앗아 허도의 조조에게 바쳤다. 조조는 크게 기뻐하며 서구에게 고릉(高陵) 태수 벼슬을 내리고 옥새를 거두니 그때부터 전국의 옥새는 조조의 손에 들어갔다.

한편 간신히 서구의 손을 벗어난 원술의 딸과 아들 요(燿)는 여강 태수 유훈에게 갔으나, 곧 손책이 보낸 군사에게 유훈이 패하자 손책에게 항복해버렸다. 손책은 원술의 딸을 후궁으로 받아들이고 원술의 아들 요에게는 낭중 벼슬을 주어 강동에 살게 했다. 뒷날 손권은 원요(袁燿)의 딸을 자신의 아들 손분(孫奮)의 배필로 삼기까지 했으나 지하에 든 원술로 보면 한가지로 굴욕적인 자손들의 몰락이었다.

원술이 죽었다는 소식은 유비의 귀에도 들어갔다. 유비는 그 소식을 조정에 상주함과 아울러 조조가 딸려 보낸 주령과 노소를 따돌리기로 하고 글 한 통을 닦아주며 둘에게 말했다.

"이미 원술이 죽었으니 두 분 장군께서는 허도로 돌아가 승상께 이 글을 올려주시오. 나는 서주가 허술하니 그곳에 남아 지키겠소."

조조와 유비의 미묘한 관계를 잘 알지 못하는 주령과 노소로서는 굳이 유비의 말을 거슬려가며 남을 이유가 없었다. 그날로 약간의 졸개들만 데리고 허도로 돌아갔다.

그래도 주령과 노소에게 한 가닥 기대를 걸고 있던 조조는 그 둘이 편지 한 통만 들고 덜렁 허도로 돌아오자 몹시 노했다.

"저 미련한 두 놈을 끌어내 베어버려라!"

그때 순욱이 나서서 말렸다.

"이미 대권이 현덕에게 있는데 그 수하에 있던 저 둘이 무슨 수가 있겠습니까? 현덕의 교활함을 나무라실지언정 저 둘을 벌주어서는 아니 됩니다."

조조도 그 말을 듣자 무턱대고 화만 낼 수는 없었다. 주령과 노소를 목 베는 대신 꾸짖어 물리치고 다시 순욱과 마주 앉았다.

"마침 서주에는 차주가 태수로 있습니다. 그에게 몰래 글을 보내 현덕을 없애도록 하는 게 좋겠습니다."

순욱이 그런 조조에게 조용히 말했다.

조조도 그 계책이 그럴듯하다 여겼다. 곧 사람을 뽑아 몰래 차주에게 글을 보냈다. 때를 보아 유비를 죽이라는 글을 받자 차주는 곧 진등을 불러 그 일을 의논했다. 저번 여포를 잡아죽일 때 세운 공으로 보아 어김없이 조조의 사람이 되었다고 믿은 탓이었다.

"그 일이라면 아주 쉽습니다. 지금 유비는 성을 나가 백성들의 환심을 사는 데 정성을 쏟고 있습니다. 며칠 안 있으면 다시 성으로 돌아올 것인즉 그때 장군께서는 군사를 성벽 안에 감추고 기다리다가 그가 말을 타고 돌아오기를 기다려 한칼에 베어버리도록 하십시오. 저는 따로이 군사들을 거느리고 성 위에 있다가 뒤따라오는 그의 졸개들을 활로 쫓아버린다면 일은 깨끗이 해결될 것입니다."

차주에게 불려온 진등은 아무렇지 않은 얼굴로 그렇게 대답했다. 차주는 좋은 계책이라 여겨 따랐다. 그러나 진등은 차주와 작별하자마자 부친 진규를 찾아가 방금 있었던 일을 얘기했다.

"현덕은 그렇게 해칠 사람이 아니다. 먼저 그에게 이 일을 알려주어 대비케 해야 된다."

진규가 엄한 얼굴로 그렇게 말했다. 처음부터 꼭 유비를 죽일 마음이 없었던 진등은 부친의 명을 받자 급히 말을 달려 성을 나갔다. 마침 관우와 장비가 유비보다 한발 앞서 성으로 돌아오고 있었다. 진등은 그 둘에게 차주가 조조로부터 밀명을 받은 일과 아울러 자기가 차주에게 일러준 꾀를 알려주었다.

"얼른 가서 차주 그놈을 한 창에 꿰어놓아야겠소!"

미처 말을 다 듣기도 전에 장비가 장팔사모를 둘러메며 소리쳤다. 관우가 그런 장비를 진정시켰다.

"이미 저쪽은 성벽 안에 군사를 감추고 기다리고 있으니 그냥 가면 반드시 낭패를 볼 것이네. 내게 차주를 죽일 수 있는 계책이 있으니 그대로 해보세. 밤중에 조조의 군사가 서주에 도착한 것처럼 꾸며 차주로 하여금 성을 나와 우리를 맞게 하세. 그래 불시에 그를 치면 힘들이지 않고 죽일 수 있을 것이네.”

성난 가운데도 들어보니 옳은 계책 같았다. 이에 장비도 관우의 뜻을 따르기로 하고 먼저 자기편 군사들을 조조의 군사처럼 꾸몄다. 원래 유비가 이끈 군사들은 대개가 조조로부터 얻은 군사들이었다. 기치며 병장기가 모두 조조군의 특색을 보이는 것들이라 일은 어려울 게 없었다.

그날 밤이었다. 밤이 깊어 삼경쯤 되었을 때 한 떼의 군사가 서주성 앞에 나타나 소리쳤다.

“성문을 열어라!”

“그대들은 어디서 온 군사들인가?”

성 위에 있던 차주의 군사들이 물었다. 어둠 속에서 다시 여럿의 목소리가 대답했다.

“조승상께서 장문원(張文遠) 장군과 함께 특히 뽑아 보내신 인마다. 아무래도 서주의 일이 마음에 걸려 밤을 낮 삼아 달려가도록 명하셨으니 그대로 태수께 아뢰도록 하라.”

군사들이 그대로 차주에게 알렸다. 차주가 성 위에 나가 내려다보았으나 어둠 속이라 자세히 알 수가 없었다. 되돌아가 진등을 잡고 걱정했다.

“만약 나가서 맞지 않으면 승상을 섬기는 내 정성이 의심받을 것이고, 나가서 맞아들이려 하니 또한 속임수가 있을까 두렵소이다. 어떻게 하면 좋겠소?”

그러다가 진등이 별 계책을 내지 못하자 답답한 듯 다시 성벽 위로 나가 소리쳤다.

"지금은 밤중이라 잘 분별하기 어려우니 내일 아침 날이 밝은 뒤에 서로 보도록 하는 게 어떻소?"

"그렇게 늑장을 부릴 여유가 없소. 유비가 알까 두렵소이다. 얼른 성문을 여시오."

바깥의 군사들이 한층 급한 목소리로 재촉했다. 그래도 차주가 결정을 짓지 못하고 있는데 성 밖에서 성문을 열라는 함성은 한층 높아졌다. 언뜻언뜻 보이는 기치도 조조의 군사들이 항용 쓰는 것들이었다.

하지만 여전히 마음을 놓지 못한 차주는 갑옷을 차려 입고 군사 일천까지 딸린 뒤에야 비로소 적교를 내리게 했다.

"문원(文遠)은 어디 계시오?"

적교 위에 올라선 차주가 조심스레 물었다. 그때 횃불 아래서 관우가 청룡도를 휘두르며 똑바로 말을 달려오는 모습이 비쳤다.

"이 하찮은 것아, 어찌 감히 속임수로 우리 형님을 죽이려 했느냐?"

벽력 같은 호통과 함께 달려드는 관운장을 보자 차주는 몹시 놀랐다. 손발이 떨려 몇 합 겨루어보지도 못하고 말 머리를 돌려 달아나려 했다. 그러나 적교를 건너려 해도 진등이 성벽 위에서 화살을 쏘아 붙여 건널 수가 없었다.

차주는 할 수 없이 성벽을 끼고 달아나기 시작했다. 그러나 멀리 갈 팔자는 못 되었다. 뒤따라온 관운장이 청룡도를 번쩍 들어 한 번 내려침과 함께 차주의 몸은 두 동강이 나 말 아래로 굴러떨어졌다.

"반적 차주는 내가 이미 죽였다. 나머지는 죄가 없으니 항복만 하면 죽음은 면하리라!"

관운장이 차주의 목을 베어들고 우레와 같은 목소리로 외쳤다. 그러자 서주를 지키던 차주의 군사들은 모조리 창칼을 거꾸로 잡고 관우와 장비에게 항복해버렸다. 백성들도 아울러 유비에게로 돌아서니 성안은 곧 평온을 되찾았다.

관우는 뒤늦게 성안으로 들어온 유비에게 차주의 목을 바침과 함께 그동안의 일을 알렸다. 유비가 깜짝 놀라며 말했다.

"큰일날 짓을 했네. 자기가 믿고 서주를 맡긴 차주를 함부로 죽였으니 어찌 가만히 있겠나? 만약 조조가 대군을 이끌고 온다면 어쩔 셈인가?"

"아우와 장비가 나가 맞겠습니다."

관우가 늠름하게 대답했으나 현덕은 종내 근심을 지을 수가 없었다. 누구보다 조조의 세력을 잘 알고 있는 그로서는 당연한 일이었다.

유비가 성안으로 들어서니 늙고 젊은 백성들이 길에 엎드려 유비를 맞이했다. 그들을 일일이 위로하고 태수의 부중(府中)으로 들어간 유비는 곧 장비를 찾았다. 그때 이미 장비는 차주의 일가 노소를 모조리 죽이고 돌아온 뒤였다. 딴에는 후환을 없앤다고 한 짓이지만 그 참혹한 일에 유비도 드디어 성을 내어 꾸짖었다.

"조조가 아끼고 믿는 사람들을 모조리 죽여놓고도 어찌 성하기를 바라겠느냐? 너무 끔찍하구나."

그러고는 더욱 큰 근심에 빠져들었다. 보고 있던 진등이 딱했던지 한 가지 빠져나갈 길을 알려주었다.

"지금 조조가 두려워하는 것은 원소입니다. 원소는 기주, 청주, 병주, 유주 네 고을을 호랑이 굴로 삼아 조조에게 맞서고 있는 바 갑병(甲兵)이 백만이요, 그를 섬기는 문무의 인재도 매우 많습니다. 이같은 때에 어찌 그에게 사람을 보내 구함을 청해보지 않으십니까?"

"원소와 나는 예전에 한번 만났을 뿐 그동안 내왕이 거의 없었소이다. 거기다가 이번에 다시 그의 아우 원술을 쳐 없앴는데, 어찌 나를 도우려 나서겠소?"

유비가 맥없이 반문했다. 원소와 원술은 오래 반목했으나 적어도 근래에는 화해가 성립되어 있었다. 그러나 진등은 조금도 걱정하지 않았다.

"이곳에 원소와 삼대에 걸쳐 교분을 트고 지내는 사람이 있습니다. 만일 그의 글 한 조각을 얻어낼 수만 있다면 원소는 반드시 달려와 장군을 도울 것입니다."

"그게 누구요?"

"그 사람은 장군께서도 평소 존숭의 예절로 깍듯이 모신 분입니다. 그런 분을 어찌 잊고 계십니까?"

그러자 유비도 비로소 깨달은 듯 소리쳤다.

"그렇다면 정강성(鄭康成) 선생을 말하는 것이오?"

"그렇습니다."

유비의 물음에 진등이 빙긋이 웃으며 그렇게 대답했다.

정강성의 이름은 현(玄)으로 유비에게는 일생에 걸쳐 몇 번이고 예사 아닌 인연으로 만난 사람이었다. 그는 유비의 스승이었던 노식과 함께 당대의 석학이던 마융(馬融)의 문하에서 배웠는데, 재주에 못지않게 행실도 곧았다. 마융은 제자를 가르칠 때 넓은 방에다 장막을 드리워 앞에는 제자들을 앉게 하고 뒤에는 아리따운 가기(歌妓)들을 벌려 세워 제자들이 공부하는 양을 구경하게 했다. 학문 못지않게 학문하는 자세의 단련에도 뜻을 둔 배치였다. 젊은 제자들은 대개 아리따운 기녀들에게 곁눈질을 하게 마련이었으나 정현(鄭玄)은 마융의 문하에 머문 삼 년 동안 단 한번의 샛된 눈길도 보낸 적이 없었다.

마융도 그런 정현을 심히 아껴 힘써 가르쳤고 배움을 마치고 돌아갈 때는 감탄하여 말했다.

"내 학문의 깊은 부분을 얻은 자는 오직 정현 하나뿐이다."

그러나 정현은 거기서 그치지 않고 집으로 돌아온 뒤에도 학문에 전심하였다. 그러다 보니 집안 전체가 저절로 학문에 젖어 시비들까지도 모시(毛詩, 詩經)를 줄줄 욀 정도였다.

한번은 이런 일이 있었다. 시비 가운데 하나가 정현의 뜻을 거슬러 계단 앞에 꿇어앉아 벌을 받게 되었다. 짓궂은 다른 시비 하나가 모시의 구절을 빌려 놀린다.

"어쩌다가 진흙 속에 떨어지게 됐느뇨[胡爲乎泥中]?"

"한 말씀 드리려다 노여움을 산 탓이라네[薄言往愬 逢彼之怒]."

벌을 받고 있던 시비도 같이 모시의 한 구절로 응수했다. 집안의 풍류와 아취가 대개 그 정도였다.

환제 때 벼슬길에 오른 정현은 상서에 이르렀으나 십상시의 난 때 벼슬을 버리고 초야로 돌아와 서주에 자리를 잡았다. 유비는 탁군에 있을 때 스승 노식으로부터 그에게 배울 수 있도록 추천장까지 받은 적이 있었다. 상산의 나무꾼 늙은이[常山樵翁]를 만나 생각을 바꾸고 찾아가지는 않았지만 그 인연은 나중에 유비가 서주목(徐州牧)이 되었을 때 기어이 맺어졌다. 나이가 들수록 학문의 귀함을 깨닫게 되어 늦게나마 정현을 찾아 가르침을 청함으로써였다. 여포의 배신으로 비록 오래도록 배울 수는 없었으나 유비가 정현을 스승으로 섬기는 정은 유별난 데가 있었다.

진등의 깨우침으로 그런 정현을 생각해낸 유비는 크게 기뻤다. 곧 진등과 함께 정현의 집으로 달려가 급한 사정을 말하고 원소에게 보내는 글 한 통을 써주기를 청했다. 제자로서보다는 헝클어진 천하를 풀어나갈 인재로서의 기대에 바탕한 글이었다.

"그대는 이 글을 품고 밤을 낮 삼아 달려 원소에게 전하도록 하라."

정현의 글을 받아낸 유비는 돌아오자마자 손건을 불러 그렇게 일렀다.

주인의 곤궁을 짐작하고 안타까워하던 손건은 나는 듯 말을 달려 기주로 갔다.

"현덕은 내 아우를 공격해 죽게 했으니 원래대로라면 돕는다는 것은 당치 않다. 그러나 정상서의 글이 중하니 가서 구해주지 않을 수 없다."

글을 읽은 원소는 그렇게 말하며 문무 관원들을 불러모은 뒤 군사를 일으켜 조조를 칠 의논을 했다.

모사 전풍(田豊)이 일어나 말했다.

"해마다 군사를 일으켜 백성들은 지쳐 있고 창고에는 쌓인 곡식도 없는데 다시 대군을 일으켜서는 아니 됩니다. 먼저 사람을 보내 천자께 공손찬을 이긴 첩보를 올리고 허도의 태도를 살피십시오. 천자와 조정이 우리에게 마음이 기울어지기를 기다려보다가 정히 뜻대로 되지 않을 때는 다시 표문을 올려 조조가 우리와 천자 사이를 이간시킨 죄를 묻고 군사를 일으키시면 됩니다. 먼저 군사를 여양 땅에 둔쳐 방비를 굳게 하신 뒤 하내(河內)에서는 배와 노를 더 만들게 하시고 싸움에 필요한 군기(軍器)도 말끔히 수선하시어 내실부터 기하도록 하십시오. 그런 다음 군사를 내시되 정면으로 싸우는 것이 아니라 정병을 갈라 조조와의 변방을 여전히 굳게 지키기만 한다면 삼 년 이내에 대사는 판가름이 날 것입니다."

말하자면 정면 대결을 피하고 굳게 지킴으로써 싸움을 유리하게 이끌자는 주장이었다. 모사 심배(審配)가 당장 반대하고 나섰다.

"그렇지 않소이다. 우리 명공의 신무(神武)하심으로 하삭(河朔)의 강성함을 어루만져 군사를 일으키신다면 조조를 치는 것은 손바닥을 뒤집는 것처럼이나 쉬운 일이오. 무슨 까닭으로 쓸데없이 세월을 끌어간단 말씀이오?"

하지만 다른 모사 저수(沮授)는 생각이 전풍과 비슷했다. 심배의 혈기 찬 말에 은근히 퉁을 주듯 맞섰다.

"싸움에 이기는 길이 반드시 강성함에 달린 것은 아닐 것이외다. 저쪽은 이미 조조의 법령이 자리 잡았고 그 군사도 날래고 단련되어 있으니 공손찬과는 다릅니다. 가만히 앉아서 곤궁에 빠지지는 않을 것이오. 이제 전풍의 훌륭한 계책을 버리고 명분 없는 군사를 일으키는 것은 명공께서 취하실 만한 계책이 못 됩니다."

그런 저수의 말을 또 한 사람의 중요한 모사 곽도(郭圖)가 반대하고 나섰다.

"아니외다. 조조를 향해 일으키는 군사가 어찌 명분이 없단 말씀이오? 명공께서는 바로 지금이 일찌감치 대사를 정해두어야 할 때외다. 바라건대 정상서의 글에 따라 유비와 함께 대의로 조조를 치도록 하십시오. 이는 위로 하늘의 뜻을 따르고 아래로는 백성들의 바람에도 맞는 일입니다."

아끼는 모사 넷이 두 패로 갈라져 각기 자기들의 계책이 옳음을 주장하니 원소도 선뜻 마음을 정할수가 없었다. 그러다가 뒤늦게 불려온 허유(許攸)와 순심(荀諶)이 방으로 들어서는 걸 보고 원소가 말했다.

"이 두 사람도 보고 들은 게 많은 선비요. 이들의 주장이 어떠한지도 한번 들어봅시다."

그런 다음 두 사람이 예를 다하기 무섭게 물었다.

"정상서가 글을 보내기를, 나더러 군사를 일으켜 조를 치라는구려. 그대로 군사를 일으키는 것이 옳겠소, 군사를 일으키지 않는 편이 옳겠소?"

그러자 두 사람은 목소리를 함께하여 대답했다.

"명공께서는 많음으로써 적음을 꺾고 강해진 뒤에야 약함을 공격하셨습니다. 왕실을 받들고자 한나라의 역적을 치는 것은 또한 같습니다. 마땅히 군사를 일으키셔야 합니다."

그들의 말에 원소도 드디어 마음을 정한 듯했다. 몸을 일으켜 탁자를 치며 소리쳤다.

"두 사람의 소견이 정히 내 뜻과 같소. 속히 군사를 일으키도록 하시오."

그리고 한편으로는 정현에게 답을 띄우고 한편으로는 유비에게 접응할 채비를 갖추라는 전갈을 보내도록 했다.

원소군의 진용은 이러했다. 주전론을 편 심배와 봉기가 나란히 통군(統軍)이 되고, 거기에 가담한 허유와 순심에다 지구론을 편 전풍을 딸려 모사로 삼았다. 군세는 마군 십오만에 보군 십오만을 합쳐 총 삼십만으로 안량(顔良)과 문추(文醜)가 대장이 되어 여양 땅을 향해 발진했다.

그러면 여기서 잠시 원소의 인맥을 살펴보자.

심배는 위군(魏郡) 사람으로 자를 정남(正南)이라 했다. 어려서부터 충렬, 강개의 기상이었으며 함부로 범할 수 없는 절도가 있었다. 원소가 기주를 얻을 무렵부터 신임을 받아 치중별가(治中別駕)가 된 이래 그를 섬기게 되었는데, 그 재주와 지략이 범상치 않아 자주 논의를 주도했다.

전풍은 자가 원호(元皓)로 거록(鉅鹿) 사람이라고도 하고 발해(渤海) 사람이라고도 한다. 타고난 자질[天姿]이 빼어났으며 권모술수와 지략에 아울러 밝았다. 효성 또한 지극하여 어려서 친상을 당했는데 슬퍼함이 극진하였고, 몇 달이 지나도록 이가 드러나게 웃는 법이 없었다. 책을 두루 읽어 아는 것이 많아 일찍부터 주군(州郡)에 이름을 떨쳤다. 잠시 군리(郡吏)를 지내다 효렴에 뽑히어 시어사(侍御史)가 되었으나 환관들이 발호하자 벼슬을 버리고 초야에 돌아와 살았다. 원소가 간곡한 글과 폐백을 보내 그를 부르매 왕실을 받든다는 그의 대의명분에 응해 섬기게 되었는데 일찍이 원소에게 천자를 모실 것을 권할 만큼 그의 살핌은 밝은 데가 있었다. 조조에게 있어 곽가나 순욱 같은 존재로 비록 원소가 그의 충언을 잘 받아들이지는 않았으나 모사 중에는 으뜸가는 인재라 할 만했다.

봉기의 자는 원도(元圖)라 썼는데 출신은 분명하지 않다. 일찍 원소가 동탁과 틀어져 낙양을 빠져나올 때부터 허유와 함께 그를 따랐다. 원소는 기주를 손에 넣을 때부터 주로 그의 계책을 따랐고 신임 또한 두터웠으나 심배를 얻게 되자 그와 자주 뜻이 맞지 않았다. 그러나 도량이 넓어 사감으로 큰일을 그르치는 법은 없었다. 어떤 사람이 원소에게 심배를 모함하자 의심을 품은 원소는 봉기에게 심배의 일을 물은 적이 있었다. 봉기는 선뜻 대답했다.

"심배는 천성이 맵고 강직한 데가 있어 옛사람의 절도에 비할 만합니다. 의심해서는 아니 됩니다."

"그대는 심배를 싫어한다 들었는데?"

원소가 뜻밖으로 심배를 변호하는 그에게 어리둥절해 말했다. 그러자 봉기가 엄숙히 대답했다.

"지난날 그와 다툰 것은 사감 때문이었으나, 지금 말하고 있는 것은 나랏일입니다. 어찌 혼동이 있을 수 있겠습니까?"

그 또한 원소의 신임을 얻기 위한 말재주라는 의심이 있으나 대개 그의 사람됨이 그러했다.

저수는 광평(廣平) 사람으로 어려서부터 뜻이 크고 권략에 밝았다. 주(州)의 별가(別駕)를 지내다 현령을 거쳐 전(前)기주 자사 한복(韓馥)의 별가가 되었다. 원소가 기주를 차지하자 기도위(騎都尉)에 있던 그도 원소의 사람이 되었는데, 또한 모사 중에 모사라 할 만했다.

허유는 자를 자원(子遠)이라 쓰며 조조와는 동향인 패국(沛國) 사람이었다. 일찍이 임협(任俠) 시절부터 조조와 가까운 사이였으나 동탁이 낙양으로 들어왔을 때 조조가 겉으로나마 동탁을 돕는 체하는 데 실망하여 원소를 따르게 되었다. 원소와 함께 기주로 달아난 뒤 그를 도와 일했는데 지나치게 격하고 진퇴에 가벼운 흠이 있으나 재사(才士)로는 역시 당대에 일류였다.

그밖에 곽도와 순심 등도 하나같이 박식하고 지략에 밝아 인재를 모으는 데까지는 결코 원소가 조조에 뒤지지 않았다. 무장도 안량과 문추를 비롯해 고람(高覽), 장합(張郃), 신비(辛毗) 등 당천(當千)의 용사들이 구름같이 모여 있었다.

모든 일이 정해지자 다시 곽도가 나서서 말했다.

"이제 명공께서 조조를 치시고자 크게 떨치고 일어나셨으나 먼저 해야 할 것은 조조의 죄악을 모조리 헤아려 격문을 여러 군에 돌리시는 일입니다. 사방에 널리 그 죄를 성토하고 군사를 내셔야만 명분이 바로 서고 사람들도 우리의 말을 따를 것입니다."

원소도 그 말을 옳게 여겼다. 곧 문전(文典)을 맡고 있는 진림(陳琳)을 불러 조조를 성토하는 격문을 짓게 했다.

진림은 지난날 하진(何進)이 환관들을 뿌리 뽑고자 사방의 군웅들을 불러들이려 할 때 그 같은 계책의 어리석고 위태로움을 지적하며 말리던 주부(主簿) 진림 바로 그 사람이었다. 예견한 대로 낙양에 들어온 동탁이 난리를 일으키자 기주로 피신했다가 오래잖아 기주를 차지한 원소의 부름을 받아 문전을 관장하고 있었다.

명을 받은 진림은 그 뛰어난 문장으로 격문을 써내려갔다.

'대저 듣기로 밝은 임금은 변란을 억눌러 위태로움을 없이 하고 충성스런 신하는 어려울 때를 걱정해 권세와 위엄을 세운다 했다. 그러므로 비상한 사람이 있어야 비상한 일이 있고, 비상한 일이 있은 뒤에야 비상한 공이 이뤄지게 되니, 무릇 비상한 일은 오직 비상한 사람만이 뜻할 수 있는 바다.

옛적 진(秦)은 나라는 굳세어도 임금이 여려, 조고(趙高)가 권세를 잡고 조정을 마음대로 하게 되었다. 위세와 화복이 모두 그로부터 나오니 그때 사람들은 두려움을 느껴 감히 바른 말을 하지 못했다. 그러다가 이세(二世) 황제는 끝내 망이궁(望夷宮)에서 조고에게 죽고, 조종은 모두 불타 없어지매, 그 욕됨은 오늘까지 전해 와 길이 세상의 경계할 바가 되어 있다.

그 뒤 한의 여후(呂后) 때에는 여산(呂產)과 여록(呂綠)이 나라의 권세를 오로지해서, 안으로는 남군, 북군을 함께 거느리고, 밖으로는 양(梁)과 조(趙) 두 나라를 아울러 주물렀다. 조정의 온갖 중한 일을 저희 멋대로 해치웠으며, 아랫사람이 윗사람을 (신하가 임금을) 얕보고 대신하니 나라 안 사람들이 모두 한심하게 여겼다.

이에 강후(絳侯, 주발)와 주허후(朱虛侯, 유장)가 군사를 일으켜, 포악한 역적들을 분노로 쳐 죽이고 태종(太宗)을 세웠다. 그리하여 왕도를 다시 일으켜 세우고, 그 빛남이 널리 드러나게 했으니 이는 곧 대신이 권세와 위엄을 세워 나라의 어지러움을 구한 뚜렷한 본보기이다.

조조의 할애비인 중상시 조등(曹騰)은 좌관(左悺) 서황(徐璜) 같은 내시들과 어울려 갖은 요사스럽고 못된 짓을 다한 자이다. 더럽게 재물을 긁어모으고, 거칠 것 없이 날뛰어, 세상의 풍속을 썩게 하고 백성들을 못살게 굴었다.

조조의 애비 조숭(曹嵩)은 원래 비럭질을 하며 돌아다니다가 조등의 양자가 된 뒤 뇌물을 써서 벼슬자리를 얻은 자이다. 바리바리 금은보옥을 권세 있는 이의 집으로 실어날라 마침내는 태위까지 사게 되니 천하의 중한 일을 함부로 둘러엎은 꼴이다.

이제 그 아들 조조를 보자. 조조는 더러운 내시의 자손으로서 원래 아름다운 덕을 갖추지 못했으면서도 교활하게 협행(俠行)을 꾸미며, 어지러움을 좋아하고 화를 일으키기를 즐겨했다.

막부(幕府, 여기서는 원소의 진영 또는 원소 자신)는 응양군을 이끌고 흉악한 역적의 무리를 쓸어 없앴으나, 잇달아 동탁이 나와 높은 자리를 차지하고 나라를 힘으로 억눌렀다. 이에 (막부는) 칼을 뽑고 북을 울려 동하(東夏)에서 군사를 일으켰다. 영웅을 끌어모음에 버릴 자는 버리고 쓸 자는 쓰니, 그로 인해 조조와도 함께 의논하고 꾀를 합치게 되었다. 그때 조조에게 군사를 내어준 것은 그의 매나 개 같은 재주를 (막부의) 발톱이나 이빨로 쓰려 함이었다. 그러나 조조는 어리석고 계략이 짧아, 가볍게 나아가고 쉬이 물러남으로써 여러 번 군사만 잃고 싸움에 져 쫓기었다.

막부는 그런 조조에게 다시 군사를 나누어 잃은 것을 채워주었고, 한편으로는 천자께 아뢰어 동군 태수로 삼고 연주 자사에까지 오르게 했다. 그렇게 하여 세력과 위엄을 쌓게 해준 것은 적과의 싸움에서 이겼다는 소식을 전해오기 바라는 마음에서였다.

그러나 조조는 발디딜 근거가 생기자 함부로 날뛰기 시작해, 흉악

하고 못된 짓을 멋대로 저질렀으며, 어진 이를 죽이고 착한 이를 해쳤다. 구강 태수 변양(邊讓)은 재주 있고 씩씩하기로 이름난 사람이었으나, 바른 말만 하고 아첨을 모르다가 죽음을 당해 그 목은 저잣거리에 걸리고 그 아내와 자식들도 모두 목숨을 잃었다.

선비들이 그 일을 분히 여기고 백성들의 원망도 높아가, 한 사람이 팔을 걷어붙이자 모든 고을이 소리를 함께해 조조를 욕했다. 그 때문에 조조는 서주에서 패해 그 땅은 여포에게 뺏기고, 동쪽으로 떠돌며 거처할 곳조차 얻지 못했다.

막부는 나라의 줄기를 든든히 하고 곁가지가 쓸데없이 무성하는 걸 막고자 반역하는 무리에 들지 않고 다시 군사를 내어 자리말 듯 밀고 나아가 적을 쳤다. 징소리 북소리 울리는 곳에 여포의 무리는 사방으로 흩어져 달아나고, 조조는 목숨을 건짐과 아울러 방백(方伯)의 자리까지 되찾았다. 따지고 보면 막부는 연주 땅 백성들에게는 아무런 덕도 베풀지 못하고 헛되이 조조만 크게 도와준 셈이 되고 말았다.

그 뒤 천자께서 (낙양으로) 되돌아오시자 역적의 무리들이 떼지어 쳐들어왔다. 그때 막부는 기주에 있었으나, 마침 북쪽의 더러운 도적이 우리 백성을 놀라게 해 그 어려운 국면에 기주를 비울 수가 없었다. 따라서 막부는 종사중랑 서훈(徐勳)을 보내 조조로 하여금 먼저 낙양으로 가게 했다. 가서 불탄 종묘를 수리하고 어린 임금을 지키라 한 것인데 조조는 모든 걸 제멋대로 하고 임금과 신하를 겁주어 억지로 천자를 자신에게로 옮겨 가뒀다. 왕실을 낮추고 욕보였으며, 법을 뒤엎고 나라의 기강을 어지럽혔다. 앉아서 삼대(三臺)를 거느리고 조정의 일을 제멋대로 하니, 상과 벌이 모두 그의 마음에 달렸고 죽이고 죄 주는 일 또한 그 입 끝에서 정해졌다. 그의 아낌을 받으면 위 아래로 오대(五代)가 빛났고 미움을 받으면 삼족이 죽어 없어졌다. 여럿이 모여 떠들면 드러내놓고 죽였으며, 마음속으로 욕하는 이는 아무도 모르게 죽이니, 모든 벼슬아치는 입을 다물고 다만 눈짓으로 뜻을 통하며, 상서는 다만 조회를 적을 뿐이고, 공경은 그저 자리나 채울 뿐이었다.

태위 양표는 일찍이 사도, 사공을 지내 나라에서 가장 높은 벼슬자리를 거친 이였다. 그러나 조조의 눈 밖에 나자 죄 아닌 죄로 갖가지 고문을 당하고 혹독한 형벌을 받았으니, 조조가 제 마음 내키는 대로 하며 나라의 기강을 돌보지 않음이 그와 같았다.

또 의랑 조언(趙彦)은 충성스럽고 바른 말을 해 그 옳음이 하나같이 받아들일 만했다. 조정에서도 그 말에 귀를 기울여 때로는 잘못을 고치고 때로는 그 충성을 상주었으나 조조는 나라의 권세를 훔치기 위해, 바른 말을 못하게 하려고 조언을 죽이고 천자께 아뢰지도 않았다.

또 양효왕(梁孝王)은 선제(先帝)와 한 어머니에게서 난 형제간이니 그 묘소는 떠받들어져야 하고, 둘레의 소나무 잣나무까지도 마땅히 귀히 여겨 지켜야 한다. 그런데도 조조는 군사와 관리를 거느리고 가서, 그 무덤을 파헤치고 관을 깨어 시신을 드러내면서까지 금은과 보화를 꺼냈다. 천자께서 눈물을 흘리시고 백성들이 모두 슬퍼해 마지않은 일이다.

조조는 또 발구중랑장(發丘中郎將)이니 모금교위(摸金校尉)니 하는 벼슬아치를 내세워 닥치는 대로 무덤을 파헤치게 하니, 보물과 함께 묻힌 해골치고 드러나지 않은 게 없다 할 만하다. 몸은 비록 삼공의 자리에 있다 해도 그 하는 짓은 도둑이나 다를 바 없다. 실로 나라를 더럽히고 백성을 해치며 사람과 귀신에게 아울러 독한 짓을 하는 자이다. 거기다가 그 다스림의 세세함은 끔찍하고도 모질다. 법과 형벌을 두루 펴서, 세상살이 곳곳에다 함정을 파고 길을 막으니 (백성들은) 손을 들면 그물에 걸리고 발을 움직이면 함정에 떨어지게 되었다.

이에 연주, 예주의 백성들은 즐거움을 모르고, 천자 계신 서울은 원망 소리만 드높을 뿐이다. 세상의 책을 모조리 들쳐 무도한 신하를 찾아낸다 한들 조조보다 더 욕심 많고 잔인하며 가혹한 자가 어디 있으랴.

막부는 한창 바깥의 간사한 역적을 치느라 바빠 그런 조조를 다스리고 가르칠 겨를이 없었다. 그저 너그러이 용서해 그가 마음을 고쳐 먹기만 바라며 그때그때를 보아넘기는 게 고작이었다. 그러나 조조는 늑대같이 컴컴한 마음으로 가만히 화를 일으킬 음모를 키워나갔다. 나라의 기둥 같고 대들보 같은 신하들을 휘어잡아 한실을 외롭고 약하게 만들고, 충성되고 바른 이들을 내쫓거나 죽여 홀로 우뚝한 영웅이 되었다.

지난번 우리가 북을 울려 북쪽의 공손찬을 칠 때, 굳센 적은 모질게 맞서 에워싸이고도 일 년이나 버티었다. 조조는 적이 깨뜨려지지 않음을 보고 몰래 글을 주고받아, 겉으로는 우리를 돕는 체하면서도 안으로는 가만히 우리를 덮치려 했다. 다만 그 심부름꾼이 우리에게

잡히어 흉계가 드러나고 공손찬 또한 죽음을 당한 까닭에 칼날을 감추고 못된 꾀를 거두어 우리를 해치지 못했을 뿐이다.

이제 조조는 오창에 머물러 우리가 강을 건너기 어려움만 믿고 버마재비의 앞발 같은 도끼로 수레바퀴 같은 우리의 군사에 맞서려 한다. 막부는 한실의 위령(威靈)을 받들어 천하를 바로잡으려 하는 바, 긴 창을 든 군사 백만에 말 탄 장수의 무리만도 천이다. 옛적의 중황(中黃)이나 육(育, 하육), 획(獲, 오획)같이 날래고 씩씩한 장사가 좋은 활과 강한 쇠뇌를 갖춰 떨쳐 일어남이니, 병주의 고간(高幹)은 태항산(太行山)을 넘고 청주의 원담(袁譚)은 이미 제수(濟水)와 탑수(漯水)를 건넜다. 대군은 그 머리를 앞으로 향해 황하(黃河)를 건너고, 형주 군사는 완성과 섭성으로 내려가 조조의 뒤를 끊었다. 우레처럼 울리고 범처럼 나아가 저의 근거지에 모이는 날에는 타오르는 불로 마른 쑥덤불을 사르듯, 푸른 바다를 뒤엎어 단 숯불을 끄듯 적을 칠 것이니, 누가 죽어 없어지지 않고 견뎌낼 것이랴.

거기다가 조조의 군사와 벼슬아치들 가운데 싸울 만한 자는 모두가 유주, 기주 땅 사람들로, 더러는 일찍이 내 밑에 있었던 적도 있어 모두 돌아오고 싶은 마음에 눈물을 흘리며 북쪽을 바라고 있다. 또 그 나머지는 연주, 예주 땅 백성이거나 여포와 장양(張揚)을 따르던 무리로, 주인이 망한 뒤 위협을 못 이겨 억지로 따르고는 있되, 각기 조조와의 싸움에서 다치고 상한 적이 있어 그를 원수로 여기는 바다. 한번 우리가 깃발을 휘두르며 높은 곳에 올라 북만 울려도, 바람에 쓸리듯 모두 항복해 와 흙더미가 무너지고 기왓장이 부스러지듯 할 것이니, 칼날에 피를 묻힐 일도 없을 것이다.

이제 한실은 힘을 잃고 기강은 풀어졌으며, 조정에는 돕는 신하가 없고 종실에도 역적을 막을 세력이 없다. 도성 가까운 곳의 바른 말 하던 신하들도 이제는 모두 머리를 수그리고 나래를 접은 채 어찌할 줄 모르는 새 새끼 같은 꼴이다. 비록 충의로운 신하가 있다 할지라도 포학한 신하에게 억눌려버렸으니 어찌 그 절개를 펴보일 수 있으랴.

또 조조는 자기가 거느린 군사 칠백으로 궁궐을 에워싸, 겉으로는 천자를 지킨다는 핑계를 대면서도 실제로는 천자를 가둬놓고 있다. 그가 역적질할 마음이 그렇게 함으로써 싹튼 게 아닌지 참으로 두렵다. 이제야말로 충신이 간과 뇌를 땅에 쏟으며 몸을 바칠 때이며, 열사가 나라를 위해 크게 공을 세울 때이니 누가 가진 힘을 다 쏟아붓지 않을 수 있겠는가.

조조는 또 어명과 나라가 정한 바에 따름이라 내세우고 사람을 홀어 군사를 모아들이고 있다. 멀리 떨어져 있는 고을들이 아무것도 모르고 군사를 댈까 걱정된다. 그렇게 하는 것은 여럿의 뜻을 어기고 역적질에 가담하는 짓이 되며, 스스로의 이름을 더럽히고 천하의 웃음거리가 될 뿐이라, 밝고 생각 깊은 사람은 따르지 않을 것이다.

오늘로 유주, 병주, 청주, 기주 네 곳에서 아울러 군사를 낼 것이니, 이 글이 형주에 이르거든 형주도 얼른 군사를 일으켜 건충장군(建忠將軍, 장수)과 성세를 합치도록 하라. 그밖의 주군도 각기 의로운 군사를 가다듬어 경계에 벌여 세우고, 크게 무위를 떨쳐 기울어진 나라를 바로잡으라. 그리함으로써 비상한 공이 드러나기 시작할 것이다.

356

조조의 목을 얻는 자에게는 오천호후(五千戶侯)에 봉하고 오천만 전을 상으로 내릴 것이며, 조조 아래의 장수나 장교, 관리라도 항복해 오는 자는 그 죄를 묻지 않을 것이다. 널리 이 너그러움과 믿음을 펴며 벼슬과 상을 걸고 천하에 포고한다. 천자께서 갇히고 핍박받는 어려움 속에 계심을 알리나니 영이 떨어지는 대로 따르라.'

진림이 지어올린 격문을 본 원소는 매우 기뻐하며 여러 벌 베껴 급히 각 주군에 돌리게 하는 한편, 뭍과 물의 주요한 길목마다 방으로 붙이게 했다.

격문은 오래잖아 허도에도 이르렀다. 그 무렵 조조는 두풍(頭風)을 앓아 자리에 누워 있었는데 조홍이 송구한 듯 그 격문을 가져다 바쳤다. 그걸 읽자 조조는 모골이 송연하며 온몸에 식은땀이 흐르더니 두풍까지 싹 가셔버렸다. 그만큼 진림의 글은 매서웠다.

"이 격문은 누가 지었다고 하던가?"

펄쩍 뛰듯 일어난 조조가 물었다. 조홍이 불길 이는 눈길로 대답했다.

"듣기로 진림이란 놈이 지었다고 합니다."

눈앞에 있다면 금방 한주먹으로 으깨어버릴 듯한 태도였다. 조조와 사촌인 조홍으로서는 당연했다. 그러나 조조는 역시 달랐다. 대수롭지 않다는 듯 피식 웃으며 말했다.

"글하는 자들은 싸움하는 재주를 당해내지 못한다. 진림의 글이 비록 아름답다 하나 원소의 싸움하는 재주가 그에 따르지 못하니 어쩌겠느냐? 원소가 내게 깨뜨려지는 날은 반드시 내 손안으로 들어

올 것이다."

그런 다음 곧 여러 모사들을 불러놓고 원소를 맞아 싸울 의논을 했 다. 전에 북해 태수였던 공융이 그 소식을 듣고 왔다가 먼저 입을 열었다.

"원소는 지금 세력이 엄청납니다. 싸워서는 안 됩니다. 화해를 하도록 하십시오."

"그게 무슨 말씀이오? 원소는 아무짝에도 쓸모없는 위인인데 무엇 때문에 그와 강화를 맺는단 말이오?"

순욱이 공융을 나무라듯 물었다. 공융이 그 말을 받아 계속했다.

"원소는 거느린 인재가 많고 백성들도 강성하오. 그 밑에 있는 허유, 곽도, 심배는 모두 지모가 있는 사람들이며 전풍과 저수는 충직한 사람들이오. 안량, 문추의 용맹은 삼군(三軍)을 덮을 만하고 고람, 장합, 순우경 등도 모두 세상에 드문 명장들이외다. 그런데 어찌 원소를 쓸모 없는 사람이라 할 수 있겠소?"

그러나 순욱은 오히려 가볍게 웃으며 대구했다.

"원소의 군사는 많으나 정연하지 못하고 전풍이란 사람은 강직하여 윗사람을 자주 거스르며, 허유는 탐심이 많아 지혜롭다 할 수 없고, 심배는 지모보다 고집이 세고, 봉기는 쓸데없이 과단성만 앞세울 뿐이오. 거기다가 이 사람들은 서로 뜻이 맞지 않으니 오래잖아 반드시 서로 싸우게 될 것이외다. 장수도 마찬가지요. 안량, 문추는 그저 하찮은 무리의 용맹뿐이니 한번 싸움에 사로잡을 수 있고 그 나머지 용렬한 무리들은 백 명에 이른다 한들 입에 올릴 가치도 없소이다."

그러자 공융도 잠시 그 같은 순욱의 말을 되씹어보는 듯 말이 없었 다. 조조가 크게 웃으며 순욱을 편들었다.

"그렇지. 모두 문약(文若)의 헤아림에서 벗어나지 못할 것이오."

그러고는 곧 유대(劉岱)와 왕충(王忠)을 불러 영을 내렸다.

"유(劉)장군은 전군이 되고 왕(王)장군은 후군이 되어 군사 오만을 이끌고 서주로 가시오. 승상의 기호(旗號)를 그대들에게 내줄 터이니 반드시 그걸 앞세우고 유비를 공격하도록 하시오."

공융과 순욱이 얘기를 주고받는 사이에 이미 서주 쪽에 보낼 장수까지 마음속에서 결정해둔 모양이었다. 명을 받고 나가는 둘을 보며 정욱이 조심스레 말했다.

"유대와 왕충이 과연 맡은 몫을 해낼지 걱정됩니다."

정사에 따르면, 유대는 자가 공산(公山)이고 패국(沛國) 사람이다. 그런데 『연의』에서는 그가 '옛날엔 연주 자사였는데 조조가 연주를 취함에 이르러 유대는 조조에게 투항하였고 조조는 그를 편장으로 등용하였다'고 하니, 아마도 『연의』의 저자는 그와 동래(東萊) 모평(牟平) 사람인 유대를 혼합하여 한 사람으로 얘기한 것이 분명하다. 유대는 편장(偏將) 노릇을 하고 있었고, 왕충은 그보다도 더 이름 없는 장수였다.

조조가 빙긋 웃으며 대답했다.

"나도 역시 이들이 유비의 맞수가 되지 못하리라는 것은 알고 있소. 다만 허장성세로 유비를 속이려는 것뿐이오."

다시 말해 조조는 모든 역량을 원소와의 싸움에 집중시키기 위해 유비를 우선 서주에 묶어두기만 하려는 것이었다. 그것은 유대와 왕충이 서주로 떠나기 앞서 덧붙인 당부로 더욱 뚜렷했다.

"결코 가볍게 나아가지 마시오. 굳게 지키며 내가 원소를 깨뜨릴 때까지 기다리면 그때 서주로 대군을 몰고 가 유비마저 깨뜨릴 것이오."

그리고 그들이 떠나자 조조는 스스로 이십만 대군을 이끌고 여양을 향해 떠났다.

여양에 이르러 조조는 원소의 대군과 팔십 리 거리를 두고 진채를 내렸다. 먼저 와서 기다리고 있는 원소의 대군이라 섣불리 덤벼들 수 없었기 때문이었다. 그리고 적의 허실을 탐지한 뒤 싸우기 위해 호를 깊이 파고 담을 높이 쌓아 방비부터 든든히 하니 이번에는 원소도 섣불리 공격할 수 없었다.

서로 멀찌감치서 맞서 상대가 공격해 오기만을 기다리는 새에 두 달이 흘렀다. 가을 팔월에 떠나 초겨울 시월에 접어든 것이었다. 원래 이치로 보아서는 원소 쪽이 공격에 나서야 했다. 먼저 와서 충분히 휴식을 취했을 뿐만 아니라 공손찬이란 강적을 쳐부순 지도 오래되지 않아 사기도 드높은 편이었다.

하지만 그때 이미 원소의 진영은 마침내 그들 모두를 파멸로 이끌 고질을 앓고 있었다. 다름 아닌 내분이었다. 먼저 허유는 심배가 군사를 이끌고 자신은 한낱 모사로 나앉은 것이 즐겁지 아니했다. 진격해 공을 세워봤자 제 공이 못 되리란 생각으로 굳이 속전을 주장하지 않았다. 다음 저수는 또 원소가 자신의 계책을 써주지 않은 것에 한을 품었다. 만약 그 싸움에서 원소 쪽이 이기게 되면 지구전을 주장한 자신의 계책은 더욱 그른 것이 될 것이기 때문에 되도록

이면 이기지 못하기를 바랐다. 그러나 져서는 더욱 안 되기 때문에 싸움을 애매한 상태로 두는 데 힘을 썼다.

만약 원소가 확고한 주견이 있고 과감하게 결단할 수만 있어도 그 정도의 불화는 큰 상처가 되지 않을 수 있었다. 하지만 그 또한 이 말 저 말에 모두 귀를 기울이고 마음을 정하지 못하니 군사는 그대로 묶여 있을 수밖에 없었다.

처음에는 초조하게 원소의 공격을 기다리던 조조도 두 달이 지나자 이상한 낌새를 느꼈다. 상세한 내막은 알 수 없었지만 적어도 원소가 급히 맹공으로 나올 수는 없으며 또 나온다 해도 그리 대단한 힘을 보이지는 못하리란 판단이 들었다.

이에 조조는 장패(臧霸)를 불러 청서를 지키게 하고, 우금과 이전은 하상에 둔병하게 한 뒤 조인으로 하여금 관도에 머물러 그들 모두를 함께 감독케 했다. 그리고 자신은 몸을 빼어 일단 허도로 돌아갔다.

급한 불길은 잡았으나

한편 조조의 명을 받고 유비를 견제하러 떠난 왕충과 유대는 서주에서 일백 리쯤 되는 곳에 진채를 내렸다. 그러나 싸울 생각은 않고 조조에게서 받은 승상기(丞相旗)를 중군 높이 꽂아둔 채 하북의 형세가 이롭게 되어 하루바삐 조조가 돌아오기를 기다릴 뿐이었다.

조조 쪽의 허실을 알 리 없는 유비도 함부로 움직일 수가 없었다. 승상의 기치는 왔으나 정말 조조가 왔는지 알 수가 없어 그 또한 연신 하북의 소식만 탐지할 뿐이었다.

그런데 갑자기 왕충과 유대의 진중에 조조로부터 빨리 군사를 내라는 명이 전해져 왔다. 막연히 기다리기만 하면 되는 줄 알고 있던 유대와 왕충은 그 뜻밖의 명에 당황했다. 어느 쪽도 유비를 상대로 하는 싸움에 자신이 없었기 때문이었다.

"승상께서 서주성을 공격하라고 재촉하시니 자네가 먼저 나가보는 게 좋겠네."

지레 겁을 먹은 유대가 슬며시 선봉을 왕충에게 밀었다. 겁나기는 왕충 또한 마찬가지였다. 가지 않으려고 뻗대었다.

"승상께서 자네를 먼저 꼽지 않았던가? 자네가 가게."

"나는 명색이 주장(主將)인데 어떻게 먼저 나설 수 있는가?"

유대가 이번에는 그렇게 나왔다. 그러자 왕충이 타협안을 내놓았다.

"그렇다면 우리 둘이 함께 군사를 내기로 하세."

"그럴 수는 더욱 없네. 차라리 제비를 뽑아 정하는 게 어떤가? 선(先) 자를 뽑은 사람이 가도록 하세."

유대가 또 다른 안을 내놓았다. 둘이 한꺼번에 나갔다가 풍비박산이 되기보다는 하나는 앞서고 하나는 뒤에 남아 서로 호응하는 게 나으리라 여긴 까닭이었다. 왕충도 그런 제안까지 거절할 구실은 없었다. 꺼림칙한 마음으로 제비를 뽑으니 재수없게도 선(先) 자가 나왔다. 별수 없이 군마를 둘로 쪼개 그 한쪽을 거느리고 서주로 밀고 들어갔다.

"조조의 군사들이 드디어 서주로 몰려오고 있습니다."

그 같은 전갈을 받은 유비는 곧 진등을 불러 의논했다.

"원본초가 비록 여양까지 군사를 내었다고 하나 그 모사들이 서로 뜻이 맞지 않아 아직까지 그 이상은 나오지 않고 있소. 그리고 조조는 지금 어디에 있는지 알 길이 없소. 듣기로는 여양에 있는 조조의 중군에는 승상기가 꽂혀 있지 않다는데 지금 이리로 오는 군사들은 승상기를 앞세우고 있다 하니 이게 어찌 된 일이오?"

"조조는 속임수가 많은 사람입니다. 하북을 중하게 여긴 탓에 반드시 그곳에서 스스로 군사를 거느리고 있을 것입니다. 그러면서도 일부러 승상기는 세우지 않고 오히려 이곳에 보내 마치 자신이 이곳에 온 듯 허장성세를 부리고 있습니다. 제 생각에 조조는 틀림없이 이리로 오지 않았습니다."

진등이 잠깐 생각에 잠겼다가 그렇게 대답했다. 유비도 그런 생각이 들었으나 그래도 의심이 풀리지 않았다. 문득 곁에 선 관우와 장비를 돌아보고 물었다.

"아무래도 한번 그 허실을 알아보는 게 좋겠네. 자네 둘 중 누가 나가 그걸 알아보겠나?"

"제가 한번 가보겠습니다."

유비의 물음이 끝나기도 전에 장비가 소매를 걷어붙이고 나섰다. 그런 장비를 유비가 짐짓 나무라듯 물리쳤다.

"너는 성질이 급하고 거칠어 보낼 수가 없다. 이 일은 그리 가벼이 나설 일이 못 된다."

그러고는 가만히 관우를 보았다. 유비의 마음을 헤아린 관우가 조용히 말했다.

"제가 나가 한번 저들의 동정을 살펴보겠습니다."

그러자 유비는 기다렸다는 듯 허락했다.

"만약 운장이 가준다면 나는 마음을 놓겠네. 가서 정말로 조조가 왔는지 아닌지를 살펴봐주게."

불퉁거리는 장비를 군이 못 본 체하며 유비는 그 말과 함께 군사

삼천 명을 갈라 주었다.

이때 계절은 초겨울이라 검은 구름이 잔뜩 덮인 하늘에서 눈송이가 어지럽게 날리기 시작했다. 관우에게 이끌려 서주성을 나온 삼천 군마는 모두 퍼붓는 눈을 무릅쓰고 진을 쳤다. 오래잖아 왕충이 이끄는 이만여의 군사가 머뭇머뭇 다가왔다.

말 위에 높이 올라 청룡언월도를 비껴들고 기다리던 관운장이 적진을 향해 소리쳤다.

"섰거라! 네놈들은 어디서 온 잡병들이냐? 이곳은 유황숙(劉皇叔)께서 다스리는 곳임을 아느냐, 모르느냐?"

관우의 그 같은 물음이 동정을 살펴보기 위해서인 줄도 모르고 왕충이 나와 허풍스레 대꾸했다.

"승상께서 여기 이르셨거늘 네놈들은 어쩐 연고로 나와 항복하지 않느냐?"

"승상께서 이르셨다면 잠시 진문 앞으로 나오시라 일러라. 이 관운장이 할 말이 있다."

숱한 맹장들을 제쳐놓고 왕충같이 이름없는 장수가 나온 걸 보자 관우는 대강 짐작가는 바가 있었으나 한 번 더 그렇게 물었다. 대답이 궁해진 왕충이 돌연 목소리를 높였다.

"대한의 승상께서 어찌 너 같은 무리와 가벼이 마주하시겠느냐? 무례하구나!"

그러자 관우는 노기가 솟구쳤다. 왕충이 비록 허세를 피우고는 있지만 조조가 그 자리에 없는 것 또한 틀림없어 보였다. 이에 관우는 긴 수염을 휘날리며 말을 박차 달려 나갔다.

아직 관우의 무예를 잘 알지 못하는 왕충도 지지 않고 창을 휘두르며 달려 나왔다. 두 말은 곧 부딪쳤다. 그러나 왠지 관우는 청룡도를 들어 왕충을 베는 대신 급히 말을 돌려 달아나기 시작했다. 왕충은 영문도 모르고 신이 나 그런 관우를 쫓기에 바빴다.

쫓거니 쫓기거니 하며 두 사람이 어느 조그만 산기슭에 이르렀을 때였다. 관운장이 돌연 말 머리를 돌리더니 청룡도를 휘두르며 왕충을 맞았다. 원래 적수가 못 되는 데다 무턱대고 쫓는 데만 정신이 팔려 있던 왕충에게 그런 관우의 반격을 받아낼 재간이 있을 리 없었다. 제대로 창을 들어 막아보지도 못하고 얼른 말 머리를 돌려 달아나기 바빴다.

"이놈! 어디를 가려느냐?"

관우가 호통과 함께 왼손으로 청룡도를 옮겨 잡으며 오른손을 쑥 내밀었다. 그리고 왕충의 갑옷 깃을 잡아 안장에서 덥석 집어올리더니 그대로 겨드랑이에 껴버렸다. 마치 어린애를 잡아 옆으로 끼고 가는 형국이었다.

관우가 왕충을 사로잡아 자기의 본진으로 끼고 가는 모습을 보자 왕충을 따라온 군사들은 두렵다 못해 얼이 빠졌다. 아직 저쪽 군사들이 움직이기도 전에 절로 무기를 내던지고 사방으로 흩어져 달아나버렸다.

관우는 사로잡은 왕충을 끌고 서주성 안으로 들어가 유비에게 바쳤다.

유비가 왕충에게 물었다.

"너는 누구며 어떤 자리에 있는 자이기에 감히 조승상을 사칭했느냐?"

"제가 어찌 감히 승상을 사칭할 수 있겠습니까? 다만 명을 받들어 그대로 행했을 뿐입니다."

왕충이 기어드는 목소리로 대답했다. 유비는 속으로 짐작가는 바가 있었으나 여전히 시치미를 떼며 물었다.

"명이라니? 누가 어떤 명을 내렸단 말이냐?"

"조승상께서 제게 승상기를 내리며 거짓으로 군세를 과장하라 했습니다. 저는 그 명에 따라 의병(疑兵)으로 조승상이 몸소 여기 온 것처럼 꾸미기는 하였지만 실제로 승상은 여기에 없습니다."

왕충이 그렇게 실토했다. 내막을 안 유비는 문득 안색을 부드럽게 하여 왕충에게 비단옷과 술을 내린 뒤 잠시 한 곳에 가두어두게 했다. 그리고 다시 왕충과 함께 온 유대를 사로잡을 의논을 했다.

"저는 형님께서 조조와 화해하실 뜻이 있음을 짐작하고 일부러 왕충을 사로잡아 왔습니다. 이제 그를 죽이시지 않고 비단옷과 술을 내리시는 걸 보니 제 헤아림이 옳았던 것 같아 다행스럽습니다."

관우가 그렇게 말하자 유비도 그제서야 빙긋이 웃으며 속마음을 털어났다.

"나는 익덕이 거칠고 성급해 왕충을 죽여버릴까 두려웠다네. 그래서 그를 보내지 않았어. 왕충 같은 무리는 죽여봤자 득될 것도 없으니 살려두어 조조와 화해할 길을 열어보는 게 차라리 나을 것이네."

둘이서 그렇게 주고받는 걸 보자 장비는 더욱 부아가 났다. 자기가 가지 못해 공을 세우지 못했을 뿐 아니라 이제는 은근히 자기의 어리석음을 빗대고 있지 않은가.

"작은형님께서 왕충을 사로잡아 오셨으니 이번에는 내가 가서 유대를 사로잡아 오겠소!"

참지 못한 장비가 분연히 소리쳤다. 그런 장비를 유비가 한 번 더 격동시켰다.

"유대가 비록 조조의 전군(前軍) 장수에 지나지 않으나 가벼이 대적할 인물이 아니다."

유비가 일부러 자신을 충동질하는 줄도 모르고 장비는 한층 격하게 대꾸했다.

"그따위 무리는 입에 담을 가치조차 없소! 얼른 보내기나 해주시오. 나도 운장 형님처럼 그놈을 사로잡아 돌아오겠소."

"내가 걱정하는 것은 유대의 목숨이 아니다. 자칫 그를 죽이면 우리의 큰일까지 그르치게 되니 어찌 두렵지 않겠느냐?"

유비가 한 번 더 장비의 말에 쐐기를 박았다. 그 말에 장비가 맹세했다.

"만약 내가 그를 죽인다면 내 목숨을 대신 내놓겠소!"

그제서야 유비도 마음이 놓이는 듯 장비에게 삼천 군마를 주어 성을 나가게 했다.

장비는 후끈 달아 단숨에 유대의 진채 앞에 이르렀다. 그러나 아무리 싸움을 돋워도 유대는 진채 안에 깊숙이 들어앉아 굳게 지킬 뿐 나와 싸우려 들지 않았다.

그도 그럴 것이 유대는 이미 쫓겨온 군사들로부터 왕충이 사로잡힌 얘기를 들은 뒤였다. 거기다가 지난번 동탁을 칠 때는 잠시나마 가까이서 관우와 장비를 본 적도 있어 그들의 무예 또한 잘 알고 있었다. 비록 왕충은 사로잡혔으나 조조의 공격령은 흉내라도 낸 셈이라, 그대로 기다려도 될 것을 구태여 싸워 낭패를 당하고 싶지 않았다.

이에 장비가 매일같이 진채 앞에 나와 욕설을 퍼부어대도 유대는 못 들은 체 상대조차 않았다. 며칠이 지나도록 유대가 낯짝도 내보이지 않자 장비 또한 그 속셈을 알아차렸다. 적은 군사로 든든한 진채 안에 있는 많은 군사를 공격하기보다는 계략을 써서 유대를 진채 밖으로 끌어내는 게 낫다고 생각했다. 유비의 충동질과 다짐이 아니었던들 기대하기 어려웠던 장비의 머리씀이었다.

"듣거라. 아무래도 저놈들이 꼼짝 않으니 오늘밤은 야습을 한다. 모든 장졸들은 이경까지 채비를 마치도록 하라!"

아침 나절 그 같은 군령을 내린 장비는 대낮부터 술을 퍼마시기 시작했다. 장막 안으로 동이동이 술을 날라오게 하여 비워대니 가까이 있는 군사들도 모두 장비가 크게 취한 걸로 생각하지 않을 수 없었다.

장비가 대낮부터 술을 마신다는 소문이 돌자 장졸들은 모두 걱정이 되었다. 그러나 장비는 거기에 그치지 않고 주사까지 부리기 시작했다. 비틀거리며 군막을 돌아 군사들의 사소한 잘못을 찾아내는 대로 매질을 시작한 것이었다. 뿐만 아니었다. 매질을 당한 군사들을 따로 가두게 하고는 여럿 앞에서 혀 꼬부라진 소리로 공언했다.

"이놈들은 오늘밤 출병할 때 목을 베어 그 피로 군기(軍旗)에 제 사지내야겠다!"

대수롭지 않은 죄로 죽도록 얻어맞은 데다 이제는 목까지 날아가게 되었으니 갇힌 군사들은 기가 막혔다. 그런데 그날 밤 어둠이 깔릴 무렵이었다. 누군가가 그들이 갇힌 군막 안으로 숨어들어와 그들을 놓아주며 다급하게 말했다.

"얼른 달아나게. 함께 싸우던 정리로 놓아주는 것이니 장비 그 짐승 같은 놈에 들키지 않도록 조심하게."

꼭 죽은 목숨이라 여겼던 군사들은 그게 바로 장비가 몰래 보낸 사람인 줄도 모르고 정신없이 달아났다. 그리고 장비의 진채를 빠져나오기 바쁘게 유대의 진채로 몰려갔다. 달리 갈 곳도 없을 뿐만 아니라, 막상 살고 보니 새삼 사무치는 장비에 대한 원한 때문이었다.

"장비가 오늘밤 이경에 장군의 진처를 야습하려 합니다."

유대를 만난 그들은 입을 모아 그렇게 일러바쳤다. 유대가 원래 의심이 적은 사람이 아니었으나 항복해 온 졸개들의 몰골을 살피니 믿지 않을래야 않을 수가 없었다. 한결같이 혹독한 매질로 큰 상처를 입고 있었을 뿐더러 언동이며 기색에도 거짓이라고는 털끝만큼도 느껴지지 않았다. 이에 유대는 몹시 기뻐하며 거꾸로 장비의 야습을 이용할 계책을 세웠다. 거짓으로 사람이 있는 듯 꾸민 뒤, 진채를 비운 채 장비의 야습을 기다렸다가 채 밖에 숨겨둔 군사로 역습해 오히려 장비를 사로잡을 속셈이었다.

그날 밤 이경 무렵이었다. 군사를 세 길로 나눈 장비는 먼저 서른 몇 명만을 유대의 진채로 들여보내 불을 지르게 하고 나머지 두 갈래의 군사는 유대의 진채 뒤에 기다리다가 불이 오르는 것을 신호로 달려와 치게 했다. 자신은 날랜 군사를 이끌고 먼저 유대가 달아날 길부터 끊은 뒤였다.

명을 받은 서른몇 명의 군사가 텅 빈 진채에 함성과 함께 뛰어들어 불을 지르자 유대는 드디어 장비가 야습을 온 줄로 알았다. 채 밖에 숨겨두었던 군사들을 일시에 몰아 채 안으로 쳐들어갔다. 그러나 채 안으로 들어온 적군이 얼마가 되는지 알아보기도 전에 홀연 등 뒤에서 함성이 일며 다시 장비의 두 갈래 군사가 몰려들었다. 앞뒤로 적을 맞아 어지러워진 유대의 군사들은 제대로 싸워보지도 않고 뿔뿔이 흩어져 달아나기 시작했다.

놀라고 당황하기는 장수인 유대도 마찬가지였다. 겨우 약간의 남은 군사를 수습해 길을 뺏어 달아나기에 바빴다. 그러나 장비가 이미 길을 끊고 기다리니 그마저 뜻대로 안 되었다. 좁은 길목에서 장비와 마주치자 어쩔 수 없이 병장기를 내밀기는 하였으나 한 합을 부딪기도 전에 장비에게 사로잡히고 말았다.

장비가 소리개 병아리 낚아채듯 저희 대장을 잡아가는 꼴을 보자 그나마 거기까지 따라왔던 군사들도 모조리 무기를 버리고 항복해 버렸다. 한 싸움에 크게 이긴 장비는 먼저 사람을 서주성으로 보내 유대를 사로잡은 일을 알리게 했다.

"익덕이 늘 조급하고 황당스러운 데가 있더니 이제는 지략까지 쓸 줄 아는군. 내가 걱정을 안 해도 되겠네."

소식을 들은 유비가 관우에게 그렇게 말하며 환하게 웃었다. 그리고 몸소 성 밖까지 나가 이기고 돌아오는 장비를 맞아들였다. 장비가 어린애처럼 으쓱대며 물었다.

"형님께서는 저를 거칠고 조급하다고 말씀하셨지만 오늘은 어떻소?"

"우리가 말로 아우를 격하게 하지 않았던들 아우가 어찌 이런 꾀를 부릴 줄 알았겠나?"

유비가 그렇게 반문하자 장비는 크게 웃으며 더 말하지 않았다.

뒤이어 멧돼지 옭듯 유대가 말에 실려 들어왔다. 그걸 본 유비는 황망히 유대를 말에서 끌어내린 뒤 밧줄을 풀어주며 말했다.

"제 아우 장비가 잘못하여 장군께 큰 욕을 끼쳐드렸구려. 바라건대 너그러이 용서해주시오."

그러고는 손님처럼 성안으로 맞아들인 뒤 미리 잡혀와 있던 왕충까지 풀어주어 함께 잘 대접했다. 유비로부터 뜻밖의 대접을 받자 죽는 줄만 알았던 두 사람은 크게 감격했다. 그런 그들에게 다시 유비가 간곡하게 말했다.

"전에 서주 태수 차주(車胄)를 죽인 것은 그가 이 비(備)를 해하려 했기 때문에 어쩔 수 없이 일어난 일입니다. 승상께서는 그 일로 내가 승상을 저버린 줄 알고 두 분 장군을 앞서 보내 죄를 물으시려 하나 나는 이미 여러 번 승상의 큰 은혜를 입은 사람입니다. 그 은혜를 갚지는 못할망정 어찌 감히 저버릴 수 있겠습니까? 두 분 장군께서는 허도로 돌아가시거든 부디 이 비를 위해 좋게 말씀드려주십시오. 그렇게만 해주신다면 실로 그보다 더 큰 다행이 없겠습니다."

"사군께서 죽이시지 않은 것만으로도 큰 은혜를 입었습니다. 마땅히 때를 보아 승상께 그 뜻을 전해드리겠습니다."

유대와 왕충은 입을 모아 그렇게 대답했다. 유비는 그런 둘에게 다시 한번 감사한 뒤 다음 날로 그들을 돌려보냈다. 몸만 놓아보내는 것이 아니라 원래 거느리고 있던 군마를 모두 되돌려주고 성 밖까지 나가서 배웅할 정도였다.

그런 유비에게 유대와 왕충은 더욱 감격했다. 진정으로 떠나기 싫은 듯 작별했다. 그런데 채 십 리도 가기 전이었다. 갑자기 한차례 북소리가 울리더니 장비가 길을 막아서며 놋그릇 째지는 소리를 냈다.

"우리 형님은 도무지 천지를 분간하지 못하시는 분이군. 일껏 사로잡은 적장을 어째서 놓아보낸단 말인가? 안 된다. 나는 네놈들을 놓아줄 수 없다!"

놀란 유대와 왕충이 애절하게 빌었으나 소용이 없었다. 고리눈을 부릅뜨며 금세 창을 들어 내려찌를 기세였다. 그때 누군가 저만큼 등 뒤에서 장비에게 외치는 사람이 있었다.

"아우는 무례하지 마라!"

유대와 왕충이 보니 관우가 말을 달려오며 외치는 소리였다. 둘은 그제서야 마음을 놓았다.

"이미 형님께서 두 분을 놓아주셨거늘 아우는 어찌하여 그 영을 어기려드나?"

달려온 관우가 엄한 얼굴로 꾸짖듯 물었다. 장비도 지지 않고 불퉁거리며 대꾸했다.

"지금 놓아보내면 다음에 또 올 것 아니오? 그런 걸 어찌 그냥 보낸단 말씀이오?"

"저들이 다음에 또다시 오면 그때 죽여도 늦지 않다. 물러서라."

관우가 그렇게 말하고 유대와 왕충도 입을 모아 맹세했다.

"승상께서 우리 삼족을 모두 죽인다 해도 다시는 오지 않겠습니다. 바라건대 장군께서는 너그러이 보아주십시오."

그러나 장비는 다시 한번 무섭게 둘을 얼러댄 뒤에야 길을 비켜주었다.

"조조가 직접 온다 해도 죽어 갑옷 한 조각 돌아가지 못할 것이다. 하물며 너희 따위겠느냐? 이번에는 잠시 너희 두 덩어리 머리를 그대로 붙여둘 것이니 반드시 그걸 잊지 말아라."

유대와 왕충은 그 말에 대꾸조차 변변히 못하고 머리를 싸안은 채 쥐새끼 달아나듯 달아나기에 바빴다. 그들이 산굽이를 돌아 완연히 사라지자 관우와 장비는 한바탕 호탕하게 웃어젖혔다. 유대와 왕충에게 준 은의의 빛을 두 배로 늘리려고 그들 형제가 꾸며낸 일이었기 때문이다. 그러나 관우와 장비로부터 그 일의 전말을 듣는 유비의 얼굴은 그리 밝지 못했다.

"조조는 반드시 다시 올 것이다!"

유비가 탄식 섞어 그렇게 말하자 손건이 곁에서 조심스레 말했다.

"서주는 사방이 트여 있어 적이 오면 막기 어려운 땅입니다. 오래 머물 곳이 못 됩니다. 군사를 하비와 소패에 나누어 서로 돕고 의지하는 형세[掎角之勢]를 이룸으로써 조조를 막도록 해보시는 게 어떻습니까?"

바로 얼마 전에 여포가 썼던 방식이었다. 그때는 소패와 하비가 각기 진등과 진규의 계략에 어이없이 떨어지는 바람에 실효를 거둘 수 없었으나 믿을 만한 사람을 보낸다면 그것도 한 방책일 수 있었다. 이에 유비는 손건의 말을 따르기로 하고, 군사를 셋으로 나누었다. 하나는 관우에게 딸려 미부인, 감부인과 함께 하비로 가게 하고,

다른 하나는 손건, 간옹, 미축, 미방 네 사람에게 딸려 서주를 지키게 했으며, 나머지는 유비 자신과 장비가 이끌고 소패에 머무르도록 했다.

한편 허도로 돌아간 유대와 왕충은 입을 모아 유비의 허물 없음을 조조에게 변호했다. 그 길만이 목숨을 살려준 유비의 은혜에 보답할 수 있을 뿐만 아니라 자신들의 싸움에 진 책임을 더는 길이기도 했다. 그러나 조조는 보지 않고도 일의 앞뒤를 알 것 같았다. 그들의 말이 채 끝나기도 전에 성난 목소리로 꾸짖었다.

"나라를 욕되게 한 무리들이다. 네놈들을 살려둔들 어디다 쓰겠느냐?"

그러고는 좌우를 돌아보며 차갑게 영을 내렸다.

"저 두 놈을 끌어내 목을 베어라!"

그때 마침 그 자리에 있던 공융이 말렸다.

"저 두 사람은 원래 유비의 적수가 못 됐습니다. 만약 지금 목을 베신다면 다른 장수들의 마음을 상하게 할까 두렵습니다."

그 말에 조조도 치솟던 노기를 조금 가라앉혔다. 원래 이길 수 없는 싸움에 내보내놓고 졌다고 목을 벤다면 누가 자신없는 싸움을 하려 들 것인가. 이에 조조는 유대와 왕충을 죽이는 대신 그 벼슬을 거두고 내쫓는 것으로 일을 맺었다.

하지만 아무래도 괘씸한 것은 유비였다. 이미 자신이 아끼는 차주를 함부로 죽이고 서주를 차지한 데다 원소까지 부추겨 큰 싸움에 몰아넣고도, 어리숙한 유대와 왕충을 이용해 발뺌을 하려 들었기 때문이다. 거기다가 원래부터 유비에게 품고 있는 의심까지 발동하자 조조는 더 참을 수 없었다. 스스로 군사를 이끌고 서주로 가 유비가 더 세력이 크기 전에 잡아 죽이지 않으면 마침내 큰일을 그르치게 될 것 같다는 생각이 들었다.

조조가 다시 대군을 일으키려 하자 이번에도 공융이 말리고 나섰다.

"지금은 겨울이 한창이라 가볍게 군사를 움직여서는 아니 됩니다. 내년 봄이라도 늦지 않으니, 그전에 먼저 두 사람을 끌어들이는 일부터 손을 쓰도록 하십시오."

"두 사람을 끌어들이는 일이라니? 그게 무슨 소리요?"

조조가 갑작스러운지 공융을 쳐다보며 물었다.

"장수와 유표입니다. 서주의 유현덕은 그 둘을 끌어들인 연후 다시 도모하도록 하십시오."

공융이 대답했다. 공자의 자손이요 당대의 재사로 한때는 조조와 같은 제후의 열에서 동탁을 치기 위해 싸운 적도 있었으나 그 무렵은 거의 조조의 모사와 다름없었다.

공융의 말을 들은 조조는 잠시 생각에 잠겼다. 사실 엄동설한에 군사를 일으킨다는 것은 아무리 일이 급하다 해도 무리였다. 거기다가 장수와 유표는 모두 서주와 접한 땅에 근거를 갖고 있어 그들만 자기편으로 끌어들일 수 있다면 서주는 반 이상 손에 넣은 것이나 다름없었다.

이에 조조는 공융의 말을 따르기로 하고 먼저 유엽을 양양으로 보내 장수를 달래도록 했다. 양양으로 간 유엽은 장수를 만나기 앞서 그의 모사 가후(賈詡)부터 찾아갔다. 그가 장수의 머리 같은 사람이라는 걸 알고 한 일이었다. 가후 또한 세상 돌아가는 형세에 어두운 사람이 아니었다. 유엽이 조조의 위세와 성덕을 다 늘어놓기도 전에 마음을 정했다.

"얼마간만 제 집에 머물고 계시오. 내 밖의 형편을 보아가며 이 일을 승상께서 바라시는 쪽으로 맺어보겠소."

그렇게 말하고 자기 집에 머물게 한 뒤 다음 날 일찍 장수를 찾아갔다.

"조공(曹公)께서 유엽이란 사자를 보내셨습니다."

가후는 장수와 마주앉아 조심스레 그 일을 꺼냈다. 하지만 몇 번이나 조조를 궁지에 빠뜨리고 그 아들과 조카며 아끼는 전위까지 죽인 장수로서는 아무리 가후의 말이라 해도 선뜻 투항할 마음이 내킬 리 없었다.

그래서 절로 의논이 길어지는데 갑자기 사람이 들어와 알렸다.

"하북 원소로부터 사자가 왔습니다."

장수가 그 사자를 들게 하여 원소가 보낸 글을 읽어보니 역시 자기를 끌어들이려는 글이었다. 한꺼번에 두 곳에서 사람이 와 얼른 마음을 정하지 못하고 있는데 가후가 문득 사자에게 물었다.

"요즈음 원공(袁公)께서는 크게 군사를 일으켜 조조를 치셨다는데 승패가 어떠했소?"

"날씨가 추워 잠시 군사를 물렸소이다. 이제 장군과 형주 유표 두 분이 모두 나라를 근심하는 선비의 기풍이 있다 하여 특히 청을 드리고자 왔습니다. 저희 주공과 힘을 합쳐 역적 조조를 치심이 어떠할는지요?"

사자가 능란하게 대답했다. 그러나 가후는 한참을 껄껄거리더니 사자가 보는 앞에서 원소의 글을 찢으며 정색을 하고 말했다.

"가서 원본초더러 말하시오. 그대는 형제도 서로 용납지 못했으면서 어찌 국사(國士)를 받아들일 수 있겠는가고."

그러고는 사자를 꾸짖어 내쫓았다. 장수가 놀란 얼굴로 물었다.

"지금 원소는 강하고 조조는 약하오. 그런데 원소가 보낸 글을 찢고 사자를 꾸짖어 내쫓았으니 만약 원소의 대군이 이른다면 어떻게 감당하실 작정이오?"

"조조를 따르는 수밖에 없겠지요."

가후가 태연스레 대답했다. 장수가 더욱 어두운 얼굴로 다시 물었다.

"나는 이미 그와 원수진 사이외다. 그런데 어떻게 서로 용납할 수 있겠소?"

"장군께서 조조를 따라야 하는 데는 세 가지 이유가 있습니다. 무릇 조조는 천자를 모시고 그 조서를 받들어 천하를 정벌하고 있으니 그것이 장군께서 그를 마땅히 따라야 할 첫 번째 이유입니다. 또 원소는 강성하고 우리는 약해 그를 따라도 원소는 우리를 중하게 여기지 않을 것이지만, 조조는 약해 우리를 얻은 걸 반드시 기뻐할 것이니 그것이 조조를 따라야 할 두 번째 이유가 됩니다. 세 번째는 바로 장군의 기우를 덜어주는 것으로, 조조에게는 저 오패(五覇)와 같은 큰 뜻이 있으니 사사로운 원한을 잊고 밝은 덕을 사해에 두루 끼칠 것이기 때문입니다. 바라건대 장군께서는 너무 근심하지 마십시오."

가후가 하나하나 조리 있게 대답하자 장수도 알아들을 만했다. 가후의 뜻을 따르기로 하고 먼저 유엽을 만나보았다.

"승상께서 만약 지난 원한을 잊지 않고 계시다면 어찌 나를 사자로 보내셨겠습니까?"

유엽도 그렇게 장수를 안심시켰다. 드디어 마음을 정한 장수는 곧바로 가후와 함께 허도로 올라가 조조에게 투항했다.

장수는 계하에 엎드려 절하며 조조에게 항복의 뜻을 표했다. 조조는 황망히 그를 부축해 일으키고 두 손을 잡으며 말했다.

"내게 작은 허물이 있소이다만 모두 잊어주시오."

지난날 자신에게 대적해 싸운 장수의 허물은 묻지 않고 오히려 자신의 허물을 들추며 잊어주기를 청하였다. 그리고 장수를 양무장군에 봉하는 한편 그를 따라온 가후도 집금오를 삼았다.

어떤 종류의 감상적인 인간에게는 그 같은 조조에게서 비정 이상의 섬뜩한 계산을 느낄 수도 있다. 사랑하는 아들 앙(昻)과 조카 안민(安民), 그리고 무엇보다도 용맹스럽고 충직한 전위를 죽게 한 장수였다. 육수(淯水) 가와 남양성 아래서 두 번이나 자신을 패주시키고 몇 번이나 목숨까지 위태롭게 만들었던 그를 조조는 기꺼이 받아들였을 뿐만 아니라 벼슬까지 높여주었기 때문이다.

하지만 정치 현실의 냉혹함과 당시의 천하 형세를 고려한다면 오히려 돋보이는 것은 조조의 정신적인 크기이다. 사사로운 감정에 얽매여 큰일을 그르친 일은 예와 이제를 통해 얼마나 자주 보는 정치적 실패의 예인가. 그런데 조조는 그런 감정을 절제함으로써 두 가지의 큰 이득을 얻고 있다. 하나는 원소와의 싸움에서 부족한 자신의 힘을 보충한 것이고 다른 하나는 크고 작은 적들에게 자신의 관

용과 아량을 효과적으로 선전한 일이었다.

사랑하는 혈육과 아끼는 부하를 죽이고 자신의 목숨까지 노렸던 장수도 그토록 쉽게 용서하고 받아들이는 조조를 보고 누구든 궁지에 빠지기만 하면 항복을 생각해볼 것은 뻔했고 실제로도 조조는 그 뒤 군웅들 가운데서 가장 많은 항복을 받아낸 사람이 되었다.

장수를 끌어들인 조조 다음으로 손을 뻗친 것은 유표였다. 한때 그와 힘을 합쳐 싸운 적이 있는 장수에게 유표를 끌어들이기 위한 글을 짓게 하자 이제는 반 넘어 조조의 사람이 된 가후가 나서서 말했다.

"유경승(景升)은 천하에 이름을 떨친 이들과 사귀기를 좋아합니다. 반드시 문명이 드높은 이를 한 사람 골라 보내도록 하십시오. 그런 사람이 가서 달래야만 항복할 것입니다."

조조도 세상의 이름을 중하게 여기는 유표의 사람됨을 알고 있었다. 가후의 말을 따르기로 하고 순유에게 물었다.

"누구를 보냈으면 좋겠소?"

"공문거(孔文擧)를 보내십시오. 그라면 이 일을 해낼 수 있을 것입니다."

순유가 대뜸 공융을 추천했다.

조조도 그 말을 옳게 여겨 순유를 공융에게 보냈다.

"승상께서 한 사람의 글로 이름 있는 이를 뽑아 유표에게 보내고자 하시오. 공께서 이 일을 한번 맡아보지 않으시겠소?"

"내 친구 중에 예형(禰衡)이란 사람이 있는데 그 재주가 나보다 열 배나 낫습니다. 이 사람은 마땅히 황제 곁에 있어야 할 사람이니 이번에 가는 일뿐만 아니라도 폐하께 추천하려 했소. 그가 오거든 한번 보내보시지요."

공융은 그 말과 함께 순유를 보내고 곧 헌제께 예형을 추천하는 표를 올렸다.

'신이 듣자오니 홍수가 넘쳐흐르자 요(堯) 임금님께서는 이것을 다스리기 위해 어질고 뛰어난 이를 사방에서 구해 불러 들이셨고, 지난날 세종(世宗, 한무제)께서도 대위를 이으시자 기업을 굳건히 하시고자 유능한 인재를 널리 물어 쓰셨으니, 많은 선비들이 이에 호응하여 모여들었습니다. 폐하께서는 밝고 어지시어 나라를 이어받자 액운을 만나셨으나, 해가 기울도록 애쓰시고 스스로를 낮추시니, 산마다 신이 내려 기이한 재주를 가진 이들이 아울러 나고 있사옵니다.

가만히 보니 평원 사람 예형은 나이 스물넷에 자는 정평(正平)이라 하는데, 자질이 맑고 뜻이 곧으며 빼어난 재주 있어 누구보다 뛰어납니다. 처음에는 예문을 익혔고, 학문이 경지에 들어서는 오묘함을 보아, 한번 본 것은 바로 외울 수 있고 귀로 언뜻 들은 것도 마음으로 잊지 아니합니다. 성품은 도와 합치고 생각은 신이라도 내린 듯해서, 홍양(弘羊, 한의 재상. 암산을 잘해 열세 살에 시랑이 되었다)의 곱셈이나 안세(安世, 한무제 때 기억력으로 유명했던 사람)의 묵지(默識)와 예형의 재주를 견주어도 실로 괴이할게 없사옵니다.

충성되고 과단성 있으며 바르고 곧아 뜻에는 서리와 눈을 품은 듯하고, 착한 것은 놀라하며 악한 것은 원수처럼 여기니 임좌(任座,

춘추 시절 위나라의 바른 말 잘하던 사람)의 매서운 절개도 그보다 나을 게 없사옵니다. 새매가 수백 마리라도 독수리 한 마리보다 못하옵니다. 예형을 조정에 세우면 반드시 볼만한 게 있사오니, 펄펄 나는 말과 내닫듯 하는 글은 샘솟고 넘치는 듯 의혹을 풀고 막힌 걸 틔워 적을 맞이하고도 오히려 남음이 있을 것이옵니다.

옛날에 가의(賈誼)가 일부러 흉노의 관리가 되어 그 선우(單于)를 가르치려 했고, 종군(終軍, 한무제 때 스물 몇 살에 간의대부가 되어 사신으로 월왕을 달래러 갔다가 죽은 사람)은 긴 갓끈으로 남월왕(南越王)을 묶어오려 하였던바, 젊은 나이로 강개(慷慨)함은 옛사람들이 아름답게 여겼던 일이옵니다. 근일에 노수(路粹)와 엄상(嚴象) 또한 특이한 재주로 뽑히어 대랑(臺郞, 상서랑)에 올랐으니 예형도 마땅히 그와 같이 하여야 할 것이옵니다.

만약 용이 하늘에 오른다면 날개를 은하에 펼치고, 소리는 자미(紫薇, 북두칠성. 천자의 거소를 상징)에 떨치며, 빛은 홍예(虹蜺, 무지개. 대궐을 상징)에 드리우게 될 것입니다. (예형을 쓰면) 대궐 안에서 벼슬하는 많은 선비들을 밝히고 더하여 도성의 네 대문까지 빛나게 할 것이니, 하늘의 음악[鈞天廣樂]처럼 신기하고 아름다운 볼거리가 반드시 있을 것이옵니다.

제실과 황궁에는 비상한 보물이 많을 것이오나 예형 같은 무리는 많이 얻을 수 없사옵니다. 격초(激楚)와 양아(陽阿)의 절묘한 곡은 음악을 맡아하는 이가 탐내는 바이고, 비토(飛兎)와 요뇨(驍褭)같이 빼어나게 빨리 닫는 말은 왕량과 백락(王良·伯樂, 두 사람 모두 춘추전국시대 말을 잘 알아보고 또 잘 부리던 사람)이 급하게 구하는 바이옵니

다. 저희[臣等]가 감히 무엇을 더 구구하게 아뢰겠습니까마는, 폐하
께서는 신중히 선비를 받아들이셔야 하오니 반드시 비교하고 시험
해보셔야 할 것인즉, 바라건대 예형을 입은 대로[褐衣, 비천한 옷] 불
러보소서. 만약 그에게 볼만하고 뽑아 쓸 만한 것이 없으면 저희들
은 폐하를 속인 죄를 달게 받겠나이다.'

그 같은 공융의 표문이 올라오자마자 조조는 천자로 하여금 예형
을 불러들이게 했다.

천자의 부름이라 예형이 어기지 못하고 나오니 천자는 그를 조조
의 승상부로 보냈다. 그런데 일생을 통해 조조에게 한 특징으로 나
타나는 것은 학식 많고 재주 있는 이들에 대한 까닭 모를 적의이다.
뒤로 갈수록 겉으로 드러나게 되는데, 아마도 그 첫 번째 희생이 예
형일 것이다.

떠들썩한 이름 때문에 불러들이기는 했으나 예형을 본 조조는 그
의 꼿꼿한 태도와 쏘아보는 듯한 눈길이 처음부터 마음에 들지 않
았다. 서로 처음 보는 예를 끝낸 뒤에도 예형에게 앉으란 말조차 없
었다.

예형도 이내 그 같은 조조의 속마음을 읽었다. 재주 있는 이 특유
의 오기가 솟아 고개를 젖히고 하늘을 보며 한소리 탄식을 내뱉었다.

"하늘과 땅 사이가 넓다 하나 사람이 아무도 없구나!"

예형의 그 같은 탄식에 조조가 괴이쩍다는 표정으로 물었다.

"내 밑에는 수십 명이나 되는 당대 영웅이라 할 만한 사람들이 있
다. 그런데 너는 어찌 사람이 없다고 하느냐?"

"바라건대 어떤 사람들인지 들려주십시오."

예형이 그럴 리 없다는 표정으로 말했다. 조조가 하나하나 손을 꼽기 시작했다.

"순욱, 순유, 정욱, 곽가는 임기응변에 능하고 지혜가 많으니 옛적 소하(蕭何)나 진평(陳平) 같은 이도 오히려 그에 미치지 못할 것이다. 또 장요, 허저, 막진, 이전 등은 그 용맹을 당할 사람이 없으니 저 무제(武帝) 때의 명장 잠팽(岑彭)이나 광무제(光武帝) 때의 명장 마무(馬武)가 되살아난다 해도 그에 미치지 못하리라. 여건, 만총 등은 종사(從事)를 보는 데 따를 사람이 없고, 우금, 서황 등은 선봉장으로 특히 뛰어났다. 하후돈 또한 천하의 기재(奇才)이며 조자효(曹子孝, 조인)는 세상이 다 아는 좋은 장수다. 어찌 사람이 없다 하겠느냐?"

그러자 예형은 가소롭다는 듯 웃다가 거침없이 말했다.

"공의 말씀은 맞지 아니합니다. 그들은 내가 모두 알고 있으니 한 번 들어보십시오. 순욱은 초상집 문상과 병든 사람 문병이나 시킬 만하고, 순유는 묘지기 노릇이 알맞을 것입니다. 정욱은 관(關)의 문지기로 삼아 관문이나 여닫으면 될 것이고, 곽가는 글이나 외고 짓게 하면 좋을 것입니다. 장요는 북이나 치게 하고, 허저는 마소나 기르게 하며, 이전은 편지나 격문을 나르게 하면 되겠지요. 여건은 칼이나 벼리고 갈며, 만총은 술지게미를 안주로 술이나 마시면 되고, 우금은 널빤지를 지고 담장이나 만들 사람이지요. 하후돈은 겉보기가 그럴듯하니 완체장군(完體將軍)이라 부르면 되고 조자효는 인색하니 요전태수(要錢太守)라고 이름하면 될 것입니다. 그 나머지는 모두 옷을 걸쳤으니 옷걸이요, 밥을 먹으니 밥주머니요, 술을 마시니 술독이며, 고기를 먹으니 고깃자루라 부르면 될 자들뿐입니다."

자기가 아끼는 사람들을 모두 보잘것없이 깎아내리자 조조는 성이 났다. 갑자기 언성을 높이며 따지듯 예형에게 물었다.

"그럼 그대는 무엇을 잘하는가?"

예형은 조금도 움츠러들지 않고 당당하게 대답했다.

"나는 천문과 지리에 두루 통하지 못함이 없으며, 세 가지 큰 가르침과 그 아홉 가지 갈래[三敎九流]와 제자백가(諸子百家)에도 막힘이 없습니다. 위로 임금을 섬기면 요, 순에 이르게 할 수 있으며, 아래로 짝하면 그 덕이 공자나 안연에 미칠 수 있습니다. 어찌 속된 무리들과 함께 섞어 비교할 수 있겠습니까?"

정말로 눈앞에 사람이 없는 듯한 태도였다. 그때 마침 장요가 조조 곁에 있다가 예형의 그 같은 언동에 더 참지 못했다. 칼을 빼어 찔러 죽이려 하자 조조가 말렸다.

"마침 내가 북 치는 자가 필요하다. 머지않아 조정에서 연회가 있을 것인즉, 예형으로 하여금 그 일을 맡게 해야겠다."

그리고 예형에게 물었다.

"어떠냐? 그래도 북잡이는 벼슬아치니 네가 한번 해보겠느냐?"

조조의 내심은 그렇게 함으로써 예형을 조정의 웃음거리로 만들려는 것이었다. 그런데도 어찌 된 셈인지 예형은 그 하찮은 벼슬자리를 마다하지 않았다.

"좋습니다. 해보지요."

그 한마디로 응낙하고 조조 앞을 물러났다.

"저놈의 말투가 불손하기 짝이 없습니다. 어째서 죽이지 못하게 말리셨습니까?"

예형이 나간 뒤 장요가 불쾌한 얼굴로 조조에게 물었다. 조조가 뜻깊은 웃음을 지으며 대답했다

"저 작자가 그래도 헛된 이름이 높아 멀고 가까운 곳에 두루 알려져 있네. 오늘 만약 그를 죽였다면 천하 사람들은 내가 그를 쓰지 못해 그랬다고 말할 것이네. 그렇게 되면 저만 잘난 인물로 추앙받게 만들어줄 뿐이야. 그래서 일부러 북 치기 같은 하찮은 일자리를 주어 그를 욕보이려 한 것이네."

그 말에 장요도 가만히 고개를 끄덕였다.

다음 날이었다. 조조는 대궐 안 성청(省廳)에다 크게 잔치를 열고 북 치는 벼슬아치에게 북 치기를 명했다. 다름 아닌 예형을 욕뵈기 위해서였다. 예형이 서슴없이 북채를 들고 나서는데 먼저 있던 북잡이들이 일러주었다.

"북을 치러 나갈 때는 반드시 새 옷으로 갈아입는 법이오."

그러나 예형은 들은 체도 않고 입던 그대로 북 앞에 섰다. 예형이 두들긴 곡은 어양삼과(漁陽三撾)란 노래였다. 세 마디를 두드리는데 그 음이 절묘했다. 예형이 치는 것은 북이되 나는 것은 금석의 소리로 듣는 이의 심금을 울려주니 모두 강개에 젖어 절로 눈물이 솟았다.

그러나 그 자리가 원래 예형을 욕보이기 위한 자리였다. 마냥 감동에 젖어 있을 수 없어 트집거리를 찾던 조조의 수하들은 예형이 옷을 갈아입지 않은 걸 물고 늘어졌다.

"원래 이 자리는 새 옷으로 갈아입고 나와야 하거늘 너는 어찌하여 그대로 나왔느냐?"

그러자 예형은 아무 대꾸 없이 훌훌 옷을 벗어 던지기 시작했다. 이윽고 속옷까지 모두 벗어 던지니 알몸이 그대로 드러났다. 그 자리에 있던 사람들이 모두 보기가 민망해 얼굴을 돌렸지만 예형은 한참을 태연하게 서 있다가 이윽고 속옷 하나를 다시 걸쳤다.

"묘당(廟堂)에서 이 무슨 무례한 짓이냐?"

또다시 조롱당한 기분이 든 조조가 성난 목소리로 꾸짖었다.

"임금을 속이는 것이야말로 무례한 것이오. 나는 부모에게서 물려받은 몸을 그대로 드러냈으니 희고 깨끗한 걸 보여드렸을 뿐이오."

"그렇다면 네가 희고 깨끗하다는 뜻인데 더럽고 흐린 건 누구란 말이냐?"

예형의 말 속에 들어 있는 가시가 한층 조조를 노하게 했다. 안색까지 변하며 매섭게 물었다. 예형도 지지 아니했다. 이제는 말투까지 불손해지며 오히려 꾸짖듯 말했다.

"바로 승상인 듯싶소. 그대는 어리석음과 슬기로움을 구별하지 못하니 그것은 눈이 흐린 것이요, 시서를 읽지 않았으니 이는 또한 입이 깨끗하지 못한 것이요, 충성스런 말을 받아들이지 않으니 귀가 흐린 것이며, 예와 지금의 일에 아는 바가 적으니 몸이 흐린 것이요, 제후들을 받아들이지 않으니 뱃속이 흐린 것이며, 언제나 찬역할 뜻을 품고 있으니 마음이 흐린 것이라 할 수 있소. 나는 이미 세상이 알아주는 선비인데도 그대는 한낱 북잡이로 만들었소. 이는 지난날 양화(陽貨)가 공자를 욕보이고, 장창(臧倉)이 맹자를 헐뜯은 것과 무엇이 다르겠소? 왕패(王覇)의 위업을 이루려고 하면서 어찌 이렇게 사람을 가볍게 여기시는 거요?"

이미 목숨을 내던지고 대드는 예형이었다. 그 자리에 있던 공융은 성난 조조가 예형을 죽일까 두려웠다. 얼른 조조 앞에 나아가 노기를 달래려 들었다.

"예형의 죄는 서미(胥靡, 일종의 노역수)로 끌려가야 될지언정 밝은 임금[明王]의 꿈을 이끌어낼 정도는 못 됩니다."

여기서 밝은 임금은 은나라 무정(武丁)으로 꿈에 부열(傅說)이라는 현인이 죄수로 일하는 것을 본 뒤 실제 노역장에서 그를 찾아내 신하로 썼다 한다.

공융이 걱정이 되어 옛사람까지 끌어들였으나 쓸데없는 걱정이었다. 조조가 문득 성난 기색을 걷으며 조용히 말했다.

"네 말은 듣지 않은 걸로 하겠으나 큰소리 친 만큼의 재주는 보여주기 바란다. 너를 형주에 있는 유표에게 보낼 터이니 가서 그를 달래도록 하라. 만약 그가 내게 항복해 온다면 너를 공경(公卿)으로 삼으리라."

드디어 조조의 진면목이 드러나기 시작한 셈이었다. 방향은 달라도 조조와 예형 그 두 사람은 모두 당대의 기재(奇才)였다. 두 비상한 정신들이 만나 첨예하게 대립하게 된 것인데 엄밀히 말하면 그때까지는 조조 쪽이 몰리고 있었다. 그러나 그 순간부터 조조 쪽이 점차 우세를 보이기 시작했다. 아마도 너무 쉽게 목숨을 던지려는 데서 예형의 어떤 한계를 본 것이리라.

"아니 가겠소. 내가 무엇 때문에 그대의 심부름꾼 노릇을 하겠소?"

예형이 한마디로 거절했다. 이미 그의 정신은 극단한 파탄을 보이고 있는 셈이었다. 하지만 거기서 물러설 조조가 아니었다.

"너는 가야 한다. 말 세 필과 사람 둘을 딸려줄 터이니 반드시 유표를 달래야 한다!"

그리고 자기의 사람들 쪽을 돌아보며 말했다.

"제공들은 모두 사자로 떠나는 예형을 동문 밖까지 배웅 나가도록 하시오."

예형이 가지 않으려 했으나 조조가 보낸 두 사람이 좌우에서 끼고 말 위에 태우니 도리가 없었다. 할 수 없이 형주로 향하는데 동문 밖에 이르니 문무의 여러 신하들이 술자리를 마련하고 배웅을 나와 있었다. 그러나 예형이 탄 말이 술자리 앞에 이르러도 누구 하나 일어나는 사람이 없었다. 조조의 명에 못 이겨 배웅은 나왔지만 자리에서 일어나 예를 표하지는 말자는 순욱의 주장에 따른 까닭에 그렇게 된 것이었다.

예형은 말없이 그런 좌중을 훑어보다 갑자기 목을 놓아 울기 시작했다. 순욱이 앉은 채로 물었다.

"어찌하여 곡을 하는가?"

"시체 사이를 지나면서 어찌 곡을 하지 않을 수 있겠느냐?"

예형이 잠시 울음을 멈추고 그렇게 되물었다. 무더기로 예형에게 욕을 본 꼴이 된 조조의 사람들은 약이 올랐다.

"우리가 시체라면 너는 모가지 없는 미친 귀신이다."

여럿이 입을 모아 그렇게 응수했다.

"나는 한조의 대신으로 조조의 패거리도 아닌데 어찌 머리가 없다고 하느냐?"

예형이 더욱 뒤틀린 소리로 여럿의 분을 돋우었다. 조조에게서 받은 정신적인 타격으로 사귀(死鬼)에 홀려 있는 예형으로서는 어서 바삐 오탁한 세상을 떠나고 싶은 마음뿐이었던 듯싶다.

예상대로 좌중은 분이 오를 대로 올랐다. 성미 급한 무장들은 칼 자루에 손을 대며 금세라도 예형을 찔러 죽일 듯 일어났다. 순욱이 그런 무장들을 급히 말렸다.

"저따위 참새나 쥐새끼 같은 자 때문에 칼에 피를 묻혀 무엇하 겠소?"

"나는 참새나 쥐 같아도 사람의 본성은 잃지 않았다. 그러나 너희 들은 인성(人性)마저 잃었으니 뒷간의 구더기라고 해야 할 것이다!"

예형이 다시 그렇게 약을 올렸다. 모두 분통이 터질 지경이었으나 조조가 사신으로 보내는 자를 함부로 죽일 수는 없었다. 모두 깊이 한을 품은 채 흩어졌다.

며칠 뒤 예형은 무사히 형주에 이르렀으나 그의 정신은 파탄에서 깨어나지 못했다. 이번에는 자기가 바라는 죽음을 유표에게서 구하 려 들었다. 겉으로는 유표의 덕을 칭송하는 것 같았지만 실제로는 비꼬고 놀리는 말만 늘어놓았다. 유표는 화가 났으나 별 내색 않고 예형을 강하(江夏)를 지키고 있는 황조(黃祖)에게로 보냈다.

"예형은 주공을 비꼬고 놀렸습니다. 그런데도 왜 죽여버리지 않으 셨습니까?"

예형이 강하로 떠나가자 좌우에 있던 사람들이 유표에게 물었다. 유표가 생각 깊은 체 까닭을 말했다.

"예형은 몇 번이나 조조를 욕했지만 조조는 인망을 잃을까 두려 워 죽이지 않고 일부러 내게 보냈다. 나의 손을 빌려 예형을 죽임과 아울러 나를 지혜로운 선비를 죽였다는 욕을 먹게 하려는 수작이었다. 이제 내가 예형을 살려 황조에게로 보낸 것은 조조로 하여금 내게도 식견이 있음을 알게 하기 위해서다."

그러자 모두 유표의 뛰어난 식견을 칭송했다.

그 무렵 원소 또한 유표에게 사자를 보내 자기편으로 끌어들이려 했다. 유표는 여러 모사들을 불러놓고 물었다.

"원본초도 사신을 보내오고 조맹덕도 사신을 보내 나를 저희 편으로 끌어들이려 하고 있소. 어느 쪽을 편 들었으면 좋겠소?"

그러자 종사요 중랑장인 한숭(韓嵩)이 일어나 말했다.

"지금 두 영웅이 서로 맞서 있으니 만약 장군께서 큰일을 하시고자 한다면 이 틈을 타 저들을 깨뜨리도록 하십시오. 그러나 그렇지가 못하다면 둘 중에 더 나은 자를 가려 따르는 수밖에 없습니다."

"그래서 누구를 고를까 의논하는 게 아닌가?"

"지금 조조는 군사를 잘 부리고, 그 아래는 지혜롭고 뛰어난 인물들이 많이 모여 있습니다. 그 기세로 보아 반드시 먼저 원소를 치고 다음에 군사를 강동으로 돌릴 것인즉, 그때 장군께서 능히 막아내지 못하실 것 같아 두렵습니다. 그러나 만약 장군께서 형주를 들어 조조 편을 든다면 조조는 반드시 장군을 무겁게 여길 것입니다."

그러나 유표는 얼른 마음이 내키지 않았다.

"그렇다면 그대가 먼저 허도로 가서 그 동정을 살핀 뒤에 다시 의논해보는 게 어떤가?"

한참을 망설이다가 유표가 그렇게 대답했다. 한숭이 난감한 기색으로 말했다.

"임금과 신하는 각기 그 본분이 있습니다. 저는 지금 장군을 받들고 있어 끓는 물, 타는 불 속에라도 뛰어들 수 있습니다만 허도로 가는 일은 다릅니다. 즉 장군께서 위로 천자를 받들고 아래로 조조를 따르실 작정이라면 제가 허도에 가는 것은 무관합니다. 그러나 장군께서 의심을 품고 뜻을 정하지 못하신 때에 제가 허도에 갔다가 만약 천자께서 제게 벼슬자리라도 내리게 된다면 일은 달라집니다. 그리 되면 저는 천자의 신하가 되어 두 번 다시 장군을 위해 죽을 수는 없게 되기 때문입니다."

"그래도 그대가 허도로 가서 살피고 오라. 나도 따로 생각해 보겠다."

한숭의 솔직한 걱정에도 유표는 그렇게 우겼다. 한숭은 마음속에 한가닥 불안이 있었으나 어쩔 수 없이 허도로 가야 했다.

한숭을 맞아들인 조조는 과연 그에게 시중 벼슬과 영릉 태수를 내렸다. 그러나 유표에게서 온 사람인 줄 알면서도 형주의 일은 조금도 묻지 않았다.

"한숭이 허도로 온 것은 우리의 동정을 살피기 위함이요, 또 아무 공도 세운 바 없건만 승상께서는 한숭에게 그토록 중한 벼슬을 내리시니 까닭을 모르겠습니다. 더구나 유표를 달래려고 간 예형은 아직껏 소식이 없는데 승상께서는 그를 보내놓고도 한숭에게 뒷일을 전혀 묻지 않으셨습니다. 도대체 어인 일이십니까?"

보다 못한 순욱이 조조에게 물었다. 조조가 차갑게 대답했다.

"예형 그놈은 나를 매우 심하게 욕보였소. 차마 내 스스로 죽이지 못해 유표의 손을 빌려 죽이려고 형주로 보냈는데 무얼 다시 물을 게 있겠소?"

그러고는 오히려 한숭을 형주로 되돌려 보내 유표를 달래게 했다. 조조의 세력을 제 눈으로 본 데다 높은 벼슬까지 얻은 한숭이라 유표에게 조조의 편을 들기를 권할 것은 뻔한 이치였다. 조조의 덕을 입에 침이 마르도록 칭송한 뒤에 유표의 아들을 허도로 보내 벼슬살이를 시키라는 말까지 했다.

"네놈이 조조에게서 높은 벼슬을 받더니 두 마음을 먹는구나. 나를 저버릴 셈이냐?"

아들을 입시(入侍)시키라는 말을 듣자 유표가 불같이 노했다. 말이 좋아 입시지 실은 조조에게 아들을 인질로 보내라는 것과 다름없는 일인 까닭이었다. 한숭도 지지 않았다.

"장군께서 저를 저버리셨을지언정 저는 장군을 저버리지 않았습니다!"

그렇게 소리쳐 대꾸했다. 그때 곁에 있던 유표의 모사 괴량(蒯良)이 유표를 진정시켰다.

"한숭이 떠나기 전에 먼저 한 말이 있지 않습니까? 장군께서 지나치게 사람을 의심하고 계십니다."

그 말을 듣자 유표도 문득 허도로 떠나기 전에 한숭이 한 말이 떠올랐다. 자기가 억지로 보내 한숭이 천자의 벼슬을 받게 되고 더욱 조조를 크게 보게 된 것이니 죄를 물을 수가 없었다. 간신히 노기를 가라앉히고 한숭을 용서했다.

그때 갑자기 사람이 들어와 황조가 예형을 죽인 일을 알렸다. 예측은 했지만 그 경위가 궁금한 유표가 물었다.

"황조가 왜 예형을 죽였다더냐?"

"황조와 예형이 술을 마셔 둘 다 몹시 취해 있을 때라고 합니다. 황조가 예형에게 허도에 어떤 인물이 있느냐고 묻자 예형은 공문거(孔文擧, 공융)란 큰 아이와 양덕조(楊德禮, 양수)란 작은 아이 둘을 빼면 이렇다 할 인물이 없다고 대답했습니다. 그러자 황조는 문득 자기는 어떤 사람인가고 물었습니다. 예형은 그를 사당[廟]의 귀신으로 비유했으나 제사는 받아먹어도 영험이 없는 귀신이라고 말했습니다. 그러자 황조는 벌컥 화를 내며 그 자리에서 끌어내 목을 베게 했습니다. 예형이 자신을 나무나 흙으로 빚은 귀신상[土木偶人]이라고 한 데 격분한 것입니다. 그런데도 예형은 목이 떨어지는 순간까지 황조를 욕해 마지않았다 합니다."

불쾌하기 짝이 없던 예형이었으나 막상 그가 죽었다는 말을 듣자 유표는 문득 아까운 마음이 들었다. 예형의 놀라운 재주는 그도 일찍부터 들어온 까닭이었다. 이에 유표는 사람을 보내 예형의 시신을 수습한 뒤 앵무주(鸚鵡州)에 장사 지내주었다.

예형이 죽었다는 소문은 조조의 귀에도 들어갔다. 조조는 그 소리를 듣자 껄껄 웃으며 말했다.

"썩은 선비의 칼날 같은 혀가 오히려 스스로를 죽게 하였다. 마땅히 경계할 일일진저!"

그런 조조에게서는 슬퍼하거나 아깝게 여기는 기색이 조금도 보이지 않았다.

뒤에도 거듭되듯 재사, 특히 빼어난 문사에 대한 조조의 비정과 냉혹함은 어디서 온 것일까. 그 자신은 거기에 관해 말한 적이 없으나 그 같은 이상심리(異常心理)의 바탕을 헤아려볼 길이 전혀 없는 것은 아니다.

첫째로 들 수 있는 것은 글[文學]의 독기(毒氣)이다. 조조는 여러 방면에 걸쳐 재능을 보였으나 그중에서도 으뜸으로 꼽을 수 있는 것 중에 하나가 글에 있어서의 성취이다. 당시는 어지러운 정치 상황과는 달리 중국 문학으로서는 한 특이한 융성을 보인 때로 소위 건안칠자(建安七子) 또는 업하칠자(鄴下七子)로 불리는 뛰어난 문사들이 배출되었다. 그러나 건안(建安) 문단을 이야기하면서 가장 먼저 손 꼽아야 할 것은 조시(曹詩)라 할 만큼 조조와 그의 피를 이어받은 두 아들 조비(曹조), 조식(曹植) 삼부자의 글은 뛰어난 데가 있었다. 어떤 평자(評者)는 조조가 일생을 통해 달성한 정치적 위업보다 그의 시(詩)를 더 높이 치기도 할 정도였다.

조조는 평생을 싸움터를 누볐으나 한번 창을 기대놓고 붓을 잡으면 호연한 기백과 높은 품격의 시들을 쏟아냈다. 그러니만큼 글에 대한 조조의 자부심 또한 대단했을 것이고 또 대개는 무장들과 병략가들에게 둘러싸여 있던 그라 그 자부심은 실제 이상으로 자랐을 것이다. 그런데 이따금씩 나타나 그의 문학적 자부심을 건드리는 부류가 바로 재사, 특히 문사들이었다.

세상에서 사람을 상처 입게 만드는 일은 여러 가지겠지만 그중에서도 가장 음험하고 치열한 원한을 품게 하는 것은 문학적인 인간의 글에 대한 자부심을 건드리는 일이다. 오늘날에 있어서도 만약 작가나 시인에게 사람을 마음대로 죽일 권한이 있다면 평론가, 특히 엄격한 평론가나 작가의 문학적 자부심에 상처를 입힐 만한 천재는 종종 생명의 위협을 받게 되리라.

그다음 조조가 예형을 죽게 한 또 하나의 감정적 배경이 될 수 있는 것은 정치의 독기이다. 조조의 일생은 그대로 정치적 투쟁의 연속이었다. 그리고 그 정치적 투쟁은 철두철미하게 힘의 원리에 지배되고 승리는 통상으로 상대를 제거하는 형태로 확인되었다. 그런 원리와 형식에 익숙해온 조조가 은연중에 글의 무력함에 대한 경멸과 문학적 도전에 대한 정치적 대응의 습관을 지니게 되었다고 해서 그리 이상할 것은 없다. 즉 조금이라도 자기의 문학적 자부심을 건드리는 일이 있으면 서슴없이 정적처럼 제거해버렸는데 그 같은 예는 예형뿐만 아니라 뒷날에도 몇 번이고 거듭 볼 수 있다. 역시 건안칠자의 하나였던 공융을 죽인 일이나 천하의 재사 양수(楊修)를 죽인 일도 같은 예가 될 것이다.

여기에 비해 서둘러 허망한 죽음으로 줄달음쳐 간 예형의 내면도 음미해볼 만하다. 좋게 해석하면 그의 죽음은 지성인의 결백이 빚어낸 비극이었다. 그때까지 학문과 이상의 고고한 세계에 있다가 갑작스레 정치 무대로 끌려나온 그에게는 조조를 비롯한 당시의 관료 사회가 보인 적의와 냉대가 견딜 수 없이 치욕적으로 느껴졌을 것이고 그들에 의해 주도되는 세상도 절망적으로 비쳤을 것이다.

그러나 다른 한편으로 보면 거의 정신적인 파탄이라고 할 만큼 외곬으로 죽음을 향해 달려간 그의 행위는 나약한 지성의 한계일 수도 있다. 그의 눈에는 조조와 그의 집단이 지닌 정의 없는 힘이 단순한 두려움이나 불안 이상의 전율이었으리라. 그리고 아울러 거기에 대처할 길 없는 지성의 나약함을 절실히 깨닫게 되면서 그게 삶 전체에 대한 절망으로 번졌다고 이해해서 크게 이상할 것도 없다. 요 컨대 힘으로 맞설 자신이 없어지자 그때부터 그는 살아서 불의를 보 지 않는 것, 다시 말해 죽음의 길만 찾았음에 틀림이 없다.

그러나 조조는 예형의 죽음마저 그대로 두지 않았다. 유표가 항복 해 오지 않는 데다 어쨌든 자신이 사자로 보낸 예형이 죽었다는 소 식이 들리자 그걸 핑계로 유표를 치려들었다. 미워해 죽게 만든 인 간의 죽음마저 정치적 목적에 활용할 수 있는 게 또한 조조였다.

순욱이 나서서 그런 조조를 말렸다. 원소와 유비를 놓아두고 형주 로 군사를 낼 수 없다는 이유에서였다.

조조도 곧 그 말을 옳게 여겨 잠시 유표 치는 일을 뒤로 미루었다. 서주의 유비로 보면 발등에 떨어진 불은 껐으나 더 뜨겁고 거센 불 길이 머지않아 그를 휩쓸리라는 예고이기도 했다.

삼국지 3
헝클어진 천하

개정 신판 1쇄 발행 2020년 3월 25일
개정 신판 4쇄 발행 2024년 1월 15일

지은이 나관중
옮기고 엮은이 이문열

발행인 양원석
펴낸 곳 ㈜알에이치코리아
주소 서울시 금천구 가산디지털2로 53, 20층 (가산동, 한라시그마밸리)
편집문의 02-6443-8842 　**도서문의** 02-6443-8800
홈페이지 http://rhk.co.kr
등록 2004년 1월 15일 제2-3726호

ISBN 978-89-255-6881-2 (03820)